国家社科基金
GUOJIA SHEKE JIJIN HOUQI ZIZHU XIANGMU
后期资助项目

世界文学萌芽体系
与近代汉译西方文学
（1896—1916）

郝 岚 著

北京师范大学出版集团
BEIJING NORMAL UNIVERSITY PUBLISHING GROUP
北京师范大学出版社

图书在版编目(CIP)数据

世界文学萌芽体系与近代汉译西方文学：1896—1916/郝岚
著.—北京：北京师范大学出版社，2024.12
国家社科基金后期资助项目
ISBN 978-7-303-29454-1

Ⅰ.①世… Ⅱ.①郝… Ⅲ.①外国文学—文学翻译—研
究—中国—1896—1916 Ⅳ.①I046

SHIJIE WENXUE MENGYA TIXI YU JINDAI HANYI
XIFANG WENXUE

出版发行：	北京师范大学出版社 https://www.bnupg.com
	北京市西城区新街口外大街 12-3 号
	邮政编码：100088
印　　刷：	北京虎彩文化传播有限公司
经　　销：	全国新华书店
开　　本：	710 mm×1000 mm　　1/16
印　　张：	15.00
字　　数：	251 千字
版　　次：	2024 年 12 月第 1 版
印　　次：	2024 年 12 月第 1 次印刷
定　　价：	58.00 元

策划编辑：周劲含		责任编辑：吴梦冉	
美术编辑：李向昕		装帧设计：李向昕	
责任校对：段立超　陈　民		责任印制：马　洁	

国家社科基金后期资助项目

出 版 说 明

后期资助项目是国家社科基金设立的一类重要项目，旨在鼓励广大社科研究者潜心治学，支持基础研究多出优秀成果。它是经过严格评审，从接近完成的科研成果中遴选立项的。为扩大后期资助项目的影响，更好地推动学术发展，促进成果转化，全国哲学社会科学工作办公室按照"统一设计、统一标识、统一版式、形成系列"的总体要求，组织出版国家社科基金后期资助项目成果。

全国哲学社会科学工作办公室

目　　录

引 言

世界文学就是"从翻译中获益的文学"①。此语掷地有声地说明了翻译在世界文学中的关键位置。

近代的汉译西方文学怎样建立了中国最初的世界文学观，构筑了中国人的世界意识、思想资源与新文学建设？这些问题越来越受到学者的广泛关注，但是对于如何整体性理解近代汉译文学的独特性还缺乏理论上有效的阐释。本书在该领域已有的研究基础上，从比较文学角度和世界文学的理论层面，总结了1896～1916②年汉译文学的特征：原本选择的非经典性、翻译策略的随意性、译者的非专业性等。但这些判断都是历史的"后知后觉"，是后人用当代标准对文学前辈的批判，并不符合客观的历史实际。人文学科研究的重点不仅是发现现象，还应该总结规律，寻找普遍性，分析原因和影响。

本书第一章开宗明义，从当代世界文学理论的系统论特征获得启发，同时对西方学者所谈到的"世界文学体系"保持警觉。莫莱蒂等人的"世界文学体系"理论认为，现代世界文学体系的核心位置普遍属于西方文学，各民族文学处于边缘。但这一理论无法解释近代汉译文学的特殊现象，故而笔者提出"世界文学萌芽体系"的概念。笔者认为，在民族文学开始建构和面对世界文学的最初阶段，各民族可能都普遍存在一个世界文学萌芽体系。在该体系核心位置上的一般是本民族文学，而外国文学最初一般处于边缘；体系有一个轴线，两端分别是文学的"自治"和政治、经济等因素主宰的"他治"，萌芽体系中的文学在这两端徘徊，时而靠近"自

---

① David Damrosch, 2003: *What is World Literature*? Princeton: Princeton University Press, p. 281.

② 本书的时间计算开始于1896年9月《时务报》第6册上登载福尔摩斯故事《英包探勘盗密约案》。虽然它开始可能并未被近代中国读者认为是小说，但它对后来侦探小说的译介与创作都有重要意义。时间的下限止于1916年新文化运动之前，因为狭义上认为1917年1月1日胡适在《新青年》发表《文学改良刍议》标志着新文化运动中倡导文学革命的开始，虽然一般被称作第一部外国文学翻译作品的《巴黎茶花女遗事》出版时间是1899年。最近出版的李今主编的《汉译文学序跋集》将开端定于1894年英国传教士李提摩太编译的《百年一觉》(*Looking Backward*)，但念于李提摩太作为传教士的身份和传播泰西"新法养民之道"的目的，笔者认为真正的汉译"文学"还是应该从《时务报》的福尔摩斯故事算起。

治"，而更多时候靠近"他治"。具体到近代中国通过翻译与世界文学相遇的最初时刻，世界文学萌芽体系的核心是中国文学，而外国文学(此时主要是西方文学)①处于边缘。

世界文学萌芽体系有如下特点：第一，它常常以世界主义之名行民族主义之实；第二，由于外国文学处于边缘位置，翻译文学选本常存在经典的错位和通俗化倾向。一方面，西方文学经典体系中的二流或通俗作家作品曾备受译入语国家追捧(见第二章)，例如柯南·道尔(见第三章)和哈葛德(见第四章)；另一方面，某些"超经典"的大作家们要么被忽视，要么即使受到追捧，也可能会因各种原因，被关注的"重点"大有不同、存在错位，比如近代汉译文学语境中的莎士比亚。在世界文学萌芽体系中，语言问题非常重要：民族语言如何"翻译"世界？近代中国翻译家是否能用传统的文言文，翻译代表"现代"的西方文学？本书第五章专门讨论一种折中妥协的文体，我们称之为"拟古文体"。第六章对中国文学的现代性与世界文学萌芽体系间的关系，特别是小说地位的提升、世界文学格局的建立进行了总结。

---

① 近代汉译文学在相当长的时间内主要都是英、法等西方国家的作品(详见本书第二章的统计)。本书会用到"汉译文学""外国文学"等说法，但是本书主要的论述对象和言说范围是西方文学翻译。

第一章 "世界文学萌芽体系"及其理论起点

第一节 当代世界文学理论的系统论倾向

一、当代世界文学理论的三种主要学说

"世界文学"是长久以来被广泛谈论,却极少被清晰定义,且很难达成共识的概念之一。21 世纪以来,对"世界文学"的理论热情重新燃起。[①]它伴随着对世界各国和地区之间交往日益频繁的回应和一直存在的危机,为比较文学学科注入了新活力。总体来说,在世界各地学者的推动下,"世界文学"概念和"世界文学理论"作为一种新的研究范式已经超越了歌德在 19 世纪初提出这一概念时那种满怀憧憬的设想阶段,成为比较文学新的学术动力。21 世纪以来对"世界文学理论"的讨论普遍受益于跨学科研究的成果,出现了三位有代表性的学者,他们被称作世界文学理论的"圣三一体"(a "Holy Trinity" of scholars)[②],提出了三种比较有影响力的学说。

第一种是空间说。法国的帕斯卡尔·卡萨诺瓦任职于巴黎艺术和语

---

① 比较文学如何命名、囊括和勾勒日趋复杂的超国别的文学,是伴随着比较文学的困境一直存在的问题。总体来说,比较突出的命名方式有几种:宋惠慈(Wai Chee Dimock)的"全球文学"(global literature);斯皮瓦克为了区别于全球文学,强调另一种类型,建议用"星球"(planet)取代"全球"(globe);复数的"世界文学"以及单数的"世界文学"(莫莱蒂、达姆罗什)。其中最为集中和有代表性的是关于单数的"世界文学"的争论,因此本书以此为主展开论述。吴雨平、方汉文曾发表《"文学世界体系"观念评骘》一文,基本与他们的另一篇文章《"新文学进化论"与世界文学史观——评美国"重构派"莫莱蒂教授的学说》一脉相承。前文仍然从莫莱蒂的"文学世界体系"谈起,将大卫·达姆罗什归入重构派,这还远远不够。因为他们没有专门指出莫莱蒂的"文学世界体系"(Literary World-System)是对应沃勒斯坦的"世界体系"(World-System)的文学体现,阿普特 2009 年收入 *Teaching World Literature*(David Damrosch ed., New York: MLA of American)的同名文章"Literary World System"也囊括了除去莫莱蒂和达姆罗什以外的更多文学表现。参见吴雨平、方汉文:《"文学世界体系"观念评骘》,载《外国文学研究》,2013(5);吴雨平、方汉文:《"新文学进化论"与世界文学史观——评美国"重构派"莫莱蒂教授的学说》,载《文艺理论研究》,2013(5)。

② Charles Forsdick, 2010: "World Literature, Littérature-Monde: Which Literature? Whose World?". *Paragraph*, 33(1), p.138.

言研究中心，1999 年出版了《文学的世界共和国》(*The World Republic of Letters*)一书。在书中，她强调作为一个世界的文学共和国虽然根本上与现代民族国家的兴起有关，但是并非完全与政治、经济等因素相关，文学也建立了自己半自治的、特殊的权力关系体系。她首先从社会学家布尔迪厄的"场域"，特别是"文学场域"中获取了营养，将"世界文学空间"假设为一个独立于政治、经济、语言和社会的统治结构。她又从经济学家布罗代尔的理论，特别是"世界经济"的概念中得到灵感，看到了将"文学"纳入国际层面的可能性。在她后来进一步阐述的文章《作为一个世界的文学》(*Literature as a World*)中，她认为这个空间有两个主要特征：一是等级制与不平等，二是相对的自治性。"文学的世界提供了一个自相矛盾的市场，是围绕着非经济性的经济建构起来的，并依照自身的一系列价值运行。"这一结构有两端，一端是政治、民族、商业标准等强大的"他治"力量；另一端是"自治性"的对文学创造的"客观"价值的信念。卡萨诺瓦认为在世界文学空间中最靠近文学"自治"一端的，一般是较早参与世界文学竞争的古老的民族文学，大多是欧洲文学。她在注释中补充说，因为中国、日本、阿拉伯等地的文学虽然历史悠久，但很晚才参与到世界文学空间中来，所以虽然古老，但是在世界文学空间中只能屈居次要地位。①靠近"他治"一端的一般是文学中的新来者，最缺乏文学资源的空间。不过她也说，过于强调"他治"的力量将无法解释很多文学现象，例如所在国政治与经济力量处于薄弱地位的卡夫卡的声誉却很高，四位拉美作家获得诺贝尔文学奖等。卡萨诺瓦关于"世界文学空间"的理论认为，文学的世界共和国最初从 16 世纪的巴黎开始，在文学的"他治"和"自治"两端徘徊，最终构建了这个"空间"。②卡萨诺瓦的理论虽然有其新颖之处，但是有争议的是她以法国文学为中心的理论体系，已不再是"欧洲中心论"，俨然就是"巴黎中心论"。

　　第二种是问题说。2000 年学者弗朗哥·莫莱蒂发表《世界文学猜想》一文，他强调了文学与自然科学的系统论、社会科学的世界体系之间的紧密联系。但这不是特例，他和法国的帕斯卡尔·卡萨诺瓦一样都受益

---

①　她所谓"参与世界文学竞争"，是以欧洲文学为中心的世界文学的流通，所以曾以中国文学为中心的东亚文学交流、阿拉伯民间文学与诗歌对欧洲文艺复兴及以后文学的影响，都因区域性和局部性被卡萨诺瓦排斥在"世界文学"空间之外了，她的这一立论模式后来也引发了巨大批评。

②　参见〔法〕帕斯卡尔·卡萨诺瓦：《作为一个世界的文学》，见〔美〕大卫·达姆罗什、刘洪涛、尹星主编：《世界文学理论读本》，北京，北京大学出版社，2013，第 115～117页。

于布罗代尔、沃勒斯坦等人的经济学、社会学理论，强调世界文学的不平等性。不过莫莱蒂更直白一些，他首先承认文学的多样性和庞大数量，使得任何读者和研究者都不能穷尽，但"世界文学"的研究仍有可能。他征引了马克斯·韦伯1904年的发言，韦伯说社会科学研究"不是'事物'的'实际的'相互联系，而是决定不同科学范畴的问题在概念上的相互联系。以一种新方法探索新的问题，'新的科学'就在这里诞生"，因此莫莱蒂也为世界文学下了定义："世界文学不是一个对象，而是一个问题，一个需要用新的批评方法加以解决的问题。"这个问题像世界上很多问题一样，无法通过穷尽资料完成，作为一个理论，它需要一个"跳跃和假设"，因此"世界文学不能仅仅是文学，要大于文学；大于我们已经在做的事情"①。莫莱蒂的文章总体上采用宏观比较的方法，核心是用形态学的方法对比中心与边缘地带小说的兴起，他从比较语文学的树状结构和历史语言学使用的"波浪假设"取材，用树和波浪两个比喻阐释了作为一个"问题"的世界文学，揭示了文学的生命周期。他将生物遗传学和语文学相结合，为系统论与世界文学相结合指明了新方向。

第三种是流通说。作为哈佛大学比较文学系的教授，美国作家大卫·达姆罗什著有《什么是世界文学?》(2003)、《如何阅读世界文学》(2008)等六本书，他也是《朗曼世界文学作品选》(2004)的主编，《世界文学教学》(*Teaching World Literature*，2009)和《世界文学理论》(*World Literature in Theory*，2014)的主编。他与其他学者共同主编了《鲁特里奇世界文学参考》(*The Routledge Companion to World Literature*，2011)以及三部中文丛书:《新方向:比较文学与世界文学读本》(2010)、《世界文学理论读本》(2013)、《世界文学名著》(即将出版)。2003年大卫·达姆罗什出版了专著《什么是世界文学?》。他认为当今时代的世界文学概念已经超越了歌德时代的定义，应该被赋予新的内涵。他从三个方面对"世界文学"进行了界定:一是世界文学是超越"文化起源地"进入流通的一种模式，是对民族文学的全面折射;二是世界文学是从翻译中获益的作品;三是世界文学是一种阅读模式，一种跨越时空与世界交流的方式。②这一提法是在对抗比较文学研究越来越倾向于界定边界、专注于文学的外部研究的背景下提出的，他强调了世界文学在作者、文本和读

---

① 〔意〕弗朗哥·莫莱蒂:《世界文学猜想/世界文学猜想(续篇)》，见〔美〕大卫·达姆罗什、刘洪涛、尹星主编:《世界文学理论读本》，北京，北京大学出版社，2013，第125页。

② 参见 David Damrosch，2003:*What is World Literature*? Princeton:Princeton University Press，p. 281。

者间通过翻译、阅读进行流通的动态结构。这一结构通过强调文学的阅读，重新关注了"文学性"。但是在文本越来越多、值得关注的焦点越来越多样的时代，如何阅读世界文学也成了问题，2008年他出版了以此为题的另一本书《如何阅读世界文学》。

《如何阅读世界文学》并没有拘泥于某一理论或思潮，最难能可贵的是作者在几个具体操作层面做出了指引和示范：出色的世界文学文集和选集，设计精良、查阅方便的世界文学网站，大学里开设的世界文学课程和优秀教材，有关世界文学的理论探讨，与世界文学密切相关的翻译研究，与世界文学相互丰富的其他艺术样式，还有就是对异域文化的学习和借鉴。[①]总体来说，在过去的十年里，达姆罗什借助学院体制，致力于将"世界文学"观念制度化（编著颇具影响力的作品选、在哈佛大学成立世界文学研究所培养青年教师与学生）、理论化（出版专著）并进行具体的教学指导（编著资料汇编）。在使世界文学概念重获新生，为比较文学研究领域注入新活力方面，达姆罗什成绩突出。这些明晰的方向和切实可行的方法令达姆罗什的世界文学"流通说"影响广泛。

二、系统论与世界体系理论

近年来关于世界文学理论的主要论述都有明显的系统论倾向。阿普特一针见血地指出："源于文艺复兴的人文主义、黑格尔派美学、歌德的世界文学主张、马克思主义文学的'因特纳雄奈尔'、最近聚焦于超经典与反经典循环的跨国以及后殖民理论作品、翻译市场、阅读模式和世界文学等概念本质上都是'系统性'的概念。"[②]这明显是受到了自然科学系统论波及的社会科学体系论，特别是受到了历史与经济研究中的世界体系理论的影响而产生的新变化。

系统论最初由加拿大籍的奥地利理论生物学家博塔兰菲（Ludwig von Bertalanffy）在20世纪30年代提出，但迟至1968年他才出版专著《普通系统论——基础、发展和应用》(*General System Theory*：*Foundations*，*Development*，*Applications*)。系统论不仅是一种重新认识世界的方法，更是一种具有哲学意义的方法论，它的核心原则包括整体性、有机动态性、开放性以及结构上的等级性等。虽然系统论从自然科学领域延伸到社会科学，发展出了控制论、系统工程等多个领域，但是它们大多都没

---

① 参见 David Damrosch, 2009: *How to Read World Literature*? MA：Wiley-Blackwell。

② 〔美〕艾米丽·阿普特：《文学的世界体系》，见〔美〕大卫·达姆罗什、刘洪涛、尹星主编：《世界文学理论读本》，北京，北京大学出版社，2013，第148页。

有摆脱自然科学方法的价值中立立场,直到历史学家沃勒斯坦(Immanuel Wallerstein)提出世界体系理论。沃勒斯坦从马克思主义的阶级分析吸取营养,用资本主义的霸权理论分析与批判了世界体系中存在的不平等。正是在这一点上,世界文学理论的系统论倾向更为接近沃勒斯坦,而不是博塔兰菲。沃勒斯坦的世界体系理论自20世纪70年代在美国形成以来,已经大大超出了单纯的历史、社会、文化研究的应用,延伸出了最初用于分析以近代欧洲为中心的资本主义世界体系的范畴。

不过,为了区分自己的"世界文学空间"与沃勒斯坦的"世界体系"及布罗代尔的"世界经济"概念,帕斯卡尔·卡萨诺瓦用卡西尔(Cassirer)的"象征形式"看待"世界文学空间",将"世界文学空间"的结构想象成是世界经济、文化、地理等的流通模式。卡萨诺瓦特别指出她不使用"世界文学体系"的原因是,"体系"主要指每种因素与观点的直接的相互联系,它的结构特征是侧重客观关系,可以在直接的互动之外运作。①她认为沃勒斯坦的"体系"将"内"与"外"划分得很明确,可能会无法涵盖世界文学空间在很多领域中的矛盾、模糊与复杂。不过在这一点上,卡萨诺瓦片面理解了沃勒斯坦的"世界体系"概念。沃勒斯坦的理论广泛受益于历史学、经济学、系统论等的诸家观点,也历经多次修正、补充。20世纪90年代他在《地缘政治与地缘文化》(Geopolitics and Geoculture)中为这一体系增加了核心(core)、边缘(periphery)和半边缘(semi-periphery)概念;2004年的书中他又特别强调"World-System"中间的连字符,目的是强调他所关注的问题不是全世界的体系、经济或者帝国,而是由体系、经济或帝国自身形成的世界②。正是这些修正避免了卡萨诺瓦的担忧:过去以单一机械模式为驱动(最初主要是市场)的体系理论,转向难以清晰界定的全球性网状体系,强调了复杂的网状关系中的模糊、多元与矛盾在体系中的相互作用。

莫莱蒂从小说史研究出发,他的一系列成果都与世界体系论关系明确,从名字就可见一斑:《现代史诗:从歌德到马尔克斯的世界体系》(The Modern Epic: The World-System from Goethe to Garcia Marquez, 1996)。他还有一篇文章干脆名为《进化、世界体系、世界文学》,文中认

---

① 参见〔法〕帕斯卡尔·卡萨诺瓦:《作为一个世界的文学》,见〔美〕大卫·达姆罗什、刘洪涛、尹星主编:《世界文学理论读本》,北京,北京大学出版社,2013,第115~117页。

② 参见 Immanuel Wallerstein, 2004:World-Systems Analysis: An Introduction, Durham: Duke University Press。

为所谓世界文学事实上存在两种："第一种世界文学(Weltliteratur)是'地方'文化的马赛克拼贴，它的性质由强大的内部多样性决定，新形式主要产生差异性，最好的解释是进化论式的。而第二种世界文学(Weltliteratur，我宁愿称其为世界文学体系)是被世界文学市场所联结起来的。"①《世界文学猜想》一文也和世界体系论关系密切。他的主要论据和论述对象是世界文学中的小说，特别是现代小说的形成与流通。莫莱蒂承认这一归类的准确性，但他的这个理论猜想也希望填入更多细节。针对此文引起的讨论和激烈的批评，2003年莫莱蒂写作了《世界文学猜想(续篇)》，文章补充说，他知道小说"虽不代表整个体系，但却代表最易变的层次，如果只着重关注这些层次，我们可能夸大世界文学的易变性"②，因此作者也希望戏剧、诗歌领域的研究者能提供更多的研究例证。他委婉承认"猜想"一文虽然可能过分强调了世界文学体系中的某些因素，例如政治，或者中心文学的自治范畴，但是这一体系的"规划"和背景的关系却站得住脚，也对未来的文学研究有重要意义。③帕斯卡尔·卡萨诺瓦希望开辟一种既是内在又是外在的批评方法，在强调文学的独特价值的同时，容纳外在批评的成果，因为她认为世界文学作为一个空间是可以进行系统解释的。建构一个世界文学体系，旨在说明文类地位的变化、小说形式与审美的形成、各个国别文学身份的排定，既与文学本身有关，也和政治、经济和社会历史相联系。在为莫莱蒂的新书《文学史的曲线、地图、谱系》所写的后记中，进化论的生物学家阿尔贝托·皮亚兹探索了语言学和DNA代码的实际类比可能性，指出文学写作可以理解为一个系统，它并不受自身创造的特定手段的限制，因此能够在若干知识系统内形成新的隐喻和含混性。④

　　至于大卫·达姆罗什，他早在2006年由苏源熙主编的《全球化时代

---

①　Franco Moretti："Evolution，World-System，Weltliteratur"，in：David Damrosch，Natalie Melas，Mbongiseni Buthelezi，2009：*The Princeton Sourcebook in Comparative Literature：From the European Enlightenment to the Global Present*，Princeton：Princeton University Press，p. 207.

②　〔意〕弗朗哥·莫莱蒂：《世界文学猜想/世界文学猜想(续篇)》，见〔美〕大卫·达姆罗什、刘洪涛、尹星主编：《世界文学理论读本》，北京，北京大学出版社，2013，第137页。

③　参见〔意〕弗朗哥·莫莱蒂：《世界文学猜想/世界文学猜想(续篇)》，见〔美〕大卫·达姆罗什、刘洪涛、尹星主编：《世界文学理论读本》，北京，北京大学出版社，2013，第142页。

④　参见 Franco Moretti，2005：*Graphs，Maps，Trees：Abstract Models for a Literary History*，London：Verso。

的比较文学》一书中，就提出了他对世界文学构成的新层次说。他认为当前世界文学由过去的"大作家"和"小作家"构成的两层体系变成了三层体系："超经典"（hypercanon，指过去一直独领风骚的"大作家"）、"反经典"（countercanon，指在语言或文学传统上属于非主流和有争议的作家）和"影子经典"（shadow canon，指越来越隐退的"小作家"）。①这种对经典的历史化描述、层级化分类及有机动态性把握，本身都是世界体系理论的核心。

综合来看，当代世界文学理论都直接或间接地与系统论相关。但是世界文学理论的这一系统性倾向的理论意义如何呢？

三、理论意义与问题

新一轮的关于世界文学理论的讨论广泛受益于自然科学的系统论、进化论，以及社会科学领域的经济学与历史研究的世界体系论影响，明显是跨学科研究的延续，但不同于最初美国学派的跨学科范式，世界文学理论的系统论倾向代表了一种试图同时超越现代主义与后现代主义范式的努力，应引起学界注意。

首先，对世界文学理论描述中整体的系统化思考虽然都有跨学科的特征，但是研究范式从根本上区别于后现代的破碎与断裂，具有重要的意义。

后现代理论最初起源于人文学科，后来逐渐波及社会科学与自然科学的社会思潮，它的起因是对现代理性原则和规范性组织系统的挑战，因此具有鲜明的碎片化、断裂化和无中心、非体系的特征，这种思潮怀疑在自然科学、社会科学和人文学科，以及文学与艺术、文化与日常等一切人类所从事的每一个领域之间都不存在明确学科划分的可能性②。在这一思潮的部分影响下，比较文学的跨学科研究热衷于打破壁垒，冲破学科界限。及至20世纪90年代，以文化研究为代表的跨学科研究也的确极大拓展和深化了比较文学研究。这一轮世界文学讨论中不约而同的系统化特征，在比较文学领域并非凌空出世，因为它的结构化特征向上可以联系到俄国形式主义以及捷克的结构主义，向下可以追溯到对后现代主义无效性和虚无主义的不满。莫莱蒂非常乐于接受有人把他的《世

---

① 参见 David Damrosch："World literature in a Postcanonical，Hypercanonical Age"，in：Haun Saussy，ed，2006：*Comparative literature in an age of globalization*，Baltimore：The Johns Hopkins.

② 参见 D. Gregory："Areal Differentiation and Post-Modern Human Geography"，in：Derek Gregory and Rex Walford，eds，1989：*Horizons in Human Geography*，London：Macmillan Education.

行更为本土化的文学思考。

　　纽约大学的著名学者艾米丽·阿普特在她那篇爬梳剔抉、宏阔而幽微的文章《文学的世界体系》中，曾提醒这一研究使用自然科学领域的系统论和社会科学的世界体系概念，冒着简化文学的风险，"通常与人文主义背道而驰"①。但是恰恰相反，笔者认为透过比较文学的危机，结合具体文本研究，当今对世界文学研究的宏观考察与体系化把握的热情，重续了比较文学与世界文学的人文主义血脉，甚至唤起了文学研究被后现代的断裂和怀疑主义搁置的历史感的觉醒。

　　比较文学在经历了形式主义、新批评、跨学科、文化研究的多番"洗礼"之后，翻新乏术，不仅面临"文学性"的丧失，甚至面临学科之死的威胁。对世界文学理论试图进行体系化的描述本身就是比较文学活力与跨学科胸怀的最好体现。它真正的价值在于，新的世界文学理论虽然不同并超越了歌德时代的"世界文学"观念，但在人文精神的内涵上别无二致。

　　比较文学要为当代新处境中文学多样性的整体理解提供视角，没有比"世界文学"更合适的描述了。因为在各民族、各类文学文本与人类历史的纵横交错之中，人们试图理解过去以便解释现在、把握未来。正是在这个意义上，莫莱蒂声称"我们想象比较文学的方式是我们如何看待世界的一面镜子"。②如果承认文学研究可以帮助我们认识人类历史和世界，那么综合性看待国别文学与世界文学就是有意义的；如果探索和勾勒文学的世界流通规律是可能的，那么使用系统论和世界体系的方法就可能是有效的。新的世界文学理论试图通过宏观与微观并行的文学研究，将过去与未来连接起来。这一新的研究趋势不仅重新承认人类历史的书写，建构了某些可以被勾勒的秩序概念，而且也承认世界文学应该是不同民族文学丰富交流的成果，并非西方霸权的变相覆盖。

　　从维柯和赫尔德以来，人文学科就一直试图在多重性中寻找和表达普遍的人的概念。当今对世界文学整体性的关注和理论概括的系统论倾向，表达了比较文学试图摆脱后现代主义的虚无主义倾向，重构破碎的人文观念的努力，隐含着珍贵的内在历史理解。这也正是 21 世纪世界文学理论在经历诸多变迁之后，与歌德时代的世界文学观念遥相呼应的人文主义基础。

---

①　〔美〕艾米丽·阿普特：《文学的世界体系》，见〔美〕大卫·达姆罗什、刘洪涛、尹星主编：《世界文学理论读本》，北京，北京大学出版社，2013，第 151 页。

②　〔意〕弗朗哥·莫莱蒂：《世界文学猜想/世界文学猜想(续篇)》，见〔美〕大卫·达姆罗什、刘洪涛、尹星主编：《世界文学理论读本》，北京，北京大学出版社，2013，第 142 页。

第二节 "世界文学萌芽体系"概念的提出

一、何谓"世界文学萌芽体系"

弗朗哥·莫莱蒂在文章《世界文学猜想》中提出,并在后来的回应文章《世界文学猜想(续篇)》中较为充分地补充了世界文学体系理论的设想。他以现代小说为研究重点,认为现代世界文学体系"有一个核心和一个边缘(以及一个亚边缘)",主要的核心是西方文学,边缘是其他民族文学;并且它的特征是"一,并且不平等:一种文学(歌德和马克思所说的单数的世界文学);抑或更好的说法是一种世界文学体系(相关文学的体系),但却不同于歌德和马克思所希望的一个体系,因为它相当不平等"。他借鉴了其他研究者的成果:东欧、意第绪语地区、阿拉伯语地区、土耳其、菲律宾、西非、日本等地的小说,其中也包括赵毅衡与王德威对世纪之交的晚清小说的研究,进而总结了世界范围内现代小说的兴起,最终认为,以小说为代表的世界文学体系"最初并不是自主发展,而是西方的形式影响(通常法国和英国的形式)与地方原料折衷的结果"。①

可以看到,以莫莱蒂为代表的西方学者所总结的世界文学体系是西方文学全球性"一路凯歌"的结果,虽然在这一理论体系中他们保存了以强调多样性为特征的"树状结构",但是对于多数非西方,特别是殖民地国家来说,现代的世界文学体系大多是消灭丰富性/强调同化性的"波浪运动"②。它的中心多是西方文学,民族文学处于边缘或半边缘位置。纵然这一理论有西方中心论之嫌,但它的确有效描述了相当多的民族文学"现代化"的结果。我更愿意把它界定为"现代世界文学体系",因为笔者认为在世界范围内,民族文学开始主动构建世界文学观念的最初时刻,也存在一个体系化结构,我们不妨将它命名为"世界文学萌芽体系"。

世界文学萌芽体系也存在不平等:有核心、半边缘与边缘(核心位置一般是民族文学的核心文类,处于半边缘的是民族文学的边缘文类,而外国文学最初一般处于边缘);体系有一个轴线,两端分别是文学的"自

---

① 〔意〕弗朗哥·莫莱蒂:《世界文学猜想/世界文学猜想(续篇)》,见〔美〕大卫·达姆罗什、刘洪涛、尹星主编:《世界文学理论读本》,北京,北京大学出版社,2013,第125~127页。

② 参见〔意〕弗朗哥·莫莱蒂:《世界文学猜想/世界文学猜想(续篇)》,见〔美〕大卫·达姆罗什、刘洪涛、尹星主编:《世界文学理论读本》,北京,北京大学出版社,2013,第134页。

治"和政治、经济等因素主宰的"他治",萌芽体系中的文学在这两端徘徊,时而靠近"自治",而更多情况下靠近"他治"。具体到近代中国通过翻译与外国文学相遇的最初时刻,世界文学萌芽体系的核心是中国的诗文传统,半边缘是中国的传统小说、戏曲,而外国文学处于边缘。

新文化运动后,中国的现代世界文学体系正如莫莱蒂等人描述的那样未能"免俗":中国现代小说的形式、批评模式的参照核心都主要是西方文学,中国传统文学位居边缘。正是在以西方文学为中心的观念和经典排名方式为参照的体系下,才会对近代中国西方文学翻译的非经典性、随意性等产生批评。此外,一则反思的例子也可以让我们深入认识这两个体系的不同。日本明治维新后的文坛与西方遭遇,日本进入现代世界文学体系之中,于是外国(特别是西方)文学占据核心,影响了翻译策略,翻译过度忠实于西方原语文学终于引起不满。日本的英国文学研究者、语言学家、评论家外山滋比古(1923～   ),在他的《日语的个性》中就批评了日本文化对语言的洁癖和对翻译的"傻忠实"观念。他举例说:"韦利翻译的《源氏物语》,英译的《雪国》等,就不持我们这样的翻译观,他们是为英语的读者翻译,而不是为原文翻译。译文的读者懂不了的地方就割爱,难懂的地方就补充上说明的语句,有时改变点原文的顺序……宽容那些虽说不妥但相差不远的东西是很必要的。"[①]像外山滋比古这样有反省意识和颇具胆识的学者并不多,他批评的正是日本现代世界文学体系中以西方文学为核心的观念,但他没有意识到他所举出的英译日本文学翻译方法的问题其实不得要领——因为重点不是策略,而是在世界文学体系中民族文学与外国文学的位置。以中国和日本等为代表的非西方国家,从世界文学萌芽体系到现代体系,外国文学经历了从边缘到核心的根本性位移。然而西方国家的世界文学体系结构一直没变:本民族(西方)文学一直是核心,外国(特别是东方)文学为边缘。[②]从 18 世纪的歌德到 20 世纪的阿瑟·韦利(Arthur Waley)、庞德(Ezra Pound),再到今天的葛浩文(Howard Goldblatt)均是如此,因此他们对待东方文学的态度或文学翻译策略一定会让源语言文本至上的东方学者极度不满。这也是为什么以西方文学为研究重点的学者不会注意到,在相当多的非西方国

---

① 〔日〕外山滋比古:《日本語の個性》,东京,中央公論社,1995,第 174 页。转引自王晓平:《中日文学经典的传播与翻译(上)》,北京,中华书局,2014,第 523 页。

② 后文论述的世界文学萌芽体系特征也包括和适用于西方文学,只是对西方来说,从萌芽体系到现代体系结构变化不大,因此它的历史分期不太明确。而非西方国家多数经历了文学体系的巨大变迁,如中国以新文化运动、日本以明治维新为分水岭等。

家，还存在一个可能短暂但却独特、微妙的世界文学萌芽体系。

二、世界文学萌芽体系的特征

世界文学萌芽体系普遍存在于世界许多非西方主流民族文学试图融入文学"现代化"的大合唱与构筑世界文学蓝图的开端阶段，因此它具有一些普遍的特征。

1. 以世界主义之名，行民族主义之实。

世界文学萌芽体系的目标虽然看似都是兼容并包的世界主义理想，最初却常常难以摆脱民族主义的起点与动机。"世界文学"美好设想的提出者歌德就是一个例子。1827 年，为了回应法国报纸对他作品（特别是《托夸多·塔索》）的赞誉和讨论，歌德首次在《艺术与古典》（Über Kunst unde Alertum）杂志中提出了世界文学这一具有世界主义倾向的美好设想。歌德说："我是怀着一个更高的目的，现在我想谈的就是这个目的。人们处处都可以听到和读到，人类在阔步前进，世界关系以及人的关系前景更为广阔……一种世界文学正在形成。"但是在这个宏伟蓝图之后，歌德接着说，"我们的德国人在其中可以扮演光荣的角色"。歌德在随后的论述中强调了这种世界文学并非意味着独立的民族文学的衰亡，他仍将目光迅速移向德国，他强调了他的国家将在其中有大作为，并"将在这伟大的聚会中扮演美好的角色"。①不仅如此，歌德提出超越民族又不失民族特色的这一构想，也正是源于对当时德国文学缺乏整体性与特色的忧虑。早在 1795 年的一篇名为《文学上的无短裤主义》中，歌德就指出了德国分散的政治形态、小国寡民心态（Kleinstaaterei）使德国无法出现带有浓厚民族特征的经典作家。当代学者约翰·皮泽分析说：歌德超越民族身份和形态的"世界文学"构想其实是为了构建"稳定、内在而强大的民族认同"的尝试，"世界文学的理想正是当时德国无法构建经典的民族文学，对抗文化分裂的唯一理想的替代品"。②

同样，"世界文学"在中国最初的出现也呈现相似的民族主义动机，学者葛兆光分析"中国"这一概念的历史演变时曾说："民族主义立场和世界主义价值就常常混杂在一起，近代性的追求遮掩了传统性的固守，民

---

① 〔德〕歌德：《歌德论世界文学》，见〔美〕大卫·达姆罗什、刘洪涛、尹星主编：《世界文学理论读本》，北京，北京大学出版社，2013，第 3～4 页。

② John Pizer, 2006：*The Idea of World Literature：History and Pedagogical Practice*，Barton Rouge：Louisiana State University Press, p. 24.

族主义则经由世界主义来表达。"①世界文学也是如此。据考察,最早谈及"世界文学"的陈季同,作为一位在欧洲 20 余年的中国外交官,自己也出版了 8 部法语作品(外文著作以署名 Tcheng Ki-Tong 行世),主要介绍了中国的戏剧、风俗、故事等,多部作品被译为其他欧洲文字。驻外多年且已经进入欧洲上流社交圈的陈季同,也是出于民族主义的荣誉感,对提高中国文学与文化的国际地位焦虑,才提议中国不能再封闭自足,而要主动参与到世界文学的洪流之中。此外从思想史角度,学者金观涛、刘青峰考察了"万国""世界""国际"三个词在 1860～1915 年中国的使用频率后发现,"民族观念勃兴的整个时段(1901～1908)与'世界'一词的使用高峰相吻合"②。这一时期,也正是社会达尔文主义在中国盛行之时。

2. 由于外国文学处于边缘位置,因此译介策略普遍较为随意。

在最初的世界文学萌芽体系中,民族文学中的传统经典会占有核心地位,次文类或许占据半边缘,外国文学常常处于最边缘的地位。因为最古老的区域、拥有丰富文学遗产的区域往往占有最多的文学资源,享有最高的"声望"。而新来者,无论文学的价值如何,因为文学资源占有匮乏,往往处于劣势。在近代中国的世界文学萌芽体系中,主流文学仍是中国传统诗文,因此作为边缘的外国文学只能听凭作为主流的中国文学的文化过滤和筛选,被动接受那些今天看来过于随意的翻译。美国学者总结说:

> 主流文学传统之所以能够占主导地位或者中心地位,是因为它们扎根于深厚广泛的文化传统,积淀了深厚的文化声望,而从流文学传统则处于被主导和边缘的地位,相较而言,它们的发展受到了限制。处于从属地位的文学通过将主流文学传统中的文本和作品翻译过来……从而达到增加自身文学资源的目的。也正因如此,主流文学传统中的文学所做的翻译工作较少,因为它的形式广泛,手法多样,能够独立发展。而一旦主流文学传统进行翻译的时候,它就会将自身的文化传统赋予原文文本,它所起到的作用是"奉献式"的。当它所翻译的文本来源于从流文学传统的时候情况就尤其如此。③

① 葛兆光:《宅兹中国:重建有关"中国"的历史论述》,北京,中华书局,2011,第 194 页。
② 金观涛、刘青峰:《观念史研究:中国现代重要政治术语的形成》,北京,法律出版社,2010,第 246 页。
③ 〔美〕劳伦斯·韦努蒂:《翻译研究与世界文学》,见〔美〕大卫·达姆罗什、刘洪涛、尹星主编:《世界文学理论读本》,北京,北京大学出版社,2013,第 204 页。

当外国文学处于边缘的从流地位时，翻译策略较为随意，趋于同化，因为它需要采用易于接受的目的语语言来与文学中心建立关系。译作的声望往往依赖译者显赫的本土文学身份而不是外语能力等。不懂外语的林纾因为自己的古文家身份和"雅训"的古文笔法使其翻译小说备受推崇；不懂中文和日语的庞德也因自己在英语诗坛的地位"发明"了很多东方诗歌而名霸译坛。纵然从翻译的资格和作品对原作忠实的程度上看，庞德都大为逊色，但是他像他的文学先辈一样，把东方文学仍然放在了边缘位置——它的价值主要是如何丰富或者重燃了核心文学——英语诗歌。在这个意义上，庞德的世界文学观念与歌德的"世界文学"没有区别。学者史崔克曾细致分析了歌德世界文学概念中的乌托邦愿景、对差异存在的焦虑，以及隐含的帝国主义话语："在歌德看来，世界文学首先是欧洲文学。它正在欧洲自我实现。欧洲文学，是欧洲每种文学、所有人民之间的沟通与交换的文学，是世界文学的最初阶段，世界文学将从此开始，扩展到更宽广的圈子，最终形成包含世界的系统。世界文学是一个有生命的成长中的有机体，可以从欧洲文学的萌芽成长并发展起来。在那本架起东西方沟通桥梁的诗集《西东合集》中，歌德自己开启了将亚洲融入其中的任务。"[1]

即使在受汉文化影响巨大的日本，最初由于诗文中心的传统，导致汉文小说在萌芽体系中也处于半边缘或者边缘位置，因此小说翻译策略的随意化也多见于日本。早在平安末期到镰仓时代，对中国故事的编译就开始出现在日本的说话集中，《今昔物语集》《十训抄》《古今著闻集》《唐物语》等日本说话中穿插了很多中国故事，基本都是意译、自由译或者摘译（digest）。据王晓平教授的研究，江户时期的假名草子中有很多是摘译：有的译自朝鲜书，有的译自冯梦龙的《智囊》或者颜茂猷的《迪吉录》。江户时期的小说译著都被称为"通俗书"，例如以《三国志通俗演义》为底本，参考《三国志》而翻译的《通俗三国志》（元禄五年刊行），此外还有西田维则的《通俗金翘传》、三宅啸山的《通俗女妖传》、石川雅望的《通俗醒世恒言》、多位译者接力翻译的《通俗西游记》等[2]，都表明相当长的一段时间内，日本在外来小说翻译中都把读者定位为普通读者，"取便发挥"

① Frits Strick, trans. C. A. M. Sym, 1949: *Goethe and World Literature*, New York: Hafner Publishing Company, p. 16.

② 参见王晓平：《中日文学经典的传播与翻译（上）》，北京，中华书局，2014，第257~263页。

的翻译相当多。

　　3. 世界文学萌芽体系中，翻译文学选本常存在经典的错位和通俗化倾向。

　　在这一萌芽体系中，由于外来文学处于边缘地位，因此翻译文学对作家、作品的选择常常存在与源语文学经典座次相错位的情况，而很多伟大的文学变革正是从这些当时处于边缘地位的文学，甚至是边缘地域文学的非经典作家与文类开始的。

　　我们所说的在世界文学萌芽体系中处于边缘的外国文学翻译选本存在的错位，一方面包含一些在后来的国别文学经典体系中的二流或末流作家、作品，虽然如今可能已经沦为"影子经典"，但一段时期内在目的语国家声望可能会暂时超过那些"超经典"①作家、作品。例如，本书第四章将要讨论的 H. R. 哈葛德；法国文学传统中有着森严的等级差异，鲁迅放弃主流文学传统中的经典，选择法国小说进行翻译，最先进入视野的不是拉伯雷、雨果、巴尔扎克，而是寓教于乐的凡尔纳的小说；还有中国人一直耿耿于怀的是《好逑传》《花笺记》这样的作品，而不是《史记》《诗经》或者叙事文学中的其他精品启发了歌德"世界文学"的美好设想。因为我们忘了，无论中国文学如何伟大，歌德从来，也不打算把中国文学放在他心目中世界文学体系的核心位置，相反，他关心的是欧洲文学，确切地说是如何丰富当时并不强大的德意志文学。

　　很多民族最初的翻译选本多具有通俗性，因为更多考虑的是出版阅读，而不是学校教育与知识精英的意见。最初的翻译多选择易于被目的语接受的作家作品，而不是源语文学中的经典作家作品。这不难理解，因为世界文学中"每个作家的地位都必须是双重的，经过两次定义的：每位作家的地位是由他/她在民族空间中所处的位置决定的，同时也由他/她在世界空间中的位置决定的"。②中国作家张文成的《游仙窟》在中国文学中算不得精品，但非常受日本人欢迎。《新唐书》记载说："新罗、日本使至，必出金宝购其文。"③此外，日本平安时期的物语文学也广泛吸收

---

① 达姆罗什认为"超经典"就是那些在过去一直保持自己的地位甚至地位越来越重的"大"作家，"反经典"主要是指非主流的、有争议的作家；而有一些旧的"小"作家慢慢只被老一代读者熟知，成为"影子经典"。参见〔美〕大卫·达姆罗什：《后经典、超经典时代的世界文学》，见〔美〕大卫·达姆罗什、刘洪涛、尹星主编：《世界文学理论读本》，北京，北京大学出版社，2013，第 162 页。

② 〔法〕帕斯卡尔·卡萨诺瓦：《作为一个世界的文学》，见〔美〕大卫·达姆罗什、刘洪涛、尹星主编：《世界文学理论读本》，北京，北京大学出版社，2013，第 115 页。

③ （宋）欧阳修等：《新唐书》第一六一卷，北京，中华书局，1975，第 4980 页。

中国志人、志怪和唐传奇等小说的影响，体现了杂糅性。斋藤拙堂（1797～1865）在他的《拙堂文话》中说："物语草纸之作，在于汉文大行之后，则亦不能无所本焉。《枕草子》其词多沿李义山《杂纂》；《伊势物语》如从《唐本事诗》《章台杨柳传》来者；《源氏物语》其体本南华寓言，其说闺情，盖从《汉武内传》《飞燕外传》及唐人《长恨歌传》《霍小玉传》诸篇得来。"①此外，虽然早期在欧美读者中介绍俳句的阿斯顿（W. G. Aston）、小泉八云等译者做了很多努力，但是让俳句在世界文学的传播中真正具有了生命意义的还是庞德的"意象派"发明。值得注意的是，在庞德推崇的俳句中极少有俳句史中的名作，"庞德撇开芭蕉和芜村，对日本的俳句作了极为片面而且武断的解释"②，但是这并不妨害东方这种短小、含蓄、隽永的诗歌就此真正开始走向世界文学。

错位的情况在另一个方面包括，"超经典"的失落或错位——大作家们要么被忽视，要么即使是源语文学的经典文类或作家被目的语国家的文学界追捧，也可能会因各种原因，心仪"重点"大有不同。例如，在中国最初对西方文学的译介中，世界文豪莎士比亚在近代中国长期"但闻其声"或"浪得虚名"，因为一直没有完整译本，甚至还被误认为是写鬼怪故事的人，其作品具有很强的娱乐性。

三、世界文学萌芽体系与近代汉译西方文学

世界文学萌芽体系存在不平等，但即使是在一个民族文学内部，考虑到语言、文类和作者身份，民族文学体系中也存在各种范畴的核心与边缘问题。晚清以前，中国文学体系的核心文类是诗文传统，边缘是小说、戏曲等文学样式，这一根本结构直到西学东渐的最初阶段都没有改变。近代中国的世界文学萌芽体系不过是中国文学体系的"扩充版"——把汉译西方文学增列在小说、戏曲之后。佛克马曾在中国的演讲中分析说：中国几乎是世界上最严格和长期遵循一套经典的地方，儒家经典持续了两千多年，直到1906年。包括《易经》《尚书》《诗经》《春秋》《礼记》在内的经典通过科举制而得以被认可和推行，其中只有《诗经》算是文学经

---

① 〔日〕齋藤拙堂：《拙堂文話》，见池田四郎次郎编：《日本藝林叢書》第二卷，1928，第4页。转引自王晓平：《中日文学经典的传播与翻译（下）》，北京，中华书局，2014，第711页。（引用时有改动。）

② 〔日〕佐藤和夫：《菜花能否移植——比较文学的俳句论》，林璋译，南京，译林出版社，1992，第8页。

典，但仍然被儒家进行了道德化的阐释。直到 1919 年的五四运动为通过部分地吸收欧美经典特别是英语经典而实行的经典相对化和国际化创造了条件，自此以后西方作家几乎都被译介到了中国，"与此同时，一个包含更多限制条件的西方式的文学概念被采纳了"。佛克马在描述这一经典的转换中，简化了从儒家经典向"欧美经典特别是英语经典"①的转化过程，这正是需要详细描述的近代中国的世界文学萌芽体系。萌芽体系中的边缘——外国文学，最初正是从追捧柯南·道尔与哈葛德这样的通俗作家开始，借助"林译小说"的风行开启了国人最初世界文学观念的。

在世界文学萌芽体系的形成过程中，翻译无疑充当着重要角色，翻译研究也将深化对"世界文学"概念的理解，特别是将翻译研究与世界文学讨论结合起来时就更是如此。著名翻译理论家劳伦斯·韦努蒂专门以《翻译研究与世界文学》为题展开论述，他从弗朗哥·莫莱蒂的"远距离阅读"(distant reading)谈起②，认为这一方式启发我们对细节的分析也可以有助于理解一个"世界文学体系"的大的特征。韦努蒂说："文本不仅将细节上的文本特征与大的结构联系起来，展现它们在文学意义和文化意义上相互依存关系，同时，文本还可以展现翻译在建构世界文学的过程中所发挥的作用。"如果我们只关注一个细小的(本土)经典文本的细节，就会忽视如翻译这样的二级创作，"我们可以通过远距离阅读的方式来分析大量的翻译作品，这样我们就可以审查一下交流模式是如何影响接受方的文学传统的"③。正因如此，将具体细微的文本阅读用"远距离阅读"的方式拉开，近代中国的世界文学萌芽体系才会显现。勾勒这一萌芽体系在与以西方为中心的现代世界文学体系趋同之前的特异性，也有助于我们用更为客观的历史化视角，理解在外国文学进入中国的最初阶段，翻译文本上那些通俗化的选择、看似随意的翻译策略、读者宁愿放弃"信"也不肯在道德传统上向西方小说妥协的特殊状况。

---

① 〔荷兰〕佛克马、〔荷兰〕蚁布思：《文学研究与文化参与》，俞国强译，北京，北京大学出版社，1996，第 45～46 页。

② 远距离阅读是对抗 close reading——近距离/细读的一个概念，莫莱蒂强调"距离是一种知识状态：他让我们着眼于比文本更小或更大的单位：策略、主体、修辞，或是文类和体系"。见 Franco Moretti, 2000："*Conjecture on World Literature*", *New Left Review*, Jan.-Feb. 中译本参见〔意〕弗朗哥·莫莱蒂：《世界文学猜想/世界文学猜想(续篇)》，见〔美〕大卫·达姆罗什、刘洪涛、尹星主编：《世界文学理论读本》，北京，北京大学出版社，2013，第 125 页。

③ 〔美〕劳伦斯·韦努蒂：《翻译研究与世界文学》，见〔美〕大卫·达姆罗什、刘洪涛、尹星主编：《世界文学理论读本》，北京，北京大学出版社，2013，第 206～207 页。

无疑，世界文学萌芽体系的完整建立与如何理解"世界"的观念密切联系。①青年学者张珂曾撰文集中考察了晚清民初中国世界文学观念的发生问题，认为近代中国世界文学观念的发生与中国人世界意识的出现密不可分。它是随着世界知识的普及，中国人对"世界文明""世界文化"的言说，在创立近代大学教育体制的尝试中，逐步引入到文学变革中来的。②虽然传统的中国文学很早就参与了"世界文学"的沟通，在相当长的时间内都在日本、朝鲜、越南等东亚、东南亚区域享有主导地位，但是这种对"世界文学"的参与并非主动和有意识的，它对周边国家文学也带着悉听尊便的高贵与漠然，因此不是复刻、完整的西方世界文学观念。直到晚清与西方的遭遇，中国必须同时处理世界与中国、现代与传统、新与旧、进步与落后、进化与淘汰等思考。因此，关于"世界文学"的观念夹裹着近代中国诸多的严肃命题，在文学的"自治"与政治等因素"他治"的轴线两端，近代中国的世界文学萌芽体系无疑更趋向后者。

在中国，"世界"观念与"文学"联系起来，可以上溯到中国首份文学杂志《瀛寰琐记》，早在元朝萨都剌《谒抱朴子墓》诗中便有"真境空明自今古，烟霞依旧隔瀛寰"之句。该杂志由尊闻阁主（美查）1872 年创办，首期所刊蠡勺居士《〈瀛寰琐记〉序》称，该刊"仿《中西见闻录》而更扩充之"。其旨在以"薄海内外、环宇上下惊奇骇怪之谈，沈博绝丽之作"。刊物的名字中已经有了世界的观念。"瀛寰"即世界，乃地球上海洋、陆地的总称。但由于美查是英国商人，这算不得中国的主动世界化。而今天使用的"世界"一词本出于佛教，《楞严经》所谓："世为迁流，界为方位。汝今当知，东、西、南、北、东南、西南、东北、西北、上、下为界，过去、未来、现在为世。""世界"一词包含着时间和空间，但更多强调了它的变

---

① 事实上，中国一直把自己设想成世界的中心，这在地图的绘制上就很明显。古中国有"天圆地方"的空间感，而绘制的地图多是中国在中心，夷狄在外围，地理空间越靠外，土地越荒芜、民族越野蛮。这种绘制方法与中国对世界的实际知识无关，也和古中国的地图技术无涉，因此只能从观念角度理解。绘制的地图很明显代表了对"世界"及自己位置的考虑。"人画出来的地图，在某种意义上，既是以'我'为中心的主观视图，又是以科学为基础的客观视图，对于本来的地理空间的判断，用时髦的话来说是'现代性'的产物……地图的地理想象实际上是一种关于政治和文明的想象，在这种想象的历史里隐藏着很多观念的历史。"（参见葛兆光：《思想史研究课堂讲录》，北京，生活·读书·新知三联书店，2005。）也可详见有关地图的地理想象（geographical imagination）的研究。

② 参见张珂：《晚清民初的"世界意识"与"世界文学"观念的发生》，《中国比较文学》，2013 年第 1 期。

动与变化性。直到晚清，"世界"这一词汇才更多脱离了佛教范畴，使用频率高起来。据记载，最早的"世界文学"一词的使用者是陈季同。据曾朴回忆，1898 年，旅法外交官陈季同曾和他谈道："第一不要局于一国的文学，嚣然自足，该推广而参加世界的文学，既要参加世界的文学，入手方法，先要去隔膜，免误会。要去隔膜，非提倡大规模的翻译不可，不但他们的名作要多译进来，我们的重要作品，也须全译出去。"①这一记载的真实性值得讨论，它来源于一个回忆而非对话实录或者出自陈个人之手，但是考虑到陈的身份和提出时间，仍然有很多人把这一记录计算入中国的"世界文学"时间轴。美国华裔学者石静远(Jing Tsu)在《中国的世界文学》一文中，也把陈季同的话作为中国的世界文学的先声，但是她的分析迅速经由周氏兄弟的《域外小说集》走向 1927 年郑振铎的《文学大纲》，线条非常粗放②，恰恰忽略了本书所谈论的时段以及近代中国的世界文学萌芽体系的丰富性与独特的结构化特征。

四、近代中国世界文学萌芽体系的比喻

众所周知，中国文学体系的传统结构在梁启超"小说界革命"之后，有了根本的位移。值得关注的是，这一位移就是在半边缘与边缘之间互相借力推翻中心的结果，其中翻译起了很大作用。而翻译所处理的跨文化等级差异往往以复杂的面貌呈现，不是主流/从流、中心/边缘、经典/非经典那么简单。梁启超写作《论小说与群治之关系》时，借助外国的例子，意图在中国文学体系内部，让小说对抗诗与文的中心传统，没有想到，小说的确跃居到了文学的中心，但在后来中国所谓"现代"的世界文学体系中，不是中国小说，而是西方小说"渔翁得利"。

我们不妨采用莫莱蒂借鉴自历史语言学的波浪概念，来比喻性地描述中国从最初与西方相遇形成"世界文学萌芽体系"，到建立起"现代世界文学体系"的这一过程。

---

① 见 1928 年曾朴与胡适的通信，见姜义华主编：《胡适学术文集·新文学运动之附录：曾先生答书》，北京，中华书局，1993，第 505～506 页。

② 参见 Jing Tsu，2010："Getting Ideas About World Literature in China"，*Comparative Literature Studies*，vol. 47，No. 3。

　　长久以来，中国如同处在一个巨大的岛屿上①，这个岛很大，以致岛上的居民以为这就是天下，至少是天下的中心。四海之外也有一些小岛，与他们也有过一些联系，但在文化的"进出口贸易"中，中国都是强大的"出口"方，其他都不过是"蕞尔"小国，谈不上文明，因此都是"夷狄"。此时大岛的中间有一座高峰，文学领域生长着原生态的、粗壮的大树——在高峰上一直稳居着以圣人之言和史家之说为首的文学制高点。那是"道"的中心，也是"文"的中心，更是"世界之文学"无疑的中心；边缘是中国的小说、戏曲；而周边国家的所谓文学更是被归入"不入流"的文类。事实上，这不过是中国民族文学的体系结构，因为虽然中国很早就参与了亚洲文学交流，但它所形成的汉文化圈因为语言、宗教和政治等原因显示了极大的同质性。近代以前，中国未曾遭遇过真正强大的异质文化冲击，也没有主动融入过世界。外来文化与文学的侵入就如同海浪，多数不值一提，个别值得关注，比如佛教文明的冲击，的确改变了"岛屿"周边的重要文化生态，但并未对制高点产生根本影响。

　　面对开始于 19 世纪后期的西方文明的冲击，"见多识广"的国人意识到它的重要，于是与以往不同，开始主动②译介和迎接这位"朝觐者"，但最初仍然以大国心态试图用"中体西用"的旧观念将外来的文学安置在整个文学体系的边缘。这就是近代中国的世界文学萌芽体系的结构。

　　开始国人以为这西潮涌动是一次"风暴"，没想到是一次"海啸"，后来才知道是全球性的"厄尔尼诺现象"。这次冲击最终的影响极具破坏性，它使得这个"岛"不再因妄自尊大而"与世隔绝"，且彻底改变了这个巨大"岛屿"的文化生态。"海啸"夹裹着西方的思想、技术、武器……以蛮横的巨浪席卷而来，吞没了原有的一切，然后带来了一些这个"岛"上从未有过的"植物种子"，"入侵物种"在海难过后的这片废墟上"鸠占鹊巢"；外来者僭越了制高点——外国文学成了中心，废墟上的"衍生物种"——新生文学纷纷向它朝拜，甘居次要；而古老的本土传统"物种"远远被甩

---

①　岛的比喻隐含着与西方相遇前中国的相对隔绝与封闭状态。想想陆九渊的"东海西海"论，可知这一比喻也并不虚妄——"四方上下曰宇，往古来今曰宙。宇宙便是吾心，吾心即是宇宙……东南西北海有圣人出焉，同此心同此理也。"（《陆九渊集》卷二十二《杂说》）陆九渊认为时间与空间有差异，但是"心"是超越一切的范畴概念，用周围四个方位的"海"指代"中心"以外。古代中国的"天下"基本上是以华夏文明为中心的，而古中国的"以天下为己任"的普遍主义事实上建基于华夏文明优于夷狄文明，在这个"天下"之外，并无另一个文明。这个心态与独居于一个大岛上并无不同。偶尔有兴致若想远离这个文明，便可以"乘桴浮于海"。

②　中国已经开始主动建构世界文学观念，因为传统的民族文学已不能囊括这一时期的文学样貌。因此，笔者认为从此时开始，世界文学萌芽体系逐渐形成。

在最外围，处境艰难，一度几乎要面临灭绝的危险。

这个或许不够恰当的比喻是最近一百多年来中国建立世界文学体系的拟态，甚至也是相当多第三世界文学曾经历的状况。"入侵物种"常常姿态强硬，并且适应性强，在全球大大小小的"岛屿"上遍地生长，不过近年来它也被自身以及其他地域的学者批评，因为它以"西方中心主义"的姿态毁灭性地将本应多样、丰富的世界文学体系单一模式化。它以霸权的角色改变了文学生态的多样性，将全球的文学变得趋于一致。这也正是我们把这一运动与波浪式运动对应起来的主要特征——吞噬性和同一性。

后人多数像是乘着飞机俯瞰"岛屿"的游客，在见识过了四海周边其他的"岛屿"的文学生态后，但见这个历史悠久的"大岛"上"植被"郁郁葱葱，看似繁荣茂盛，不过最高、最大的"植物"都不太稀奇，多数我们都能叫出名字，这些巨大的灌木虽然有很多本土的衍生新品种，但还是看得出它们演化链条上的外来基因。当沧海桑田、地貌变迁所掩盖的本来面貌重现，我们这些后人又常常主观地用一个今天的逻辑与标准批评当年的混乱与错误。事实上，当西潮入侵"海岸"的最初时刻，这个"岛屿"上的文学生态和世界文学的座次排位并非现在看到的那样。

世界文学萌芽体系的概念，并非进步主义的描述。"萌芽"表示的只是相对于后来以西方中心为主的"世界文学体系"早期状态。它有助于我们系统性地看待民族文学与外国文学的位移与关系，考察近代中国从几乎封闭的民族文学体系，走向开放的世界文学体系这一过程中，独特时段的文学现象和规律，修正西方学者主导的理论体系所带有的片面性，并为世界文学理论提供中国的经验，进而探索、总结世界文学体系化进程中普遍的萌芽阶段特性。

第二章　通俗与经典的错位：
作为边缘的西方文学

第一节　西方通俗作家在近代中国的风行

从 1896 年到 1916 年，在中国被译介作品数量稳居前四位的外国作家是柯南·道尔（Sir Arthur Conan Doyle，1859～1930，52 部，98 种译本）、赖德·哈葛德（Henry Rider Haggard，1856～1925，31 部，34 种译本）、大仲马（Alexandre Dumas，père，1802～1870，29 部，30 种译本）和儒勒·凡尔纳（Jules Verne，1828～1905，14 部，19 种译本）。[①]近代中国畅销作品的外国作家竟然都属西方流行的通俗作家之列，绝非西方学界或今天中国的外国文学研究界承认的严肃文学经典作家。从小说类型上说，这四位作家基本代表了侦探、冒险、历史传奇、科幻几种类型。以通俗为经典，这其中的错位和蕴含，只有放诸世界文学萌芽体系中才可能被更好地理解，因为作为边缘的外国文学只能听从作为主流的中国文学的文化过滤和筛选，被动接受那些今天看来过于随意的翻译。翻译研究理论家图里（Gideon Toury）认为，译作永远不会将原文本本身再现出来，原文只能在经过接受语文化的价值与标准的过滤之后，得以间接表达或重现。我们只要通过一定量的译本分析，总结译者对原文文本选择背后的模式和规律，就可以推算出其"翻译策略"。[②]劳伦斯·韦努蒂继续分析说，这引导我们向前思考：通常情况下，只有被译入语文化的价值观接受的文本才会被选中。"结果，外国文学传统中的经典范式，在翻译中并借助翻译得以形成。而且这些经典可能会固化为一些固定的

① 本统计主要参阅〔日〕樽本照雄：《新编增补清末民初小说目录》，贺伟译，济南，齐鲁书社，2002。单位为：作家被译介的原文作品的数量（部）、同一原本被不同译者翻译的译本数量（种）。本结果（被译介最多前四位作家）与陈平原统计相同，但数量略有参差。不过陈氏统计数量单位不明——是原作数量还是译介版本数量未加详注。参见陈平原：《二十世纪中国小说史第一卷（1897—1916）》，严家炎、钱理群主编，北京，北京大学出版社，1989。

② 参见 Gideon Toury，1995：*Descriptive Translation Studies and Beyond*，Amsterdam：John Benjamins。

外国文学经典的再现模式，这些模式在不同的程度上都与这些在外国文化中建构出来的文学经典存在差异。"①

图 2-1 　《月月小说》第 4 号(1907)插图"英国现代小说家"的群像，其中包括陶高能(即柯南·道尔，左上二)，蓝恩(即安德鲁·朗，Andrew Lang，右下一)等，哈葛德的名字使用的是曾广铨的翻译，叫"解佳"(右上一)

截至 19 世纪末，翻译小说的几种主要类型，即社会小说(《昕夕闲谈》，1873)、政治小说(《佳人奇遇》，1898)、言情小说(《巴黎茶花女遗事》，1899)、科学小说(《八十日环游记》，1900)、理想小说(《长生术》，1898)、侦探小说(《新译包探案》，1896)均已齐备。但后来只有言情、侦探、科学、理想等类型的小说特受欢迎，而那些用意颇深且看似最适合中国国情的社会与政治小说的翻译却不了了之。② 后来鲁迅谈道："我们曾在梁启超所办的《时务报》上，看见了《福尔摩斯包探案》的变幻，又在《新小说》上，看见了焦士威奴所作的号称科学小说的《海底旅行》之类的新奇。后来林琴南大译英国哈葛德的小说了，我们又看见了伦敦小姐之缠绵和非洲野蛮之古怪……包探、冒险家、英国姑娘、非洲野蛮的故事，是只能当醉饱之后，在发胀的身上搔搔痒的。"(鲁迅：《祝中俄文字之交》)鲁迅是站在新文化人的立场上从回望的角度发言的，言语中多少有些历史的后知后觉。因为新文化人的"世界文学体系"与他所批评的近代

①　〔美〕劳伦斯·韦努蒂：《翻译研究与世界文学》，见〔美〕大卫·达姆罗什、刘洪涛、尹星主编：《世界文学理论读本》，北京，北京大学出版社，2013，第 208 页。

②　相关类似论述也可参见陈平原：《二十世纪中国小说史第一卷(1897—1916)》，严家炎、钱理群主编，北京，北京大学出版社，1989，第 63 页。

中国的"世界文学萌芽体系"的中心结构已经有了彻底的不同。

事实上，对于晚清世界文学译介的批评来源于将之与新文化运动后的文学译介所做的对比——新文化运动后，极力趋近和复制一个西方的世界文学体系，这事实上是一种目的论，认为中国的世界文学坐标必须并且只能走向一个目的地：与西方保持一致。这当然是错误的，因为西方不等于标准，外国不等于世界的全部，"新"不等于"洋"也不等于"好"，正如英国史学家麦克法兰的说法："现代"未必比旧的在道德上更有优势。①

近代中国的翻译小说尽管有启蒙教育的雄心，但刚刚抬眼西望的中国文人确乎对西方文坛的排列座次不甚熟悉，特别是近代以来，中国总是隔着东洋望西洋，多少总有模糊与变形，没有能力分辨，而力主新小说的改革者出于改革的急迫，也无暇细分流行与经典、大众与学院的排位高下，体味情节新奇与趣味高雅、迎合市场与描绘人性永恒之间的标准。要知道最初的译者选译什么或许纯属偶然，但难免批评界和读者另作他解。一般来说，译者最先着眼的自然是外国作家在本国的声望，柯南·道尔、哈葛德、凡尔纳与大仲马在当时都是本国的流行小说作家，拥有广泛的读者群。因此中国近代的外国文学翻译界与源语文学界的流行趋势并不脱节，更不滞后，这恰好反映了中国小说界的求"新"之意。

一、为普及而通俗

在世界文学萌芽体系中，由于外国文学处于边缘地位，因此在以文学原则为中心的"自治"和娱乐性与商业利益、意识形态功能等非文学的"他治"之间，外国文学翻译会更靠近"他治"，近代汉译也不例外。

清末文人对小说寄予厚望，包括对小说的功用、内容的高度重视，当然也常常过高估计了小说的译者、作者与读者。他们虽然也能认识到"人性厌庄喜谐"，读者也常常"手《红楼》而口《水浒》"（梁启超：《译印政治小说序》），但不免还是要在"新"小说的大旗下"唱高调"。无奈普通读者或许还是更看重娱乐性，对先锋人物的高谈阔论未必买账。这一点从政治小说的失败就可看出。②

小说改革者的目标是吸引广大群众，而非少数精英，不由得将小说

---

① 参见清华大学国学研究院主编：《现代世界的诞生》，〔英〕麦克法兰主讲，刘北成评议，上海，上海人民出版社，2013，第16～17页。

② 梁启超受日本影响对政治小说热情极高。1902年，《新小说》创刊号刊载了中国第一部政治小说《新中国未来记》。不过，小说没有连载完，作者自顾自"专欲发表区区政见"，读者也对"似说部非说部，似稗史非稗史，似论著非论著"的形式心生厌倦，于是最终不了了之。之后陈天华的《狮子吼》、颐琐的《黄绣球》大都没有完成。

的娱乐性作为选材标准倒是非常正确的。后世论者常常就近代小说翻译选材过于娱乐化，却没有雄心构筑一个西方文学经典的体系而深表遗憾。殊不知，文学性和西方文学经典体系本就不在近代小说倡议者的目的之中。近代时期翻译的动力完全不是出于文学性的目的，而是知识更新与文化探求，在世界文学萌芽体系中更趋近"他治"而非文学"自治"的区域。

普及是第一要义，同时又能符合商业利益的考虑，改革者何乐而不为？但关键是，以柯南·道尔为首的这四位流行通俗小说作家成为近代最受欢迎的外国作家未必是改革精英的本意。四位外国作家中，凡尔纳的小说大多转译自日文，其他三位，柯南·道尔、哈葛德与大仲马基本都是译者译自原文。其中，或许也只有对凡尔纳的翻译可以被理解为中国近代知识分子的有意识译介，因为它是明显效法日本的。

明治时期的第一个到第二个十年，凡尔纳是在日本广受欢迎的外国作家。①虽然译作全部都转译自当时忠实度可疑的英译本②，不过这并不妨碍日本人对凡尔纳的热情。对于进步西方的向往，以及凡尔纳的小说中所蕴含的带有幻想成分的科学信息，对于明治时代的日本人具有一种意识形态的象征意义，给明治人带来了一种阅读上的全新体验。带有科学灵丹、强国妙药色彩的凡尔纳虽然屡屡遭受误解，有张冠李戴和"翻案"③式的改头换面，但凡尔纳日译本的读者群不是青少年，而是当时的知识分子。

近代对日本亦步亦趋的中国，对凡尔纳的翻译与接受几乎与这个邻国如出一辙。根据樽本照雄的统计，凡尔纳小说的日译本中有 7 种被转

---

① 1872 年《八十天环游地球》在法国的《时报》上开始连载，1873 年出版单行本，不久明治十一年(1878)由川岛忠之助根据英译本翻译出版了它的第一个译本《新说八十日间世界一周》，之后明治十三年(1880)，有井上勤翻译的《九十七时二十分间月世界旅行》和铃木梅太郎译的《二万里海底旅行》，明治十四年(1881)又有织田信义译的《地中纪行》和井上勤翻译的《北极一周》。之后的 10 年凡尔纳共有 14 种译本在日本刊印(其中包括重印)。数据参见〔日〕山田敬三：《鲁迅与儒勒·凡尔纳之间》，《鲁迅研究月刊》，2003 年第 6 期。

② 在英语世界，凡尔纳小说经历了长时间的翻译匮乏。最初的译者莫斯(Lewis Page Mercier)神甫使用了笔名，他和助手金(Elenor E. King)一起对很多篇章大动手脚。1870 年《气球上的五星期》在英国周刊《少年报》第一次翻译出版。后来的译者也一样粗暴地删改，省略了科学的部分而只留下原文中耸人听闻的部分，这也是为了适合出版时有限的版面。由于以上原因，凡尔纳作品的科学性、幽默感和对人物的性格塑造，以及他想要传达的社会性和政治性都大打折扣，所以凡尔纳的小说在英语国家一直被视为不适合成人阅读。这种情况一直持续到 20 世纪上半叶。参见〔英〕彼得·科斯特洛：《凡尔纳传》，徐中元、王健、叶国泉译，桂林，漓江出版社，1982。

③ 日语，hon'an，中文意为"译述""改编""意译"。

译为中文。①如此辗转迂回的转译，其面目可想而知，于是凡尔纳的大名被翻译得五花八门，甚至其国籍也常被弄错的状况就可以理解了。

浪漫小说、冒险小说、侦探小说等类型的通俗小说更容易赢得读者，与大众的品味密切相关。布尔迪厄分析说，大众艺术样式中，读者很容易产生与作品中的人物同命相连的日常存在感（their ordinary existence），也会获得间接参与小说情节发展的快感，仿佛那就是他们的真实生活。通过这一形式，艺术又把妄图与其他人区隔开来的读者重新"从审美动物减缩为纯粹简单的动物性"（reduces the aesthetic animal to pure and simple animality）。这是世界上所有通俗小说的普遍阅读心理，不分国界，无论时代。②

受欢迎的是西方流行的通俗畅销书作家，而不是先锋人物所谈到的福禄特尔（伏尔泰）、嚣俄（雨果）、狭斯丕尔（莎士比亚），其重要原因不仅是中国读者旧的审美趣味更加善于鉴赏情节而不是心理描写或氛围渲染③，还很大程度上受制于介绍者要如何引导他的读者去注意小说中的什么细节、什么因素，还要看翻译家本人如何将这"微言"讲出"大义"，把"小说"当成"大说"，尤其是在民初那样的"为奴之势逼及吾种"、国势微弱的情况下，理论界大力倡导"政治小说"，翻译界却风行侦探、科幻、言情、冒险、神怪、历史小说，原因并非如此简单。

二、作为知识资源与文体补充：侦探与科幻小说

科幻小说将现实与浪漫结合，展示了一个包括天文、地理、海洋、生物、历史、民俗等知识的广阔天地，惊险离奇、幻想诡异，一定程度也是科学普及的趣味读物。尤其对于近代中国读者，"胪陈科学，常人厌之"，但是科学小说"假小说之力，披优孟之衣冠"，因此"必能于不知不觉间，获一斑之智识，破遗传之迷信，改良思想，补助文明"。④

凡尔纳最早的汉译作品是由女诗人薛绍徽笔录从英文本翻译的《八十日环游记》，1900 年由经世文社出版。1906 年，她的丈夫陈绎如（逸儒）将此译本在小说林社出版，改名《寰球旅行记》。同年，雨泽本由有正书

---

① 参见王宏志编：《翻译与创作：中国近代翻译小说论》，北京，北京大学出版社，2000，第 166 页。

② Pierre Bourdieu, trans. Richard Nice, 1984：*Distinction：A Social Critique of the Judgment of Taste*，Cambridge：Harvard University Press，p. 32.

③ 参见陈平原、夏晓虹编：《二十世纪中国小说理论资料第一卷（1897—1916）》，北京，北京大学出版社，1989。

④ 周树人：《〈月界旅行〉辨言》，1903，见陈平原、夏晓虹编：《二十世纪中国小说理论资料第一卷（1897—1916）》，北京，北京大学出版社，1989，第 51 页。

局出版。短期内数量如此之多，可见畅销程度。继《八十日环游记》之后，各报刊及书社纷纷翻译登载凡尔纳其他作品，多数是由日文转译的。《八十日环游记》是中国译介的第一部凡尔纳小说，这或许有特别的意义。因为对于以幻想著称的凡尔纳小说来说，这是一部最"切实"的作品，因为其中毫无幻想内容，更应归类为环游冒险小说。

该作品的构思基于当时交通运输的大发展，印度铁路新近开通，使得环球之举易于从前。作者刻意安排了一个"惊人之举"，他让冷峻谨慎的英国绅士福格在80天内完成绕地球一周的任务。在惊险紧迫的叙事中，夹杂着各国风土民情的见闻，整部小说节奏迅疾，更像是一部游记小说。而小说的科学主题，却一直藏而不露，直到最后关头才将"国际日期变更线"的科学道理点拨而出，令读者豁然开朗，科学知识也就随之深印脑海。小说的科学性表现在轮船、火车的科技发明与"国际日期变更线"的科学知识上，而奇险的环球之旅显示了丰富的文学幻想，使作品充满惊险的浪漫情怀。

《八十日环游记》的科学意义，对于近代正在经受西方新学洗礼的中国来说，主要集中在世界地理、西方历法、国际日期变更线与蒸汽时代全球最新出现的交通设施与工具上。小说的幻想没有推及科学描述，虽然作品虚构了环游世界的情节，但其所使用的交通工具，所阐发的学理，都局限在当时已知的科学上。凡尔纳是通俗作家，即使是20世纪初叶的中国译者陈寿彭也以为，"欲读西书，须从浅近入手，又须取足以感发者，庶易记忆"，而凡尔纳的书非常合适。"举凡山川风土、圣迹教门，莫不言之历历，且隐合天算及驾驶法程等。著者自标，此书罗有专门学问字二万……故欧人盛称之，演于梨园，收诸蒙学，允为雅俗共赏。"①

对凡尔纳的热情一方面源于知识阶层对中国"科学上之智识未足"②的体认，另一方面是因为这类"启智秘钥，阐理玄灯"③的科学小说为传统中国所绝无。而侦探小说受到读者的追捧，虽然也有补足中国传统小说门类的意图，但在开始阶段可能并非新小说家有意为之。

20世纪初的中国，城市迅速发展，市民阶层扩大，阅读人数在200

①　房朱力士：《〈八十日环游记〉序一》，陈绎如、薛绍徽译，见施蛰存主编：《中国近代文学大系·翻译文学集二》，上海，上海书店，1991，第5页。

②　《论小说与社会之关系》，1905，见陈平原、夏晓虹编：《二十世纪中国小说理论资料第一卷(1897—1916)》，北京，北京大学出版社，1989，第151页。(引用时有改动。)

③　小说林社：《谨告小说林社最近之趣意》，1905，见陈平原、夏晓虹编：《二十世纪中国小说理论资料第一卷(1897—1916)》，北京，北京大学出版社，1989，第156页。

万到 400 万之间。①读者的增多使得报刊书籍出版行业大为兴盛。阿英判断说："翻译书的数量，总有全数量的三分之二。"②而"如果说当时翻译小说有千种，翻译侦探要占五百部上"。"当时译家，与侦探小说不发生关系的，到后来简直可以说是没有。"③期刊方面，民国成立前后，先后创刊的小说杂志，如《小说月报》《小说林》《月月小说》《新小说》《小说新报》《小说世界》《小说时报》《小说大观》等，几乎都有一个相当固定的栏目"侦探小说"，栏目中的作品多为翻译的侦探小说。

侦探小说就艺术存在的本质而言，就是一场智力游戏，或是脑力体操。在英文中，它被形象地称为"whodunit"（"谁干的"）。侦探式小说的魅力在于其引发的无功利的审美活动，从知识中获得探寻结果的快感。不过近代中国的知识界，并不肯就这样沉浸于消遣式的阅读。《血字的研究》中介绍了福尔摩斯的知识结构，其中提到的有 12 门学科。与侦探有直接关系的是药剂学、地质学、化学和解剖学。

当时的中国译者与读者多对外国文学作品有着过高的政治期待，对侦探小说也不例外。署名"中国老少年"的作者说："一般读侦探案者，则曰：侦探手段之敏捷也，思想之神奇也，科学之精进也，吾国之昏官、聩官、糊涂官所梦想不到者也。"④可见，既无心模仿外国手法写作，又无心以小说寄托宏图大志的普通读者阅读侦探小说，未必是以学习科学、民主为目的，趣味仍很重要。侦探小说带有的教育功能除去"新学"以外仍有一些"旧知"，这往往是人类社会的普遍准则：惩恶扬善、正义战胜邪恶，而这些通过西方社会的冲突反映出来的价值观念一方面符合中国读者旧的阅读心理，另一方面也满足了通过小说了解光怪陆离的外族世界的窥探心理。而小说里的巧合、悬念、冲突、解谜、渲染、倒叙等方式，构制了惊险曲折的情节、逻辑缜密的思维方式和含蓄幽默的言说方式，令中国读者感到好奇而刺激。

既然普通读者钟情的并非小说改革者最得意的外国小说名家，那么小说界精英人士也开始致力于将外国通俗作家的作品"严肃化"与"实用化"或曰"高雅化"，从"化通俗"到"化读者"。他们声称政治小说、探险小

---

① 参见 Andrew Nathan, Leo Lee："The Beginning of Mass Culture", in：David Johnson, Andrew Nathan, Evelyn. Rawski, eds, 1985：*Popular Culture in Late Imperial China*, Berkeley：University of California Press, p. 372.

② 阿英：《晚清小说史》，北京，作家出版社，1958，第 180 页。

③ 阿英：《晚清小说史》，北京，作家出版社，1958，第 186 页。

④ 中国老少年：《中国侦探案·弁言》，1906，见陈平原、夏晓虹编：《二十世纪中国小说理论资料第一卷(1897—1916)》，北京，北京大学出版社，1989，第 194 页。

说、宗教小说等实在应该编为教科书，因为"比事属辞，靡不关系于人群进化之趋向"。①即使是中国旧有的写情小说，也要"附《国风》之义，不废《关雎》之乱"②，而"观科学小说，可以通种种格物原理；观包探小说，可以觇西国人情土俗及其居心之险诈诡变……观西人小说，大有助于学问也"。③对于已经是"文学的而兼科学的""常理的而兼哲理的"新小说，读者也需有新的知识储备，所谓"无格致学不可以读吾新小说""无警察学""无生理学""无政治学"……都不可读新小说。④

三、作为思想参照：冒险与神怪小说

新小说的倡导者从题材、文体到很多概念，都在尽力创造一个大大超越中国传统文学经验与想象的世界。在晚清四大小说杂志中，有三个在创刊号刊登了西方文豪的肖像，《新小说》选的是托尔斯泰，《小说林》选的是雨果，1906年《月月小说》的创刊号上赫然登着的是哈葛德的头像，上书"英国大小说家"。这俨然是把一位通俗小说作家作为与托尔斯泰和雨果等作家齐名的文豪，使之成为晚清文学启蒙者建设新小说的效法对象和文学阅读的"热门"作家。这听上去有些令人失望，但事实的确如此。因为截至1906年，托尔斯泰⑤与雨果⑥的作品还不很常见，倒是哈葛德的翻译小说正在风行。

普通读者喜欢哈葛德"伦敦小姐之缠绵和非洲野蛮之古怪"，晚清新

---

① 棠：《中国小说家向多托言鬼神最阻人群慧力之进步》，1907，见陈平原、夏晓虹编：《二十世纪中国小说理论资料第一卷(1897—1916)》，北京，北京大学出版社，1989，第297页。

② 新小说报社：《中国唯一之文学报〈新小说〉》，《新民丛报》，1902年第14号，见陈平原、夏晓虹编：《二十世纪中国小说理论资料第一卷(1897—1916)》，北京，北京大学出版社，1989，第45页。

③ 孙宝瑄：《忘山庐日记》，癸卯(光绪二十九年1903)，见陈平原、夏晓虹编：《二十世纪中国小说理论资料第一卷(1897—1916)》，北京，北京大学出版社，1989，第544页。

④ 佚名：《读新小说法》，《新世界小说社报》，1907年第7期，见陈平原、夏晓虹编：《二十世纪中国小说理论资料第一卷(1897—1916)》，北京，北京大学出版社，1989，第277～278页。

⑤ 郭延礼认为托尔斯泰的第一个中译本是在1907年(光绪三十三年)由香港礼贤会出版的《托氏宗教小说》，译者为德国牧师叶道胜与中国人麦梅生，其中6篇故事曾发表于1905～1907年的《万国公报》与《中西教会报》，故事翻译主要出于传教的目的。参见郭延礼：《中国近代翻译文学概论》，武汉，湖北教育出版社，1998。而樽本照雄认为托氏的第一个中译小说是最早连载于1905年4月《教育世界》上的《枕戈记》，比《中西教会报》上出现托氏小说的1905年7月还要早三个月。参见〔日〕樽本照雄：《清末翻译小说论集》(日文)，大津，清末小说研究会，2007。

⑥ 所谓今日"名家名作"的近代汉译特殊状况参见陈平原：《二十世纪中国小说史第一卷(1897—1916)》，严家炎、钱理群主编，北京，北京大学出版社，1989。

小说家也无意把他作为文章楷模。不过，没有文本借鉴意义并不等于哈葛德只能作为消遣。清末民初的小说改革者并不甘于让普通读者放任自流，他们还要对文本释义解读，从通俗文本中找到思想参照的意义。

"翻译有助于塑造本土对待异域国度的态度，对特定族裔、种族和国家或尊重或蔑视，能够孕育出对文化差异的尊重或者基于我族中心主义、种族歧视或者爱国主义之上的尊重或仇恨。"①此时的中国知识分子要在民众心中建立对域外文学的尊重，这种尊重的途径就是通俗作品的"政治化的接受"，即加强阅读小说中的政治成分，并把这些政治元素联系到中国的现实境况，以配合译者或其他人的政治目的。由于译者急于利用翻译来表达政治思想，当原著的政治内容不足，或不完全适用时，译者便会通过在译著中加入自己的见解或在序跋中加以引导来解决。中国近代的翻译，功用不仅在于引进一篇域外的文学作品，还在于借助外国小说对接受文化即中国文化中的某些固有思想以至意识形态进行冲击和颠覆。

哈葛德的著作主要是冒险与神怪小说，他的主要汉译者是林纾。②如《鬼山狼侠传》《蛮荒志异》《埃及金塔剖尸记》《三千年艳尸记》《斐洲烟水愁城录》《雾中人》《钟乳髑髅》等，多写白人在非洲的探险故事。他们用一种"积极的原则，也就是充满危险、奇遇和斗争的明朗、愉快的生活理想来与自然主义文学中流行的忧郁绝望情绪、象征主义的悲观和空虚相对立"③，因此也具有一定的特殊意义。

韦努蒂提醒我们说："要想理解翻译在创生世界文学过程中的作用，我们就既要审查译本对原文文本进行的解读，同时也要审查各种翻译模式在接受文化中所产生出来的文学经典范式。"④西方冒险小说是18世纪工业革命时代的产物，也是开拓海外殖民市场的历史记录。哈葛德的冒险小说正是这一时代资产阶级追求个性自由，勇敢追求财富的进取精神的代表。这些小说唤起了中国读者内心的冒险愿望。在哈葛德充斥着个人英雄主义的冒险神怪小说中，林纾汲取了启动国人尚武精神的活力，因为他发现："大凡野蛮之国，不具奴性，即具贼性……至于贼性，则无

① 〔美〕劳伦斯·韦努蒂：《翻译与文化身份的塑造》，见许宝强、袁伟选编：《语言与翻译的政治》，北京，中央编译出版社，2000，第360页。

② 林纾总共翻译了11个国家98位作家的163种作品（不含未刊印的18种），译得最多的是哈葛德的小说，共有23部之多（不包括未刊的2部），而这一时期哈葛德总共被译介的作品是31部。

③ 〔苏联〕苏联科学院高尔基世界文学研究所编：《英国文学史（1870—1955）》，秦水、尚怀娥译，北京，人民文学出版社，1983，第82页。

④ 〔美〕劳伦斯·韦努蒂：《翻译研究与世界文学》，见〔美〕大卫·达姆罗什、刘洪涛、尹星主编：《世界文学理论读本》，北京，北京大学出版社，2013，第211页。

论势力不敌，亦比起角，百死无馁，千败无怯，必复其自由而后已。虽贼性至厉，然用以振作积弱之社会，颇足鼓动其死气。故西人说部，舍言情外，探险及尚武两门，有曾偏右奴性之人否?"而当时之中国，应"人人以国耻争"，应"具贼性"，"若夫安于奴，习于奴，恢恢若无气者，吾其何取于是"(林纾:《鬼山狼侠传·叙》，1905)。无论是探险小说还是鬼怪小说，小说内容的离奇，趣味的庸俗都不能阻碍林纾在小说的序跋中讲出"微言大义"，将之变成批判中国国民奴性、懦弱的武器，成为激励中国人奋起爱国保种的动力。哈葛德的《鬼山狼侠传》写了一位苏噜酋长查革的故事，其中夹杂了许多神怪内容和血腥惨状，但在这部小说的序言中，林纾大谈"尚武精神"和"盗侠气概"，联系本土的情形，则令林纾想到"苏味道、娄师德，中国至下之奴才也，火气全泯，槁然如死人无论矣"(林纾:《鬼山狼侠传·叙》，1905)。他所举出的几位历史人物，都是圆滑世故、奴性十足的大官僚，跻身青云之上，坐享安富尊荣，俨然正人君子，却都是一些不倒翁式的家奴。对于这种以屈服、忍耐为美德的奴颜媚骨，林纾表示深恶痛绝，直斥为"中国至下之奴才也"!

在反奴性、反中庸的同时，林纾力图改造民族文化心理的构型，开拓了一种新的审美境界。他盛赞未开化的埃司兰之民的勇武气概:"其中之言论气概，无一甘屈于人，虽喋血伏尸，匪所甚恤。嗟夫! 此足救吾种之疲矣!"(林纾:《埃司兰情侠传·序》，1904)他倾心于狼侠洛巴革的独立自由精神:"洛巴革者，终始独立，不因人以苟生者也。""无论势力不敌，亦比起角，百死无馁，千败无怯，必复其自由而后已。""明知不驯于法，足以兆乱，然横刀盘马，气概凛然，读之未有不动色者。"(林纾:《鬼山狼侠传·叙》，1905)这是对于传统的审美规范的大胆挑战，是对于几千年来的安分守己、逆来顺受、谦卑、忍让、中庸之道……种种古训的扬弃和背叛，表现了一种对于野性和力的呼唤。他崇拜强者，讴歌英雄精神，追求阳刚之气，这一举动打破了中国传统文化所固有的中和之美，背离了温柔敦厚的儒家诗教。

事实上，哈葛德的小说对于英国文学来说并无新颖之处，他笔下的英雄模式化明显:出身高贵的贵族投身海外冒险，越沙漠、穿丛林、探古堡、寻宝藏……这些无非只是对中世纪罗曼司的模仿。如果一定要在他的小说中寻找深意的话，那么说到底，他的小说毕竟带有一种对英帝国利益的维护。在哈葛德时代，海外探险家是一个时髦而又令人尊敬的职业，他们的精神代表了"日不落"的精神，英王多次为探险家授予爵位，哈葛德的这类探险和神怪小说无疑也有为英帝国海外利益扩张摇旗呐喊之意。由此看来，林纾其实是真正领会了哈葛德的深意："在所有西方探险小说中，林纾发现了一个共同的'食'的动机，这一动机以个人的抢劫行为开始，可以被夸大到最大程度：对其他国家与大陆的征服。"①林纾以某种混杂着羡慕和嫉妒的心理，号召国人学习这些小说中的英雄主义，以保卫自己的民族国家。于是，哈葛德冒险与神怪小说中的帝国主义因素和白人种族主义一下换了肤色，成了林纾的"我族黄人"的民族主义武器。

近代中国是在遭遇了西方之后才认识了自身问题的，西方对于近代中国还是一个迥异的"他者"，但这个"他者"与西方列强和殖民主义者眼中的"落后愚昧"或者是"奇观"式的东方"他者"不同，近代中国启蒙者眼中的西方（"他者"）是通过痛苦的自我反省和判断比较后，为自己设立的价值对象。在这个对象的参照下，中国的积弊痼疾一览无余，而西方也借此逐渐建立了其被膜拜的身份。因此，通俗小说家哈葛德在林纾笔下便不再单纯是一个消闲作品的生产者，而成为一个文化符号，一种新思想的表征。林纾试图在通俗小说的虚构故事与中国传统思想间寻求一种关联，这种关联便是从冒险、神怪、传奇等庸俗的纯消遣性情节中，提炼出更高一级的"政治"意味，借此以建立和巩固西方的榜样地位。虽然林纾的解读有时显得过于牵强，甚至是隔靴搔痒，或者买椟还珠，但他的这种有意的对立在其后中国文化的批判者那里不乏所见略同者。

四、作为消遣读物：言情与历史小说

在近代中国世界文学萌芽体系中处于边缘的外国文学也并非完全被捆绑于政治等"他治"因素，外国言情、历史小说的流行，仿佛体现了文学的娱乐性与自治性，但又常常以过度解读的方式，让通俗小说承载沉重命题，凸显了基于民族主义的政治焦虑。

晚清作家大多承认小说创作的永恒主题应该"英雄"与"男女"并重，但事实上是重"英雄"轻"男女"。过去的言情小说是诲淫诲盗，现在是鼓荡民气、陶冶性情。将男女之情与英雄侠气并称，主要原因便是国难当头，因此才会"拾取当时时局，纬以美人壮士"（林纾：《劫外昙花·序》，1905）。

哈葛德小说在英国风行的时代是 1887～1930 年，这些作品基本归属于英国小说中的新浪漫主义潮流。在 19 世纪下半叶，虽然以狄更斯、哈

---

① Leo Ou-fan Lee, 1973：*The Romantic Generation of Modern Chinese Writers*，Cambridge：Harvard UP，pp. 53～54.

代为首的现实主义已经占据主流，但是继承自悠久浪漫传统的新浪漫主义却在斯蒂文森、哈葛德的带领下仍然具有非凡的生命力。他们尽管不直接反映社会矛盾、纵笔当代，但是仍然因为主题的神秘、情节的曲折离奇、异域风俗的旖旎为维多利亚盛世时期的英国读者摆脱波澜不惊的生活，获得一种美妙而惊奇的阅读体验，提供了良药。因为这类小说与现实有一定距离，因此新浪漫派小说也被称为"逃避小说"(Escape Novel)。但是按照中国近代小说家的分类，哈葛德的作品基本分为冒险、神怪与言情小说。

今天的读者对哈葛德已经不甚熟悉，但是在近代时期的中国，哈葛德算是一位风云人物。哈氏几部最畅销的小说几乎都在短时间内有了汉译本，其中最有名的是《她》(She，1887；曾广铨译为《长生术》，1898)，《阿依莎》(Ayesha：The Return of She，1905；《她》的续篇，周桂笙译为《神女再世奇缘》，1905)，《阿伦·考特曼》(Allan Quatermain，1887，《所罗门王的宝藏》续篇，今译《白女王与夜女王》；林纾译为《斐洲烟水愁城录》，1905)，《明眸埃里克》(Eric Brighteyes，1891，脱胎自挪威人的史诗《萨迦》；林纾译为《埃司兰情侠传》，1904)等。但是这些名作在中国都未得到什么回响，反而是一些二线作品颇受追捧。原因是普通读者只当这些是消遣读物，精英人物不以为然，今天依靠当年文献做研究的学者，很难再寻找到痕迹。

言情小说是哈葛德小说中的重要部分，林纾曾把哈葛德的小说归结为"非两女争一男者，则两男争一女"(林纾：《〈洪罕女郎传〉跋语》，1905)。Joan Haste 这部小说并非哈氏小说中的上品，但它在近代中国名声最大，原因是只有它最有被政治化解读的潜力。它的第一个译本是 1901 年包天笑和杨紫麟合译的，叫《迦因小传》，与林译《迦茵小传》一字之差。包、杨译本中，故事是残缺的，只有迦因为了亨利的家庭大局而牺牲个人幸福，自动退出的部分。无论是包、杨有意为之还是他们可能只得到下部，总之迦因私怀身孕一节消失了。1905 年 2 月 13 日，上海商务印书馆出版了林纾与魏易合作翻译的全本《迦茵小传》，结果引来一段文坛公案。

《新小说》第 17 号(1905)上金松岑发表了《论写情小说于新社会之关系》，文中攻击了林译《迦茵小传》的全译本，说林译本社会影响恶劣，"女子而怀春，则曰我迦因赫斯德也，而贞操可以立破矣"，因此说包、杨译本的"半面妆文字，胜于足本"。①

---

① 松岑：《论写情小说于新社会之关系》，《新小说》，1905 年第 17 号。

　　中国近代第一部影响最大的翻译小说是林纾翻译的小仲马的《巴黎茶花女遗事》，也属言情范畴。中国传统的才子佳人小说、狎妓小说的遗泽，是《巴黎茶花女遗事》和《迦茵小传》风行的原因之一，金松岑的观点攻击的是这类小说的接受者中的末流，真正的最具先锋意识的知识精英喜爱《巴黎茶花女遗事》不会是狎妓的托词，但很难说后者会不会在接受者中占大多数。金松岑批评林纾译了全本的《迦茵小传》之后会破坏世风，"迦因人格，向为吾所深爱"，这"人格"里绝不仅是爱得深而已，因为读者"深爱"的正是包、杨译本中体现的迦因的"牺牲"，完全不能容忍前半部因为两人爱得热烈而越出礼防。许多中国人读出的便绝不只是对个人幸福的追求，更重要的其实倒是个人的"牺牲"。从这个意义上说，和《巴黎茶花女遗事》中的马克一样，迦茵只不过是具有崇高品德的奴隶，她们的爱情成了道德的祭品，成为了一种自我折磨，正是在这种折磨和苦行中，中国的读者读出了感动。因此，在同时蕴含着"反封建"思想和道德教化色彩的西洋小说里，后者更与中国的传统精神相契合，于是，"个性解放"被忽视了，道德主题反而受到了特意的关注。

　　面对蕴含着"个性解放"思想的西方言情小说，无论是译者还是读者都没有读到其中的真正含义，于是中国人一开始就与张扬个性的西方精神擦肩而过了。受此影响的民初言情小说创作，多是悲剧结局的哀情小说，西洋小说中澎湃恣肆的爱情变成了民初小说中爱的无力。[①]很快，与谴责小说蜕变成黑幕小说相对应，写情小说也演化为鸳鸯蝴蝶派小说，成为大众的消闲读物。西方的"个性解放"果然最终沉沦为金松岑所言："逞一时笔墨之雄，取无数高领窄袖花冠长裙之新人物，相与歌泣于情天泪海之世界。"[②]

　　相对以上三位作家，大仲马的待遇就比较尴尬。他是四位作家中唯一一位今天受到严肃文学界礼遇的人[③]，但他在清末民初的遭遇基本上只是翻译作品多，而影响小。或许是因为他所热衷的宫闱秘事与演义化的历史在中国旧文学中并不鲜见。"以西例律我国小说，实仅可谓有历史

---

①　袁进认为翻译小说对中国民初言情小说的影响有两个重要的方面：牺牲精神和忏悔意识。前者使得逾越礼教的爱情"得到读者的认可"，后者却被中国小说家改变为"只是感慨天道不公，并无自己忏悔之意"，忏悔变成了向礼教认同。参见王宏志编：《翻译与创作：中国近代翻译小说论》，北京，北京大学出版社，2000。

②　松岑：《论写情小说于新社会之关系》，《新小说》，1905 年第 17 号。

③　在中国现有的《外国文学史》教材中，几乎无一例外都会在 19 世纪法国文学中对大仲马一笔带过，而其他三位——柯南·道尔、哈葛德与凡尔纳则连这样的待遇也不曾有。此外，2002 年大仲马移灵先贤祠，时任法国总统希拉克发表了重要讲话，也肯定了他对法兰西的意义。

小说而已",虽然"即或有之,然其性质多不完全"。①

雨果和大仲马同时诞生,这两位同龄的文学奇才却受到不同的待遇。长久以来,学术界对雨果推崇备至,与其相比,大仲马似乎就相形见绌了。大仲马遭漠视的原因是,他常和别人集体创作、道德观念不够纯正、老把戏剧和小说这两种不同的文类混写,而且批量制造,质量堪忧。"仲马使读者深思吗?很少。使读者白日做梦吗?从来也不。叫读者一页一页往下翻吗?对,向来如此。"②

大仲马的第一个汉译本是1907年伍光建译自英文的《侠隐记》(《三剑客》)。伍光建精通英语,译文可信,又使用了简洁的白话,虽然略带文言腔,但译笔生动传神。这一译本出版后,不仅受到普通读者的欢迎,而且也得到《新青年》的赞扬,茅盾给予了高度评价③,这在近代翻译家中实在不多见。《侠隐记》强调男性的兄弟情谊,还穿插了两则爱情故事,因此,此书的魅力不仅是侠骨柔情,还有宫廷阴谋、浪漫爱情,因此它集合了畅销书的多种因素。

19世纪,历史小说是一个颇受浪漫主义欢迎的文学类型,因为其中的怀旧情绪、取材的本民族化与当时盛行的古典主义的矫揉造作、过度崇拜古希腊罗马,形成鲜明对比。此外,这一题材为作家抒情和想象提供了广阔天地。历史小说在苏格兰作家瓦尔特·司各特那里树立了最初的威望。法国作家受到司各特影响,已经开始从事这一类创作。为了能够吸引法国那些刚刚亲身经历了历史激变的19世纪的民众,一方面作家要表现法国的历史;另一方面还要证明那些达官贵人和芸芸众生没有区别,而宫闱秘斗也类似于平常人所遇到的家长里短。在这一方面,大仲马的才能无与伦比。

七月革命以后的法国,工业革命使经济迅速发展。与此同时,报刊印刷业急剧膨胀,报纸的发行量也逐日增加。当时法国的两家报纸《快报》和《世纪报》正在雄心勃勃地构筑大规模的群众性新闻事业。由于工厂工人和市民识字率上升,他们对通俗文学阅读的要求使报纸上的文学专栏和连载小说应运而生。连载小说为了吸引读者下一次继续阅读,开头文字吸引人,结尾必有悬念,线索交叉,趣味性鲜明。大仲马确为此中

① 定一:《小说丛话》,《新小说》,1905年第15号,见陈平原、夏晓虹编:《二十世纪中国小说理论资料第一卷(1897—1916)》,北京,北京大学出版社,1989,第83页。
② 〔法〕安·莫洛亚:《大仲马传》,秦关根译,杭州,浙江文艺出版社,1983,第116页。
③ 参见茅盾:《伍译的〈侠隐记〉和〈浮华世界〉》,原载《文学》,1934年第3期;见《茅盾文艺杂论集》上册,上海,上海文艺出版社,1981。

高手。他仔细研究了司各特的小说技巧与风格，运用自己丰富的想象力和讲故事的才能，将历史题材化约成了通俗诱人的小说在报刊连载，把英雄史诗式的法国与短篇故事的法国连接了起来，成为当时无人匹敌的通俗小说专栏作家。

近代中国译介了大仲马的近 30 部小说，虽然也说"仲马之文疏阔"（林纾：《冰雪因缘·序》，1908），但未免所言空泛。说"大仲马著作颇富，大都将法国史事，参以己意编成者居多。其文浩荡广博，能令阅者眉飞色舞"①也算是道出了关键：仅仅"眉飞色舞"而已，文学精英没有更多发现他的"意识形态"潜能，而中国传统的历史小说也没有在大仲马的文本中学到更多，因此，他的小说或只能是文学"自治"的例子。

从总体上看，柯南·道尔、哈葛德、凡尔纳与大仲马四位小说家基本都属于西方 19 世纪后期的浪漫主义范畴，柯南·道尔笔下的大侦探、凡尔纳笔下的科学探索者、大仲马笔下的剑客或伯爵、哈葛德笔下的冒险家都具有"超人"性质，由于小资产阶级个人生活的缺陷和狭隘，这些浪漫主义形象就成了他们的"鸦片"，是他们的"人造天堂"。②他们的冒险大多激起读者的个人主义情绪，为民众提供了逃离现实的幻想世界。作为边缘的西方文学，其首要效果是进入了中国人的视野，开启一个世界文学的观念，因此，普及更重要。近代中国的西方文学翻译选择与经典建构，和西方本土的文学体系存在明显错位，这在萌芽体系中并非特殊现象。

第二节　经典作家的通俗化——莎翁在 1916 年前的中国

世界文豪莎士比亚在中国的情况，论者多有介绍与研究，但对于莎士比亚在中国早期的形象与莎剧的趣味问题却少有涉及。本节论述的下限截至 1916 年，一方面是因为自此以后中国文学基本开始走入新文学的轨道；另一方面则是虽然完整的莎剧汉译剧本的出现要到 1921 年，但是 1916 年莎士比亚剧作的演出就已经非常集中，而且在粗糙演出了几年莎翁戏剧故事之后，第一次"与世界接轨"，将目光投向了他的名剧《哈姆雷特》。这一年，徐半梅等人在上海广西路笑舞台公演《韩姆列王子》，导社在上海乾坤大剧院公演《篡位盗嫂》（原名叫《乱世奸雄》），同一年郑正秋

---

① 狄平子：《小说新语》，1911，见陈平原、夏晓虹编：《二十世纪中国小说理论资料第一卷（1897—1916）》，北京，北京大学出版社，1989，第 368 页。

② 参见〔意〕葛兰西：《人民文学》，见陆扬主编：《二十世纪西方美学经典文本》第二卷，上海，复旦大学出版社，2000。

主持药风新剧社公演幕表戏《窃国贼》，这三个剧目的故事均出自《哈姆雷特》，且都影射了袁世凯称帝。同年5月笑舞台又公演《女律师》，7月演《黑将军》。更重要的是，这一年孙毓修在他的《欧美小说丛谈》中一改中国晚清以来对莎士比亚描述的浮光掠影，对其生平和戏剧进行了详尽介绍。

随着戏剧演出的增多，介绍外国文学的小册子和知识界人士对莎士比亚大力评介的出现，莎士比亚才逐渐在中国读者和观众的心目中摆脱了"述异之人"和善于描写情天恨海的外国戏剧高手的印象，中国的读者和观众开始正襟危坐地对待他，也就开始了对他的"经典化"。当把他铺垫到足够重要的地位时，才有了真正完整的莎评：1917年至1918年，东润（即朱东润，1896～1988）在《太平洋》杂志第一卷第5、6、8、9号上连续发表四篇《莎氏乐府谈》，共计两万余字，详细介绍了莎翁的成就、影响、当时的剧场、演出情况等；此时才有人专门翻译了他的剧本《哈姆雷特》(1921，田汉译)，把读者和观众的视线真正引入他戏剧的精华——"四大悲剧"。但是，在此之前，莎士比亚在中国的"前经典化"，对于我们了解刚刚放眼望世界的中国如何理解世界文学，如何对待和确立自己的外国文学经典，具有特殊的启发意义。

一、但闻其声

鲁迅在20世纪30年代谈到莎士比亚的时候说："严复谈起'狭斯丕尔'，一提便完；梁启超说过'莎士比亚'，也不见得有人注意。"[①]此话不留情面，但的确属实。严复在光绪二十年(1894)翻译的赫胥黎《天演论·进微》中，提到了"词人狭斯丕尔"，还加了小注："狭万历年间英国词曲家，其传作大为各国所传译宝贵也。"在光绪二十三年(1897)开始翻译的斯宾塞的《群学肄言》中他也数次提到莎士比亚的名字，并用"丹麦王子罕谟勒"的话佐证其观点。在《名学浅说》中他还引用莎士比亚《裘里斯·西泽》(即《裘力斯·凯撒》)里安东尼的著名演说为例，论证"名学的功能"。

除严复之外，梁启超在戊戌政变(1898)之后出走日本，主编《新民丛报》，光绪二十八年(1902)在该报五月号上发表《饮冰室诗话》，其中说："近世诗家，如莎士比亚、弥儿顿、田尼逊等，其诗动亦数万言。伟哉！勿论文藻，即其气魄固已夺人矣。"严复和梁启超都是中国近代知识界的名人，但无奈他们对莎士比亚的举荐并未引起国人的注意。

---

①　鲁迅(署名"苗挺")：《"莎士比亚"》，《中华日报》，1934年9月23日。

其实，这位英国戏剧家的名字来到中国，还要比严复提到他早得多。清咸丰六年(1856)，英国传教士慕维廉(William Muirhead)在翻译托马士·米尔纳(Tomas Milner)的《大英国志》[光绪七年(1881)又有上海益智书会刻本]时，讲到伊丽莎白女王时代的文化盛况，"当伊莱沙伯时，所著诗文，美善俱尽，至今无以过之也。儒林中如锡的尼、斯本色、拉勒、舌克斯毕、倍根、呼格等，皆知名士"。"舌克斯毕"就是莎士比亚。光绪八年(1882)北通州公理会又刻印了美国牧师谢卫楼所著的《万国通鉴》，其中也提到莎士比亚："英国骚客沙斯皮尔者，善作戏文，哀乐罔不尽致，自侯美尔(现译荷马)之后，无人几及也。"

戊戌政变前后，莎士比亚的名字更频繁地被介绍进来。光绪二十二年(1896)上海著易堂书局翻印了一套英国传教士艾约瑟在1885年编译的《西学启蒙十六种》，在《西学略述》一书的《近世词曲考》中介绍莎士比亚："英国一最着声称之词人，名曰筛斯比耳。凡所作词曲，于其人之喜怒哀乐，无一不口吻逼肖。加以阅历功深，遇分谱诸善恶尊卑，尤能各尽其态，辞不费而情形毕露。"1903年上海广学会刊印的英国传教士李提摩太主编的《广学类编》，上海石印本《东西洋尚友录》和《历代海国尚友录》，1904年上海广学会出版的英国传教士李思·伦白·约翰辑译的《万国通史·英吉利志》，同年10月出版的《大陆》杂志中的《希哀苦皮阿传》中对这位英国文豪都有提及。此外在传记中介绍莎士比亚的还有光绪三十三年(1907)世界社出版的《近世界六十名人画传》中的《叶斯壁传》。光绪三十四年(1908)山西大学堂译书院出版的《世界名人传略》中也有《沙克皮尔传》。①

算起来，莎士比亚的"大名"声震中国的日子的确不算晚，但是译名如此多样，很难有人意识到他们说的是同一个人，加上中国文人对外国的认识还没有超越泰西文学艺术"不逮中华远甚"②的阶段，因此莎士比亚的大名真的被中国人注意还要等到林纾翻译了兰姆姐弟的书之后。值得注意的是，林纾的翻译"在普通读者中广泛传播，而早期改革者对莎士比亚的意识形态化塑造却只在一小撮知识精英中略有影响"③。考虑到20世纪初叶的中国知识精英的数量是如此之少，因此，林译莎士比亚对于我们的研究就具有特殊价值。

①　参见戈宝权：《莎士比亚作品在中国》，见中国莎士比亚研究会编：《莎士比亚研究·创刊号》，杭州，浙江人民出版社，1983，第333页。

②　郭嵩焘：《伦敦与巴黎日记》，长沙，岳麓书社，1984，第119页。

③　Li Ruru, 2003: *Shashibiya*: *Staging Shakespeare in China*, Hong Kong: Hong Kong University Press, p. 17.

二、兰姆、林纾与"述异之人"莎士比亚

1807 年 1 月，兰姆姐弟(玛丽·兰姆，1764～1847；查尔斯·兰姆，1775～1834)将莎士比亚的 20 个戏剧改写成故事，书名叫作《莎士比亚故事集》(*Tales from Shakespeare*)，以两卷本的形式出版，副标题是"为年轻人而作"。

查尔斯·兰姆算是忠实的"莎翁迷"，而且还是绝对狂热的"惟剧本论者"。他的《关于莎士比亚的悲剧及其上演问题》在莎学界非常有名。查尔斯·兰姆把作家的剧本和演员的表演看作是截然不同的性质，在他看来，演员们把它们拙劣地朗诵出来的能力和剧作家创造诗的想象力、把这些意象化为文字的能力根本不可同日而语。于是查尔斯·兰姆厌恶莎剧依靠演出推广，他宁愿将原来的戏剧编成故事集。他编书的目的有两个，一个是发挥美德的教化作用：读了莎士比亚能使年轻人"抛弃一切自私的、唯利是图的念头；这些'故事'教给他们一切美好的、高贵的思想和行为，叫他们有礼貌、仁慈、慷慨、富有同情心"；另一个是诱使读者有兴趣真正去阅读莎翁的原作，"倘若年轻读者有幸从中尝到一些乐趣，我们希望起码也会使他们巴不得自己再长大些，以便原原本本地读到原剧"[①]。但吊诡的是，当兰姆批评别人可能会"保持故事的原有梗概，而略去其中所有的诗意，——莎士比亚神圣的标记，他的伟大才智"时[②]，他不知道他的故事集在中国几乎就是产生了这样的效果。

林纾并不是第一个将此书翻译成中文的人。比他早一年，光绪二十九年(1903)上海达文社首先用文言文翻译出版了这本书，题名是英国索士比亚著《澥外奇谭》，译者没有署名。但从书的名字来看，这不过是个海外的奇异故事集。对于读惯了《阅微草堂笔记》或者《聊斋志异》的中国读者来说，此书也算不得多么了不起，因此没有引起太多注意。《澥外奇谭》挑选翻译了十个故事，各成一章，采用章回体小说的题目和形式，分别是《蒲鲁萨贪色背良朋》(《维洛那二绅士》)、《燕敦里借债约割肉》(《威尼斯商人》)、《武历维错爱孪生女》(《第十二夜》)、《毕楚里驯服恶癖娘》(《驯悍记》)、《错中错埃国出奇闻》(《错误的喜剧》)、《计上计情妻偷戒指》(《终成眷属》)、《冒险寻夫终谐伉俪》(《辛白林》)、《苦心救弟坚守贞操》(《一报还一报》)、《怀妒心李安德弃妻》(《冬天的故事》)、《报大仇韩

---

① 〔英〕莎士比亚：《莎士比亚戏剧故事集(上)》，〔英〕查尔斯·兰姆、〔英〕玛丽·兰姆改写，萧乾译，北京，中国青年出版社，1956，第 6～7 页。

② 〔德〕歌德等：《莎剧解读》，张可、元化译，上海，上海教育出版社，1998，第 191 页。

利德杀叔》(《哈姆雷特》)。

该书出版之后的第二年，商务印书馆又出版了该书的另一个中译本：林纾和魏易用文言文翻译的《吟边燕语》，列为《说部丛书》之一。这时候的林纾已经借着《巴黎茶花女遗事》的翻译声名远播，"林译"也已经成了文学市场的一个小招牌。林纾不仅与人合作口述笔录小说，而且乐于在小说之前写序，对作品加以微言大义的著名"导读"。在《吟边燕语》的序中，他将莎士比亚与哈葛德相提并论。

如前章所言，这位在英国难登大雅之堂的通俗小说作家在近代中国可是一位风云人物，《吟边燕语》出版的时候正是哈葛德在中国声势上升的时期，1906 年的《月月小说》创刊号上甚至赫然使用了他的头像，他的地位俨然等同于世界文豪，因为同为晚清四大小说杂志的《新小说》和《小说林》的创刊号分别选用的是托尔斯泰和雨果的图片。

莎士比亚竟然还要借哈葛德的余光，原因当然是林纾有限的英国文学视野，以及中国当时独特的世界文学眼光。林纾说这两个人的作品都与神怪有关，"莎氏之诗，直抗吾国之杜甫；乃立义遣词，往往托象于神怪"。估计他存此印象与《暴风雨》《仲夏夜之梦》《麦克白》《哈姆雷特》等故事中的超验因素有极大关系。但林纾用来给普通读者导读的序，落脚点却在于感叹像这样的"禁蛇役鬼"，向来以新为政的英国人都"不废莎氏之诗"，中国人却一力求新，"维新之从"。为什么呢？林纾悟出"盖政教两事，与文章无属。政教既美，宜泽以文章。文章徒美，无益于政教"[1]，所以中国的关键还是抓紧强国。由此看来，兰姆苦心让读者读出的"美德"至少最开始没有在 20 世纪初叶的中国找到回响。

兰姆的小册子使中国人首次了解了莎士比亚的相关作品。从兰姆的初衷来看，把它作为"启蒙读物"倒也恰当，但关键是莎士比亚在当时的中国是"但闻其声"，没有具体作品，只说这个英国"词人"如何重要，普通读者也无非是以为他枉担了虚名，或者根本就没什么印象。又或者，即使兰姆的目的顺利达到，中国读者想要去读他的剧本也找不到，剧本全译本的到来要等 1921 年田汉译的《哈孟雷特》发表在《少年中国》杂志上。

无论是《澥外奇谭》还是《吟边燕语》都把作者兰姆的位置错误地直接写成了莎士比亚，还把这部作品归入"说部"。《澥外奇谭·叙例》中写道："吾国近今学界，言诗词小说者，亦辄啧啧称索氏。然其书向未得读，仆

---

① 〔英〕兰姆：《吟边燕语》，林纾、魏易译，北京，商务印书馆，1981，第 1 页。

窃恨之,因亟译述是编,冀为小说界上,增一异彩。"译者很明显仍然把莎士比亚放在了"小说界",而且这证明在此之前国人的确不曾见过他的"词曲"如何。其实从兰姆原著的性质来说,倒也没什么不对,只是这影响了莎士比亚作为戏剧家的大名。译坛名将林纾后来又翻译了一系列署名"莎士比"的作品:1916 年 4 月商务印书馆出版了"林译小说第二集第十五编"《亨利第六遗事》,属"英国莎士比原著","闽县林纾、静海陈家麟同译",在同一年,林译还出版了《雷差得纪》《亨利第四纪》《凯彻遗事》,在他死后一年的 1925 年,商务印书馆还出版了单行本《亨利第五纪》。这些作品,据樽本照雄教授考证,并非译自莎翁的剧本,而是译自奎勒·库奇(A. T. Quiller-Couch)出版于 1899 年的 *Historical Tales From Shakespear*。[①]林译莎士比亚的历史剧原本就是莎剧的故事缩写,译文仍然故事化、少对白、通篇不分段、不加标点、以叙述人口吻讲述对话等。由于这样的形式,将莎翁的名剧列入"林译小说"丛书也就没什么不妥。

在林纾对莎士比亚进行了影响颇广的译介之后,莎士比亚的主要面貌并不是一位伟大的戏剧家,而是一个讲故事,且是一个讲"鬼怪故事"的英国人。直到很久以后的 20 世纪 30 年代,顾燮光在《译书经眼录》中对林译的《吟边燕语》也有类似评价,[②] 不过,无论如何,作为一位相对陌生的外国文豪,这样一个故事化的莎士比亚倒是更容易拉近其与中国读者的距离。

直到 1914 年,还有人认为:"欧西戏剧,感人至深。及详考其由,则文学家编一剧出,先播传其剧本于世,若干日后,则剧场始取而演之。故观者之脑海中,有一极深之印象,而得其感征之力。社会教育之称,所由起也。"[③]这位中国文人认为外国戏剧家都是先写个故事流传,然后才排演戏剧的。从这个意义上说,莎士比亚在中国的流传倒是比较符合这个规律,与他在英国时戏剧活跃于舞台,剧本却久久不见流传的情况恰好相反。而我们把戏剧混同于小说,至少证明中国早期戏剧意识规范的模糊。在这样一个大环境里,戏剧家莎士比亚阴错阳差地先以一个讲故事的"述异之人"的身份与中国人谋面了。

---

① 参见〔日〕樽本照雄:《林纾冤案事件簿》,李艳丽译,北京,商务印书馆,2018。
② 参见顾燮光:《译书经眼录》,杭州,金佳石好楼,1935。
③ 范石渠原著,赵骥校勘:《新剧考》,上海,文汇出版社,2015,第 5 页。

三、演出的通俗化与中国趣味

中国人与莎翁这样的邂逅颇富意味，因为正是这样一个"故事化"的莎士比亚拉开了中国莎剧与莎学的大幕。这很大意义上影响了莎士比亚在中国的早期面貌。

20 世纪初，中国的所谓莎剧演出多采用"文明戏"的方式，这种"文明戏"是我国话剧在传统戏曲的基础上吸收西洋话剧逐渐发展而成的一种戏剧样式。这类演出没有剧本，只是靠一个叙述故事梗概的幕间说明，也没有台词，顶多只是注上几句剧情要求必须说的话，其余全凭演员即兴发挥和表演。据说排戏时，导演的作用只是召集演员，介绍情节和上下场次序，安排角色，剩下的就全看演员的本领了。这样的演出并没有原始的记录可资查明，今天的认识全凭早期戏剧前辈的回忆和描述。[①]中国话剧发轫期这种简陋的方式，决定了他们对剧本要求的松散，于是才与林译兰姆的莎士比亚故事一拍即合。

剧本未到，并不影响演出先行。早在兰姆的书被译介过来之前的1902 年，上海圣约翰书院（今华东政法大学）的外语系毕业班就演出了《威尼斯商人》，用的是英语。英国戏剧家威廉·道尔拜撰写的《中国戏剧史》收有此次演出的剧照一幅。[②]

中国人用汉语演出莎士比亚的戏剧要到1913 年，有意味的是，演出的剧目也是《威尼斯商人》。1913 年年初，上海城东女子中学演出《女律师》，全部由女子反串男角，而这一年的7 月，郑正秋领导的文明职业剧团新民社采用幕表剧公演话剧《肉券》（剧名相信正是来源于林译，他在《吟边燕语》中将《威尼斯商人》的故事译为《肉券》）。12 月9 日至12 月23日，春柳社同人吴我尊等人与湘春园汉调戏班在长沙寿春园演出《驯悍记》等剧。1914 年新剧同志会在上海宁绍码头竞舞台公演《女律师》，新剧家陆镜若主持的春柳剧场演出《铸情》《驯悍记》《倭塞罗》。1915 年5 月12 日（旧历），民鸣社在上海大新街三马路中舞台演出话剧《借债割肉》。

到1916 年，中国舞台上演出最多的莎翁戏是《威尼斯商人》，共有5个戏剧团体的演出记载；其次是《驯悍记》和《铸情》，都是两次。从名称上看，它们的底本大多很有可能也是林译的《吟边燕语》，虽然后来的剧本很难说也与《吟边燕语》有关，但至少他们的底本也只是故事梗概，人

---

① 参见欧阳予倩：《谈文明戏》，见《中国话剧运动五十年史料集（第一辑）》，北京，中国戏剧出版社，1958，第88～91 页。

② 参见孟宪强：《中国莎学简史》，长春，东北师范大学出版社，1994，第161 页。

物名字中国化，对话非常简单，带有初期话剧幕表剧的性质。当时这些翻译的戏剧底本很少出版发表，今天也几乎找不到原有的翻译文本。不过也有例外，比如包天笑编译的《女律师》，剧名当然是来自剧中乔装明断的女主角鲍西娅，但内容却有了很大的改变，删改很多。此剧作发表于《女学生》1911年第2期。

　　这里值得一提的是，最新的发现表明，1914年9月到1915年11月的《女铎》杂志上连载了署名为"泰西名剧《剜肉记》，英国莎士比著，美国亮乐月译"的译作。译作共五幕一节，和原剧的叙事结构一致，但在内容上有调整和压缩。难得的是，《剜肉记》保留了基本的戏剧形式，剧中的几幕曾在汇文学堂的毕业礼中被学生排演过。①尽管如此，此译本仍然采用了意译的方法，情节删削严重，对白口语化，人名中国化，而且它连载在《女铎》杂志上的"小说"栏目中。这仍然表明了近代中国莎翁戏剧翻译的故事化倾向。

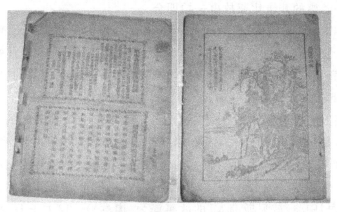

图 2-2　《女铎》杂志连载了署名为"泰西名剧《剜肉记》，英国莎士比著，美国亮乐月译"的译作

　　在英国，《威尼斯商人》中的鲍西娅和夏洛克无疑是剧中最出风头的两个人。伊丽莎白一世时期，民众对犹太人存有根深蒂固的偏见，所以鲍西娅常成为此剧的核心人物，到了19世纪夏洛克却跃升为主角。历来对这个犹太人的处理方式有很多种：凶狠的魔鬼、滑稽的恶棍、委屈的受歧视者……现代人已经不再简单地看待这个人物了。虽然当时的演出没有留下什么记录，但中国早期的话剧舞台喜欢这出戏与种族问题绝无关系，倒是可能对女扮男装这一情节设置情有独钟，或者这样的惩戒恶

①　参见朱静：《新发现的莎剧〈威尼斯商人〉中译本：〈剜肉记〉》，《中国翻译》，2005年第4期。

人和峰回路转更符合"三言""二拍"等市民小说培养出来的观众趣味。

在中国早期上演次数仅次于《威尼斯商人》的《驯悍记》带有很多喜剧成分。兰姆姐弟缩写的《驯悍记》只是选取了原剧三个故事线索中彼特鲁乔和凯瑟丽娜的故事，这是莎士比亚笔下最有趣的欢喜冤家之一。该剧台词具有一定的笑剧成分，剧情发展新奇机智。到18世纪这个剧本已经有七种不同版本。而到了现代，驯服女人这样的主题开始让很多西方人不以为然，倒是和《巴思妇的故事》相映成趣。不过，似乎这部戏剧的喜剧场面非常适合趣味不高的中国早期舞台，在新女性解放运动如火如荼开展之前还有生存的空间。

而《罗密欧与朱丽叶》一直是莎士比亚最受欢迎的剧作之一，虽然不如"四大悲剧"成熟，但是爱情真挚，冲动自然，已经隐隐蕴含了莎士比亚揭示人性弱点在外部环境的驱使下酿造悲剧的框架。但是，刚刚接触外国新剧的中国观众，还无暇细细品味莎剧中深厚的人性主题，只是把它看作一个单纯的爱情故事也未可知。这样一个自由冲动的情感故事，结局惨烈、情节起伏大，似乎恰恰因为其一改中国过去才子佳人故事总是大团圆的传统而吸引了中国观众。在与票房紧密挂钩的戏剧舞台上，这一点当然更重要。

尽管中国戏剧的先锋们把社会教育之功作为新剧的首要大义，但是早期那种"满口洒血"的化装演说，宣传活报剧式的"新剧"，在辛亥革命高潮过后，很快失去观众，随之而来的"家庭剧"的繁荣，使得具有"家庭剧"因素的外国剧目受到欢迎，善恶有报的道德感、智夫驯悍妇的家庭场景或者亘古不变的坚贞爱情自然成为首选。当然也不能忽视其中乔装改扮的噱头、插科打诨的滑稽。因为无论理论家如何倡导，无奈观众看戏自有目的，还不要说中国早期舞台上的莎翁戏还未必有多少"戏味"，因此"新剧团体既持看客而能生存，故看客心理所好何剧，则以何剧投之，固不必以社会教育四字作假面具也"。①

即使到了1916年，中国人对莎士比亚已经有了些许了解，但与世界文豪的剧目同台演出的还都是《绿窗红泪》《劫后姻缘》《福尔摩斯》等言情侦探之类的戏（它们当时都上演于上海的笑舞台）。不过，既然找不到演出的剧本，看看当时报上的广告也是一种告慰。《民国日报》1916年5月25日介绍《女律师》"此本莎翁名剧，借债而要割肉，女子而做律师，文情并茂，妙趣横生"。1916年7月17日说《黑将军》（《奥赛罗》）："一标志

---

① 仲贤：《不必假社会教育名义》，见《新剧史·杂俎》，新剧小说社，1914，第34页。

女郎，偏不与漂亮少年结婚，而独与身黑须黑的黑将军结为伉俪，致弄出许多情天孽障，趣味之浓为莎剧中第一名。"1916 年 3 月 11 日《窃国贼》(《哈姆雷特》)的广告是："为人臣而窃君窃国，私通君后；为人弟而盗嫂盗政权。父仇不共戴天，而母且夫事乎杀父之仇，不得以装疯作戏，以娘心，到头来大家难逃一死，此其惨为何如惨。"看看这样半文不白、半通不通的广告，想想当时那自由度无限之大的演出形式，足以看出莎士比亚戏剧在译介到中国的早期是如何地带有趣味性和娱乐故事性。兰姆若地下有知，不知道会不会骂这些中国演员如何把莎士比亚深邃的思想和读者阅读中的快感"贬低到物质化的有血有肉的标准"。不过，莎士比亚在中国的这种通俗化的错位，其接受和演出或许也更符合伊丽莎白一世时代戏剧的自由化和娱乐化。

第三章　柯南·道尔："福尔摩斯的变幻"及其他

第一节　柯南·道尔与福尔摩斯

像文学史上许多最初遭受冷落、后来却一步登天的作品一样，柯南·道尔的《血字的研究》(*A Study in Scarlet*, 1887)遭遇了三次退稿，最终于 1886 年 9 月由伦敦的华德·洛克公司勉强收下，把它刊登在 1887 年 12 月该公司自己的《比顿圣诞年刊》(*Beeton's Christmas Annual*)上。在这部作品中，享有世界声誉的侦探福尔摩斯首次登场。《比顿圣诞年刊》是一本刊登长、短篇小说的合集，由出版商 S. A. 比顿在 1867 年创办。这部作品获得的稿酬是 25 英镑。《比顿圣诞年刊》每本售价一先令，彩色封面。登有柯南·道尔这部作品的这一

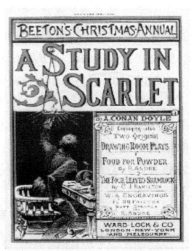

图 3-1　1887 年 12 月《血字的研究》刊载于《比顿圣诞年刊》(*Beeton's Christmas Annual*)杂志的初版封面

期封面描绘的是《血字的研究》中的凶手，他正借着挂灯的火焰把注射器烤热。年刊很快售完，但不全是因为这篇小说，它还远没有引起轰动。小说于 1888 年出版单行本，由柯南·道尔的父亲查尔斯·道尔画插图。后来《四签名》在美国费城的《利平科特杂志》(*Lippincott's Magazine*, 1890 年 2 月)上发表，这是美国读者第一次认识了侦探福尔摩斯先生，作品比较成功，该年晚些时候以单行本出版。

一、文学人物福尔摩斯与侦探福尔摩斯

1891 年 1 月，乔治·纽恩斯(George Newnes，1851~1910)创刊《海滨杂志》(*The Strand Magazine*)，他的办刊宗旨是希望发行一份像美国刊物《哈泼斯》(*Harper's*)风格的杂志：有插图，每期杂志故事应该完结，"像一本书"。因此，它不像其他杂志那样连载故事，而是刊登短篇小说。

《海滨杂志》第一期卖了 300000 册，在当时英语杂志界是空前的，这证明他的办刊策略是成功的。柯南·道尔的一篇小说《科学之声》(*The Sound of Science*)就刊登在第一期上。同年该杂志 7 月号上刊载了《波希米亚丑闻》(*A Scandal in Bohemia*)，获得巨大成功。到 1893 年，刊载有福尔摩斯故事的《海滨杂志》引起销售热潮，每期能增加销售 100000 册。自此，柯南·道尔作为一代侦探小说家的地位才渐渐稳固。而且他的盛名也波及美国，其大多数作品在英国杂志连载，同时(有时甚至还早一步)被美国杂志刊登。

由于读者对福尔摩斯的青睐，柯南·道尔的稿酬曾达到当时文学稿酬的最高水平。美国一家出版社愿以 5000 美元买下仅 10 万字的《巴斯克维尔的猎犬》(*The Hound of the Baskervilles*)，每 1000 字值 50 美元。英国一家杂志则以 1000 字付给 100 英镑的价格来收买柯南·道尔小说的版权。

柯南·道尔将演绎学、侦探学、犯罪学、心理学、地质学、解剖学等学问应用于推理办案中，更借由书中配角——华生医生，以第一人称回忆的方式道出福尔摩斯对案件的解读与推论，以一位亲历案发现场的人的身份，叙说给读者。这不仅增加了故事的真实性，更让读者有身临其境之感。

福尔摩斯系列故事共有 4 部长篇及 56 个短篇；第一部长篇《血字的研究》之后，柯南·道尔连续写了 6 个短篇故事：《波希米亚丑闻》《红发会》《失踪的新郎》《博斯科姆比溪谷秘案》《五个桔核》及《圣科莱尔失踪案》，这些故事引起了人们的极大兴趣，产生了深刻的影响。《海滨杂志》约柯南·道尔为他们写更多类似的故事。于是柯南·道尔开始写第二批故事。第二批也是 6 篇，连同第一批，在 1892 年汇编成《冒险史》(*The Adventures of Sherlock Holmes*)。与此同时，1892 年以《银色马》为首的 12 个故事陆续发表，1894 年汇集成《回忆录》(*Memoirs of Sherlock Holmes*)出版。小说非常成功，但柯南·道尔为福尔摩斯的盛名所累，在《最后一案》中让福尔摩斯坠入深渊身亡。此举使读者大哗，超过两万人取消订阅

图 3-2　1891 年 1 月乔治·纽恩斯创刊《海滨杂志》(*The Strand Magazine*)，第一期上刊载了柯南·道尔的一篇小说《科学之声》(*The Sound of Science*)

《海滨杂志》，连他母亲也提出抗议。

1901 年，柯南·道尔听到一个朋友讲述达特摩尔的传奇，于是构思了一个家庭遭受一只鬼怪似的猎犬追逐的神奇故事，这就是他 1902 年出版的第三部长篇小说《巴斯克维尔的猎犬》，这个作品成功唤起了读者和出版者对福尔摩斯的希望。1903 年 44 岁的柯南·道尔终于在《空屋冒险》中安排福尔摩斯归来，连同后来完成的 12 个短篇故事，1905 年结集成《归来记》(*The Return of Sherlock Holmes*)。

《恐怖谷》(*The Valley of Fear*)是他的第四部长篇小说，于 1915 年完成。1917 年结集的《最后致意》(*His Last Bow*)收录 8 个短篇故事，由于故事背景充分结合了当时的政治、经济情况，推出后轰动一时，许多人甚至以为真有其人其事。1927 年发表的《事件簿》(*The Case Book of Sherlock Holmes*)是他晚年最后一部作品，共 12 个短篇故事。此后的福尔摩斯到"英国南部乡间隐居，专心研究养蜂事业"去了。1928 年至 1929 年，柯南·道尔创作的福尔摩斯故事分短篇与长篇两卷在英国出版，书名为《福尔摩斯探案全集》，这套书成为现代侦探小说的经典之作。

作为作家的柯南·道尔一生写过许多作品，这个"许多"不仅指数量，也包括类别。除去著名的福尔摩斯系列，他还写作科学小说、历史小说、戏剧、诗歌、爱情小说以及不少的反战政论、杂文等非小说类作品。虽然晚年的柯南·道尔更重历史小说之名，但大侦探福尔摩斯已经成为家喻户晓的人物，以至于有读者执意相信这是真有其人，柯南·道尔的太太曾称福尔摩斯已经成为他们家的"魔咒"。

二、福尔摩斯与侦探小说

有关犯罪的叙事作品早已有之，不过这些故事真正达到新高度，奠定了犯罪小说的基础是在 18 世纪末与 19 世纪初。直到 19 世纪上半叶，在通俗文学中，犯罪小说的模式与主题才渐次清晰。[①]福尔摩斯并不是文学作品中的第一位侦探。通常人们认为侦探文学的鼻祖是美国作家爱伦·坡(E. Allan Poe, 1809～1849)[②]，他塑造了一位法国侦探 C. 奥古斯特·杜班。自此，侦探小说这种集科学、法制、人文精神于一身，以曲折的情节、强烈的悬念、严谨的逻辑为表现手段的文学样式迅速跻身文坛，成为人们最喜爱的文学形式之一。杜班第一次出现在坡的短篇小

---

① 参见 Heather Worthington, 2005: *The Rise of the Detective in Early Nineteenth-Century Popular Fiction*, London: Palgrave Macmillan, pp. 1～5.

② 也有人认为在《圣经·次经》里，"彼勒与大蛇"的故事中的丹尼尔已经可称为侦探。

说《莫格街谋杀案》(*Murders in the Rue Morgue*，1841)中。这篇小说有两个模式在福尔摩斯系列小说中可以找到回响：一个是侦探有一个作为记录者的助手，他的智力比不上侦探；另一个是侦探总是比警察聪明，而警务系统效率低下。

爱伦·坡之后一位法国人——埃米尔·加博利奥(Emile Gaboriau，1835～1873)①，塑造了侦探勒高克先生。通过 1866 年到 1880 年发表的六桩案件故事，勒高克先生也成为侦探界的"名流"。对于这两位"同僚"，福尔摩斯在第一篇故事《血字的研究》中都有苛刻的评论："杜班实在是个微不足道的家伙。他先静默一刻钟，然后才突然道破他的朋友的心事，这种伎俩未免过于做作，过于肤浅了。不错，他有些分析问题的天才，但绝不是爱伦·坡想象中的非凡人物。"同样，他对勒高克也颇有微词，说他是"不中用的笨蛋。他只有一件事还值得提一提，就是他的精力。那本书简直使我腻透了。书中的主题只是谈到怎样去辨识不知名的罪犯。我能在二十四小时之内解决这样的问题，可是勒高克却费了六个月左右的工夫。有这么长的时间，真可以给侦探们写出一本教科书了，教导教导他们应当避免些什么"。②

不过我们大可以把这种苛责视为作者柯南·道尔爵士对他的两位文坛先驱的一种"影响的焦虑"。1928 年，英国女侦探小说评论家兼作家桃乐珊·沙原士提出柯南·道尔的创作沿用了坡的公式，注入了生命而引起共鸣。她认为柯南·道尔丢弃了烦琐的心理学上的介绍词，亦不作重复说明，使得推理之后有使人惊奇不已的结局。③

在英国，罪犯和侦探的故事也存在于狄更斯的作品中。在他的《荒凉山庄》(1852～1853)中，冷漠自信的贝克特探长是英国文学历史上第一位重要的侦探。后来威尔基·柯林斯(Wilkie Collins，1824～1889)的《白衣女人》(*The Woman in White*，1860)和《月亮宝石》(*Moonstone*，1868)是 19 世纪最伟大的两部悬念小说。在《月亮宝石》中作者塑造了克夫探长，他与"私家侦探"福尔摩斯不同，是一位优秀的警方侦探，他解决案件依

---

① 关于爱伦·坡与加博利奥的近代中译状况参见〔日〕中村忠行：《清末侦探小说史稿——以翻译为中心(二)》，《清末小说研究》(日文)第 3 号，1979 年 12 月 1 日。

② 1981 年 8 月，北京的群众出版社出版了《福尔摩斯探案全集》，前附王逢振所写的前言《柯南·道尔与福尔摩斯》。此书虽然出版比较早，但堪称经典，至今仍有再版，在"福尔摩斯迷"中很有影响。本文所引有关福尔摩斯作品的现代翻译，除特别注明外，均出自该书。参见〔英〕柯南道尔：《福尔摩斯探案全集》(上、中、下)，丁钟华等译，北京，群众出版社，1981。

③ 参见程盘铭：《学者们对福尔摩斯探案的评论》，台湾《推理》杂志"福尔摩斯研究专栏 16"，1998 年第 5 期。

靠百折不挠和旺盛精力而不是天赋。可惜自《月亮宝石》之后这一形象就销声匿迹了。

　　福尔摩斯出现的时候，侦探小说这一文类还没有定型。道尔爵士在前人的基础上塑造了这位魅力非凡的侦探。所不同的是，爱伦·坡笔下的杜班，无疑带有欧洲经典式的贵族品位：文武双全，睿智风流；钟情诗歌，但也精通数学——前者使他显得优雅，后者令他凸显智慧。不过到了19世纪末叶，贵族社会无可逆转地走向平民化，加之现代教育的变化与普及，社会科学与自然科学的分化加剧，类似杜班那样的完人已经离生活太远，于是柯南·道尔笔下这位既有绅士气息，又有古怪个性的大侦探福尔摩斯备受读者欢迎，也就不足为奇了。

　　虽然是一位文学中的虚构人物，福尔摩斯却可谓大名鼎鼎。福尔摩斯拥有详细的家庭生活与求学经历，精确的开业时间和居住地址，每天他会乘坐大家熟悉的马车或火车，出现在伦敦的大雾中，在众所周知的博物馆出没，阅读《每日电讯报》和其他当时流行的书报，与社会上各阶层的人们往来接触。他所侦办的各种案件，也都涉及当时现实中的英国社会，使读者很容易相信他是现实社会中的一员。

　　福尔摩斯利用一切有关侦探的经验和科学去推理案件：他极端精通解剖学、生物学、化学，喜欢恐怖文学，能拉小提琴，精于刀剑拳术，并熟知法律与地质学知识；喜欢抽烟斗，在精神欠佳时用古柯碱来提神；但是他对时事政治毫不关心，在天文、哲学、政治以及现代文学领域的知识几乎为零。这些优点与缺点，让读者感受到这位神奇的侦探是人而不是神。他在破案中注重调查研究，善于分析推理，有强健的体魄和清醒的头脑。他博学、果断、慎思、勇敢，处处显示了实证主义影响下的思考模式。福尔摩斯将自己所碰到的棘手案件用现代的科学思维与逻辑推理层层揭开，有理有据。这既显示了近代以来西方科学思维的无往不胜，也显示了人类的普遍价值的胜利：正义终要战胜邪恶，混乱总会被律法匡正。

　　柯南·道尔令侦探小说作为一种小说文类基本定型，自此以后侦探小说的追捧者众多，在西方，图书单品种销售量最高的至今仍大多是侦探小说。不过，对侦探小说概念的界定并不十分统一，有时用 Mystery，例如美国侦探小说家协会就称 The Mystery Writers of America，简称 MWA，美国公立图书馆也主要用 Mystery 作为图书分类的标签（有时也用 Suspense），但同时也有 Detective，或者 Criminal Fiction 等概念。按照字面的理解，Detective 应是 Mystery 的一个分支，但有 200 多年历史的权威《不列颠百科全书》却把 Detective Story 和 Mystery Story 在条目设置上并列对待,这使得侦探小说的类别和流派的研究更加模糊。

三、侦探小说的文学价值

在西方,欣赏侦探小说是一种纯粹的无功利化阅读,侦探小说也被称为"成人的童话"①。在破解谜团的过程中,读者甘于忍受"真相不明"的煎熬,因为它对读者的智力是一次挑战。阅读侦探小说是一种智能训练,是读者与作家智慧的较量。它将那些成熟读者培养成拥有极高的推理能力、细节观察力和丰富想象力的"理想读者"(从这个意义上说,中国近代读者并不是侦探小说的理想读者)。

侦探小说的模式多是粉碎罪恶、伸张正义,这是道德秩序重建,20世纪的英国散文家蔡斯特顿(G. K. Chesterton)则认为这种明显的道德训诫作用,能带来一种心理上的满足感。著名诗人奥登(W. H. Auden)则把这种阅读感受追溯到基督教中的原罪观念,侦探小说中的善与恶虽然是一种伦理选择,但也间接唤起了西方基督教伦理中的罪与罚、忏悔与救赎主题。他认为侦探小说的兴盛说不定就与西方宗教的衰落有关。

原型理论以为作品中包含的反复出现的主题、母题、人物及意象能够超越时空吸引读者,而侦探小说中的罪恶世界无疑就是"失乐园"后的景象。"追寻"是所有神话英雄必然经历的过程,通俗文学也不例外。侦探小说中的侦探经过真相探寻,以及经历各种道德正义感的考验而终成正果,这与严肃文学作品中的磨难、选择与个人成长类似。此外,心理分析学派、结构主义叙述学、新马克思主义等都对侦探小说做出了洞幽烛微的分析。

在探讨文学时,社会文化学派素有"辩证的"与"庸俗的"两种思路,后者常将上层建筑等同于经济基础,于是在我国流行甚广的苏联侦探小说家阿达莫夫所著的《侦探文学和我》中说:"侦探体裁是文学体裁中唯一在资本主义社会内部形成,并被这个社会带进文学中来的。对于私有财产的保护者,即密探的崇拜,在这里得到了无以复加的程度;不是别的,正是私有财产使双方展开较量。从而不可避免地是,法律战胜违法行为,秩序战胜混乱,保护人战胜违法者,以及私有财产的拥有者战胜其剥夺

---

① 部分材料参见郑树森:《侦探小说与现代文学理论》,见《文学地球村》,上海,上海三联书店,1999。

者等等。"①这种说法虽然有一定道理，但意识形态的壁垒森严，教条味令人一嗅便知，对创作者和读者的想象力明显关注不足。

作为一种引人入胜的类型文学，侦探小说一直饱受严肃文学的贬低，但它并不乏纯文学的魅力。从受众群的数量、环节设置的精妙、叙事技巧的高超等角度说，侦探小说的确给更多读者提供了多元的审美体验和参与其中的乐趣。姑且不论百余年间侦探小说创造的无数光彩照人、鲜明生动、妇孺皆知的不朽文学形象，即使是作为"破解谜题"的智力游戏，或者是作为"社会揭露"的浮世批判，侦探小说也从没有放弃对作品文学性的探索与追求。

第二节　柯南·道尔作品的汉译状况

一、福尔摩斯的最初入华：叙述视角的应变

中国最早出版刊行的四部福尔摩斯小说连载于 1896 年的《时务报》，这四个汉译本的细目如下（见表 3-1）。

表 3-1　四部福尔摩斯小说汉译本细目

汉译名	汉译本署名	英文名	今译名②	《时务报》③	*Strand Magazine*（英国）	*Harper's Magazine*（美国）	英文本收录结集
《英包探勘盗密约案》	"译歇洛克呵尔唔斯笔记"	*The Adventure of the Naval Treaty*	《海军协定》④	1896 年 9 月 27 日至 10 月 27 日（第 6～9 册）	1893 年 10 月至 11 月	1893 年 10 月 14 日至 21 日	1894，*Memoirs of Sherlock Holmes*（《福尔摩斯回忆录》）
《记伛者复仇事》	"译歇洛克呵尔唔斯笔记，此书滑震所作"	*The Adventure of the Crooked Man*	《驼背人》	1896 年 11 月 5 日至 25 日（第 10～12 册）	1893 年 7 月	1893 年 7 月	1894，*Memoirs of Sherlock Holmes*（《福尔摩斯回忆录》）

① 〔苏联〕阿·阿达莫夫：《侦探文学和我》，杨东华等译，北京，群众出版社，1988，第3页。

② 《时务报》上这四篇福尔摩斯故事的中译者被认定是报纸的英文报译张坤德，过去所疑虑单行本署名的"丁杨杜"事件，迄今为止被认为是阿英记错了。具体考证参见〔日〕樽本照雄：《汉译福尔摩斯论集》（日文），东京，汲古书院，2006。

③ 为方便与西方杂志对比，时间取出版社公历本。

④ 此处"今译名"采用群众出版社版。

汉译名	汉译本署名	英文名	今译名	《时务报》	*Strand Magazine*（英国）	*Harper's Magazine*（美国）	英文本收录结集
《继父诳女破案》	"滑震笔记"	*A Case of Identity*	《身份案》	1897年4月22日至5月12日（第24~26册）	1891年9月	1891年9月	1892，*The Adventures of Sherlock Holmes*（《福尔摩斯冒险史》）
《呵尔唔斯缉案被戕》	"译滑震笔记"	*The Adventure of the Final Problem*	《最后一案》	1897年5月22日至6月20日（第27~30册）	1893年12月	1893年12月	1894，*Memoirs of Sherlock Holmes*（《福尔摩斯回忆录》）

　　四个汉译本都是紧跟英文连载的出版翻译刊行的。除去《继父诳女破案》与原作距离6年之外，其他三部都是只晚了三四年，对于文坛与外界交流还不甚频繁的晚清来说，已经几乎是同步的了。《时务报》上的最后一篇福尔摩斯小说是《呵尔唔斯缉案被戕》，这真的成了"最后一案"。原因据中村考证，并非是主笔梁启超之意，也非读者的非难，而是与《时务报》的捐款人湖广总督张之洞与梁启超的办刊宗旨不同有关，其中侦探小说的价值问题也是分歧之一。后来，梁启超弃笔而去，福尔摩斯故事也就此完结。[1]

　　福尔摩斯小说的叙述视角独特，柯南·道尔以医生华生的口吻，采用"第一人称限制叙事"，以达到"目击者"效果。这种限制叙事非常利于侦探小说的布局——这是福尔摩斯故事最擅长的部分——它包括"点明"（案件发生）、"悬疑"（交代线索，并不说明）、"高潮"（抓获凶手），最终才点破"真相"（福尔摩斯连缀线索、拨开迷雾）。[2]在很大意义上，他就是普通人的化身和代表，和一位绝顶聪明的侦探一起战斗，华生以"我"的口吻叙述侦破过程，增强了真实性。而作为一位参与者和记录者，华生并不见得比读者在侦破案件上更专业。他时而自作聪明，使用惯常的推

---

① 参见〔日〕中村忠行：《清末侦探小说史稿——以翻译为中心（一）》，《清末小说研究》（日文）第2号，1978年10月31日。

② 参见程盘铭：《福尔摩斯探案与侦探小说的定型》，台湾《推理》杂志"福尔摩斯研究专栏4"，1997年第4期。

理，将案情引向歧途；时而对整个案件的纷繁复杂颇感沮丧，甚至也常常对他的好友福尔摩斯的怪异举动无法理解。相对于福尔摩斯超常的机智，华生仿佛有几分"愚钝"，但正是这份"瑕疵"拉近了他与读者的距离，增强了小说的真实感与亲切感。此外，从叙述策略上说，华生的"愚钝"正成就了福尔摩斯故事的引人之处：他令真相迟迟不能解开，读者必须随着华生一起，体会与福尔摩斯的智力差距，等待侦探解谜，这大大增强了小说的悬疑性。

图 3-3　《福尔摩斯冒险史》插图

　　西方传统文学中作者的全知叙事便于展开广阔的生活场景，自由剖析人物的心理。但是现代社会的出现，使得现代小说的读者对于这种全知叙事感到怀疑和厌倦。于是限制性的人物视角出现了。"人物视角实际上是工业化社会渐渐进入成熟时的社会文化形态的产物，是现代社会形态越来越体制化时，渐渐处于与社会对立状态的个人的不安意识，是社会与个人评价规范合一性消失的结果。"①小说中限制性人物视角的出现标志着作品中个人主体意识的增强，作者不再能在作品中扮演"上帝"的角色，不再能君临和控制作品，而转到叙述人物的主观有限性之内。

　　福尔摩斯探案系列所采用的第一人称叙事不符合中国读者的习惯。于是在第一篇福尔摩斯的汉译本《英包探勘盗密约案》中，故事的叙述发生了变化：第一人称限制叙事变成第三人称全知式叙事。为了适应这种叙事变化，故事的顺序也做了部分调整：原文开端的倒叙式变成汉译本中的顺叙结构。本来故事先说华生突然接到一位多年未见的同学的信，请他带福尔摩斯去帮助破解一个谜案，接着又说案件是他所掌管的一份国家机密海军协定神秘丢失，前后情况如何如何……在张坤德的汉译本中，故事一开始就是介绍这位同学的生平，之后是协约如何丢失，然后这时候他才写了一封给华生的求助信。原文中的"我"变成了一位普通的人物，不再是叙述者。①

　　这种改变可以理解为本土声音的叙述焦虑。莫莱蒂提醒我们，不平等文学体系不在文本之外，"而是深深嵌入文本形式之中"。他认为在世界各国现代小说与西方的相遇中，存在一个三角关系："外国情节、本土人物和本土的叙事声音；小说恰恰是在第三个维度表现得最不稳定——最不自在。"②福尔摩斯的第一篇汉译文本，正存在对这种"不自在"的折中处理——干脆将不能理解的第一人称改为全知叙事。赵毅衡在1995年的英文著作中谈到叙事声音、翻译第一人称等变化，他认为事件顺序的叙事错位或许是晚清作家阅读或翻译西方小说时获得的最深刻的印象。他们将事件的顺序梳理成叙事前的样子。当这种梳理在翻译中无法实现的时候，就会插入一个致歉的注脚。自相矛盾的是，在没有遵循原著而自行改变的时候，译者却认为没有必要致歉。陈平原也分析认为，中国小说学到的最早的第一人称小说，大多是以旁观者的口吻讲述别人的故事，而不是本人的故事。这种以故事的记录者和观察者出现的第一人称叙事方式并不是西洋小说的特例，这在中国古代文言小说中也并不罕见。所以新小说家用读"见闻录"和"游记"的方式理解西洋第一人称小说，实际上是没有领悟其"真髓"。③

　　不过这种情况在不到两个月后的第二篇汉译本中就有所改观。《记伛者复仇事》开头具有明显的中国笔记小说的特征："滑震又记歇洛克之事云"以说明为何在作者部分汉译者写的是"译歇洛克呵尔唔斯笔记，（小字注释）此书滑震所作"。中国传统的史传文学也并非没有描绘自我的叙事作品，但即使是自传，第一人称也常常让位于第三人称，最为典型的便是《史记》的最后一篇：太史公自序。自序中司马迁用第三人称"迁"来自称，而第一人称代词"余"又常常有"太史公曰"做先导。此时的第三人称是作为记录者的"史家"观点，它区别于全知式的第三人称，即"说书人"观点。④无疑，《记伛者复仇事》的汉译者就是把西洋第一人称转换成了记录者的第三人称。

---

①　不过这个叙述顺序的变化对于侦探小说来讲，并非"大幅变化"。因为只有引入话题的"点明"（案件发生）部分，中译改变了顺序，在关键的"悬疑"（交代线索，福尔摩斯与华生拜访当事人，了解情况）、"高潮"（抓获凶手）、最终点破"真相"（福尔摩斯连缀线索、拨开迷雾）方面顺序都没有改变。

②　〔意〕弗朗哥·莫莱蒂：《世界文学猜想/世界文学猜想（续篇）》，见〔美〕大卫·达姆罗什、刘洪涛、尹星主编：《世界文学理论读本》，北京，北京大学出版社，2013，第133页。

③　参见陈平原编著：《中国小说叙事模式的转变》，北京，北京大学出版社，2010。

④　参见〔美〕王靖宇：《中国早期叙事文研究》，上海，上海古籍出版社，2003。

虽然仍然是第三人称叙述，但是几乎保留了原书以华生视角叙述的特色，区别是把"我"改成了"滑"。在原本中，华生的第一人称"在我结婚数月后的一个夏夜"，转为"滑震新婚后数月"。译者把直接引语转变为间接引语，担心中国读者无法理解省略主语式的频繁、简洁对话——这是表现人物精明强干的需要，也是作为侦探小说的福尔摩斯故事简练、明晰的写作风格。但是译者仍然像第一部作品一样，在主语省略的地方加上"滑曰"（滑震说）①。但是此后的《继父诳女破案》和《呵尔唔斯缉案被戕》则完全保留了原文的视角和结构的安排，以"余"来讲述。例如《继父诳女破案》开头如下："余尝在呵尔唔斯所。与呵据竃舣语。清谈未竟。突闻叩门声。"

《最后一案》的英文开头是这样的：

It is with a heavy heart that I take up my pen to write these the last words in which I shall ever record the singular gifts by which my friend Mr. Sherlock Holmes was distinguished. In an incoherent and as I deeply feel, an entirely inadequate fashion, I have endeavored to give some account of my strange experiences in his company from the chance which first brought us together at the period of the "Study in Scarlet" up to the time of his interference in the matter of the "Naval Treat"—— an interference which had the unquestionable effect of preventing a serious international complication. It was my intention to have stopped there, and to have said nothing of that event which has created avoid in my life which the lapse of two years has done little to fill. ②

现代汉译如下：

我怀着沉痛的心情提笔写下这最后一案，记下我朋友歇洛克·福尔摩斯杰出的天才。从"血字的研究"第一次把我们结合在一起，到他介入"海军协定"一案——由于他的介入，毫无疑问，防止了一场严重的国际纠纷——尽管写得很不连贯，而且我深深感到写得极

---

① 译文见《时务报》第 10～12 册。
② 有关福尔摩斯作品类英文原著除特别说明外，均引自 *Sherlock Holmes*，1986：*The Complete Novels and Stories*，New York：Bantam Classic edition.

不充分，但我总是竭尽微力把我和他共同的奇异经历记载了下来。我本来打算只写到"海军协定"一案为止，绝口不提那件造成我一生惆怅的案件。两年过去了，这种惆怅却丝毫未减。（李家云译）

《呵尔唔斯缉案被戕》开头如下：

余友呵尔唔斯，凤具伟才，余已备志简端，惜措词猥芜，未合撰述体例。兹余振笔记最后一事，余心兹戚。盖自第一章巧验红色案起，至获水师条约案止，即欲辍笔，不复述最后之一事，诚以提论此事，使余哀怆。时逾两纪，犹未慊也。

这最后一段汉译不仅看似叙述视角与原文保持了一致，而且在文字上也很简素晓畅。

有论者在文章中谈到这个变化的时候认为，中国传统文言小说大多继承了史传传统，习惯采用第三人称全知叙事，但是在笔记小说中也出现过第一人称叙事，这种第一人称叙事者一般是以事件见证者或者是参与者出现的，"余"就是作者本人。这与柯南·道尔所代表的西方第一人称小说将限制叙事作为一种叙事策略有根本的不同，西方小说是为了增加真实感。汉译本虽然将人称转换了，但还是把一个西方叙事策略理解为中国传统的第一人称，将叙述者与作者等同。①这正好解答了为何经过两次调整，汉译者还是没有认识到柯南·道尔的角色，而把后两篇福尔摩斯故事作者署上"滑震笔记"。

很明显，汉译者在最初还无法接受英文小说的第一人称叙事方式，甚至完全错位：一方面被掩饰虚构以加强真实性的手段欺骗，把福尔摩斯当成真实人物，把叙述人华生当成记录者；另一方面以中国近代读者的阅读习惯与经验重新改造叙述角度，将第一人称叙事改为第三人称叙事。这种错位在翻译了两篇福尔摩斯故事之后，逐渐有了变化。汉译者慢慢将西方小说的叙事策略放在了中国传统小说的叙事方式下去理解，按照笔记小说的模式体会西方小说叙述角度的作用。

四部小说的汉译虽然相隔不足九个月，但是明显能看到近代的中国读者对于小说类型这一"中国所绝无之体裁"的接受与理解的变化：从"归化"叙事结构与视角，到努力接受，在既有传统的视域下寻找接受的应对

---

① 参见孟丽：《翻译小说对西方叙事模式的接受与应变——以〈时务报〉刊登的侦探小说为例》，《理论导刊》，2007 年第 11 期。

策略。这是一个重要开端，因为正是基于这样的开端，不久的将来，这种完全来源于西方的侦探小说还要变成中国本土作家创作的大热门。

二、1896~1916 年的福尔摩斯汉译

从 1898 年（光绪二十四年）到 1902 年（光绪二十八年），中国国内政局动荡，戊戌政变、义和团运动相继爆发，翻译文学没有继续 1896 年的势头，虽然除去《巴黎茶花女遗事》的轰动外，没有什么特别的成绩，但是柯南·道尔侦探小说的翻译还是默默无闻地创造着些成绩。

1901 年，黄鼎和张在新合译了柯南·道尔的六篇福尔摩斯故事作为《泰西说部丛书之一》（兰陵社），即《毒蛇案》（《斑点带子案》）、《宝石冠》（《绿玉皇冠案》）、《拔斯夸姆命案》（《博斯科姆比溪谷秘案》）、《希腊舌人》（《希腊译员》）、《红发会》、《绅士克你海姆》（《赖盖特之谜》）。1902 年到 1903 年，《启蒙通俗报》连载了《泰西说部丛书之一》中的 3 篇福尔摩斯故事：《毒蛇案》（4~5 期）、《宝石冠》（12 期）、《拔斯夸姆命案》（12~15 期），均未完。

而于 1902 年，《泰西说部丛书之一》更名为《议探案》（一说为前者增订本），由余学斋出版。Sherlock Holmes 翻译作休洛克福而摩司，Watson 翻译作华生。"议探"用来特指福尔摩斯的特殊职业"顾问侦探"（consulting detective），想来汉译者是用"议"来理解 consulting，把它设想为"商议"。

1903 年堪称"福尔摩斯的翻译年"。这一年，《绣像小说》创刊，这是重要的事件。因为被称作是"中国唯一之文学报"的《新小说》比它创刊早一年（1902 年 10 月），但是刊物时常出现休刊，创刊七个月，才勉强出足了四期。而《绣像小说》在刊物生存的近三年间，共出刊物七十二期，每期都严守半月刊的形式，从未休刊。这在晚清文学刊物刚刚起步时期是相当难得的。

阿英在《清末小说杂志略》中谈到这个杂志时说："《绣像小说》，在侦探小说风靡一世时，能独持异议，不刊此类作品，实为难能。而所刊者，又皆以能开导社会为原则，除社会小说外，极少身边琐事，闺阁闲情之著作。若《文明小史》《活地狱》《老残游记》《邻女语》《负曝闲谈》《扫迷帚》等，均足以说明一时代之变革。"①当然，阿英对《绣像小说》的评价是公允的，但说它"不刊此类作品"则有欠调查。该刊物早年刊登过福尔摩斯

---

① 阿英：《清末小说杂志略》，见张静庐辑注：《中国近代出版史料·初编》，上海，群联出版社，1953，第 109 页。

故事，共 6 篇。

《绣像小说》第 4 期到第 10 期(1903 年 7 月 9 日～10 月 5 日)连续刊登了六篇福尔摩斯故事：《哥利亚司考得船案》(《"格洛里亚斯科特"号三桅帆船案》)、《银光马案》(《银色马案》)、《媚妇匿女案》(《黄面人案》)、《墨斯格力夫典礼案》(《马斯格雷夫礼典案》)、《书记被骗案》(《证券经纪人的书记员案》)、《旅居病夫案》(《住院病人案》)。未署译者，其中 Holmes 翻译作福而摩斯，Watson 译作华生。这六篇于 1906 年结集由商务印书馆出版，题为《补译华生包探案》(后作《华生包探案》)。

1903 年年初，文明书局也出版了署名"警察学生"译的《续包探案》(又名《续译华生包探案》)，收录福尔摩斯故事七篇：《亲父囚女案》(《铜山毛榉案》)、《修机断指案》(《工程师大拇指案》)、《贵胄失妻案》(《贵族单身汉案》)、《三 K 字五橘核案》(《五个桔核》)、《跋海渺王照相片》(《波西米亚丑闻》)、《鹅腹蓝宝石案》(《蓝宝石案》)、《伪乞丐案》(《歪唇男人》)。Holmes 翻译作福尔摩斯，Watson 翻译作华生。

好几部书名都作"华生包探案"，这是相当奇怪的翻译现象。明明是福尔摩斯探案，从书名上却变成了华生探案了。更奇怪的是后来刊登在《七襄》第 2 期至第 4 期(1914 年 11 月 17 日～12 月 7 日)上的《采缬》(原作是《斑点带子案》)，译者竟然活生生地将福尔摩斯翻译成华生，而将华生译作滑太，成为真正的华生探案。

1903 年还有一部福尔摩斯汉译非常重要，即吴梦鬯、嵇长康合译的《(唯一侦探谭)四名案》(小说林社刊；《四签名》)，这是福尔摩斯长篇故事的首次汉译。难得的是之前的福尔摩斯故事大都不署原作者，这本作品署作"原文医士华生笔记、英国爱考难陶列辑述"。虽然作者柯南·道尔只是屈尊被当作一个辑述者，但毕竟比起以前那种在作者栏完全消失的情况来说已经好得多了。

此后，福尔摩斯的长篇作品逐步被翻译过来。1904 年商务印书馆翻译出版了《案中案》(《四签名》)。是年，黄人润辞、奚若翻译了《大复仇》(小说林社刊；《血字的研究》)。1905 年，陆康华、黄大钧合译了《降妖记》(商务印书馆；《巴斯克维尔的猎犬》)。特别是《血字的研究》，单行本就达 5 种。

1904～1906 年，周桂笙、奚若翻译了柯南·道尔的《福尔摩斯再生案》(《归来记》)，收录 13 案。此外，周桂笙另译有《歇洛克复生侦探案》(1904 年《新民丛报》本)。1906 年，新民丛报社又编有《最新侦探案汇刊》，共 4 篇侦探小说，其中收录柯南·道尔的《窃毁拿破仑遗像案》(《六座拿破仑半身像》)一篇。

这一时期值得注意的是，1904 年(光绪三十年)横滨发行的《新民丛报》第三年第 7 号(总第 55 号，光绪三十年十月二十三日刊)，刊载了"知新子译述"《歇洛克复生侦探案》。这是 The Adventure of the Six Napoleons(今译《六座拿破仑半身像》)，该小说刊载于英国《海滨杂志》1904 年 5 月号，不过美国的 Collier's Weekly 杂志更先一步在 4 月 30 日已经刊行此文。可以肯定的是，汉译本绝没有等到这篇小说被结集出版再翻译，因为直到 1904 年它才被收录进《归来记》。不到半年的时间，远在大洋彼岸的上海的周桂笙已经将之汉译出版，可见根据的一定是新出版的某本英文杂志。

周桂生(原文如此)在《歇洛克复生侦探案》前写有长长的"弁言"，这篇弁言被中村忠行称作是中国人最初的"侦探小说备忘录"[1]，此文表达了对西洋小说名目种类丰富的羡慕，又以中国人的视角介绍了泰西"侦探小说之缘起"，而且将福尔摩斯认定为一位真实的侦探名家，作者只是记录，托为华生笔记。

作为一位开化的信息灵通人士——与西方文学几乎可以保持同步的周桂笙，他的观点非常有代表性：

> 侦探小说，为吾国所绝乏，不能不让彼独步。盖吾国刑律讼狱，大异泰西各国，侦探之说，实未尝梦见。互市以来，外人伸张治外法权于租界，设立警察，亦有包探名目，然学无专门，徒为狐鼠城社，会审之案，又复瞻询顾忌，加以时间有限，研究无心。至于内地谳案，动以刑求，暗无天日者，更不必论。如是，复安用侦探之劳其心血哉！至若泰西各国，最尊人权，涉讼者例得请人为辩护，故苟非证据确凿，不能妄入人罪。此侦探学之作用所由广也。[2]

侦探小说不仅是被当作小说读的，它还关乎刑律讼狱。之所以我们会把注意力转移到那里，是因为时事使然：互市以来，租界里西式的警务系统已经将这个存在于小说中的问题现实化。周桂笙代表了近代中国知识阶层的普遍心态，在中西文化已经到了短兵相接的关头时，精英人士自

---

[1]　参见〔日〕中村忠行：《清末侦探小说史稿——以翻译为中心(一)》，《清末小说研究》(日文)第 2 号，1978 年 10 月 31 日。

[2]　周桂笙：《歇洛克复生侦探案·弁言》，1904，见陈平原、夏晓虹编：《二十世纪中国小说理论资料第一卷(1897—1916)》，北京，北京大学出版社，1989，第 119～120 页。

然不能把在西方作为消闲读物的小说等闲视之。

1916 年 4 月，中华书局出版了《福尔摩斯侦探案全集》共 12 册，译者主要是周瘦鹃、严独鹤与程小青，此外还有陈小蝶、天虚我生(陈栩)、刘半农、陈霆锐、天侔、常觉、渔火等共 10 人。1916 年的这部汉译本"全集"，共收入福尔摩斯故事 44 篇，没有收入 1927 年才出版的《福尔摩斯事件簿》中的各篇，但是 1917 年才在英国结集出版的《最后的致意》中有四篇在 1916 年的这部汉译全集中出现，它们是 1908 年 12 月发表的 *The Adventure of the Bruce-Partington Plans*(今译《窃图案》)、1910 年 12 月发表的 *The Adventure of the Devil's Foot*(今译《魔鬼之足》)、1911 年 3 月到 4 月发表的 *The Adventure of the Red Circle*(今译《红圜会》)，以及 1913 年 12 月发表的 *The Adventure of the Dying Detective*(今译《临终的侦探》)。但是《最后的致意》中缺《威斯特里亚寓所》、《硬纸盒子》、《弗朗西丝·卡法克斯女士的失踪》、《最后的致意》(此篇 1917 年 12 月才在《海滨杂志》刊登)。该书体例甚是完备，书前有凡例以及当时文坛著名作家包天笑、陈冷血等的序，刘半农还撰写了《英勋士柯南·道尔小传》和《跋》，每篇小说均附上原文名。该全集初版后销路看好，三个月后就再版，到 1923 年出了 20 版之多。

在中国的知识界有一个共识：近代中国在现代化以及西学的引进上基本都是步日本之后尘的。不过，福尔摩斯侦探小说的翻译不在此列。日本著名的侦探小说作家与翻译家江户川乱步在看到中华书局版福尔摩斯全集时曾感叹，中国的侦探小说要远比日本落后，这是一般常识。但是最起码福尔摩斯作品的翻译，确实是先进的，这有些令人意外。① 虽然最早的福尔摩斯翻译在日本是 1894 年 1 月 3 日～2 月 18 日连载于《日本人》上的《乞食道乐》(即《歪唇男人》)，在中国是 1896 年 9 月 27 日～10 月 27 日连载于《时务报》上的《英包探勘盗密约案》(即《海军密约》)，但据江户川乱步考证，有八部作品都是中国首译的，即《荒村轮影》《情天决死》《掌中情影》《魔足》《红圜会》《病诡》《窃图案》《罪数》。② 而据樽本照雄考证有 39 篇福尔摩斯故事的翻译是中国早于日本的。③

这意味着侦探小说的译介是中国文人与读者的自发行为，而不是受

---

① 参见〔日〕江户川乱步：《海外侦探小说作家与作品》(日文)，东京，早川书房，1995，第 211 页。

② 参见〔日〕中村忠行：《清末侦探小说史稿(三)》，《清末小说研究》第 4 号，1980 年 12 月 1 日。

③ 参见〔日〕樽本照雄：《汉译福尔摩斯论集》(日文)，东京，汲古书院，2006。

到日本的影响所作。

三、柯南·道尔其他小说的汉译

柯南·道尔是一位多产的作家，他写过的作品共计 232 部，其中当然包括以上所述的福尔摩斯探案故事系列共 60 部（56 部短篇、4 部长篇），其他还有冒险小说、历史小说、战争记、唯灵论的小册子等不一而足。由于福尔摩斯系列是柯南·道尔的标志性作品，所以论者大多只述及福尔摩斯的汉译状况也属正常。不过在众多的柯南·道尔作品中，1916 年前除去福尔摩斯以外的作品汉译的状况要比我们想象的丰富得多。

柯南·道尔一直认为历史小说是种更有价值的小说形式，于是在《最后一案》中让福尔摩斯消失，开始创作拿破仑时代的欧洲背景下的博加狄尔·杰拉德小说系列，在 1894～1903 年刊载于《海滨杂志》，取代原有的福尔摩斯系列。这是一个喜剧短篇小说系列，包括 *The Exploits of Brigadier Gerard*（1896，8 部短篇），很快就由陈大灯、陈家麟译为《遮那德自伐八事》，1909 年在上海商务印书馆出版。之后的 *The Adventures of Gerard*（1903，8 部短篇）除去一篇 *The Last Adventure of the Brigadier*（*How Etienne Gerard Said Goodbye to His Master*）之外也被陈大灯、陈家麟于 1910 年译为《遮那德自伐后八事》出版。难得的是，虽然这一喜剧短篇系列中的另外两篇 *The Marriage of the Brigadier* 和 *A Foreign Office Romance* 未入小说集，但它们也很快有了汉译，1915 年分别在《小说丛报》和《中华小说界》刊载。这一事实意味着，中国近代译者的眼界要比我们想象的宽阔得多，他们并没有死死盯住福尔摩斯而忽视了柯南·道尔的其他作品。而从翻译的迅速可以看出当时的中国翻译界与西方文学界的联系也相当紧密。

柯南·道尔除去福尔摩斯系列以外的有名作品就是他的历史小说。他的主要历史小说一共 8 部，截至 1916 年其汉译本已经有了 5 部。道尔爵士的历史小说细节逼真，叙述活泼，男性角色专横傲慢[①]，其中包括以 1685 年蒙默思叛乱为背景的《麦卡·克拉克》（*Micah Clarke*，1888），描绘 14 世纪欧洲雇佣兵中的一支的《白色纵队》（*The White Company*，1891），表现路易十四时代遗事的《流亡者》（*The Refugees*，1893），还有关于拿破仑逸事的《伯纳克舅舅》（*Uncle Bernac*，1906）等。柯南·道尔的这类小说，主要译者就是林纾，他总共翻译了 7 部柯南·道尔的作品，

---

　　① 参见 Louis James，2006：*The Victorian Novel*，Oxford：Blackwell Publishing，p. 115。

除去一部福尔摩斯系列故事外(《歇洛克奇案开场》),还有历史小说 4 部,社会小说 2 部。当大多数译者把目光主要集中在柯南·道尔的福尔摩斯系列上时,林纾关注到了他的历史小说,这是难能可贵的。

除此之外,柯南·道尔其他作品的翻译在这一时期一共还有 12 部,不含 4 部至今未能查明原作的作品。这 12 部作品除去包括林译 2 部"社会小说",其他均散见于《小说月报》《礼拜六》《中华小说界》《小说大观》等杂志上,从译者的影响力到翻译的规模、系列性策划等方面都没有引起更多注意。而且其中不容否认的是,熟悉了柯南·道尔笔下福尔摩斯系列小说的读者也很难再被他的其他作品吸引,这已经是被百年来世界读者验证的"真理"。

第三节 《时务报》与福尔摩斯的亮相

一、《时务报》的背景

清光绪二十一年(1895),康有为率同梁启超等数千名举人联名上书光绪皇帝,反对在甲午战争中败于日本的清政府签订丧权辱国的《马关条约》。4 月 22 日,康有为、梁启超写成 18000 字的《上今上皇帝书》,提出"拒和·迁都·练兵·变法"等主张,十八省举人响应,1200 多人连署。5 月 2 日,由康、梁二人带领,十八省举人与数千市民集结在"都察院"门前请代奏。上书被清政府拒绝,但在社会上产生了巨大影响。之后,康有为、梁启超等以"变法图强"为号召,在北京成立强学会。该学会在上海也有分会,上海的强学会分会发行了《强学报》,出版了 3 期就被封。被封的《强学报》遗存了一些基金等,就是靠着这些基金,《时务报》创立了。

清光绪二十二年七月初一(1896 年 8 月 9 日),《时务报》在上海创刊,馆址在英租界四马路石路。《时务报》为旬刊,线装,每册 32 页左右,三四万字,连史纸石印,主要利用原来张之洞捐献给强学会上海分会的余款 1200 元、黄遵宪捐助的 1000 元和邹陵翰捐助的 500 元作为启动资金。《时务报》创办初期由汪康年任总理,梁启超(时年 23 岁)任撰述(主笔),麦孟华、章炳麟、王国维等分任各栏目编辑。《时务报》内容设"论说""谕折""京外近事""域外报译"等栏目,另附各地学规、章程等。其中"域外报译"还包含"英文报译""路透电音""东文报译"等栏目。它的英文翻译是张坤德,法文翻译是郭家骥,日文翻译是古城贞吉,理事是黄春芳(兼印刷暨银钱业务）。

《时务报》是在维新人士壮志未酬的背景下创立的，是资产阶级改良派的舆论工具，从资金到人员都与政治运动有密切关系，而报纸的办刊宗旨从梁启超发表在《时务报》创刊号上的文章《论报馆有益于国事》便可见一斑：

图 3-4 《时务报》创刊号

> 广译五洲近事，则阅者知全地大局，与其强盛弱亡之故，而不至夜郎自大，瞽井以译天地矣。详录各省新政，则阅者知新法之实有利益及任事人之艰难经画，与其宗旨所在。而阻挠者或希矣。博搜交涉要案，则阅者知国体不立，受人嫂辱，律法不讲，为人愚弄，可以奋厉新学，思洗前耻矣。旁载政治学艺要书，则阅者知一切实学源流门径，与其日新月异之迹，而不至抱八股八韵考据词章之学，枵然而自大矣。①

正如报纸的名字所示，《时务报》的内容几乎都是关乎时务、新政、实学的。由于办刊宗旨符合当时具有维新意识的年轻官僚及广大知识分子的心理需求，因而《时务报》刚一问世，便深受读者欢迎。主笔梁启超以隽永流畅的文笔，痛陈改革大政，也吸引了不少读者。部分封疆大吏似乎也看出些苗头，纷纷凑近维新派，或主动捐款，或代为推销刊物。湖广总督张之洞、湖南巡抚陈宝箴还饬令省府衙门统一订阅，然后下发至下属各单位及书院阅读。通过动用官方力量、私人关系，结合各地维新组织，广设发行处，《时务报》发行量猛增。②创刊之初，该报每期销售大约 4000 份，半年后增至 7000 份左右，一年后增至 12000 份，最多可达 17000 份，创下当时报刊发行最高纪录。③据估计，《时务报》直接读者约 20 万人，间接受众不下 100 万人。④由于它广泛的影响力，《时务报》的创立被认为是中国以舆论为中心的现代公共领域出现的标志性事件。

① 梁启超：《论报馆有益于国事》，《时务报》，1896 年第 1 册。
② 参见廖梅：《汪康年：从民权论到文化保守主义》，上海，上海古籍出版社，2001。
③ 胡思敬：《戊戌履霜录》卷二，见《中国近代史资料丛刊·戊戌变法（一）》，上海，上海人民出版社，1957，第 373 页。
④ 以上数据多转引自许纪霖等著：《近代中国知识分子的公共交往：1895～1949》，上海，上海人民出版社，2007，第 74 页。

　　《时务报》发行了总共 69 册,一共连载刊登了小说 5 篇①,其中柯南·道尔的福尔摩斯侦探故事 4 篇、H. R. 哈葛德的小说 1 篇。对于这两位作家,《时务报》上的翻译都是他们与中国读者的首次谋面。颇富意味的是,在之后不久,这两位英国维多利亚时代晚期的通俗小说作家成为中国近代读者眼里最受欢迎的"大小说家"。

　　从栏目来看,编译者本意是要在这里向国人介绍西方的新奇,以应和主笔的办刊宗旨,"广译五洲近事",使读者"而不至夜郎自大,瞽井以译天地矣"。今天的研究者想当然地把登载在报刊"附编"上的文学作品当作小说,殊不知,当时的译者与读者或许并非如此看待问题。我们有理由怀疑《时务报》的编译者根本就没有把这些翻译当作小说,或者是没有想让读者把它们当作小说看。福尔摩斯故事可以是侦探实录,《长生术》从名字来看就是想突出它的奇闻逸事感。有一个证据可以侧面证实《时务报》上最先刊载的福尔摩斯故事至少没有让读者真正意识到它的虚构性。1904 年周桂笙在《歇洛克复生侦探案·弁言》中谈道:

　　　　英国呵尔唔斯歇洛克者,近世之侦探名家也。所破各案,往往令人惊骇错愕,目眩心悸。其友滑震,偶记一二事,晨甫脱稿,夕遍欧美,大有洛阳纸贵之概。故其国小说大家,陶高能氏(即柯南·道尔),益附会其说,迭著侦探小说,托为滑震笔记,盛传于世。盖非尔,则不能有亲历其境之妙也。②

福尔摩斯和华生都是真的,倒是"小说大家陶高能氏"附会其说把它写成了小说,然后假托是滑震的笔记。这样的真假莫辨至少从首译的 1896 年持续到了 1904 年。

　　福尔摩斯系列故事都是刊登在"英文报译"一栏,虽然作品的译者没有署名,但是在报纸的目录部分,"英文报译"栏目的署名是"张坤德"。张坤德,浙江桐乡人,曾在上海广方言馆学习英文。《时务报》上的"西文报译""英文报译"栏目大多是他一人承担。所以一般认为《时务报》上的 4 篇福尔摩斯侦探小说的译者就是他。但笔者以为此说值得推敲,详见本节第五部分。

────────────

① 未将刊载在《时务报》第 1 册上的《英国包探访喀迭医生奇案》计算在内,因为它明显不是福尔摩斯系列故事,但是它的原本不明,很难说是译自一篇侦探小说。

② 周桂笙:《歇洛克复生侦探案·弁言》,1904,见陈平原、夏晓虹编:《二十世纪中国小说理论资料第一卷(1897—1916)》,北京,北京大学出版社,1989,第 119～120 页。

二、并非题外话:《英国包探访喀迭医生奇案》

在 1896 年 8 月 9 日《时务报》第 1 册的"英文报译"栏目中有一篇《英国包探访喀迭医生奇案》,下署"译伦敦俄们报"。关于"俄们报"是哪一份报纸我们不得而知。因为同样是一个犯罪故事,后来的研究者很自然会考虑此篇是否属于福尔摩斯探案系列故事中的一篇。不过,从案件的内容看我们没有找到福尔摩斯 56 个短篇、4 部长篇中与之对应的故事,另外据现有的记载,福尔摩斯系列小说虽然多是最初连载于英国报刊,但是除去最初的《血字的研究》连载于《比顿圣诞年刊》以及个别的刊载于 *Lippincott's Magazine* 或者 *Collier's Weekly* 以外,其他福尔摩斯故事基本都连载于《海滨杂志》。无论是从意译还是音译,这些刊物都不像与"俄们报"有何关联。不过,虽然不是福尔摩斯系列小说,但是作为《时务报》——也是至今为止发现的近代中国翻译的——最早的反映侦探破案的故事,《英国包探访喀迭医生奇案》对我们有很重要的参照意义。

从形式看,它很可能不是译自小说,因为整个过程都是描述性的。《英国包探访喀迭医生奇案》开场如下:

> 前数年时,英伦敦包探公所,忽来一人,其容若病,其语若疑,其意似不乐,其衣服似富人。良久,乃自言曰:"我嚆子生也,以商致富。今老矣,将罢商。以家赀大半,售钱而居此。我壮犹鳏,近年行境外,遇法国女子,始娶为妻。虽年不及我之半,然同处甚欢。我之罢商而归,以妻劝也。"

这一篇译作开头就是这位富商到警察局所述的情况,虽然这有些像福尔摩斯故事的开头:当事人找到福尔摩斯叙述可疑之事寻求帮助,但是后边既没有出现福尔摩斯,破案的经过也缺乏福尔摩斯标志性的推理与求证。故事的梗概和讲述顺序如下:这位富商接着说他在外国的时候遇到一位名叫喀迭的医生,长相俊朗,医术高明,不久前也来到伦敦开诊所。虽然他与富商的妻子应该素未谋面,但是富商说"待我妻甚周",很可疑。关键是富商吃了喀迭医生的药,小病不仅没有好转,却越来越重。送去给别的医生鉴别,也没有什么可疑的证据,因此他希望有高明的侦探帮助探查。

不久,富商的妻子和那位医生也来到警察局,说她的丈夫有严重的疑心病,总是怀疑别人要毒死他,如果他来这里言及此事就劝他要心宽,他的病也并非绝症。探长听他们讲话时观察到：

> 此妇韶秀，若西班牙美人。而唇颊间微露狠恶之状，且似意识不定，易为人指使者。医生貌温雅，语言有选择。而察其言语动作，知其明而狡，狠而能断，且多欲。眼大而黑，睫长覆眼。妇人言时，医生辄注视之。见包探从旁细查，意似不悦。

这样的细节描写，已经带有情感倾向性地将犯罪者的面貌神情表达出来，可以说是已经透露了谜底。这是侦探小说的大忌，所以我们可以推断，一种可能是英语原文如此，一种可能是翻译者本人就是按照一个犯罪实录来组合故事的。

故事说，虽然侦探注意了这位医生，但是也没有在富商的食物和药物中化验出任何毒药成分，当然也就无从下手。很快，商人死了。侦探去他家时，只见到商人的尸首"面如生人"。等到商人下葬后几日，警察要开棺验尸时才发现尸首已经不见了。此事因缺乏证据而不了了之。据说商人死后财产大半归了他的妻子，喀迭继续做医生。有传言说两人不久后结了婚。

接着，伦敦城外发生了一桩命案。新搬来的一家人———一个母亲与两个孩子死于屋中。屋中煤气大开，尸检证实又不是死于煤气中毒，可见是毁尸灭迹。邻居都不认识这家人，只知道其中一个孩子生过病，请过一位医生。在房间中，侦探发现一张购药单据，依照这个单据他们查到那位喀迭医生曾多次购买一种叫绿气的毒药。侦探想起母子被害案的验尸官曾说："三尸脑质纯白，似用绿气毒死者。"后来侦探又寻得为那母子搬家的车夫的住所，但是前去探访时，车夫一天以前刚刚死去。车夫妻子说车夫就是为那母子搬家那天开始生了病，但是吃了一位医生的药，不久竟然就死了。依据车夫的记录，侦探查到那母子的原住处，邻居们说这家人只住了两个月，她的丈夫总是傍晚才来，形迹可疑，而且两人关系不睦。据描述，那位丈夫的形貌很像喀迭。侦探这才意识到这一系列案件都可能与喀迭医生有关。

他立即造访喀迭的家，喀迭不在，侦探在书房恭候。其间他偷偷地查看了他的书，发现有很多都是介绍最新发现的毒药及其性能的，而且都是致人死命却无法验出的。喀迭在那些重要的地方都用笔做了记号。正在此时喀迭医生回来了，看到侦探，意欲反抗，被侦探制服移送捕房先关在监狱等待调查。但是侦探很快得到"德律风报"(估计就是伦敦的

The Daily Telegraph，《每日电讯报》)消息说喀迭医生在狱中自尽。侦探认为那母子三人就是喀迭医生的家室，他先杀了他们毁尸灭迹，又用印度草药毒死了车夫。而富商的尸体被盗案是后来才弄明白的。一艘远洋客轮从香港回英国之后报告说，他们从伦敦启航那天，来了两个人，其中一人气息奄奄，无法言语；另一人付了两个人的船票，然后说去办事，开船前回来。结果船离港时他也未见踪影。那位病弱的老者转天就死了，按照惯例，船员为他举行了海葬。据侦探们推测，一定是喀迭医生用印度草药慢性毒死富商，但是担心警察开棺验尸。于是等他下葬后挖开坟墓，用药灌醒富商，刻意策划了海葬让尸体无迹可寻。

　　笔者之所以不厌其烦地将故事细节全部转述，是因为过往分析多认定此篇小说并非福尔摩斯系列，因此一律一带而过。但是这一篇故事情节虽然曲折奇特，可如果按照一部侦探小说来检视它的话，我们会发现这一案件的所谓"侦破"有很多问题：其一，案件没有有力证据——所有死因都无法化验，嫌疑人也没有被抓到"现形"；其二，最终甚至没有供词或证词——犯罪嫌疑人很快就死了。它有福尔摩斯式的推理，但是严重缺乏同样是福尔摩斯标志性的严密求证。所有的结果都是侦探后来的推测，这推测虽然合理，但是因为缺乏确凿的证据，结果就变得不够笃定。而且故事的叙述是完完全全的转述语气，顺序叙事，注重描述过程，因为缺乏烘托而显得干瘪。因此，无论它的原文如何，汉译《英国包探访喀迭医生奇案》是一篇非常典型的犯罪报道。

　　有了这篇故事的基调，我们才有条件理解《时务报》上刊载的第二篇犯罪故事《英包探勘盗密约案》。

三、作为犯罪报告的《英包探勘盗密约案》

　　《时务报》是一个以政论、实事为重的政治性报刊，它不是文学报，甚至根本就没有为"文学"留下一个栏目。因此，可以推论，早期的四篇福尔摩斯故事都是被放在一个域外奇闻或者犯罪实录的语境下介绍的。

　　但是小说与犯罪实录究竟有什么明显区别？今天的人似乎轻易便可略举一二，不过我想更重要的是小说原作者本人如何看待这两者的差异与高下，特别是他的小说被别人误认作是犯罪报告时。柯南·道尔曾借福尔摩斯之口表达过自己的小说与枯燥的警察报告的主要区别。在《身份案》中，华生不满地说报纸上发表的案件俗不可耐，警察的那些报告虽然真实，但是无趣，也没艺术性。福尔摩斯说：

要产生实际的效果必须运用一些选择和判断。警察报告里没有这些，也许重点放到地方长官的陈词滥调上去了，而不是放在观察者认为是整个事件必不可少的实质的细节上。①

柯南·道尔懂得选择和判断，也知道细节的重要性，更清楚如何吊起读者的胃口，充分运用文学手段，把侦探小说作为通俗文学的连载性运用得淋漓尽致。不过他一定想不到，他的作品最初在近代中国还是被当作了他所极力贬低的犯罪报告。

从《时务报》第1册上刊载了那一篇犯罪报告之后，第2、3、4、5册上都没有再出现任何带有文学色彩或犯罪报告色彩的文章，直到1896年9月27日《时务报》第6册上开始连载《英包探勘盗密约案》(《海军协定》)。这一篇的名称在《呵尔唔斯缉案被戕》中被称为《水师条约案》，但是这里之所以叫《英包探勘盗密约案》很明显是模仿第1册上刊载的《英国包探访喀迭医生奇案》。译者大约是发觉两篇内容都是侦破案件的，为了保持一致性，题目也做了有意的改变。

值得注意的是，《英包探勘盗密约案》在作者署名部分并未出现原作者柯南·道尔的大名，而是采用"译歇洛克呵尔唔斯笔记"的形式。②道尔爵士在近代中国被作品中的人物福尔摩斯和华生抢了头功。原因不妨从以下几方面去探求。

第一，这类小说有复杂的叙述角度：作者假扮剧中人华生的口气叙述故事，采用类似实录的方式以增强真实性，记录的又是这部虚构作品中真正的主人公福尔摩斯的侦探与冒险。这样躲闪腾挪的三个"角色"，对于还不熟悉西方小说叙述模式，更遑论现代叙述学分析的中国近代翻译者和读者，俨然成了一团乱麻。

第二，我们也可以推测，汉译者并不是直接从英文杂志上翻译这些小说的，因为那样很容易看到柯南·道尔的大名；译者也许是译自1894年结集出版的《回忆录》(*Memoirs of Sherlock Holmes*)。如果不熟悉福尔摩斯故事，单纯从字面上来看，可以翻译成"歇洛克·福尔摩斯的回忆录"，故事开端又都是华生医生的口气，因此，这样的张冠李戴也可以理解。之所以首先会选择《海军密约》译为中文，可能是因为在《回忆录》所

---

① 〔英〕柯南道尔：《福尔摩斯探案全集》(上、中、下)，丁钟华等译，北京，群众出版社，1981，第288页。
② 《记伛者复仇事》署的是"译歇洛克呵尔唔斯笔记，此书滑震所作"；《继父诳女破案》和《呵尔唔斯缉案被戕》的署名分别为"滑震笔记"和"译滑震笔记"。

收录的作品中，只有这篇从题目上与中国的海军建设有关。仍然处在甲午海战失利的巨大阴影中的中国人，自然对题目中所包含的"海军"两个字有天然敏感。如果从这个角度去考虑，这个关于外国水师协约丢失的事情放在"英文报译"中，与那些"日本丝业宜整顿论""英国商务册二则"等放在一起也就没什么不妥。

第三，汉译者或许从一开始就把这个虚构作品理解成类似犯罪报告一般的纪实类作品，因为这类作品对于《时务报》并不陌生，《英国包探访喀迭医生奇案》已有先例。想来《英国包探访喀迭医生奇案》的方式也多少限制了汉译者对福尔摩斯探案的理解——究竟是犯罪报告还是虚构作品概莫能辨，于是以那篇伦敦"俄们报"上的报道理解柯南·道尔的小说也未可知。这一想法的一个证据是这篇《英国包探访喀迭医生奇案》后来与那四篇福尔摩斯故事一并收录在了一个集子里。①

作为一部侦探小说，福尔摩斯故事基本有一套程式：缘起、案件发生、破获、福尔摩斯向华生与当事人揭开谜底。按照英文原著的叙事顺序，《海军协定》故事的展开如下。

缘起：华生仍然用他惯常的第一人称方式叙述。他结婚后的那一年，和福尔摩斯先生破获了三桩要案，其中一桩关系到国家安全。他本来有一位同学，久未联系，据说通过关系在外交部谋职。突然有一天他接到这位同学的急信，请求他带福尔摩斯来帮助他解决悬案。华生与福尔摩斯应邀同行前往那位同学的养病之处：那是他未婚妻哥哥平时住的房间，同时在那里的有他的未婚妻及其兄长。他们看到了虚弱不堪、受惊吓过度的珀西。

案件的发生：珀西为他们讲述案发过程。他如何遵嘱未将这个重要的海军协定告知任何人，本来空无一人的办公室里呼唤仆人的铃突然被人碰到，他飞速上楼却发现文件已经不翼而飞。其中唯一值得怀疑的是看门人睡着了，看门人的妻子行踪诡秘。等到警察去追踪已回家的看门人妻子时，又一无所获（这其实是侦探小说的惯用技巧：故意分散破案线索）。

破获：福尔摩斯在经过一系列问话与调查之后，让当事人珀西与他

---

① 1897年6月20日《时务报》结束了它的最后一篇福尔摩斯故事连载。两年后，素隐书屋出版单行本，名为《包探案》（一名《新译包探案》），收入《英国包探访喀迭医生奇案》以及四篇福尔摩斯故事。1903年文明书局又将其再版。在清末，杂志上刊登的作品没有发行单行本的很多。而福尔摩斯故事不仅时隔不久发行了单行本，还被其他出版商再版，可见很有市场。

们回伦敦，半路自己又推说有事，让华生与珀西走了。第二天一早，珀西醒来，早餐盘中就放着那份丢失的密约，而福尔摩斯的胳膊上也挂了小彩。

解谜：福尔摩斯向惊奇不已的华生和珀西讲述了破案过程。因为注意到密约已经丢失了将近九个星期，却没有任何情报说其他国家已经获得了这份约定的消息，福尔摩斯推断这份密约一定还没有出手。珀西生病以来一直在那间房中未离半步，而且每一夜他的未婚妻都忠实陪护羸弱的珀西。只有一次，珀西一人入睡的晚上有人持刀想要闯入房间未果，福尔摩斯推断嫌疑犯一定是一个熟悉他们情况的人。于是，福尔摩斯支走了珀西，守候在房外，果然抓住了盗贼：就是珀西未婚妻的哥哥。出事那天晚上，他偶然去外交部找珀西，发现了桌上的机密文件，于是顺手牵羊。到手的文件一直被他藏在珀西所住的那个房间的地板下，但是由于珀西长久卧病在床，他一直没机会拿回文件。福尔摩斯凭借他的细心与高超的推理，使案情最终真相大白。

《海军协定》虽然不是福尔摩斯系列故事中最出色的一篇，但是也蕴含着福尔摩斯标志性的演绎推理，这应该是故事的精髓。而从侦探小说这一文类来说，造成悬疑感，才是这类小说的关键，因此，福尔摩斯故事的破案线索总是在最后才挑明。

我们回头再看第一篇福尔摩斯汉译《英包探勘盗密约案》。文章在开头部分有省略，有调整。缘起部分华生的自述省略，故事被调整了顺序，直接进入案件的发生。开篇如下：

> 英有攀息(名)翻尔白斯(姓)者，为守旧党魁爵臣呵尔黑斯特之甥，幼时尝与医生滑震同学，年相若，而班加于滑震二等。众以其世家子文弱，颇欺之……

后面一直讲到他如何丢失密约，当时的情况如何，追踪无果，回家大病一场。九周后稍有恢复，才想起写信给小时候的同学滑震(华生)。从此向下，这个汉译本都基本忠实地按照小说的文笔和讲述顺序翻译，极少省略，也没有任意加笔。值得注意的是，这是在1896年，当时的翻译(特别是很多学理类书籍的翻译)有不少任意性，直到后来相当长的时间内，中国翻译文坛一直充斥"豪杰译"。相对这种情况，《英包探勘盗密约案》的后半部已经是相当忠实了。其中一个例证也说明译者中英文俱佳。例如在描述抓住嫌疑犯时，嫌犯光着头，披着一个黑斗篷(a black cloak），汉译者翻译为"身披黑色一口钟"，他用了《西游记》里称呼无袖斗篷"破烂流丢一口钟"的典故。

英文本中虽然有些地方对于中国人来说有些费解，但这位汉译者还是勉为其难地译出了。例如在最终解谜部分，福尔摩斯向华生和珀西解释为什么嫌疑人会盗走密约时，说他因为做股票生意亏了血本（has lost heavily in dabbling with stocks），这是重要的"犯罪动机"。但是"股票"一词，对于近代中国人是个完全陌生的金融类名词，不见先例。汉译者译为"彼在伦敦为撮香生意，亏累甚巨"，在"撮香生意"后，小字加注"如买先令票之类"。但是为何把 stock 译为"撮香"不得而知，因为从发音角度我们也没有找到相似性，或许与译者张坤德的浙江桐乡口音有关？笔者不谙方言学，对此尚无法做判断，还望有关专家指点。

四、呵尔唔斯的"隐喻式"亮相

享有世界声誉的大侦探福尔摩斯在中国的真正亮相正是在《英包探勘盗密约案》中。在一个政治人物主办的政治性极强的报纸上，福尔摩斯登场，这或许从一开始就预示了中国读者要对这位通俗文学主角进行政治化的想象，至少，近代中国会极力挖掘福尔摩斯的意识形态化资源。或许这样的理解有些一厢情愿，但在"为奴之势逼及吾种"的情况下，文学与政治相比，本就应该退居次要地位。

作为第一篇福尔摩斯侦探故事的翻译，《英包探勘盗密约案》的中国译者还无法体会第一人称叙事的奇妙和倒叙法的悬疑设置。这篇汉译上来先以顺叙的方法把外交部青年攀息的遭遇叙述出来。他在外交部加班时，国家机密文件神奇丢失，然后他才写信给他旧时的同学滑震，请他帮忙求助福尔摩斯。而整个故事叙述也没有采用英文原著中的第一人称方式，而使用了全知式叙事。

"久之，忽忆有歇洛克（名）呵尔唔斯（姓）者，以善缉捕名。"这就是福尔摩斯在中国的露面——作为大侦探他早已声名远播。译者令福尔摩斯未见其人先闻其名：先有他的身份和名望，而后读者才随同滑震（华生）在实验室见到他这位室友。与中国这种见面略有不同，英语文学中福尔摩斯的亮相是在第一篇故事《血字的研究》里。柯南·道尔对他进行了长篇铺垫，很久之后才点明他的职业。

《血字的研究》是柯南·道尔发表的第一篇福尔摩斯系列故事，算上"尾声"一共 14 章，而第一章的题目就是"歇洛克·福尔摩斯先生"，第二章的题目便是那著名的"演绎法"，第三章才基本进入正题，名叫"劳瑞斯顿花园街的惨案"。在第一章中，作者仿佛不急不徐地先让华生自道：他个人的身份、在阿富汗的遭遇、回到伦敦后的虚弱无聊……然后他路遇一位旧友小斯坦弗，聊起近况的时候说想找房子搬家。朋友说起也有人对他说过想找人合租房子，华生很感兴趣，但是朋友无心撮合，福尔摩斯的名字就这样出现："你还不知道歇洛克·福尔摩斯吧，否则你也许会不愿意和他做一个常年相处的伙伴哩。"这样的出场，吊起了读者的胃口：他是个什么样的人？在小斯坦弗口中，福尔摩斯古怪、博学，令人捉摸不透。后来他带华生去医院的实验室见福尔摩斯，福尔摩斯正在做血色蛋白质的检验，他几乎是一位科学怪人。著名诗人 W. H. 奥登后来在谈起这位大侦探的时候说："福尔摩斯是优雅的特例，因为他是一位把科学好奇升温成英雄式热情的天才……他做侦探的动机，积极点说，是对无偏无倚的真理的热爱（他对罪恶或无辜感可没有兴趣）；若消极点说，那是他逃避忧郁的需要。"[1]之后的华生见识了福尔摩斯一系列的神秘与古怪，直到他展示了令人惊叹的"演绎法"(The Science of Deduction)之后，华生才忍不住问到他的职业。福尔摩斯说或许他的职业是全世界独一无二的，他是"顾问侦探"(consulting detective)，就是当私家侦探和公家侦探都无法厘清头绪的时候，他向他们提供咨询。直到小说开始两章之后，读者才在长时间的狐疑之后把这个故事与犯罪侦破联系起来。

但是，福尔摩斯在中国的出场毫无悬念，译者直接就迫不及待地介绍说："呵尔唔斯者，以善缉捕名。"急于读到故事的中国读者没耐心看层层的渲染，况且他们是把《海军协定》当作犯罪报告来读的。译者只想把"案情"讲述明白，自然就应该让侦探早早登场。不过好在，在这第一篇福尔摩斯故事的汉译中，福尔摩斯真正出场也是以他的怪癖为标志的，这怪癖中也蕴含着代表现代的先进科学。书中说滑震拿着信去找他的这位朋友，但见：

> 歇洛克方著长衫坐桌旁，桌上安一小火炉，炉中烟作蓝色，炉上一弯口瓶，瓶口接一管，瓶中水沸，汽自管出，管外激以冷水，汽咸变水，滴入二立透之器中。歇洛克端坐验视，见滑震至，亦不起。滑震自坐一椅上，歇洛克持一小玻璃杆连蘸数瓶，复持一管，内有药水，至桌边，右手持一验酸质之蓝色纸，曰："滑震汝来乎？此时方急欲验此，若此纸变作红色，则当抵一大辟罪。"稍顷，纸果

---

① W. H. Auden，1948："The Guilty Vicarage"，*Harper's Magazine*，May.

变为暗红色。因起书电报一纸，付其仆。（《时务报》第 6 册）

化学对于近代中国是外来之学，不过福尔摩斯来到中国的时候，徐寿和傅兰雅已经合译了“化学大成”八部，他们选译的都是在英国已经相当流行与普及的化学书籍，其中包括 David Ames Wells，*Principle and Applications of Chemistry*，1858（汉译《化学鉴原》）以及 Charles Loudon Bloxam（中文名“蒲陆山”），*Chemistry，Inorganic & Organic*，1865（汉译《续编》《补编》）等。这些书的翻译选本权威、普及，时间上比之原本也并不落后，都是选用最新版本，证明至少在部分化学书籍的译介上，我们与西方是同步的，但问题的关键是让中国读者接受。到 19 世纪 70 年代，中国的化学书籍翻译数量并不很少，在一些洋务学堂也有化学的课程，然而并不普及，化学学科在中国的发展困难重重。事实证明，早期译介的这些化学书籍影响都不大。一方面由于中国当时缺乏实验条件，另一方面“当时的知识界无论在预备知识和思维方式上都还无力消化吸收这些全新的东西。化学知识多多少少还是从遥远的西洋传来的零星孤立的奇闻异事”。[1]正因如此，19 世纪末叶的中国人，对于化学实验还几乎一无所知，于是原文中的“working hard over a chemical investigation”（致力于化学实验）就被省略了，直接描述了这个实验的过程。当然在前文中已经判定的这位“以善缉捕名”的大侦探，一出场就是在鼓弄这些古怪的仪器。不过在《继父诳女破案》中，汉译者本也可以用省略的方式去掉译起来生僻、读者看起来不懂的化学名词，但奇怪的是，1897 年的这个汉译本，还是保留了这些。译者把 the bisulphate of baryta（硫酸氢钡）翻译成“二硫养（原文如此）三”（《时务报》第 26 册）。

这或许是个隐喻，现代科学知识就像是这位侦探的出场：真假莫辨，精细但很古怪。我们把一位虚构人物当成了真实存在，把关乎自然原理的科学研究当作了奇闻。当然中国近代文坛把两位英国维多利亚时代晚期的通俗小说家当作了经典“大小说家”也就不足为奇了，因为从一开始我们与西洋的对接就充满着错位。

五、四篇小说翻译原则的游移

从发表顺序上说，《英包探勘盗密约案》之后，《时务报》又相继连载了《记伛者复仇事》《继父诳女破案》《呵尔唔斯缉案被戕》。纵览这几篇作

---

① 吴以义：《海客述奇：中国人眼中的维多利亚科学》，上海，上海科学普及出版社，2004，第 91 页。

品，有很多翻译的原则是非常不同的。这是否证明汉译者并非张坤德一人呢？

其一，开端详略处理不同。

《记伛者复仇事》(《驼背人》)是发表的第二篇汉译福尔摩斯故事。《驼背人》的开端是，福尔摩斯深夜来访，见到华生之后就炫耀似的展示他的推理技巧。一开门，福尔摩斯问华生怎么还在吸一种阿卡迪亚混合烟——这是从落在他衣服上的烟灰判断的；福尔摩斯还提醒华生说至今他还一望便知是个从过军的人，因为他总是习惯于把手绢藏在袖口中，而不是像平民那样放在口袋里。这两个细节都是福尔摩斯小小的推理技巧展现，汉译本《记伛者复仇事》把这一段省略了。大概是译者觉得这一段古怪又突兀，相对于后边的类似推理，显得既多余又不足为道。不过好在这两个小推理的省略，不足以损害福尔摩斯的高超能力。

进了门，福尔摩斯仍然不断展示他的推理本领：他判断客人房没有住人——因为衣帽架上是空的；他发现华生家来过修理工人——因为铺地的漆布上留下两个鞋钉印；他得知华生最近医务繁忙——这是华生的靴子透露的。这三件事汉译本都保留了，但是前两件事，译者都使用了添译加注的方法。"今晚当无客，帽擎已告我矣。"后边小字加注云："西俗客人大门则脱帽置帽擎上，是时帽擎上无帽，故云。"对于并不习惯在入门处放置衣帽钩的中国人，无法理解依照门口的一件摆设判断房间里有没有客人来访，自然需要加以说明。以鞋钉印判断来过修理工，也是出于类似需要，汉译者加注释写道："工人俭，靴破或未易钉，印较锯。"不过在此之前还有一个注释：福尔摩斯判断说："汝雇英国工人做工，诚大费。"后边加注释："英工人贵于他国，故云。"这里何来花费问题？原文是福尔摩斯发现来过工人，说："He's a token of evil.（他是个不幸的象征。）"因为这意味着华生家里一定有些设施坏了。我认为这里是译者的错译，他一定是把"token"（标志、象征）理解成了"take(of)"（花费）的过去完成时"taken"，为了自圆其说，译者只好添译加注。

《呵尔唔斯缉案被戕》几乎是翻译得最详备的一篇。这篇汉译在开端部分比起其他三篇都更为忠实，即使是看似没用的细节都没有省略。这或许也是为什么在最初的这四篇福尔摩斯汉译中，《记伛者复仇事》《继父诳女破案》和《呵尔唔斯缉案被戕》的英文原本篇幅相当（《海军协定》篇幅稍长一些，因此汉译本连载了四期），前两者都是连载三期就结束了，但是《呵尔唔斯缉案被戕》却连载了四期。

《呵尔唔斯缉案被戕》的开头谈到华生选择这个时候宣布这件事的原

因，是莫里亚蒂教授的兄弟一再混淆视听，报纸上的几篇报道也语焉不详或者极尽歪曲事实之能事。这一部分有很多时间、地点、报纸名等。按照惯常的汉译原则，这一部分完全可以省略，直接写有一天福尔摩斯突然造访华生的诊所，"貌较昔瘠而黄"（《时务报》第 27 册）。因为既然《继父诳女破案》的开头可以省略两人讨论报纸上的犯罪报道与侦探小说的取舍问题，《记伛者复仇事》可以在开端省略两个福尔摩斯推理法的神奇小例子，那么《呵尔唔斯缉案被戕》中，这一部分也完全可以去掉而不会特别影响效果。

　　但是在《呵尔唔斯缉案被戕》的一开始，一直到滑震与呵尔唔斯出发，大约有 7 个页码，英文约 15000 字，汉译本几乎是巨细靡遗地翻译了出来（当然由于中文使用的是半文言，字数大大缩减）。这相对于《时务报》上连载的前三个汉译福尔摩斯小说是不多见的。当然我们也可以理解成，汉译者随着翻译经验的丰富，或者读者反馈的良好，已经开始调整翻译策略。

　　其二，弥合文化空白与差异的原则不明。

　　樽本照雄以为从《记伛者复仇事》这一篇起，汉译者加注表明了译者的忠实原文的意识。[①]笔者以为不尽然。因为在第一篇《英包探勘盗密约案》中作者也在部分地方加了注释，例如华生的同学名字忒坡尔，解释说："此系绰号，译即小蛤蚧。"（《时务报》第 6 册）这已经是对词汇中的隐含义有所注意了。还有对股票（汉译"撮香生意"）的解释"如买先令票之类"（《时务报》第 9 册），也是出于填补文化空白的意识，它的动机与《记伛者复仇事》中解释衣帽钩是一样的。所以，译者渴望比较忠实于原文的意识从第一篇福尔摩斯故事的汉译中就已经展现了。译者不仅想要做到等值，有时还想做到等效，不仅这一原则标准的底线总是有调整，译者也并没有坚守这一原则，证据是《记伛者复仇事》的结尾。

　　《记伛者复仇事》末尾解释为何巴克雷夫妇争吵时会提到"豆未特"（David，大卫）时，涉及中西文化冲突中最常见的宗教问题。《圣经》记载大卫王当年因为觊觎着自己手下赫梯人的将领乌利亚（Uriah）的妻子拔示巴（Bathsheba），于是故意将乌利亚派往前线，乌利亚最终遇伏被害。这个故事对于西方读者来说，是一个耳熟能详的文化典故。因为小说情节与大卫王的故事非常相似：后来声名显赫、德高望重的将军早年就是用这样的计谋暗算情敌，不光彩地攫获芳心，所以具有特殊的意义。但是

---

　　①　参见〔日〕樽本照雄：《汉译福尔摩斯论集》（日文），东京，汲古书院，2006。

汉译本《记伛者复仇事》结尾只是照直翻译:"汝记由力里与拔士戏拔事否?试在《圣经》讲'三妙尔'之一二节求之即得矣。"至此全篇结束。这里因为有文化差异与文化空白的中间带,所以是最需要添译或者加注的,译者却偏偏没有加注,相信是译者自身也并不清楚,或者没有现成的东西可以查询,又或者是译者态度较为随便,不认为不加解释会妨碍中国读者理解。

　　然而,在《继父诳女破案》的结尾,福尔摩斯说了一句波斯谚语"打消女人心中的痴想,险似从虎爪下抢夺乳虎(There is danger for him who taketh the tiger cub, and danger also for whoso snatches a delusion from a woman)"。这个谚语是不难翻译和理解的,但关键是他所提到的两个人——波斯诗人哈菲兹(Hafiz)与罗马诗人贺拉斯(Horace),中国近代读者完全无从得知,所以在这一部分,汉译者干脆将谚语和人名一概省略。

　　其三,对福尔摩斯系列小说的互文性关系的处理不同。

　　《继父诳女破案》的原本是《身份案》,发表于 1891 年 9 月的《海滨杂志》,1892 年收录于《福尔摩斯冒险史》。在这部英文原著中华生提到了福尔摩斯系列故事中的其他案件。该文的情节是在福尔摩斯决定先发两封信以探得温迪班克先生的虚实时,华生有一段心理活动:"我有很充分的理由相信我的朋友在行动中是推理细致、精力过人的……当我回顾'四签名'那种怪事以及与'血字的研究'联系在一起很不寻常的情况时,我觉得如果连他都解决不了的话,那真是十分奥秘的疑案了。"①《血字的研究》是福尔摩斯探案系列的第一个故事,发表于 1886 年,1888 年出版单行本;1890 年《四签名》最初在美国费城的《利平科特杂志》上发表,同年单行本印行。这两部小说都是长篇作品,也是为柯南·道尔带来声誉的作品,案件的离奇为侦探福尔摩斯在读者中建立了最初的声望。《身份案》是连载于《海滨杂志》上的诸多短篇中的一个,华生再次提起最初的这两个案件,一方面是确证福尔摩斯的能力;另一方面,也是更重要的作用,是向读者再次加强了福尔摩斯探案作为系列小说的联系。

　　在 1897 年的《继父诳女破案》中,这一段有关福尔摩斯系列小说的互文性内容被删去了,汉译者将这一段心理活动缩减为两句话:"余即行,自念明晚来,贺(贺司默哀及儿,即那位继父化装扮演的人)踪迹应泄露于呵。"(《时务报》第 26 册)这种省略完全可以接受。因为不仅是中国读者会不明白这个互文性的意义,相信就是译者本人也很难知道《血字的研

---

① 〔英〕柯南道尔:《福尔摩斯探案全集》(上、中、下),丁钟华等译,北京,群众出版社,1981,第 300 页。

究》与《四签名》对于西方读者和现代侦探小说的意义。

但是非常难以理解的是，在《呵尔唔斯缉案被戕》一开始，滑震回忆
"余友呵尔唔斯，夙具伟才"，然后如英文本所言追述他从最初的《血字的
研究》到《海军协定》的成绩，他说："自第一章巧验红色案起，至获水师
条约案止。"（《时务报》第 27 册）同样是处理一个没有译介过的早期案件，
《继父诳女破案》把它省略了，而《呵尔唔斯缉案被戕》却保留了，还把它
译为《巧验红色案》。

《海军协定》的汉译本在 1896 年 9 月发表时被称为《英包探勘盗密约
案》，时间间隔不足一年，1897 年 5 月的《呵尔唔斯缉案被戕》再提到这
个名字时却翻译成《获水师条约案》。如果是同一个译者，相信他的记忆
不会如此差，除非他的翻译态度是不严肃的，只是随看随译，不肯思考
他是否以前也碰到过类似词汇，或者尽力做到与先前处理方法一致。当
然这里也有一个疑点，如果《呵尔唔斯缉案被戕》的汉译者没有读过《英包
探勘盗密约案》，那么他就对《海军协定》的故事无从了解，翻译的时候就
不会译出有关情节的内容。"获水师条约"意味着他是了解这个故事的，
不然他应该只是照字面意思 *The Naval Treaty* 翻译为《水师条约》，就如
同他只能把 *A Study in Scarlet* 翻译为《巧验红色案》，因为他不知道
Scarlet 在小说中是一个用血写成的字。

从以上分析可见，四篇福尔摩斯故事的汉译，存在相当多的原则不
一致，我们有理由怀疑张坤德并不是这四个故事的唯一汉译者。

第四节　林纾与柯南·道尔其他小说的翻译[①]

一、慧眼独具的林纾

从总数上看，截至 1949 年，柯南·道尔除去福尔摩斯小说以外的作
品共有 65 部汉译，这个数字超过了福尔摩斯侦探系列小说的翻译数量。
值得注意的是，虽然这些作品在数量上占据了优势，但是作为作家的柯
南·道尔在中国最有名的还是他的侦探小说。作为一个参考数据，日译
本中福尔摩斯故事以外的译本有 107 部，但汉译本中有 9 部没有日译本。[②]

---

① 部分内容曾发表，参见《林纾与柯南·道尔的非福尔摩斯系列小说译介》，《新文学史
料》，2011 年第 2 期。

② 数字参见〔日〕樽本照雄：《汉译福尔摩斯论集》（日文），东京，汲古书院，2006。

表 3-2　林纾译福尔摩斯系列作品细目(除《歇洛克奇案开场》外)

英文名 (出版年代)	分类及内容	林译小说名	著译者署名	出版、年代 (收录丛书)	林译本封面所注分类
The Refugees(1893)	Historical Novels 路易十四时代遗事	《恨绮愁罗记》	〔英〕柯南达利著；林纾，魏易译	上海商务印书馆，1908(林译小说丛书，27)	历史小说
Uncle Bernac(1906)	Historical Novels 拿破仑轶事	《髯刺客传》	〔英〕柯南达利著；林纾，魏易译	上海商务印书馆，1908(林译小说丛书，30)	历史小说
The Doing of Raffles Haw(1891)	Others 关于一位亿万富翁的遭遇	《电影楼台》	〔英〕柯南达利著；林纾，魏易译	上海商务印书馆，1908(林译小说丛书，23)	社会小说
The White Company(1891)	Historical Novels 关于14世纪的英法百年战争	《黑太子南征录》	〔英〕柯南达利著；林纾，魏易译	上海商务印书馆，1909(林译小说丛书，32)	军事小说
Micah Clarke(1888)	Historical Novels 背景是1685年英格兰的蒙默思叛乱(Monmouth Rebellion)	《金风铁雨录》	〔英〕柯南达利著；林纾，曾宗巩译	上海商务印书馆，1907(林译小说丛书，33)	军事小说
Beyond the City(1892)	Others 表现英国当代生活，涉及一位女权主义者	《蛇女士传》	〔英〕柯南达利著；林纾，魏易译	上海商务印书馆，1908(林译小说丛书，26)	社会小说

　　截止到我们的论述下限1916年，福尔摩斯故事以外的柯南·道尔作品翻译有一位主将，那就是林纾。林纾总共翻译了7部柯南·道尔的作品，除去一部福尔摩斯系列故事外(《歇洛克奇案开场》)，其他几部都不是享有世界声誉的福尔摩斯系列(见表3-2)。当柯南·道尔的侦探小说正为文坛译介热点时，林纾与他的口译者独具慧眼，相对集中地翻译了他的4部历史小说与2部表现英国当代生活的作品。

　　林纾对待柯南·道尔小说的翻译观念是功利的，早在1907年，林纾在翻译的第一本侦探小说《神枢鬼藏录》的序言中谈到近年来上海诸君子翻译的"包探诸案"非常有意义，因为中国的律法之所以逊于欧洲，关键在于"无律师为之辩护，无包探为之寻侦"，因为中国相对来说只有讼师和隶役，这些人又"但嗫民膏"，因此如果多译侦探小说，并且"果使此书风行，俾朝之司刑谳者，知变计而用律师、包探……下民既免讼师及隶役之患，或重睹清明之天日，则小说之功宁不伟哉"。①外国情节奇幻的侦探小说令他想到的是当时中国律法之落后腐败，这样的观念也受到后人的赞赏："林氏翻译侦探案的意思是好的，绝不似一般译侦探小说投机者的无聊；这意思只要看《神枢鬼藏录》的序言便可以明白的。不过那时的风气和见识，也很有值得我们注意的地方。恽铁樵在《说荟》里说：'……吾国新小说之破天荒，为《茶花女遗事》《迦茵小传》；若其寝昌寝炽之时代，则本馆所译《福尔摩斯侦探案》是也。《侦探案》有为林琴南笔述者，又有蒋竹庄润辞者，故为迻译小说中最善本。士大夫多喜阅之，诧为得未曾有……'"②

林纾不只是会将通俗小说意识形态化，他的文学品位还表现在他能迅速抓住小说的艺术特征。在他翻译的唯一——部福尔摩斯系列故事《歇洛克奇案开场·序》中他谈道："文先言杀人者之败露，下卷始叙其由，令读者骇其前而必绎其后，而书中故为停顿蓄积，待结穴处，始一一点清其发觉之故，令读者恍然。此顾虎头所谓传神阿堵也。寥寥仅三万余字，借之破睡亦佳。"这一段，非常能体现林纾的文学眼光，他一下道明了侦探小说的阅读重点——悬疑与破解，而且对侦探小说的趣味性予以关注，这样的书用以"破睡"都是上乘之作。特别是相对于当时很多译者还要颠倒原文次序，林纾确乎是读出了侦探之妙。难怪陈熙绩在代序中说道："是书旧有译本，然先生之译之，则自成为先生之笔墨，亦自有先生之微旨在也。"这里他说的旧译本是1904年小说林社有黄人（摩西）润辞、奚若翻译的《大复仇》等4个译本（参见附录）。

在林译柯南·道尔的7个译本中数量最多的是历史小说。19世纪的英国人，对历史的热情极其高涨。1855年，狄更斯的小说《大卫·科波菲尔》大受欢迎，一年卖出了25000本，但是令人难以置信的是，麦考雷的《英格兰史》（Macaulay, *History of England*）最后两卷10周里就卖出了26000册。这足以证明当时英国对于历史阅读的热爱，"这种对历史的兴趣折射了国家在剧变时代对身份的寻求。当启蒙主义质疑旧的宗教确定性时，历史获得了中心式的重要性"。③

---

① 林纾：《神枢鬼藏录·序》，见林琴南：《林琴南书话》，钱谷融主编、吴俊标校，杭州，浙江人民出版社，1999，第55页。

② 铁樵：《〈作者七人〉序》，见陈平原、夏晓虹编：《二十世纪中国小说理论资料第一卷（1897—1916）》，北京，北京大学出版社，1989，第502页。

③ Louis James, 2006；*The Victorian Novel*，Oxford：Blackwell Publishing, p.36.

　　难怪柯南·道尔在自己的侦探小说大受欢迎时激流勇退，转而写作历史小说。因为他投身于历史小说绝不是一个自甘寂寞的悲壮行为，那个年代，历史小说甚至可以获得比侦探小说更大的影响，更何况从文类的优先性来说，历史小说要比侦探小说重要。

　　柯南·道尔是所有欧美作家中唯一一位在有生之年其主要作品都有汉译的作家，也是少有的在民国初年就有专门杂志文章介绍其生平的作家之一，虽然1915年我们就认识到"欧美现代小说名家，最著者为柯南达利……著作风行一时，多文为富，掷地成金，彼都人士咸乐道之"。恽铁樵"于《海滨杂志》中得彼邦小说名家之自述，与其初次出版书之大略"，其中包括柯南·道尔自述其早年的历史小说不被看好，屡遭拒绝的坎坷经历。不过此时，林纾已经翻译了好几部历史小说。

　　柯南·道尔的历史小说取法自司各特开创的传统，将历史通过风俗和信仰真实再现出来。司各特的成就在于"把小说提高到了历史哲学的地位"，使得曾经"不公平地被视为二流的文体具有一种浩瀚磅礴的步骤"。[①]不过比起司各特来说，柯南·道尔的历史小说远远没有达到那样的高度。他过分沉溺于细节，缺乏整体的气度和纵深的历史感；他想通过历史中的个人来表达历史的生动，却常常给人以一种戏说或野史之感。

　　在中国的传统文学中，历史小说并不缺乏，不仅不是缺类，反而相当丰富，因为中国有着悠久的史传文学传统。林纾不仅对中国的史传文学非常熟悉，而且他已经翻译过西方优秀的历史小说，例如《撒克逊劫后英雄略》(即《艾凡赫》)，因此对鉴赏这类历史小说经验老到。近代中国文坛，传统史传文学的余威不减，即使是汉译侦探小说，也有人用史传文学作比："是篇虽小，亦借鉴之嚆矢也，吾愿阅之者勿作寻常之侦探谈观，而与太史公之《越世家》《伍员列传》参读之可也。"[②]

　　林纾注意到柯南·道尔描绘英法百年战争雇佣军的《白色纵队》，"此书科南全摹司各德"[③]；表现拿破仑的小说《髯刺客传》，与他曾经翻译的《拿破仑本纪》风格有所不同，所以只是把它视作"拿破仑之外传"[④]。当然他对这些历史小说的翻译还是习惯于给中国现状找历史的借鉴。在关

①　〔法〕巴尔扎克：《人间喜剧·前言》，见文美惠编选：《司各特研究》，北京，外语教学与研究出版社，1982，第23页。

②　陈熙绩：《歇洛克奇案开场·叙》，上海，商务印书馆，1908。

③　〔英〕科南达利：《黑太子南征录》，林纾、魏易同译，见"林译小说丛书"第三十二编，上海，商务印书馆，1914。

④　林纾：《髯刺客传·序》(1908)，见林琴南：《林琴南书话》，钱谷融主编、吴俊标校，杭州，浙江人民出版社，1999，第87页。

于路易十四的《恨绮愁罗记》中,他感慨"呜呼!专制之朝,又何所不可也".①表现蒙默思叛乱的《金风铁雨录》被列入军事小说的行列也不算错,他体会到:"止乱在德、在政,不专恃兵力."②从这个意义上说,林纾虽然有一定的功利文学观,但是在文学口味和对柯南·道尔历史小说的把握上,定位是准确的。

由于中国不缺乏历史小说,柯南·道尔的历史小说比之司各特还是稍逊一筹,译本虽然也能找到这类文本与中国传统和现状的联系,无奈读者对此类小说并不感兴趣,所以他的几部历史小说影响都不大。

二、从《城市之外》到社会小说《蛇女士传》

柯南·道尔的小说《城市之外》是他不多的表现英国当代生活的小说。小说首尾都是以房主贝撒(Bertha)与摩尼加(Monica)的观察构成,中间几章任由故事发展,这两位老处女几乎完全消失,从小说结构和叙述上来说,实属平庸之作。房主一共有三家房客:一位是退休的海军大将灯物尔(Denvers)先生,他和妻子感情甚笃,儿子哈罗而(Harlod)已经24岁,在伦敦与人合伙做生意。一位是德高望重的医生华格(Walker),丧妻,带着两位乖巧漂亮的女儿。这两家关系和睦,作为下一代的三位年轻人也很合得来。但是此时搬来了第三家房客:寡妇密昔司威司马考(Mrs. Westmacott)和她的儿子却而斯(Charles)。这位新房客虽是女流,但是行为乖张,每每越出于女子行为常识之外。她喝酒抽烟,言语掷地有声,体格健硕,还博学健谈、主张女权。她的到来引发了这几个家庭中的一系列故事。这位威司马考女士的行为主张虽然吓坏了两位房东,但是因为她的豪爽开明、见地独到,很快就与大家打成一片,三家房客也成通家之谊。

这类小说当然要穿插爱情。有分析注意到柯南·道尔著名的福尔摩斯系列小说中爱情主题缺席,大侦探甚至有"厌女狂"之嫌,在这里柯南·道尔仿佛是有意否认这一指摘,不过事实证明,柯南·道尔在这类主题的把握上确非个中高手。小说急不可待地发展了哈罗而、却而斯与医生的两个女儿间的爱情,甚至鳏夫医生还对威司马考女士渐生情愫,不过他的两个女儿认为父亲迎娶这样一位特立独行的女士为妻非常不现

---

① 林纾:《恨绮愁罗记·序》(1908),见林琴南:《林琴南书话》,钱谷融主编、吴俊标校,杭州,浙江人民出版社,1999,第88页。
② 林纾:《金风铁雨录·序》(1907),见林琴南:《林琴南书话》,钱谷融主编、吴俊标校,杭州,浙江人民出版社,1999,第57页。

实，于是在她们的计谋下，此事不了了之。另一条线索是，海军大将的儿子哈罗而的生意合伙人正是威司马考女士的胞弟，威司马考知道后立即警告将军她的弟弟乃非善类，让他们立即与之拆伙，但是已经晚了。哈罗而收到合伙人不辞而别的信以及 13000 余镑的债务。在此危难时刻，医生拿出 5000 镑作为支援，有勇有谋的密昔司威司马考帮将军赎出了不得已买断结算的退休金。最终两对年轻人喜结连理，密昔司威司马考接受了美国一所大学的邀请，前往那里做了一位专讲女权的大学教授，她的儿子却而斯与妻子在美国也成了受人尊敬的农场主。其他人继续留在英国过着平静如常的生活。小说结尾，这个小地方在经历了一系列喧嚣之后重归宁静，哈罗而继续做着生意。

> As he goes back every evening from the crowds of Throgmorton Street to the tree-lined peaceful avenues of Norwood，so he has found it possible in spirit also to do one's duties amidst the babel of the City, and yet to live beyond it.

这一句中的 he 就是指哈罗而。"他每晚从拥挤的萨默顿街回到绿树成行、宁静安详的诺伍德大道。他发现从精神上说，在一个喧嚣的城市里，一个人完全可以生存在此处，生活在别处。"这里的 to live beyond it 正点明了小说的题目 *Beyond the City*，意蕴深远。但是林纾没有体会到这一点，他几乎将这一段完全略去了。当然汉译小说的名字也没有扣住这一点，而是选用了一个看似庸俗，单纯为标新立异的名字《蛇女士传》，这源于威司马考女士那条不同寻常的宠物蛇。

柯南·道尔的这部小说一共 17 章，林译完全保留，仍然以"章"分，但是没有翻译每一章的题目，例如第一章"新房客"(*The New Comers*)，第二章"破冰之访"(*Breaking the Ice*)等。

《蛇女士传》发表于 1908 年，商务印书馆以单行本发行，未见其他杂志连载，书页上署"社会小说"，看来林纾是以一本社会小说的标准来衡量它的。1908 年是林纾译介柯南·道尔小说的重要一年，这一年他一共翻译出版柯南·道尔的小说 5 部[①]，《蛇女士传》是其中两部"社会小说"中的一部(另一部《电影楼台》)。书前附约 600 字的"序"一篇。

英文原本一开头就是佣人的直接引语"'If you please, mum,' said

---

① 除去《蛇女士传》外，还有《髯刺客传》《电影楼台》《恨绮愁罗记》，以及唯一的一篇福尔摩斯故事《歇洛克奇案开场》。

the voice of a domestic from somewhere round the angle of the door，'number three is moving in.'"（"主人您看，"一个佣人的声音自房门一角处传来，"三号门的房客搬家呢。"）这种以对话的方式开端的小说能够把读者立即引入情景，但是对于中国近代读者来说，它过于突兀了，于是林译本小说开篇采用话本小说的方式来代替直接引语开端："书中叙一人家之佣妇，一日谓两主妇曰……"这从叙事方式上来说，是一种化解，如同他在同一年发表的《歇洛克奇案开场》中的开端，给第一人称叙事添加了"华生曰"。

林译《蛇女士传》从整体上看是忠实的，章节完全保留，除去加注解释外，几乎没有添译，有些地方，林纾还小露文采，让这篇无奇之作绽放光芒。英文本《城市之外》第二章描述两位老处女贝撒与摩尼加所住的地方的时势变迁，当年她们的父亲在世时，此处虽然偏僻，但安静广阔。

> From afar，when the breeze came from the north，the dull，low roar of the great city might be heard，like the breaking of the tide of life，while along the horizon might be seen the dim curtain of smoke，the grim spray which that tide threw up. Gradually，however，as the years passed，the City had thrown out a long brick-feeler here and there，curving，extending，and coalescing，until at last the little cottages had been gripped round by these red tentacles，and had been absorbed to make room for the modern villa. Field by field the estate of old Mr. Williams had been sold to the speculative builder，and had borne rich crops of snug suburban dwellings，arranged in curving crescents and tree-lined avenues.

与他著名的福尔摩斯系列小说的简洁俊朗截然不同，这一处柯南·道尔的文笔流畅，情感饱满内敛。林纾的翻译虽有小范围省略，但也堪称善译：

> 北风起时，乃颇闻伦敦之市声，大类远浦潮生。立而远望，伦敦则但见天末，微尘上矗。而已年复一年，都会渐推渐广。觉红砖之高屋，如虫豸伸须，四分五达而出。此一片草场，累累皆成夏屋。老威廉之地，逐块为人所购。土木之事，日盛一日。①

---

① 〔英〕科南达利：《蛇女士传》，林纾、魏易译，见"林译小说丛书"第二十六编，上海，商务印书馆，1908，第4页。

两位老处女就是见证了这些变迁的人，世风变化、大势已去的萧瑟感跃然纸上。正是这样一个远离尘嚣的小镇，发生了后面的一系列故事，成就了这篇小说。

当然，有些小地方也可令研究者注意。文中谈到医生的二女儿爱达与海军大将的儿子哈罗而都喜欢打网球(tennis)，但是涉及这个词的时候，译者都翻译为"蹴鞠"，爱达"嗜蹴鞠"(第12页)，"哈罗而蹴鞠于草场"(第14页)。蹴鞠是起源于春秋战国、兴盛于唐代的一种类似足球的运动，应该与网球无甚关联。不过难以理解的是，当海军将军看到这些年轻人两情相悦的样子，和爱妻回忆两人当年的场景时，觉得恍如昨日，说那时候流行的是croquet(槌球，一种英国传统的古老体育运动，在草地上用木槌击木球入小圈)，林纾不明其为何物，于是委婉地避开。原文"It was croquet in our time"译为"当日以网打球尚未大盛"，证明汉译者又很清楚tennis是用网面击球的运动。

此外在1896年的《英包探勘盗密约案》中，译为"撮香生意"的stocks一词，在这篇汉译中，被林纾翻译为"股票"。笔者并未专门考察，但这的确是本人目力所见的"股票"一词的第一次出现。

三、"蛇女士"之用：兴女学与限女权

汉译本小说之前，林纾有一篇序言，前半部分介绍故事情节，后边说到此书的翻译："畏庐译此书竟，笑谓冲叔曰：科南先生成此书时，固快意，恐吾已奔出时，将为天下女界唾骂。"注意此处他认为是遭受"女界唾骂"而不是"男界"。他接着说：

> 女权之不昌，咎不在科南之著书，在威司马考之荡检。夫所谓女权者，盖欲天下女子不归于无用，令有裨于世界。又何必养蛇、蹴鞠、吹麝篆、吃烟斗始名为权耶？孺之言权，恶少之权，非男子之权。男子自爱者且不必是，胡至女子为之，足以使人称可？则科南之书，诚乎其与女界为难矣。畏庐一心思昌女学，谓女子有学，且勿论其他，但母教一节，已足匡迪其子，其他有益于社会者，何可胜数。①

这本平常的小说，无论其在英语文学中地位如何，汉译本正好与近

---

① 林琴南：《林琴南书话》，钱谷融主编、吴俊标校，杭州，浙江人民出版社，1999，第91页。

代中国的女子问题合拍，于是林纾把主人公威司马考女士作为一个反面例子"用为鉴戒，且为女界之助"。

女权当不当提倡，在近代是一个颇为敏感的话题。林纾在许多作品的序言中论及过这一问题，所谓"女权之说，至今乃莫衷一是；或以为宜昌者，或以为宜抑者。如司各德诸老，则尊礼美人如天神，至于膜拜稽首，一何可笑；而佻狡之才士，则又凌践残蔑，极其丑诋然后已"。[①]不过能够在提倡"女学"的同时注意"女权"问题的确难得，因为这毕竟比传统的"夫人本自幼学，学必以礼为本"的思想多添了几分现代意识。当然，不可否认林纾的"女权"思想不仅不是现代意义上的女权主义主张，也不是同时期那些西方的小说所蕴含的"女权"，甚至不含"女权"基本概念中的男女平等意识，因为很明显，林纾对女性的极力关注是建立在男性作为强者去"拯救"女性弱者的意识之上的。林纾的"女权"无非是尊重女性，但不鼓吹"雌风大盛"，他以为"惟女权既大伸，而为之夫者，纲维尽坠，不敢箝制"，因此，女权要有一个界限，切不可"恣其所为"。女性的理想仍然是带着些许传统气息的"有学而守礼"[②]——有学问、知礼，但"女子鼓煽男子"[③]或"猥贱而近于勾栏"[④]则为防范之列。林纾所作的"倡女学"实绩便是为女子树立楷模：孝、情正、深明大义。林纾曾说：

> 自家族主义一变，欧人之有识者，□然伤之，于是小说家言，恒谆谆于孝友之一说。非西人之俗尚，尽出于孝友也；目击世变之不可挽，故为慈祥恳挚之言，设为人世必有其事，因于小说中描写状态。盖其胸中所欲言、所欲得者，幻为一人一家之事，使读者心醉其家范与其德性，冀其风俗之变。而于女界尤极慎重言之，虽婚姻出于自由，而在在伸以礼防，未尝有轶出范围以外者。呜呼！用心何其厚耶。然而女子参政之说，仍日昌于欧西，至群雌结社，喧阗政府之门，跳踉廛肆之上，商旅噪逐，警卫指斥，僇辱至矣，而仍弗悛。近者为议院所格，不听干请，初未知能必终不干请否也。

①　林纾：《彗星夺婿录·序》(1908)，见林琴南：《林琴南书话》，钱谷融主编、吴俊标校，杭州，浙江人民出版社，1999，第96页。
②　林纾：《深谷美人·叙》(1912)，见林琴南：《林琴南书话》，钱谷融主编、吴俊标校，杭州，浙江人民出版社，1999，第113页。
③　林纾：《彗星夺婿录·序》(1908)，见林琴南：《林琴南书话》，钱谷融主编、吴俊标校，杭州，浙江人民出版社，1999，第96页。
④　林纾：《深谷美人·叙》(1912)，见林琴南：《林琴南书话》，钱谷融主编、吴俊标校，杭州，浙江人民出版社，1999，第113页。

　　惟女权既大伸，而为之夫者，纲维尽坠，不敢箝制，则恣其所为，无复过问。又有未经嫁夫而自由，既无子女之累，则气概尤极暴烈。此近数年以来之风尚，前此十年未尝有也。

　　西风既东渐，吾国女界乃加厉焉。但以剪发一节，固万国之所无，或引以为妖孽。余曰：此非妖也。天下之事，大屈之后，必有大伸。中华之缠足，历二三千年，父母误不仁之心以为仁，女子忍辛楚，苦束缚，如在黑狱之中，一旦猝睹天光，心朗神舒，可以匪所不为。缠足者，大屈之时，一转而为剪发，则父母丈夫之所不能禁，即以此为大伸之日，进而不已，将有更甚于此者，未可知也。[①]

　　这里作者着力加以肃清的就是女学当昌，但女权之讲定要"在在伸以礼防"，他能够接受女子放足、剪发，因为他很清楚"天下之事，大屈之后，必有大伸"。西方小说家用心"何其厚耶"，翻译家林纾的用心更是可叹。他提醒读者要注意那些"家范"与"德性"，不要只学西方女权的"末流"——女子离婚、女子参政、女子不嫁而恣意所为。而对个别作品中的反面典型，林纾告诫读者说："果家庭教育息息无诡于正，正可借资是书，用为鉴戒，又何病其污秽不足以寓目！"[②]但很明显，林纾对于"雌风日盛"也有一腔无奈，于是"风漓俗窳，乃思及古道"[③]。

　　林纾将提倡女权与家族主义联系起来，在当时也可算是别具"慧眼"。想想后来"五四"新文化对人的剖析，便越发觉得新文化运动参与者与林纾思路的某种关联。1915年新文化干将陈独秀大声疾呼：

　　举一切伦理、道德、政治、法律、社会之所向往，国家之所祈求，拥护个人之自由权利与幸福而已。思想言论之自由，谋个性之发展也，法律之前，个人平等也。个人之自由权利，载诸宪章，国法不得而剥夺之，所谓人权是也……此纯粹个人主义之大精神也……欲转善因，是在以个人本位主义易家族本位主义。[④]

---

① 林纾：《深谷美人·叙》(1912)，见林琴南：《林琴南书话》，钱谷融主编、吴俊标校，杭州，浙江人民出版社，1999，第112页。
② 林纾：《彗星夺婿录·序》(1908)，见林琴南：《林琴南书话》，钱谷融主编、吴俊标校，杭州，浙江人民出版社，1999，第96页。
③ 林纾：《深谷美人·叙》(1912)，见林琴南：《林琴南书话》，钱谷融主编、吴俊标校，杭州，浙江人民出版社，1999，第112页。
④ 陈独秀：《东西民族根本思想之差异》，《青年杂志》第1卷，1915年第4号。

家族主义的根基在新文化人看来便是"忠"和"孝"，儒学的基本命题"迩之事父，远之事君"便将"忠"与"孝"联系在了一起，而"忠"便是由"孝"所支撑的。因此，知识分子抨击"家族本位"首先便是要求个人离开家庭（其中当然包含女子），获得自由平等，这是启蒙层面的。而政治层面的便是说反动的保皇思想，一个"忠"字的基础就是"孝"。林纾译介西洋小说的目的绝不是冲决这传统的根基，正是基于对妇女问题与家族主义之间联系的认识，令他极力澄清女学、女权的分别和界限，提醒读者注意西人"目击世变之不可挽，故为慈祥恳挚之言"，"用心何其厚"！

《蛇女士传》中所蕴含的女权问题受到中国近代知识分子的关注，很大意义上是出于国难当头的特殊前提，兴女学是为了教育出有用的妇女。在译介西洋小说的过程中，林纾也逐渐接触和朦胧意识到了西方的女权意义。不过对于兴女权之后将会引起的中国传统家庭结构、社会伦理的变革，林纾开始还无暇辨析。中国近现代的思想启蒙一直与妇女解放相联系，而思想启蒙又一定与政治运动相连。直到"五四"运动，个性解放的最明显体现便是妇女解放，新一代的知识女性为了婚姻自主或其他原因，作为个体从旧的家庭走出，这不仅是一个关涉婚姻家庭、伦理道德、个性解放的问题，同时也是一个政治问题，一个关乎中国社会现代化进程的重要部分。因为妇女问题涉及传统伦理中的三纲五常，它往往引起的是保守势力与进步势力的对垒和激战。为何女性问题在这一进程中如此重要，主要在于"在多数现代民族国家中，家庭被奉为民族道德的载体。国家之所以有责任教育和'解放'妇女，是因为有必要塑造出能够在生物学和文化意义上生育'优质'公民的高效母亲"。①这一分析基本上与林纾的思路合拍，所谓"但母教一节，已足匡迪其子"。

---

① 〔美〕杜赞奇：《从民族国家拯救历史：民族主义话语与中国现代史研究》，王宪明等译，南京，江苏人民出版社，2008，第9页。

第四章　哈葛德:"伦敦小姐之缠绵与非洲野蛮之古怪"

第一节　不该被遗忘的哈葛德

亨利·赖德·哈葛德(Henry Rider Haggard,1856～1925)是晚清文学阅读的"热门"作家,他的作品在近代中国被译介的数量仅次于柯南·道尔。

哈葛德是何许人?相信很多人已经不甚了了,今天他已经变成达姆罗什所谓"影子经典",但是无论从他在中国近代翻译文学中的地位,还是西方冒险小说的发展,甚至是对现代流行文化的影响等角度来说,哈葛德都不应该被忽略。

一、哈葛德其人

1856年6月22日哈葛德生于英格兰诺福克郡的布拉登汉(Bradenham,Norfolk),父亲是律师,有丹麦血统,出身于富商家庭的母亲曾出版过诗集。他在父亲的十位儿女中排行第八。早年的哈葛德并没有表现出令父母骄傲的天资,所以他的父亲宁愿花更多的钱财和精力培养他的哥哥。哈葛德先是师从一位牧师,最终在一所文法学校结束学业。他早年的生涯并不顺利,先是军校入学考试失利,之后又未能如愿考中不列颠外事部。1875年7月,不抱希望的父亲将哈葛德送往非洲做了南非纳塔尔总督亨利·鲍尔爵士(Sir Henry Bulwer)的秘书,原因在于这无须耗

图 4-1　1906 年《月月小说》创刊号上"英国大小说家哈葛德"的头像

资。两年后他被任命为特别专员,1878年哈葛德成为南非德兰土瓦省最高法院的书记员,接着他漫游了非洲和阿拉伯等地。因为工作关系,哈葛德接触了各色人等,英国政客、波尔农民、阿拉伯牧民、非洲土著人

等。这其中，他对非洲祖鲁文化特别有兴趣。值得注意的是，哈葛德在非洲游历与工作的时期，正是大英帝国的殖民政策饱受争议的阶段：他们先是兼并了波尔人的德兰土瓦省，接着发动了 1879 年的祖鲁战争和 1880 年的波尔战争。这些经历对哈葛德日后创作小说助益颇多。

哈葛德在非洲工作时与波尔人打了不少交道，主要是兼并波尔人的地盘。后来在著名的第二场波尔战争（1899～1902）中大英帝国体会到挫败感时，哈葛德早已离开了南非。不过南非生活也并非完全不值得回忆。年轻的哈葛德在那里努力工作，为的是能够赢得一份有薪金的活计可以回到英格兰娶他热恋的姑娘莉莉斯·杰克森。但这遭到他父亲的强烈反对。一直认为他不上进的父亲要求他婚前必须在南非获得一个成熟的职业前景。1879 年，哈葛德听说那个姑娘已经与别人结为连理。等他再回到英格兰时，他娶了妹妹的一个朋友，并将她带回了南非。在德兰土瓦，他们经营一家鸵鸟场并生育了一男三女，其中小女儿名叫丽丽萨（Lilias Rider Haggard）——据猜测这个名字是对他早年恋人的纪念，成了一位作家，日后为他父亲写了一部重要的传记《我遗落的斗篷》。[①]

由于德兰土瓦被割让给了荷兰，1882 年哈葛德夫妇回到英格兰定居，两年后哈葛德成了一名律师。但他的律师生涯时断时续，因为他把更多热情投入到了小说的创作中。作为大英帝国海外政策的忠实公仆，哈葛德还乡后仍然致力于农业改革，服务于当地政府。由于他对政府的忠诚，1912 年哈葛德被封爵，1919 年更是被升为更高一级的爵士（Knight Commander）。他自以为小说不是他的传世之作，他的真正"代表作"应该是关于英国乡村的调查《农夫年鉴》（1899）、《穷人和土地》（1905）及《英国乡村》（Rural England，1902）。后者是他 1901～1902 年对英国农业区调查的总结。调查称，英国传统的乡村在荒芜，农民无以为继只好进入城市。哈葛德代表当时的保守势力，幻想以保护关税来恢复地主的势力。列宁曾在他的《农业英国》中以负面的态度评价了哈葛德的论点，说他是一个"纯粹的资产者"。

哈葛德是一位多产作家，他总共出版了 68 部作品，其中名气最大的还是他一系列以非洲为主题的冒险小说。1885 年《所罗门王的宝藏》（King Solomon's Mines）引起轰动，哈葛德趁势直追，又写了"所罗门王"的续作《阿伦·考特曼》（Allan Quatermain，1887）和小说《洁斯》（Jess，1887），接着哈氏在文坛的成功接踵而至：《她》（She，1887）、

---

①　指的是 Lilias Rider Haggard，1951：The Cloak That I Left：A Biography of the Author Henry Rider Haggard，Woodbridge：Boydell Press。

《麦瓦的复仇》(*Maiwa's Revenge*，1888)和《克莉奥佩特拉》(*Cleopatra*，1889)等出版并获得了良好的反响。

二、哈葛德与新浪漫派小说

19世纪末的英国文坛，流派纷呈，维多利亚式的作家对生活一味乐观自信，陶醉于自我安慰；自然主义作家出于对现实的悲观，忧郁地描绘生活的污浊与不幸；象征主义者则干脆逃避死板庸俗的生活。哈葛德的小说基本属于英国小说中的新浪漫主义潮流。19世纪下半叶，虽然以狄更斯、哈代为首的现实主义已经占据主流，但是继承自悠久浪漫传统的新浪漫主义却在斯蒂文森、哈葛德的带领下仍然具有非凡的生命力。他们并不纵笔当代、直接描绘社会矛盾，而是用神秘的主题、曲折离奇的情节和旖旎的异域风俗，为维多利亚盛世时期的英国读者，摆脱平庸生活、获得美妙而惊奇的阅读体验提供了良药。因为这类小说与现实有一定距离，新浪漫派小说也被称为"逃避小说"(Escape Novel)。

哈葛德的小说充满了异域情调与行动精神，主人公经历奇险，探索古老文明，寻找失落的世界。他写作的年代正是西方人对世界版图重新测绘与发现的时代，那些在人类的知识与地理版图上空白或不明的部分迅速被新发现填满。失落文明废墟的挖掘、宝藏的发现、矿山的开采、财富的骤然聚集不断为非洲这片神奇大陆增添魅力，而那些被寻回的古老文明遗产常常被哈葛德描绘成西方现代人精神困顿的良药，含义异常深远。

哈氏的小说有一个核心模式：白人男性主人公，在某个虚拟的已失落的世界，完成一桩关乎道德意义的使命。其中既有冒险小说的特征，又有幻想的世界。尽管维多利亚时期人们已经接受了小说的虚构性，不再像18世纪笛福那样强调小说须是真人真事，但是哈葛德还是习惯上采用亲历者讲述的叙述方式，以增强奇谲变幻的冒险小说的真实性。他主要的几部小说开头都有一个引子(Introduction)[①]，一般是以亲历者写给作者一封信的方式开始，之后以第一人称叙事展开故事。

在介绍到哈葛德时，最常见的就是"他是小说《她》和《所罗门王的宝藏》的作者"。据不完全统计，《所罗门王的宝藏》现存至少29个英文版本，《她》也有18个英文版本。两者至少都有8次被搬上银幕。《她》描述一个名叫利奥的青年到非洲探询个人身世，想要解开祖先卡利克雷特的死亡之谜。在那里他遇到了已经活了两千年的女王阿霞。阿霞说利奥是

---

① 例如《所罗门王的宝藏》和《她》。

卡利克雷特转世，而且是她两千年来苦候的恋人。为了让情人跟她一样拥有永恒的生命，阿霞带利奥穿山越岭，希望他也踏入永恒之火以得到永生。为了消除利奥的疑虑，阿霞像两千年前一样踏入火中，没想到这次永恒之火却让永不衰老的她迅速干枯萎缩，形同木乃伊，并最终夺走了她的生命。

传说哈葛德在非洲期间与一位土著女孩有着"非同寻常"的关系，或许这可以部分地解释为何他的作品中原始文化里的女性总是被给予正面的描述，而且他作品的名字也总是与女性有关。这一特点为心理学分析提供了很好的案例，最著名的当然是弗洛伊德和荣格。荣格（C. G. Jung）在《探索心灵奥秘的现代人》（*Modern Man in Search of a Soul*）中把《她》中的阿霞当作了"阿尼玛"（anima）的原型。按照荣格的解释，"阿尼玛"就是人类原初的灵魂，表现为男性身上很少带有的一点女性基因。比如感性思维、对外貌美的沉迷、预感性、对自然的感悟等。不过"阿尼玛"也呈现两面性：她时而是优雅的女神，时而是诡异的女妖，她用各种各样的诡计捉弄我们，唤起幸福和不幸的幻觉，唤起忧伤和爱的狂喜。"阿尼玛"在古代曾显形为女神和女巫，中世纪以降，这一女神形象被天国圣母所取代。《她》中的女王阿霞正是引领现代人走向内心世界的不二向导。[①]作品中的叙述者霍利试图向女王阿霞解释基督教，而这位两千余岁的女王意味深长地说："各种宗教来了又去，种种文明去了又来，它们无一持久，惟有世界与人之原初本性永恒。（'The religion come and the religion pass，and civilizations come and pass，and naught endures but the world and human nature.'）"其中对人的精神本性的信赖也正是新浪漫主义的主要特征。

三、哈葛德的非洲冒险故事

19 世纪，考古界的新发现一次次震惊世界，欧洲探险家在非洲的经历风行一时。1802 年德国人 G. F. 格罗特芬德释读了世界上最早的文明——巴比伦文明的部分楔形文字；1821 年法国学者尚-弗兰索瓦·商博良破译罗塞塔石碑铭文之谜，这意味着埃及象形文字的解读有了重大突破；1843 年尼尼微古城由英国考古学家莱亚德首次发掘出土；1870 年德国人谢里曼发掘出《荷马史诗》中的特洛伊城遗址……围绕近东的世界文明之谜都有了重大突破，阿拉伯、非洲再次成为追寻人类文明起源的

---

① 参见〔瑞士〕C. G. 荣格：《探索心灵奥秘的现代人》，黄奇铭译，北京，社会科学文献出版社，1987。

举世瞩目的焦点。在哈葛德之前，也有不少小说家尝试在传统的冒险小说中注入古老文明的神秘因子，创作出带有幻想色彩的冒险小说，例如玛丽·福克斯的《新荷兰内地考察》(Mary Fox, *Account of an expedition to the interior*, 1837)等，但是，前人创作这类小说时，由于缺乏对土著部落的亲身了解，故事缺乏冲击力。哈葛德的优势在于，他个人在非洲的经历，正好让他能弥补这一遗憾，并给小说增添了超人的幻想空间。哈葛德创造了一个围绕非洲的神奇冒险世界，他第一次将已湮没的古老文明与冒险小说这一题材真正结合起来，骨肉相应，神秘诱人，使得通俗的冒险小说也具有了文化的高度与艺术的品位。

哈氏的小说常常体现出一种矛盾性：他一方面是大英帝国殖民政策的拥护者，也基本赞同他的朋友、著名作家吉卜林的观点"非洲是白人的负担"；但另一方面，哈葛德在非洲的广泛游历和切实体验也让他对欧洲闯入者的危险有所认识。《所罗门王的宝藏》中相对于野蛮嗜血的库库安纳国王与士兵，白人似乎很人道。考特曼在不得已杀死了一个士兵后，自责如此残忍，"很少会考虑到别人，多么自私的人类"。①但是同时考特曼又说，虽然他不甚了解绅士是什么样的人，但是他知道当地土著人是绅士，而那些有钱的白人却不是。②此外他对异域文化的多样描绘，特别是对祖鲁文化的喜爱与尊重在同时代作家中也实属罕见。

虽然哈葛德写作的是看似毫无政治色彩的冒险小说，但这类小说也常常带有维护殖民主义的英国政策或者是大国沙文主义的内容。"像吉卜林一样，哈葛德的世界里高贵、勇气与荣誉绝非某一种族的专有之物，不过'上帝'却绝对是个英国人。"③他的小说里非洲人虽然也会充当英雄角色，但无所不能的主人公一般则是典型的欧洲人。最显著的例子除去成名作《所罗门王的宝藏》，还有小说《洁斯》。《洁斯》描写的就是19世纪80年代初英国在南非著名的布尔战争。小说中的英国人个个正直勇猛，而布尔人的头目穆勒则是一个投机分子，准备依靠出卖自己的盟友来满足私利。《她》中两位英国人虽然一位貌寝难耐，但勇武智慧；另一位利奥更是带有希腊血统的美男子；深藏非洲腹地的那个会讲古希腊语、古拉丁语和阿拉伯语的女王，竟是一位皮肤白皙的绝世美女；科尔堡中那

---

① 〔英〕亨利·赖德·哈葛德：《所罗门王的宝藏》，张济明译，武汉，长江文艺出版社，2007，第139页。

② 参见〔英〕亨利·赖德·哈葛德：《所罗门王的宝藏》，张济明译，武汉，长江文艺出版社，2007。

③ Dani Zweig: *Belated Reviews*: *H. Rider Haggard*. http://www-users. cs. york. ac. uk/~susan/sf/dani/026. htm.

些野蛮混沌、丑恶残忍的“居民”的皮肤才是深颜色的。

作为通俗小说的一个类型，冒险小说中的绝对主角就是英雄。英雄的特征根据具体冒险程式中的文化动机与主题得到具体化。一般来说英雄有两种类型：一种是具有非凡才能与力量的超级英雄（superhero）；另一种是并非十全十美的、带有污点的人，所谓平常如“我们中的一员”（one of us）。前者一般提供给孩子或年轻人看，因为观众与“超级英雄”的关系如同孩子与父母，带有一种掺杂着嫉妒的归顺与似是而非的爱，感情非常复杂。而更世故的成人倾向于平常化的那类英雄，“他们往往出现于那些被认为是最好的‘成人冒险’故事的作家笔下，例如 H. 赖德·哈葛德、R. L. 斯蒂文森”，不同时期与不同文化下，那些危险、意义与兴趣的组合与侧重点也有不同，新时期就产生新的冒险程式。在时空上显得过于遥远的冒险境况试图退出现有的冒险程式，或者干脆跨入另一个文化区域。①

在《所罗门王的宝藏》和《她》的成功之后，哈葛德继续以大量的创作强化他的冒险幻想小说模式。之后的《明眸埃里克》（1891）、《蒙特族玛的女儿》（1893）、《古时艾伦》（1920）、《智慧的女儿》（1923）等，故事的场景从非洲腹地拓展到墨西哥、土耳其、冰岛以及其他未知角落，但是孤身英雄前往失落文明完成使命的形式却从未改变。他的小说对后来的作家影响巨大，即使是身为著名侦探小说家的柯南·道尔也禁不住涉猎这一领域，写了一部发现亚马孙高原隐居者的故事《失落的世界》（*The Lost World*，1912）。

哈葛德的小说在今天已经不像当年那样风行，不过他的影响不容忽视。哈氏作品中常见的深入“非洲腹地”的冒险之旅已经成了现代人的灵魂探索之旅。这一主题被很多作家所采纳，包括康拉德的《黑暗的心》，只不过，康拉德作品中美丽的异国情调，在哈葛德那里含有更多对殖民主义政策的美化。而哈葛德所创造的“失落的世界”类型已经影响了包括爱德加·巴勒斯的小说《人猿泰山》（Edgar Burroughs，*Tarzan of the Apes*，1912），以及好莱坞经典影片《夺宝奇兵》（*Raiders of the Lost Ark*）等在内的流行作品，而美国影星哈里森·福特所扮演的印第安纳·琼斯的身上无疑有着《所罗门王的宝藏》中的主人公阿伦·考特曼的影子。

---

① 参见 John G. Cawelti，1976：*Adventure*，*Mystery*，*and Romance*：*Formula Stories as Art and Popular Culture*，Chicago：University of Chicago Press，p. 40。

四、哈葛德作品的汉译状况

哈氏小说在英国风行的时代是 1887～
1930 年，他一生共创作了 68 部作品，其
中包括表现当代生活的《琼·海斯特》
（*Joan Haste*，1895）等，历史小说《克莉
奥佩特拉》（1889），非小说类作品《英国乡
村》，以及众多的关于非洲和异域冒险的
故事。①最有名的几部畅销小说几乎都在短
时间就有了汉译本，《所罗门王的宝藏》
（1885；林纾译为《钟乳髑髅》，1908）、
《她》（1887；曾广铨译为《长生术》，
1898）、《她》的续篇《阿霞》（*Ayesha*：*The
Return of She*，1905；周桂笙译为《神女
再世奇缘》，1905）、《阿伦·考特曼》（林
纾译为《斐洲烟水愁城录》，1905）、《明眸

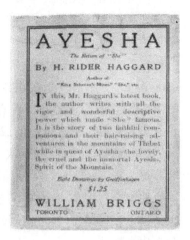

图 4-2 曾广铨译《阿霞》的原本
Ayesha：*The Return of She*，
1905 封面

埃里克》（*Eric Brighteyes*，1891；林纾译为《埃司兰情侠传》，1904）等。
哈葛德有一位朋友，名叫安德鲁·朗（Andrew Lang）。他是一位著名的
编辑、神话学者、民俗学家和古史学者，他对哈葛德奇诡而充满异国情
调的冒险小说创作帮助不少。有不少小说都是由两个人一起署名的。他
们曾共同写作了一本关于《荷马史诗》中奥德修斯历险的续集，起名为《世
界之欲》（*The World's Desire*，1890），1907 年被周作人译为《红星佚
史》。奥德修斯回到家乡伊大卡，发觉城邦被毁，阿芙罗狄忒指引他到埃
及寻找永生的海伦。因海伦佩有滴血的星石，所以周作人将译本更名为
《红星佚史》。

在所有哈葛德小说的翻译者中，林纾是一位绝对主力，到 1916 年哈
氏小说翻译有 31 部，其中 22 部都有林译。借助林译，哈葛德在中国大
放异彩。很多作家多年后谈起林译哈葛德小说仍然兴味盎然。哈氏小说
情节离奇，非常有趣味。周作人曾回忆与鲁迅同读林译小说的情景时说：

> 《埃及金塔剖尸记》的内容古怪，《鬼山狼侠传》则是新奇，也都
> 很有趣味。前者引导我们去译哈葛得，挑了一本《世界的欲望》，是

---

① 　参见 H. Rider Haggard，1998：*King Solomon's Mines*，*Introduction*，Oxford：Oxford
University Press。

把古希腊埃及的传说杂拌而成的，改名为《红星佚史》……后者更是爱读，书里边的自称"老猎人"的土人写得很活现，我们后来闲谈中还时常提起，好像是《水浒传》中的鲁智深和李逵。①

周氏兄弟作为新文化运动中的干将，经年后谈起哈葛德的小说，仍然念念不忘，足见哈氏小说对中国近代读者的非凡艺术魅力。钱锺书先生也在回忆儿时的情景时说："我清楚记得这一回事。哈葛德《三千年艳尸记》第五章结尾刻意描写鳄鱼和狮子的搏斗；对小孩说来，那是一个惊心动魄的场面，紧张得使他眼瞪口开、气儿也不敢透的。"②或者可以说，在英语世界就大受欢迎的哈葛德小说，原作本就引人入胜，林纾的"妙手"翻译使得它更吸引中国读者。

当然，后来林纾也因为翻译哈葛德的作品多而屡遭指责，最具代表性的批评者便是郑振铎。虽然在当时众多的对林纾的评论中，郑振铎的《林琴南先生》应该是较为客观公正的，但郑提到林译小说时，认为"除了科南·道尔与哈葛德二人的之外，其他都是很重要的，不朽的名著"，"可惜他的劳力之大半归于虚耗"。郑振铎认为这是口译者的失误，林译的哈葛德（23 种）和柯南·道尔（7 种）的作品总计 30 种，郑振铎认为 27 种都是"第二等"的。③然而事实是，在当时的英国，柯南·道尔和哈葛德都是名重一时的冒险小说的名家，如果单从冒险小说这一点看，林纾对译本选择的品位并不低。④钱锺书先生也曾在他的名文《林纾的翻译》"附记"中说"哈葛德在他的同辈通俗小说家里比较经得起时间考验，一直没有丧失他的读众"。其实问题在于新文化人不再钟情于通俗小说。

郑振铎的话至少有一个背景不能忽略：作为一位新文化人，郑振铎所代表的文学研究会是根本不看重通俗小说的。林纾的翻译小说最早带领他们走进西洋小说的殿堂之后，他们的热情早就从林译转到了"严肃的"高雅文学，批评林译选本不精的郑振铎当时正热心于翻译 1913 年刚刚获得诺贝尔文学奖的第一位东方诗人泰戈尔的诗歌以及介绍俄国及东欧等弱小民族的文学。⑤哈葛德的作品在 20 世纪初有一个译介的热潮，

---

① 周启明：《鲁迅与清末文坛》，北京，中国青年出版社，1957，第 27 页。

② 钱锺书：《林纾的翻译》，见《七缀集》，上海，上海古籍出版社，1994，第 83 页。

③ 郑振铎：《林琴南先生》，《小说月报》第 15 卷，1924 年第 11 号。

④ 参见孔慧怡：《还以背景，还以公道——论清末民初英语侦探小说中译》，见王宏志编：《翻译与创作：中国近代翻译小说论》，北京，北京大学出版社，2000，第 110～111 页。

⑤ 参见陈福康编著：《郑振铎年谱》，北京，书目文献出版社，1988，第 89～94 页。

20 世纪前十年，除去林译以外，仍然有 10 部作品被其他翻译者加以介绍，但在后来林纾做了大量介绍，并且部分作品引起关注之后，他的小说就鲜有译者光顾了。或许哈葛德对于今天的读者有些陌生，但柯南·道尔的很多作品至今仍然全球风行，因此郑振铎的判断未免过于武断。

其实早在 20 世纪 30 年代末，作家毕树棠在谈到哈葛德时就曾指出："一个外国人的作品有二十几部的中文译本，在过去的译书界里也算稀见，似乎也不应该忽略。"①到了 60 年代，钱锺书先生说："近年来，哈葛德在西方文坛的地位稍稍回升，主要也许由于一位有世界影响的心理学家对《三千年艳尸记》的称道。"1960 年英国还出版了一本哈葛德评传。水涨船高，也许林译可以沾点儿光，至少我们在评论林译时，不必礼节性地把"哈葛德是个不足道的作家"那句老话重说一遍了。② 钱先生指的就是荣格在《探索心灵奥秘的现代人》中提到了哈葛德的《黎明》和《女巫的头颅》，而且他还以《三千年艳尸记》为例解释了文学和心理学的关系。③而那本评传则是 1960 年出版的 M. N. Cohen 写的 *Rider Haggard：His Life and Works*。

郑振铎责难林纾翻译哈葛德的二流小说如此之多，原因在于口译者，这一结论也值得怀疑。日本学者樽本照雄认为郑振铎对林纾的这个评价有着重要意义，中国文学史上批评林纾是"不懂外语的翻译家"的最初来源就是此文。④但是樽本教授认为，这样的口述笔录方式也有好处，比如对个人来说，不必花大量时间学很多外语语种，"这是有效利用各人所长的翻译方法"，也是"成就林纾翻译的可能性"。⑤与林纾合译哈葛德的口译者主要有三位，他们同时也是翻译柯南·道尔作品的合作者：1908 年前，是魏易和曾宗巩，1908 年后基本上是陈家麟。这三位口译者都是林译的主要参与者，林纾晚年曾说："今已老，无他长，但随吾友魏生易、曾生宗巩、陈生杜蘅（即陈家麟——笔者注）、李生世中之后，听其朗诵西文，译为华语。"⑥说这些口译者文学素养不高似乎缺乏根据。

魏易，浙江仁和（今杭州市）人，字仲叔（聪叔），又字春叔，早年在上海圣约翰大学学习，曾供职于京师译书局，做过上海《译林》杂志的执

---

① 毕树棠：《科南道尔与哈葛德》，《人世间》，1939 年 8 月创刊号。
② 钱锺书：《林纾的翻译》，见《七缀集》，上海，上海古籍出版社，1994，第 101～102 页。
③ 中译本有〔瑞士〕C. G. 荣格：《探索心灵奥秘的现代人》，黄奇铭译，北京，社会科学文献出版社，1987。
④ 〔日〕樽本照雄：《林纾冤案事件簿》，李艳丽译，北京，商务印书馆，2018，第 375 页。
⑤ 〔日〕樽本照雄：《林纾冤案事件簿》，李艳丽译，北京，商务印书馆，2018，第 3 页。
⑥ 〔法〕沛那：《爱国二童子传二册》，林纾、李世中译，上海，上海商务印书馆，1914。

笔者，还曾任教育部翻译，京师大学堂英文教习。他是第一位翻译《马可波罗行纪》的中国人。魏易与林纾合作翻译的欧美作品多达 50 余种，数量仅次于陈家麟，林译的很多优秀之作都是与他合作的，例如迭更司（今译狄更斯）的《滑稽外史》（今译《尼古拉斯·尼古贝》）、《孝女耐儿传》（今译《老古玩店》）、《块肉余生述》（今译《大卫·科波菲尔》）、《贼史》（今译《奥利弗·退斯特》或《雾都孤儿》）、《冰雪因缘》（今译《董贝父子》），司各得（今译司各特）的《撒克逊劫后英雄略》（今译《艾凡赫》），斯土活（今译斯托夫人）的《黑奴吁天录》（今译《汤姆叔叔的小屋》），华盛顿·欧文的《拊掌录》（今译《见闻札记》），以及日本作家德富健次郎（今译常用德富芦花）的《不如归》。即使有些作品并非世界文学的经典作品，他的口译也是有相当水准的。因此有人说，假如林纾少了他魏易，那么决不会达到这样的成功。

陈家麟，字黻卿，直隶静海（今天津市）人。他与林纾合作翻译的作品数量多达 50 余种，其中包括众多的世界名著，一些非英语类文学是根据英译本转译的。他们的合作有：莎士比（今译莎士比亚）的《雷差得记》（今译《理查二世》）、《亨利第六遗事》（今译《亨利六世》）、《凯彻遗事》（今译《裘里斯·凯撒》）、《亨利第五记》（今译《亨利五世》），西万提斯（今译塞万提斯）的《魔侠传》（今译《堂吉诃德》），巴鲁萨（今译巴尔扎克）的《哀吹录》（含短篇小说四种，今译为《再会》《基督在法兰德斯》《红色旅馆》《征发兵》），另外还有托尔斯泰的很多作品。陈家麟与林纾合译的托尔斯泰作品曾引起了很大的社会反响，当时便有人说："俄国托尔斯泰，本其悲天悯人之怀，著为小说，蔼然仁人之言，读之令人泪下而不自知，如此何故耶？林译《人鬼关头》（今译《伊凡·伊里奇之死》）、《恨缕情丝》（包括今译《克莱采奏鸣曲》《家庭的幸福》两篇）等，皆至情至性，溢于纸上，无怪一编脱稿，万国转译，盛名固不易幸致也。"[①] 陈家麟还是托尔斯泰的名著《安那·卡列尼娜》的最早汉译者。

曾宗巩，字幼固，一作又固，福建长乐人，少年时代就读于水师学堂，1903 年入京师大学堂译书局任"口述"。他和林纾合作过达孚（今译笛福）的《鲁滨孙漂流记》和斯威佛特（今译斯威夫特）的《海外轩渠录》（今译《格列佛游记》），这样的鉴赏力恐怕也不是偶然的。

应该说，以上三位是与林纾合作翻译的 19 位口译者中，外国文学素养较高的，虽然在这几位口述者与林纾合作的翻译作品中也不乏域外二

三流作家的一般作品，但相比起同时代的"乱译"或"饥不择食"式的外国文学翻译者来说，他们的成绩已经可以说是骄人的了。即使是那些自己懂外文又独立执笔的名翻译家如周桂笙、徐念慈、包天笑、周瘦鹃所选译的，也未必都是名家名著，所以陈平原坦率地说："我倒怀疑当年倘若一开始就全力以赴介绍西洋小说名著，中国读者也许会知难而退，关起门来读《三国》、《水浒》。"①

　　在已经刊载的 23 种林译哈葛德小说中，有 17 种都印有 3 版以上，有的还印有 5 版、6 版。值得注意的是，从 1905 年至 1920 年多次再版的林译哈葛德小说进入 20 世纪 20 年代后突然走向沉寂，1921 年只出过《炸鬼记》一种，所有林译哈葛德小说在 20 年代似乎都未再版，并有两种未刊。想来这一方面是中国对域外文学的介绍越加成熟和具有选择力，已经从最初的"广译西书"慢慢向翻译西方经典文学发展；另一方面是由于国内日益动荡的局势，以及阅读品位日渐提高，读者不再单纯满足于哈葛德那些情节离奇的小说，因此销路成了问题，已经确立作家和译者职业化、市场商业化的小说自然要适当调整。30 年代在整个出版界只能找到两种哈氏小说。自此，哈葛德使中国读者着迷的时代一去不复返了。

第二节　首篇哈葛德小说的汉译《长生术》②

　　1898 年 8 月 17 日，《长生术》连载于《时务报》第 60～69 册，外加最后一集刊登在《昌言报》第一期。它的原本就是哈氏小说 She，这是哈葛德作品首次译成中文。在这个政论性报纸上一共曾连载小说 5 部，除去前边所说的四部福尔摩斯短篇故事，便是《长生术》。它是《时务报》上的最后一部，也是连载最长、字数最多的一部小说。与早期刊登在《时务报》上的四篇福尔摩斯故事没有署汉译者名字不同，《长生术》写的是"英国解佳撰，湘乡曾广铨译"。

一、从《时务报》到《昌言报》

　　《时务报》后期内部出现了分歧，汪康年按照张之洞的旨意，处处排挤梁启超，以致梁启超负气出走，到湖南任时务学堂总教习。所以自第 55 期以后，再也没有梁启超的文章。汪康年主持后，很快改弦易辙，向

---

① 陈平原编著：《中国小说叙事模式的转变》，北京，北京大学出版社，2010，第 101 页。
② 本节部分内容曾发表，参见《从〈长生术〉到〈三千年艳尸记〉——H. R. 哈葛德小说 She 的中译及其最初的冷遇》，《外国文学研究》，2011 年第 4 期。

右倾转变，深负读者厚望。为能够重新掌握《时务报》这块重要阵地，1898 年 7 月 17 日，康有为草拟一份奏折，交给御史宋伯鲁，由宋伯鲁转奏光绪帝，请旨将《时务报》收为官办，名叫《时务官报》，报馆由上海迁到北京。7 月 26 日，吏部尚书管学大臣孙家鼐复议"拟请准如所奏"，并向光绪帝建议，由康有为前往上海督办。光绪帝同意了孙的建议。汪康年见朝廷欲将《时务报》收为官办，便一方面请示张之洞采取对策；另一方面在京津沪各报发出告白，陈说《时务报》由个人创办，不应改为官办。同时，汪康年得到张之洞支持，悍然将《时务报》改名为《昌言报》，从而引起一场笔墨官司。

图 4-3　《时务报》第 69 册封面，上面连载《长生术》未竟，最后一章后来发表在《昌言报》上

　　《昌言报》创刊号与《时务报》蝉联，即《时务报》出完第 69 册之后，立即改出《昌言报》。为使读者了解改名原因，在《时务报》第 69 册封面上还单独贴了一张说明，上书："启者康年于丙申秋创办时务报，延请新会梁卓如孝廉为主笔，至今两年。现即奉旨改为官报。则时务报名目自非草野所敢擅用刻。即从七月初一日起谨遵六月初八日据实昌言之谕改为《昌言报》。一切体例均与从前《时务报》一律，翻译诸人亦仍其旧。"而《昌言报》第一期又注明"续《时务报》第六十九册"，前后衔接不误。第一期内首页就不厌其烦地将孙家鼐遵旨议奏折和御史宋伯鲁最初的"请将《时务报》改为官办"的奏折原文刊布，并在后边申明不能收为官办的理由。言语间有意将自己标榜为《时务报》的真正始创者，而把创办者之一且在编辑过程中出过大力的梁启超说成是仅有雇佣关系。所以该刊一出立即引起梁启超的强烈反驳，当日便写了一篇《创办〈时务报〉原委》发表在天津《国闻报》上予以澄清。接着，原创办者中的黄遵宪、吴季清也在《国闻报》上发出启事，进一步说明《时务报》的创刊过程。这场笔墨官司一直持续到 1898 年 9 月 21 日"戊戌变法"失败。以慈禧太后为首的顽固派对变法后的舆论十分不满，丧心病狂地发布了查禁全国报刊之谕。1898 年 11 月 19 日，《昌言报》第十期刊登了禁报刊之谕后，随之休刊。

二、译者曾广铨与域外奇闻《长生术》

《长生术》的译者曾广铨(1871～1940)生于同治十年(1871)一月二十六日江督署中，字靖彝，乃名门之后，是曾纪鸿第四子，抚给曾纪泽为嗣，曾国藩之孙。他精通英文、法文、德文。曾广铨自幼受其祖父曾国藩庭训，聪明好学，17岁就入县学。光绪十六年(1890)其父曾纪泽去世时，他刚20岁，以一品荫生特赏主事员外郎，兵部武选司。因他攻读了英语，光绪十九年(1893)冬，晋升兵部员外郎，被派充驻英使馆参赞。光绪二十五年(1899)任满回国。光绪三十年(1904)以候补五品京堂出使韩国大臣，时年33岁，为清代最年轻的大臣。曾广铨在出使韩国期间，继承其祖父曾国藩和其父曾纪泽的遗风，以俭养廉，发扬祖国的民族精

图4-4　《时务报》第60册目录。《长生术》在"附编"栏目中，目录下写有"THE CHINESE PROGRESS"(中国人进步)字样

神，曾影响一时。光绪三十二年(1906)因裁缺被召回。此后，先后任福建兴泉永兵备道、云南迤西兵备道、云南粮储道、云南盐运使。光绪三十四年(1908)任候补三品京堂出使德国大臣(未就任)。辛亥革命时，曾广铨解甲归田，居荷叶富厚堂以耕读为业。"七七事变"后曾广铨离开家乡，先去南宁，民国二十八年(1939)携侄女曾宝荪等避居香港，翌年三月二十三日因心脏病卒于九龙，享年70岁。

《长生术》连载于《时务报》时，曾广铨还在英国任驻英参赞。这或许是他任职期间的游戏笔墨。也正因他当时在英国，所以才选择性地翻译了一部当时哈葛德最风行的经典作品。不过这部作品并没有在中国引起多大反响。原因或许很多：曾广铨没有像时人风行的那样对这部作品进行解读与指导，所以读者不解其妙；《时务报》的读者只是把它当作域外奇闻而不是小说；加之国难当头的中国人对这个离奇的故事兴趣不大。

《长生术》被刊于"附编"栏目中，前面与之并列的都是"谕旨、奏章"栏，"英文译编""东文译编"等栏目，和它同期刊登的不仅有类似介绍外国新发明或者"中国时务"的文章，甚至也有"中缅暹三国交界图"这样的

地理绘图。即使是在同一个栏目"附编"中，也只有这一部小说，其他是类似《日本商约解义》或者《法国赛会物件分类名目》等文。特别值得注意的是，在《时务报》目录部分下列横向写有一句英文"THE CHINESE PROGRESS"（中国人进步）。不过反讽的是，它所刊载的这几个通俗小说实在是和中国急于富强的心态无大关系。如要勉强扯上干系，也只能是用来"广见闻"的，像早期《时务报》上的福尔摩斯故事是被当作犯罪实录看待一样，《长生术》也可能是作为域外奇闻被介绍的。

从篇名看，《时务报》上的这篇译文仿佛是介绍"长生之术"的文章，这个名字或许也是出于招揽读者的需要。"长生"字样出现在连载的第二册，即第 61 册。接续上一册的第 3 章：义父子两人破译了"砖铭"上的文字，说他的祖先的遭遇：有一女主，"此女主尝将瓦罐冠人首，知法术，能前知而不死。美而艳……长生火塔一，塔不死灭其声如雷"。父亲留给儿子的信中也说："今朕谆谆告诫尔曰：必学长生之术，求此妇人杀之，以释大仇。而若不能，则子子孙孙或有其人可在火中沐浴不死而王埃及。"[①]当然林译本中也有此语："诚告吾儿，趋昔斯亨，汝今往寻是人，学其长生之术，乘间杀之以报父仇，则吾愿也。设尔畏葸且虞功之不成，则以我言，遗诸来叶后世，必有一人能浴于火中，坐彼佛罗之位。"[②]

三、《长生术》的随意性

登载《长生术》以前，《时务报》上连载的福尔摩斯系列故事，都是短篇，其英文原本是侦探悬疑小说，其实是非常好的连载体裁。不过由于《时务报》不是文学刊物，没有过多版面留给小说，所以四部短篇小说，也都以连载方式出现。但是这四篇福尔摩斯故事的汉译只做到了每一部分的相对完整，还没有学会将噱头留在结尾，吸引急于了解结果的读者。

例如《呵尔唔斯缉案被戕》第一部分在《时务报》第 27 册，结束于呵尔唔斯对滑震讲述他全力调查莫立亚堆的犯罪情况，再有三天就可以结案了。第 28 册开端"维时余默坐屋内，详细筹划，门眘然而开，莫猝至"，接着就是他们两位风云人物的对话。其实如果善于使用连载技巧，这不足 20 字的句子完全可以放在第一部分结尾，吊起中国读者的胃口。但是编辑没有。

不过，虽然译者没有令呵尔唔斯的连载特征展示得淋漓尽致，但客观而言，其每一部分的内容也至少相对完整。从情节的分布来说，也都

---

① 《长生术》，《时务报》第 61 册。
② 〔英〕哈葛德：《三千年艳尸记》上卷，林纾、曾宗巩同译，上海，商务印书馆，1914，第 29 页。

基本上在关节点上分割，多少也都有些意犹未尽的地方。《呵尔唔斯缉案被戕》第二部分(《时务报》第 28 册)，结束于滑震如约登上火车，但是呵尔唔斯迟迟不见，"余于出门人中及送行人中遍寻之，皆未见"。这某种程度其实也吊起了读者的胃口，因为说好了在火车站相见的，但是他为何爽约？加之文章开头部分呵尔唔斯所描述的目前危险的处境，读者难免会做最坏的打算。《时务报》第 29 册上，开头接着上一期狐疑的滑震，说此时："有意大利教师，操英语……"原来是呵尔唔斯使用了高超的化装技巧，不仅骗过了莫立亚堆，也骗过了滑震。

　　与《时务报》上这些早期连载特征的差强人意相比，曾广铨译文的连载具有更大的随意性，甚至《长生术》的连载丧失了那四篇福尔摩斯故事的相对完整性，而是随刊物的版面随时终止，下一期继续。例如第 67 册上第 22 章只开始了两行，故事说到女王用意叵测，跟随他们的臣仆说："与其女主救而生"，便至此为止。十天以后出版的第 68 册上，仆人的这句话才继续道："不如听其自然而死。"一句话没说完就在中间戛然而止，已经影响了意思的表达。更严重的是，《长生术》在第 69 册上刊载到第 27 章的一多半，故事说到主人公从岩洞中终于脱身向回走，回程路途险峻，厉风戚戚。此时，"忽见一物飞来，将立我连头并足浑身盖住。余大惊，不知为何物。以手摸之，乃知为女主"，至此戛然而止。本应在第 70 册继续，但是《时务报》后改名为《昌言报》。因此，曾广铨译的《长生术》的结尾在"另一份报纸"《昌言报》的第一期上。

　　从每一期的连载篇幅看，《长生术》比过往连载福尔摩斯故事时所占版面要多得多。以前所连载的福尔摩斯故事，每一期平均只有 2 个页码(含正反两面)，但《长生术》的版面完全固定，除去最后一部分结尾刊登在《昌言报》第一期上只有 1 个页码外，《时务报》每册都是正好 3 个页码。因为固定要填满 3 个页码的原因，几乎每一册的结尾都是不完整的半句话。考虑到曾氏此时正在英国，估计是曾广铨将译稿全部寄回，由编辑决定连载的分割，因此相当没有规划。这与《时务报》前几册刊登的福尔摩斯故事的不同在于，因为那时报纸的译者本人也是编者，英文报译可能是随刊随译的，刊载的小说自然可以从文字上斟酌，从篇幅上规划，让每一部分相对完整。

　　曾广铨的译文仍然保留了哈葛德小说的章节数目，但翻译的是一个梗概，因为每一章都基本保持在 800 字左右。即使我们认为文言或半文言翻译比白话文要简洁，但看看同一部作品林纾翻译的《三千年艳尸记》——他所使用的是较为雅驯的拟古文①——短章也要 2500 字左右，长的章节更是多达 6000 余字。曾氏的处理方式既可能是出于版面的需要，也表现了对西方小说地位的随意性认识。它本来就是在一份认为"报馆有益于国事"的谈时务的报纸上充作一个附录，细节部分自然大可不必认真，编者只是将它作为一个奇谈怪想，当成是给读者的口味调剂。我们从短短的一篇引文便可见一斑。

曾广铨译本基本是以合并、省略甚至是篡改的方式翻译出来的。哈葛德的原文中，引文一部分说的是这部小说的缘起。作者强调故事并非杜撰，而是来源于一段邂逅。他与主人公两人早年有一面之缘，老者貌寝难耐，年轻人极其俊美，但是当年轻的男子与女孩亲热交谈时，老者色变，急速离开。这个细节对于我们理解后来

图 4-5　英文本小说中的古希腊铭文陶片拓片，在曾广铨译文中成了"贝叶书"，该图片也被删去

老者何礼和养子见到无比美貌的女王时，连带有些许"厌女症倾向"的何礼都无法摆脱"她"的吸引具有重要意义。但是在《长生术》中，西方人常见的舞会变成了"闲步市廛"的路遇，见女色变的情节一概隐去，变成作者、朋友以及主人公老少二人，共四人"同行而去"。叙述这一段"数年前"的见面，本是为了联系起作者突然又获得何礼的信和一本书，但是曾氏译本中这封信竟然是在他们分手后的"当夕"，自然信的开头本来说他们曾有一面之缘不觉已经数载，就变成了"迄今寒温已五更矣"②。这一段主要是为了简短，因为我们没有理由怀疑在英国驻守 6 年的曾广铨没有弄懂文意，也许曾氏干脆就是没仔细看。因为他或许以为这与主要情节无大关系。更严重的是，曾广铨借文发挥，小引部分哈葛德说到何礼寄给他的这封信里面夹着一些物证，potsherd，这应该是一些古老的写有古希腊文的破碎陶片，英文本第三章甚至有那些陶片铭文的拓片，以

---

① "拟古文"概念参见笔者拙著《林译小说论稿》，天津，天津社会科学院出版社，2005，第 11～47 页。

② 《长生术》，《时务报》第 60 册。

证明它的真实度。但是在《长生术》里，译者发挥道："卷中情节过奇，恐遭物议，因将原地古迹贝叶书石碑，均略检寄数件，以证吾说。"(林译也对此语焉不详，只是说"稿中尚有标识曰太阳王子及古物之余片"。)

希腊文陶片变成了贝叶书，这或许是因为在当时的中国兴盛已久的佛教研究使得近代文人更熟悉古印度的贝叶书，却对古希腊文化中的陶片铭文非常陌生。既然都是古物，都是古文明留存下来的文字记录残片，曾广铨自然就一厢情愿地把它发挥成了"贝叶书"。在带有佛教色彩的文字遗迹上写着关于"古埃及国王之女"和古希腊后裔的故事，中国近代读者也不觉得有何不妥。

第三章是最有意思的一章。因为这里的英文本穿插了那些涉及古文字残片的拓片大大小小 11 张图(楔形文字、古希腊文、古埃及象形文、拉丁文等)。文中叙述他们如何破译对照，英文文字达 3000 余字。曾氏译本的处理非常简单，应该也是出于报刊连载的有限版面需要，与出版单行本的林译不可同日而语。他只是说："检阅原古文，果系古希腊字，是埃及人所书，所译之英文尚属妥善。"几句完毕。林译本不厌其烦，将几乎整个过程，对译的意思等都译了出来，但是在原文有图片的地方都加了小字的注"原文不能书"。

四、《长生术》与林译《三千年艳尸记》

1901 年，上海商务印书馆出版林译哈葛德的《她》，名曰《三千年艳尸记》，它与曾广铨译的《长生术》相隔三年，但没有明显证据表明林译受了曾译影响。曾广铨翻译的时代还是 19 世纪末，1898 年的中国对西方的文明和知识还都处在蒙昧阶段，甚至一些地名、专有名词都还没有统一，更不要说读者对它们的熟悉程度。Africa 在曾氏本中被音译为"亚非利加洲"，1901 年的林译本则是"斐洲"；Athens 曾广铨译为"阿田"，后边加注"古希腊国都"，林译采用的是今天通用的"雅典"。

相对曾译而言，林纾的译本全面、准确得多。不仅细节保留，类似说主人公之一的何礼貌寝如同希腊神话中摆渡人过阴阳界河的"查伦"，以及写信的日期地点"某某堂在康布利(即今天所说的剑桥，笔者注)，五月一号，一千八百某年"等都有保留，而且文字流畅跌宕，营造了神秘的气氛。

《长生术》引文部分只写到作者看到书果然"异夫寻常"想寻找写信人的时候他们又去西藏了，于是"怅怅而罢"结尾。但是林译《三千年艳尸记》的"小引"不仅大略说了这个故事，而且特别说道"威英西及亚尔莎之感情"。这当然令读者特别关注了这部"神怪小说"中的情感问题。

英文原著中的第一人称叙述无论是在1898年的《长生术》中还是1901年的《三千年艳尸记》中都做了中国式处理，即加入了叙述者的名字。如"佳"（解佳，即"哈葛德"）或者"何礼曰"。曾氏译本中第一章开头："二十年前，礼在书院作夜工课。因试期在即，颇有自负之心，发愤为雄，用心良苦。惟所恨者，余相貌为天下之奇丑。"这里的"礼"说的是主人公之一，也就是主要叙述者"何礼"。后文又用了"余"，颇有些中国传统式的夫子自道。用这样的

图 4-6　林译《三千年艳尸记》封面

方式调和西方小说中常见的第一人称叙事，倒也是个高明的好方法。这至少可以减少中国读者的阅读混淆，分得清"小引"中的"余"说的是作者"解佳"；正文中的"余"指的是叙述者"何礼"。其实中国读者是可以分清的，因为即使是林纾本人在写翻译小说的序文时，也常常加上在今天读者看来多余的"畏庐曰"①等。

在述及主人公庞大而古老神秘的家谱时，《长生术》虽然也有省略，但是在将主干部分译出的同时，不忘对那些拗口陌生的外国名字做详注。例如在"伊昔士之僧徒"下面。曾氏写道："伊昔士，埃及女神，天乃其父，地乃其母。初天为其弟所杀，故从此有昼夜。昼则天生而太阳出，夜则天死而太阳入。固太阳每日死一次，每日产一新太阳。"（《时务报》第60册）他讲的是埃及女神伊西斯与奥西里斯的故事，据估计这一部分是在英文原本中就有的注解，因为哈葛德的书常常涉及古文明的问题，所以这种注释在他的小说中不会鲜见，不过这个注释是否准确有待考察。此外还有第14章对于古希腊神话中神能人语的故事加了详细的百余字的注释，这些在原本中是没有的。但是因为当时曾氏正在英国，因此查阅资料或求教他人要比他之前的《时务报》上的福尔摩斯英文翻译或者后来的林纾方便得多。但是在林译本中却没有对"伊昔司"做解释。林译本只是对文中的西方人名所具有的含义做了注释，例如"字义则美而强也""言多力之恨人"或者"亦报仇意"。

---

① 见《离恨天·译余剩语》《鬼山狼侠传·叙》，或者是"林纾曰"（如《荒唐言·跋》）。

原文中第 2 章的一句"at twenty-one he took his degree — a respectable degree, but not a very high one"被曾广铨译为"二十一岁考取举人"(《时务报》第 60 册），而林译则细致得多："直至于二十一岁，已得学位，虽非尊贵，然已动人。"①我们可以认为根本不懂外文的林纾无法理解 degree，但是却正是留过洋，相对时人来说非常熟悉西俗的曾广铨把它翻译成了"举人"。这意味着，译者曾广铨不是出于不理解，而是出于照顾 19 世纪末中国读者的心理。虽然有些可笑，但这也不失为一种方法。

哈葛德小说流行于 19 世纪下半叶至 20 世纪初的英国文坛，正是在这段时间，中国开始将眼光投向西方。如果说中国文学界必须选择一篇哈氏小说译介，那么至少选择《她》是对的，因为那正是当时英国的流行读物，是哈葛德继《所罗门王的宝藏》之后的第二篇畅销小说。但是可惜这样一篇通俗的冒险故事却出现在一个不恰当的时间：中国国势衰微民族危亡感盛行之时；不恰当的地点：首译阴错阳差地刊载在一份严肃的政论性报纸上。于是，哈葛德在近代中国的声望并没有凭借其名作《她》建立起来，哈氏成名要等到林译全本的《迦茵小传》之后。

第三节　《所罗门王的宝藏》与汉译《钟乳髑髅》

《她》是哈葛德的代表作，而《所罗门王的宝藏》则是他的成名之作，也是他冒险小说成功的开始。不过，与《长生术》一样，《所罗门王的宝藏》的汉译本也基本是在默默无闻的状况下进入中国读者视野的。

一、哈氏的成名作《所罗门王的宝藏》

众所周知，《所罗门王的宝藏》的创作与斯蒂文森(Robert Louis Stevenson)的《金银岛》》(*Treasure Island*，1883)有关。当时《金银岛》大获成功，哈葛德与他的兄弟以五先令的赌注为代价赌他可以写出有《金银岛》一半成功的小说。书稿于 6 周多后写就，但一直无人问津，因为哈葛德的前两部小说总共才卖出了不足 1000 本。在安德鲁•朗与 W. E. 亨利的劝说下，不久前出版了《金银岛》的卡塞尔公司(Cassel's)接受了哈葛德的这部书稿。小说于 1885 年 9 月 30 日出版，一举引起轰动。它不仅引得评论家刮目相看，而且获得了读者好评。评论界不吝笔墨，对这本书使用了诸多极端词汇，类似"世上最奇妙的书""我们所读过的，为男

---

①　〔英〕哈葛德：《三千年艳尸记》上卷，林纾、曾宗巩同译，上海，商务印书馆，1914，第 20 页。

孩——无论是老的还是年轻的——所写的最棒的书之一"等。在英国，这本书出版的第一年共售出 31000 本，而在美国仅出版当年便印行了 13 版。①这个数字远远超出了哈葛德前两部小说的销售总和，这不仅成为哈氏小说的一个无法超越的纪录，而且即使是 19 世纪的所有冒险小说也无出其右。

这本书的来源和蓝本经过众多研究者的挖掘，今天已经成为一个传奇性的故事。书中的主要人物与哈葛德在非洲的两个朋友有关，一个是他戴眼镜的同事，另一个是一位名叫考特曼的农夫。此外，1887 年哈葛德曾造访过一个钟乳石岩洞。还有他曾目睹的非洲女巫舞蹈、仆人的被杀、各种部落酋长之间争端的细节。再加上当时津巴布韦王国废墟的考古挖掘，据传可能与所罗门王与示拔女王有关联；此外还有哈氏个人的非洲旅行，以及出版于 1881 年的一部书，描述了一个伟大的猎手 F. 索罗斯(Frederick Selous)深入玛塔贝拉国(Metabele)的故事。②

小说采用第一人称叙事，叙述者就是主人公阿伦·考特曼。考特曼采用讲述一段惊险故事的口气，从开头说起：自己虽是欧洲人，但在非洲做猎手谋生，他在船上遇到两位白人——科提斯爵士与古德船长，他们邀请他一起去探险。科提斯爵士主要是去寻找曾去那里寻宝而失踪的自己的胞弟，而古德与考特曼则可以在那里找到传说中的所罗门王的宝藏。他们请了一位土著做领路人，此人名叫昂博帕。此人出身显贵，后来得知他竟然就是那片神秘国度早年征战中逃亡的皇室血脉。昂博帕后来在这三个白人的帮助下重登王位，白人也在昂博帕的支持下真的找到了所罗门王的宝库。但是经历了一番惊心动魄的冒险之后，他们获得的只是临危得以逃生的庆幸，只有考特曼手里带出的有限的珍奇财宝，仿佛还提醒他们这一切都是真的。不过，像所有的通俗小说都要有个大团圆的结局一样，《所罗门王的宝藏》结尾没有忘记科提斯爵士此行的目的，他们在回去的路上，见到了瘦骨嶙峋、已经被困多年的科提斯的弟弟。

与继之大获成功的作品《她》一起考察，我们发现《所罗门王的宝藏》中蕴含着一些哈氏小说特有的模式。

第一，哈葛德的这两部名作都与西方古典文化有着相当密切的互文关系。小说里常常有一个幻想中的王国，这个王国又总是与西方文化的

---

① Morton Cohen, 1968：*Rider Haggard*：*His Life and Works*, London：Hutchinson, p. 95.

② 参见"The Real 'King Solomon's Mines'"，*Cassell's Magazine*，转引自 H. R. Haggard, 1998：*King Solomon's Mines*, Oxford：Oxford U. P., p. Ⅹ。

两大源头有关：要么是希腊神话，要么是希伯来—基督教文化。《所罗门王的宝藏》中在藏宝的溶洞入口处立着三尊巨大石像：一女两男。这源自《旧约》中所罗门崇拜三位异教神而迷失信仰的故事：所罗门做王以后大兴土木，广纳诸邦女子为嫔妃，立埃及法老的女儿为后，七百公主为妃，三百美女为嫔。这些嫔妃在所罗门老了以后就诱惑他崇拜多神。所罗门为摩押人的神基抹和亚扪人的神摩洛在耶路撒冷对面的山上筑祭坛，他还崇拜西顿人的女神亚斯他录。这一女神就是腓尼基人的丰饶与爱神阿什塔特，后来成为希腊神话中的阿芙洛狄特。耶和华于是降罪于他的儿孙，让他的王国分裂。①这里的三尊石像所蕴含的故事其实已经向寻宝者发出了警告：过于迷恋财富会领你走上歧途。在《她》的故事开头，哈葛德甚至使用了互文为他的上一部作品做广告：本书的第一叙述人——也就是作者收到了一封神秘来信，信中称："我最近读了您写的一本描写非洲中部的冒险小说(指的就是《所罗门王的宝藏》)，对此很感兴趣。我认为书中的描写有些属于真实情况……我们的经历比您书中描述的冒险精彩多了。"②

与《所罗门王的宝藏》有异曲同工之妙的是，《她》的故事中，美男子利奥·文西的祖先给他留下了神秘的羊皮纸卷和残破的陶片，上面记录着他家族的历史和他的身世。利奥·文西是这个世界上最古老家族的唯一继承人，他的 66 代或 67 代直系祖先是埃及伊西斯女神的祭司之一，希腊人卡利克拉提斯(意思是力量之美)，这个希腊人的曾祖就是希罗多德所说的英俊勇敢的卡利克拉提斯。之后经历了罗马时代、查理曼大帝时代、爱德华王朝和征服者威廉时代……残破的陶片上记录了这个家族的老祖母阿米纳特丝和她的丈夫卡利克拉提斯的遭遇。陶片用安塞尔体希腊文书写，此外还有一个椭圆形的图案，用象形文字书写，意思是"太阳神之子"……

所有的这些为读者构筑了一个神秘而历史悠久的故事，它的盛行要归因于在哈葛德创作时世界古老文明的重大发现。以上的这些细节，在林译本的两部小说中均全部保留，个别地方还加以注释解读，有些地方甚至显得拖沓冗长。而曾广铨翻译的《长生术》在对待利奥的身世部分就有相当的省略。

第二，这两部英文小说中都有"女巫"形象。《所罗门王的宝藏》中的

---

① 参见《旧约·列王纪上，11》：3～13。
② 〔英〕亨利·赖德·哈葛德：《所罗门王的宝藏》，张济明译，武汉，长江文艺出版社，2007，第 223 页。

女巫加古尔苍老丑陋，像猴子一样干瘪，个头只有一岁孩子那么小，皱巴枯黄，手指如同爪子，嗓门尖细，嗜血而阴鸷。与之相反，《她》中的阿霞虽然已有两千多岁，但是她丰满妖娆，华贵迷人，浑身散发青春活力，具有一种美女蛇般的优雅迷人。"她的美不属于人类，只属于天上的神。"这一美貌令所有有幸一睹芳容的男子倾倒，无一幸免。她不仅面容娇美，声音悦耳，而且气质高雅纯洁，浑身散发着异香，美丽得让人窒息。就连自以为"刀枪不入"的何礼也完全失去了抵抗力。近代中国，读者还完全不具备《圣经》的原型意识，弄不懂西方文学中一再出现的"夏娃原型"和"圣母形象"，更遑论现代心理学知识，当然也就不知道"阿尼玛"为何物。所以看到两部小说中两位具有巫术的女子，一位奇丑无比，一位美艳惊人，其中到底意味着什么也不得要领。当然只有照直译出而已。

第三，关于爱情。"冒险故事的中心情节就是：英雄——个人或集团——克服障碍与危险，完成某些重要任务或道德使命。考验英雄的常常——虽然并不永远——是某些恶棍的阴谋，不过英雄也时常会得到一种侧面的补偿——一个或多个年轻美丽女性的爱慕。"[1]这类故事吸引人之处在于英雄的性格与那些他所克服的困难。这些可以说在所有故事中都广泛存在着，向前可以追溯到古老的史诗与神话。这类故事所暗含的基本道德幻想就是英雄赢得美人、勇气战胜死亡、正义打败邪恶。

两部作品都是讲述白种男人为了某个使命闯入一个神秘国度。在那里，往往会有一个土著女子深深地爱上一个白人，而白人又常常是在患难中体会了真情并与之滋生出感情，但这感情总是不得善终，那个土著女子一定会为她所爱的人献出生命。在《所罗门王的宝藏》中库库安纳国的女子芙拉特倾心照看重病中的古德船长，却在所罗门王藏宝的山洞中丧命。《她》中勾画了科尔平原上被遗忘的阿迈赫加族人，他们天真美丽的姑娘尤斯坦，全身心照看罹患热病的利奥，在受到"不可违抗的她"——阿霞出于嫉妒所发出的警告后，仍然无所畏惧，她说"我的爱比坟墓还要深"，最终她为爱情献出了生命。

不过尽管如此，近代汉译者还是基本分辨出哈葛德所擅长的主要小说类型不出"言情"与"探险"两门。[2]既然把这两部都归入探险小说中，那么虽然翻译笔墨在爱情上没有节省，但是在解读上都没有再过多加以关注，反

---

① John G. Cawelti, 1976：*Adventure*，*Mystery*，*and Romance*：*Formula Stories as Art and Popular Culture*，Chicago：University of Chicago Press，p. 39~40.

② 林纾：《钟乳髑髅·序》(1908)，见林琴南：《林琴南书话》，钱谷融主编、吴俊标校，杭州，浙江人民出版社，1999，第97页。

倒是在哈葛德反映当代英国生活的平庸小说如《琼·海斯特》(汉译《迦茵小传》)等作品中特别放大了爱情的牺牲主题(详述见第四章第四节)。

二、林译小说《钟乳髑髅》

1908年，上海商务印书馆出版了林译小说《钟乳髑髅》①，它的原本就是《所罗门王的宝藏》，汉译本的书名来源于小说中的情节。阿伦·考特曼与科提斯爵士等一行四人由女巫带领进入藏宝的岩洞，岩洞是一个钟乳石岩洞，所以称为"钟乳"；其内庄严雄伟，有一个长方石桌，末端有高大的死神像，塑成人类的骷髅样，其两侧排列着历代库库安纳国王的尸体，他们大多被特殊处理成了钟乳石：溶洞中自然滴下的硅酸盐溶液为尸体自然形成了裹尸布……此所谓"髑髅"。看得出起这个书名完全是出于商业考虑，因为它只是特别突出了小说情节中最耸人听闻的一个部分，

图4-7　《钟乳髑髅》第二集
第十四编封面

原文本的名字"所罗门王的宝藏"是一个具有相当浓厚西方文化色彩的题目，提起这个名词，西方人自然就联想到神秘、富庶而奢华的宝窟，它一直存在于历代人的传说中，却一直是一个谜。这部小说的首个汉译本将原有的通俗而又具有文化象征意义的名字改装成一个危言耸听的名字，突出了它的通俗小说性质。书前的序言部分，林纾也一改他所习惯的在序跋部分长篇大论，只写了大约200个字。行文中他也未对作品细节加以有效利用和阐释，只是提到这本书虽然是说探险的，"然归本于亨利之友爱……此亦足愧天下之阋墙者矣"，这只是提醒读者注意到小说中"悌"——兄弟友爱。只此一句，没有再强调其他。

汉译本的《钟乳髑髅》没有引起太多的关注，不论是译者林纾本人，还是林译小说的追捧者都没有注意到小说中可以利用的或者是可以政治化的细节，包括近代以来被中国人深深体会到的西方人的攫取精神，或

---

① 本书的内页署名与林译的大多数小说不同，他将口译者写在了自己名字的前面"英国哈葛德著，长乐曾宗巩口译，闽县林纾笔述"。原因是否可以理解为本书曾宗巩出力最多？

者是自明末以来西方天文推演与王朝更迭之间的微妙关系①。《所罗门王的宝藏》中有相当多的细节体现了 19 世纪西方文明的精神以及小说写作时代的背景，例如勇于冒险不惜代价的精神，以及现代西方人对文明世界的厌倦。小说中，祖鲁人昂博帕唱了一首祖鲁民歌，说的是一些勇敢的人厌倦了生活与教化（the tameness of things），出发去荒野猎取新奇，去直面死亡。昂博帕说：“人活着就得在风浪中拼搏，只要能勇敢地走自己的路，就是辉煌壮丽的一生。人生在世，总有一死，只是迟早而已。”②这可以说与中国传统的生命价值观迥然不同，但是都没有引起汉译者的注意或者是重视。

《所罗门王的宝藏》第 18 章，寻宝的三个人被困密室，突然他们在黑暗中发现了石阶，临走之前，考特曼抓了几把钻石，科提斯爵士和古德则没有顾得上。“读者朋友，如果你舒舒服服地坐在家里，想到我们就这样轻而易举地放弃巨额财富，一定会觉得荒唐好笑……”但考特曼说：“对我来说，向来不会丢掉任何有用的东西，这已经变成了一种根深蒂固的习惯。只要有一点带出去的可能，我都不怕任何麻烦。”③林纾的翻译是：

> 读者但闭目思吾状，似此连城之宝吾辈以求生之故，乃弃之如遗，吾实告诸读吾书者，苟径行一地，至二十八点钟，深知食饮皆穷，则亦决不思及金钻，但能出诸地，心则为乐，当狂而无艺。非余以财宝为命，亦决不留意。及此亦不至于生机甫动之先，即为攫取也。④

他已经把考特曼的思想活动如实翻译出来，其中所带有的永不餍足的西方精神并没有受到林纾的特别关注，他的翻译没有任何删译、添译或者取便发挥，也没有在序跋部分特别强调。

---

① 小说第十一章《彰显神意》，说到库库安纳国王不得人心，考特曼、古德船长和科提斯爵士帮助昂博帕重登王位。为了震慑土著人，让他们理解昂博帕才是真天子，白人们按照他们的历法推算出日食，以此为神兆。

② H. Rider Haggard, 1998: *King Solomon's Mines*, Oxford: Oxford University Press, p. 23.

③ 〔英〕享利·赖德·哈葛德：《所罗门王的宝藏》，张济明译，武汉，长江文艺出版社，2007，第 200 页。

④ 〔英〕哈葛德：《钟乳髑髅》，林纾、曾宗巩译，“林译小说丛书”第二集第十四编，上海，商务印书馆，1914，第 114 页。

《她》与《所罗门王的宝藏》是哈氏最具代表性的两部小说，但是在中国都没有得到相应的回响。不是小说中没有近代中国人所感兴趣的话题，也不是不具备能被有效利用的政治化解读的资源，而是汉译者没有故意加以如此这般的"过度阐释"，因为他们或许没有将注意力放在这两部作品中。而哈葛德其他不甚著名或者是在英语原本中无甚特色的作品却阴错阳差地得到了汉译者的垂青。

第四节　被道德僭越的爱情——哈葛德的言情小说译介

在西方，哈葛德最出色和闻名的作品都是他的非洲（古文明）冒险系列，但是在中国，读者最熟悉的是《迦茵小传》，出版社极力举荐的"哈氏第一书"是他的《黎明》（*Drawn*，1884），即林译"社会小说"《橡湖仙影》，因为："是书为林琴南先生最经意之作，视迦茵及红礁画桨二书尤多精采，哈氏诸书专工言情，其脉络贯穿处非二女争一男即二男争一女，此书则兼而有之。奇情秘事动荡心魄……哈氏第一书亦林氏第一书也。"[①]

其实，《黎明》与《女巫的头颅》（*The Witch's Head*，1885；汉译《铁匣头颅》，1919）是哈葛德早期创作的两部小说，都不成功，此时蜚声文坛的《所罗门王的宝藏》还没问世。这两本书的销售业绩都很差，总计售出不足 1000 本。这样的成绩让哈葛德颇为沮丧，他甚至想着终止创作，重新回到南非或者在英国本土谋求法律事业的发展。而此时，《所罗门王的宝藏》的成功挽留了他。尽管中国翻译的第一本哈氏小说也是他的名作《她》，但是《长生术》的译者曾广铨所署的原著者"解佳"很难与后来名声大噪的林译"哈葛德"一下联系起来，因此《长生术》在中国近代文坛半温不火。比起同在《时务报》上亮相的福尔摩斯，哈葛德的小说属于慢热型了[②]，因为直到 1905 年林纾发表了全本的《迦茵小传》，引起一段文坛公案，哈葛德才真正为中国读者熟知。

一、迦茵的高调出场

陈源曾说："《迦茵小传》我只读过原文，我觉得情节的结构，人物的描写，一无可取，比《茶花女》还低几格，简直想不懂为什么这本书特别

---

① 《红礁画桨录》卷下封底广告，见"说部丛书"初集第四十五编，上海，商务印书馆，1914。
② 福尔摩斯故事于 1896～1897 年在《时务报》连载后不久，就结集出版《包探案》，上海素隐书屋 1899 年初版，1903 年文明书局再版。

图 4-8　*Joan Haste*。1895 年英文本第一版中 F. S. Wilson 所绘制的插图。1926 年农隐的文章《爱的历史》插图使用了这幅，另有 17 幅均为同一来源

邀中国人的赏识。"①西滢先生的一句笑谈今天真的可以认真回味。但是直到 1926 年，迦茵还是一位妇女界的标志性人物。《妇女杂志》第十二卷第七号"爱之专号"上载农隐的文章《爱的历史》，文章从"无生物上所见的似爱之现象"说到"生物之爱""人类的爱"，又分了"希腊人的爱""罗马的爱""西洋的中世的爱"等。文中穿插了《迦茵小传》的原版插图 18 幅。它所依据的版本是 1895 年 8 月 London：Longmans，Green，and Co. 出版的，此书带有 F. S. Wilson 所绘制的 20 幅插图。《妇女杂志》上所选的第一幅插图下面写着：

> 迦茵小传一书，系哈葛得原著，有林琴南魏冲叔两先生同译，出版以后，阅者多谓与……是书记述迦茵女子的哀情，深刻万分，阅者无不感动。偶就败簏中，觅得原著中附列的图画数幅，活泼如生，知非俗人手笔，特付刊制版，未便将来附入原译本中，冀成完璧（原文如此）。今敝社发行"爱之专号"，深感缺少关于爱情的图画，故不以此项解释不完的残稿为嫌，插入卷中，并供一般爱读是书者，作娱目之举。或可作为画家临摹的粉本云。

长文末还附有农隐选摘的"男女相爱中的经历谭"，都是从《迦茵小传》中摘录的。如"尔试思之，男女学问性格不同，既为夫妇，安有倡随之乐。

① 陈西滢：《西滢闲话》，北京，人民文学出版社，2000，第 35 页。

图4-9　《迦茵小传》上卷封面

（来文杰示迦茵语)"等共5条。①哈葛德小说如此之多，他在西方最有名的作品也不是言情小说，而林译小说文笔涓洁的也不只《迦茵小传》，何以就是"伦敦小姐之缠绵"如此受欢迎？这应该不单是一个偶然。因为，通过那些风行的而未必是伟大的作品，我们往往可以看到颇富意味的、隐蔽的，但又常常是最有普遍性和代表性的社会心态。

　　1905年2月13日，上海商务印书馆出版了林纾与魏易合作翻译的全本《迦茵小传》。《迦茵小传》的原本是哈葛德在英国并非代表作的 *Joan Haste*②(1895)。故事讲身世不明的女子迦茵，随姨母一起生活。勋爵之子亨利本为海军船长，因家中遭遇变故，回家处理事务，在回家途中偶遇迦茵，两人顿生情愫，且私定终身。但亨利家濒临破产，除非他迎娶带有巨资陪嫁的来文杰之女爱玛。然而亨利与迦茵两情相悦，而且已有了爱情结晶，此时，亨利之母出面恳请迦茵离开亨利，她令迦茵做出选择："究竟女郎不嫁亨利优耶？抑令吾家受逐于人，奔越出罗司汉（亨利的家乡——笔者注），尽丧其家誉优耶?"③于是迦茵为了亨利的家庭，主动退出。最终，迦茵为了保护心上人免遭情敌的毒手，化装成亨利，代为受死。

　　这部小说的第一个译本是包天笑和杨紫麟合作翻译的，叫《迦因小传》，与林译《迦茵小传》一字之差，最初刊载于《励学译编》第一册(1901年4月3日)—第十二册(1902年2月22日)，署名蟠溪子、天笑生。这是包天笑从事小说翻译的第一部书，笔调无疑颇受当时流行的林译小说的影响。林纾对于这个译本也颇为欣赏，称其"译笔丽赡，雅有辞况"④。但是在包、杨译本中，故事是残缺的，他们声称只得到原著的下半部，因此只有迦茵为了亨利的家庭大局而牺牲个人幸福、自动退出的部分，迦茵私怀身孕一节被隐去。

①　妇女杂志编：《妇女杂志》第十二卷第七号（民国十五年7号），1926，第144～177页。
②　小说最初名为《有故事的女店员》(*Shopgirl with a Past*)，后来连载时改名为《罪者之路》(*The Way of the Transgressor*)，因为被指与另一位作家的小说有重名之嫌，后来才改为《琼·海斯特》(*Joan Haste*)。
③　〔英〕哈葛德：《迦茵小传》，林纾、魏易译，北京，商务印书馆，1981，第202页。
④　〔英〕哈葛德：《迦茵小传》，林纾、魏易译，北京，商务印书馆，1981。

　　林译《迦茵小传》出版不久，在《新小说》十七号（1905）上金松岑发表了《论写情小说于新社会之关系》，文中攻击了林译《迦茵小传》的全译本，说林译虽然全面，但破坏了由蟠溪子、天笑生的译本所形成的迦茵的美好形象，而且社会影响恶劣，"女子而怀春，则曰：我迦因赫斯德也，而贞操可以立破矣"，因此说包、杨译本的"半面妆文字，胜于足本"。①改良派的钟骏文，批评林纾"凡蟠溪子所百计弥缝而曲为迦茵讳者，必欲历补之以彰其丑。""亦复成何体统！"②

　　面对这样的攻讦，林纾对此进行了回应。他在1905年刊行的《洪罕女郎传·序》中讲了一个佛教故事：摩登伽女引诱阿难，女子"淫躬抚摩，将毁戒体"，直到世尊"宣说神咒"解除恶咒。林纾认为，阿难的错只是"在以眼色为缘耳"，但世界上何止只有一个摩登伽？他自表曰："前十年译《茶花女遗事》，去年译《迦茵小传》，今年译《洪罕女郎传》，其迹与摩登伽近。"如果读者诸君不能固守明心，和译者有什么关系呢？"须知无外道之扰，亦不足以见正法眼藏。寂照之义，何尝非心？学者之误，不误在迷，误在悟中之迷。"因此"世尊鉴之，花眼相荡，结而成翳，弟子守定涅槃常住之义，花当奈何，翳当奈何？所愿读吾书者，常持此心如畏庐也"。③反正林纾告诫读者读这种"危险"的书需要警惕不要受此"外道之扰"。在1906年印行另一本"粉黛之作"《红礁画桨录》时，林纾吸取了《迦茵小传》的教训，"恐此书出，人将指为西俗之淫乱"，干脆提前在序言中表明个人心迹："倡女权，兴女学，大纲也。轶出之事，间有也。今救国之计，亦惟急图其大者尔。若挈取细微之数，指为政体之瘕痏，而力窒其开化之原则，为不知政体者矣。"④

　　林译《迦茵小传》的"公案"常常被用来佐证近代中国翻译文学所面对的复杂读者群和脆弱的读者心理，但有心人应该看到"迦茵"和"茶花女"译作出版相隔大致七年，不过作为西洋言情小说的确有些相似，难怪包天笑追忆当时的情形时说，杨紫麟从旧书店买到一册外国小说，读了很有兴味，说："这有点像《茶花女遗事》，不过茶花女是法国小说，这是英

① 松岑：《论写情小说于新社会之关系》，《新小说》，1905年第17号。
② 寅半生：《读〈迦茵小传〉两译本后》，《游戏世界》，1907年第11期。见陈平原、夏晓虹编：《二十世纪中国小说理论资料第一卷（1897—1916）》，北京，北京大学出版社，1989，第229页。
③ 林纾：《洪罕女郎传·序》（1905），见林琴南：《林琴南书话》，钱谷融主编、吴俊标校，杭州，浙江人民出版社，1999，第38～39页。
④ 林纾：《红礁画桨录·序》（1906），见林琴南：《林琴南书话》，钱谷融主编、吴俊标校，杭州，浙江人民出版社，1999，第59页。

国小说。"①二人由此才触发起翻译的念头，动手将它合译出来。

二、《迦茵小传》与它的并称者《巴黎茶花女遗事》

众所周知，《巴黎茶花女遗事》是林译小说中的出名之作，原作是小仲马(Alexandre Dumas fils，1824～1895)的《茶花女》(*La Dame aux Camélias*，1848)，口译者是王寿昌，署"晓斋主人口译，冷红生笔述"。最早的译稿 1899 年 2 月在福州印行，收藏家所谓"林氏家刻本"，因为里封的底部有林纾自题"己亥正月，畏庐版藏"字样。它由魏瀚出资，名刻吴玉田镌版，木刻大巾箱线装本，书末有"福州吴玉田镌字"。几个月后，上海素隐书屋出版，里封"己亥夏素隐书屋托昌言报馆代印"字样，铅印线装，此即汪穰卿本②，世称"素隐书屋本"。之后依次有 1901 年玉情瑶怨馆刊本(红印本、黑印本)，1903 年文明书局刊本，以及商务印书馆本、广智书局"小说集新"第一种本、新民社袖珍本、知新书社本、春明书店本、复兴书局本、文力书局本、文新出版社本等，林译《茶花女》先后再版多达 20 余次。③若再算上后来的其他译者的译本，至 1993 年止，这部小说在中国已有 16 个不同的译本，总印数超过一百万册。④这些数字说明两件事：一是林译茶花女在很长一段时间内风行不止；二是小仲马的《茶花女》这部作品本身魅力不凡。

巴黎名妓马克貌美无比，被人称为茶花女，与没落贵族青年亚猛情深意笃，但碍于封建伦常与门第观念，他们的爱困难重重。直到亚猛之父私下与马克相见，晓之以利害，说如果亚猛与出身娼门的马克结合，不仅亚猛名声受辱，而且他妹妹的婚事也将因此而毁于一旦。此时面对亚猛之父的马克与面对亨利之母的迦茵处境是相同的：亚猛的身家清明与其妹是否能有"室家之庆"全系大局于马克掌握之中；而亨利全家能否摆脱破产的困境也全由迦茵决定。的确如恩格斯分析的那样："娶妻乃是一种政治的行为，乃是一种藉新的联姻以增进自己势力底机会；起决定作用的是朝廷底利益，而决不是个人的情感。"⑤

---

① 包天笑：《钏影楼回忆录》，上海，上海三联书店，2014，第 167 页。

② 即前文所言汪康年(1860～1911)，字穰卿，曾任《时务报》总理。《时务报》自第 70 册改为《昌言报》后，亦由他接办。

③ 参见阿英：《关于〈巴黎茶花女遗事〉》，《世界文学》，1961 年第 10 期。

④ 参见北京大学中法文化关系研究中心、北京图书馆参考研究部中国学室主编：《汉译法国社会科学与人文科学图书目录》，北京，世界图书出版公司，1996。

⑤ 〔德〕恩格斯：《家庭、私有制和国家的起源》，张仲实译，北京，人民出版社，1954，第 74 页。

《茶花女》是法国小说,《迦茵小传》来自英国,不同国度的两部爱情小说竟然抽离出同一个主题,同一个模式。于是一般的通俗小说中的冲突被简化为一个地位不高的女子面对个人幸福与心上人的大家庭利益之间难以决断的困境。值得注意的是,在这样的困境中,这两部小说的女主人公都为了他人而选择了牺牲个人幸福。被激赏的主人公在道德要求下,牺牲了自我真正的需求。

共同的模式凸显了,它要有三个必不可少的人物:一个道德宣讲师——亚猛之父或者亨利之母;一个无过错的不知情者——亚猛或亨利;一个最终"深明大义"肯于牺牲的女子——马克或迦茵。于是我们看到,一直被视为"自由恋爱"典范的"反封建"的西方言情小说竟然呈现了似是而非的模糊面貌。难怪林纾可以将妓女马克比之于士夫,"而士夫中必若龙逢、比干之挚忠极义,百死不可挠折,方足与马克竞"。(林纾:《信陵骑客译〈露漱格兰小传〉序》)龙逢、比干被桀、纣所杀而终不悔,正如马克为亚猛而死也无怨。而"迦茵一传,尤以美人碧血,沁为词华。余虽二十年庵主,几被婆子烧却,而亦不能无感矣"。[①]相信感动译者和读者的,最初是纯粹的感情,可未必所有的读者都只愿如此单纯:爱情的坚贞固然令人动容,马克和迦茵为爱所做的牺牲似乎更与国情相符。所谓"自《茶花女》出,人知男女用情之宜正"[②],不然何以金松岑批评林纾译了全本的《迦茵小传》之后会破坏世风,"迦因人格,向为吾所深爱",这"人格"里绝不仅是爱得深而已,因为包、杨译本中唯独保存下了迦因的"牺牲",却故意隐去了前半部因为两人爱得热烈而越出了礼防。[③]在贯穿着"情"与"欲"双重线索的故事里,迦因变成了无欲之情的化身,即使是林译全本的迦茵,也有意指出这"情"和"欲"含的是"德"。原来,在打动中国人半个世纪之久的爱情小说里,我们读出的便不只是无欲之情的化身"爱情",还有更重要的个人"牺牲"。

中国传统中的儒家思想一直是以"天地君亲师"等具有普遍性的概念为行为准则的,中国近代社会的变迁,西方思想的引进和冲击,使得价值的判定不能再简单地以传统的普遍性概念来进行。作为文学领域中较早出现的西方言情小说,尤其是《巴黎茶花女遗事》和《迦茵小传》,它们

---

① 〔英〕哈葛德:《迦茵小传》,林纾、魏易译,北京,商务印书馆,1981,第 125 页。
② 陈熙绩:《歇洛克奇案开场·叙》,上海,商务印书馆,1908。
③ 虽然包、杨译本的确只得到了书的下半部,却也是有意删节了所有迦因私怀身孕的情节。参见沈庆会:《谈〈迦因小传〉译本的删节问题》,《华东师范大学学报(哲学社会科学版)》,2006 年第 1 期。

所代表的是以个人和自我为中心的话语方式，但进入中国语境后，便自然发生了一个普遍性的道德化逆转，或曰误植。正如汪晖所描述的，20世纪初的中国，虽然个人和自我观念的提出都是与西方直接相关的，但对它的分析不应被简化为一个西方的副本或固定不变的概念，因为"中国现代思想中的个人观念与对集体的归宿感的联系是非常显然的"。①

三、对迦茵的有效利用

吴趼人在1905年出版的《小说丛话》中说广东的"木鱼书"（弹词曲本之类），"要其大旨，无一非陈说忠孝节义者，甚至演一妓女故事，亦必言其殉情人以死。其他如义仆代主受戮，孝女卖身代父赎罪等事，开卷皆是，无处蔑有，而又必得一极良之结局"。②除去"极良之结局"，《茶花女》和《迦茵小传》与中国人所熟悉的那种精神特质别无二致。马克是典型的"殉情人以死"的妓女，迦茵也无非是如"义仆"般替情人受难。难怪来文杰听了迦茵的决定夸赞她："此语出之忠义之肠，老夫佩女郎盛德。"③亨利的母亲说："此女乃高义干云。"④比附起来，马克和迦茵的爱情还是脱不了这"忠孝节义"，正如卢文芸的描述，此时爱被抽象出来，成为爱的法则，由两情相悦变成了沉重的十字架。当爱情被理解为或被塑造成牺牲，感性的爱就被抽离了，牺牲便僭越了爱情的主题，附上了道德的色彩。⑤

看来，西方的爱情自由、婚姻自主这些所谓的个性解放还是要与中国的家族主义和道德观念相连才更容易被中国读者接受。从这个意义上说，马克和迦茵只不过是具有崇高品德的奴隶，她们的爱情成了道德的祭品，成了一种自我折磨，正是在这种折磨和苦行中，中国的读者读出了感动。而受此影响的民初言情小说创作，多是悲剧结局的哀情小说，西洋小说中澎湃恣肆的爱情变成了民初小说中爱的无力。⑥

---

① 汪晖：《个人观念的起源与中国的现代认同》，见《汪晖自选集》，桂林，广西师范大学出版社，1997，第38～39页。

② 研：《小说丛话》，《新小说》，1905年第19号，见陈平原、夏晓虹编：《二十世纪中国小说理论资料第一卷(1897—1916)》，北京，北京大学出版社，1989，第85页。

③ 〔英〕哈葛德：《迦茵小传》，林纾、魏易译，北京，商务印书馆，1981，第125页。

④ 〔英〕哈葛德：《迦茵小传》，林纾、魏易译，北京，商务印书馆，1981，第203页。

⑤ 参见卢文芸：《林译〈茶花女〉撼动中国的岁月》，载《文艺理论研究》，1999年第1期。

⑥ 袁进认为翻译小说对中国民初言情小说的影响有两个重要的方面：牺牲精神和忏悔意识。前者使得逾越礼教的爱情"得到读者的认可"，后者却被中国小说家改变为"只是感慨天道不公，并无自己忏悔之意"，忏悔变成了向礼教的认同。详见袁进：《试论近代翻译小说对言情小说的影响》，见王宏志编：《翻译与创作：中国近代翻译小说论》，北京，北京大学出版社，2000，第213～216页。

　　写妓的小说上承清初盛行于雍正、乾隆年间的才子佳人小说，当时的士人们钟情的是描写不以婚姻为目的的情爱追求作品，其中倒也常常寄托知己之情，坎坷不遇之感，但最后终于还是变成了嫖学教科书。实际上，清末世风日下，未免流露出颓唐。末路士人眠花宿柳，游戏人生，游乐苟安。1905 年，金松岑的《论写情小说于新社会之关系》对林译全本《迦茵小传》的指责，也并非是无稽之谈。他愤愤地说：

　　　　曩者，少年学生粗识自由平等之名词，横流滔滔，已至今日，乃复为下多少文明之确证……女子而怀春，则曰我迦因赫斯德也，而贞操可以立破矣，（迦因小说，吾友包公毅译）迦因人格，向为吾所深爱，谓此半面妆文字，胜于足本。今读林译，即此下半卷内，知尚有怀孕一节。西人临文不讳，然为中国社会计，正宜从包君节去为是。①

　　金松岑是资产阶级革命派人物，他的观点还不是单纯以"保守"就能概括的，他只是希望小说能够鼓励人们建立共和制，要写"儿女英雄之好模范"，为革命事业服务，因此才猛烈反对"歌泣于情天泪海之世界"的小说。而且当时确有一部分人将《茶花女》和《迦茵小传》做风月之想，他的抨击也不可只简单说是一个"老封建"就可解决。才子佳人小说、狎妓小说的遗泽，是这类小说风行的原因之一，金松岑的观点攻击的是这部小说的接受者中的末流，真正的最具先锋意识的知识精英喜爱言情小说不会是狎妓的托词，但很难说后一类人会在接受者中占绝大多数。

　　中国清末的知识分子，除了末路士绅，维新改良派，就是 1901 年起逐渐受新式教育成长起来的学生，正是从这一批人中产生了新文化运动的精神导师和斗士。他们接受个性自由解放的理论，对神圣的爱情心向往之，但无论是传统道德还是国家的危亡之局都很容易将之与马克、迦茵泯灭自我真正需求的牺牲精神联系起来。国家的危亡之势以及当时陈天华等人的《猛回头》《警世钟》所形成的舆论导向，迫使他们形成了极端忘我的献身热情。如果说，林纾那一代旧式知识分子只是处身事外去激赏马克，那么激进的学生群却是自居为这牺牲的故事中的主人公。他们甘愿去背负沉重的十字架，将马克和迦茵为所爱的人牺牲比附为自己为国家和民族献身。正是在这样的背景中，以纯粹写"情"开始翻译事业的林纾开始将"情"加上了更多的道德和功利色彩。

---

① 松岑：《论写情小说于新社会之关系》，《新小说》，1905 年第 17 号。

晚清作家大多承认小说创作的永恒主题应该"英雄"与"男女"并重，但事实上是重"英雄"轻"男女"的。过去的言情小说是海淫海盗，现在是鼓荡民气、陶冶性情。将"男女之情"与英雄侠气并称，主要原因便是国难当头。虽然他们明知"小说一道，不着以美人，则索然如嚼蜡"（林纾：《英孝子火山报仇录·译余剩语》），但他们也不肯单纯写情，非要与国计民生挂钩，避免为写情而写情。"吾侪为小说，不能不写情欲，却不可专写情欲"，于是"无不以爱情为宾笔"。①林纾1905年曾表示："畏庐笔述书，将及十九种，言情者实居其半。行将撷取壮侠之传，足以振吾国民尚武精神者，更译之问世，但恨才力薄耳。"②将言情小说的范围扩大，正是林纾所谓"拾取当时战局，纬以美人壮士"（林纾：《劫外昙花·序》），因为在晚清文人那里，由外国"言情小说"而起的写"情"小说，含义丰富：

> 要知俗人说的情，单知道儿女私情是情；我说那与生俱来的情，是说先天种在心里，将来长大没有一处用不着这个情字，但看它如何施展罢了——对于君国施展起来便是忠，对于父母施展起来便是孝，对于子女施展起来便是慈，对于朋友施展起来便是义。可见忠孝大节无不是从情字生出来的。至于那儿女之情，只可叫做痴。更有那不必用情，不应用情，他却浪用其情的，那个只可叫做魔。③

吴趼人在他"写情小说"《恨海》中，不遗余力地为"写情"正名，从"儿女私情"到"忠""孝""慈""义"，个人化的情感还是要被中国人道德化了之后才可以接受。从"小情"到"大情"，其中难说没有林纾当年将茶花女的"女子性情"比于"士夫"④之坚的余绪。

清末文学界，两种流行小说很容易划分：社会小说（鲁迅所谓的"谴责小说"）和言情小说（即吴研人所谓的"写情小说"）。谴责小说所依赖的是传统的政治理想和道德观念，作者多是改良派。他们抨击政府，结论是要在道德上把政府陶铸好，社会问题便会解决，而他们自己则为善士，代表社会良心。或有坎坷不遇，牺牲落难，容易自怜（其实因为中国士人道德自虐历史长久，自怜早就成为士人们的根性）。改良派维新不成，伤心国事，不免屈原似的发些芳菲凄恻之音，这些感情寄情男女之事最能

---

① 树珏：《再答某君书》，《小说月报》第7卷，1916年第3号。
② 林纾：《埃及金塔剖尸记·译余剩语》(1905)，收《丛钞》，第212页。
③ 吴趼人：《恨海》第1回(1906)，天津，天津古籍出版社，1987，第1页。
④ 参见林纾：《信陵骑客译〈露漱格兰小传〉序》(1901)。

表达，《茶花女》"哀感顽艳"，正合胃口，这样的社会需求影响了翻译小说的命运。公认林译小说中最受欢迎的是《茶花女》和《黑奴吁天录》，比附起来，正是外国的言情小说和谴责小说。

《茶花女》和《迦茵小传》有进步性，虽然今天看来，还不够有力，但它也许只是鲁迅所谓的"历史中间物"，"一切事物，在转变中，是总有多少中间物的……或者简直可以说，在进化的链子上，一切都是中间物"。①它承认妓女也有爱情和高尚的品质，但也承认不平等的牺牲，承认在道德的要求下，人应该放弃一切权利，这种状况下的人只会自怜自赏而不会自我反省：

> 中国社会的核心，表面上是包括官僚及其预备队在内的士大夫阶层。他们的权利，做为儒教规范的表现，以"文"（指文才、知识、修养）为象征。由于"文"本身就是强有力的，对人们的欲望起管制作用的手段。所以士大夫们从来就没有对自由进行反省的机会。②

《茶花女》和《迦茵小传》并不能算是西方纯粹言情小说的代表和"个性解放"的典型，因为其中或多或少、或偶然或有意地蕴含着"道德"色彩。《茶花女》只是因其纯真的激情冲淡了小说的道德意味。这类小说特别暗合当时中国人的口味，于是我们错把被道德僭越的爱情当作了"个性解放"和"思想自由"。正因如此，《迦茵小传》微弱的进步性最终没有被近代的中国人所真正认识，它很快被时代超越，与谴责小说蜕变成黑幕小说一样，写情小说也转化为鸳鸯蝴蝶派小说，成为大众的消闲读物。

四、哈葛德言情小说的潜能

在人类的所有感情中，"爱情是人类精神的一种最深沉的冲动。费尔巴哈说过：'爱就是成为一个人。'"③这种感情往往带有强烈的自我意识，一种鲜明的个性色彩。在但丁笔下的法朗赛斯加那里"爱，很快地煽动了一颗软弱的心，使他迷恋于一个漂亮的肉体……爱，决不轻易放过了被爱的，使我很热烈地欢喜了他"。④这种感情被描绘为了一种灵感，一种

---

① 鲁迅：《坟》，北京，人民文学出版社，1998，第279页。
② 〔日〕中野美代子：《从小说看中国人的思考样式》，若竹译，北京，北京十月文艺出版社，1989，第48页。
③ 〔保〕基·瓦西列夫：《情爱论》，赵永穆、范国恩、陈行慧译，北京，生活·读书·新知三联书店，1984，第6页。
④ 〔意大利〕但丁：《神曲》，王维克译，北京，人民文学出版社，2000，第22~23页。

一触即发的爱慕，它关乎爱情本身，甚至直逼肉体，不可遏杀，没有理智。但另一方面，爱情也可以将这隐秘的内心世界与现实的外在世界等同起来，比如，将爱情引向婚姻。

中国不缺乏以爱情为主题的文艺作品：《孔雀东南飞》《梁山伯与祝英台》《莺莺传》《红楼梦》……但将爱情与"个性解放"真正联系起来，还要等到西方小说的引进。于是，风气的开化、个性的自由便很自然地与外国言情小说联系了起来。

林译言情小说中之隽品，除去名噪一时的《巴黎茶花女遗事》以外，其余大多都是哈葛德的作品：《迦茵小传》《红礁画桨录》《洪罕女郎传》《离恨天》《不如归》等。这些作品译笔洁，沁香泄露，影响了一代文学风尚。难怪张静庐曾在自传中说："林译的小说虽是各门都有，在那时最配合我脾胃的要算言情或哀情小说了。"①

不仅小说的读者和批评界对此格外热衷，戏剧界也很快将它们改编移植上舞台。我国第一个话剧团体——春柳社，在日本东京成立之后不久，即于1907年2月公演了法国名剧《茶花女》第三幕，这是我国公演话剧(当时叫新剧)之开始。哈葛德的小说《红礁画桨录》也曾被搬上舞台。据周瘦鹃记述：

> 《红礁画桨录》原名毗亚德丽斯(Beatrice)，著者英国名小说家哈葛德氏，闽县林畏庐先生译之，悱恻哀怆，工力悉敌，日斜钟定时读之，大足令人肠回也。中有情歌一阕云："君讵飞仙耶，胡遗蜕而裹予？君为世贤耶，乃引长裾而揽予。欢兮欢兮！我言汝如今，我心如汝；我愿遂兮，委身君手，与君而同居。思佳期而匪遥兮，吾且埋愁于荒墟；得君爱我兮，我乃飞梦而成此蘧蘧。"吾友欧阳予倩、汪优游尝以此书编为剧本，演之舞台。予倩自为毗亚德丽斯，玉泣珠啼，颇能曲绘断肠人断肠情景，绣幕乍揭，赚人酸泪不少也。(周瘦鹃：《说觚》)

林纾曾把哈葛德的小说归结为"非两女争一男者，则两男争一女"②。这种描写男女自由恋爱并随之出现的"三角恋爱"的手法，虽然带着一种庸俗的世俗气息，但它宣告了男女之爱是一种排斥其他关系的强烈情感。

---

① 张静庐：《在出版界二十年》，上海，上海书店，1984，第30页。
② 林纾：《洪罕女郎传·跋语》(1905)，见林琴南：《林琴南书话》，钱谷融主编、吴俊标校，杭州，浙江人民出版社，1999，第40页。

"大多数现代浪漫小说模式本质上都是对一夫一妻制婚姻与女性家庭生活理想的确证。"①哈葛德个人早年喜欢的莉莉斯·杰克森没有等到他从南非回来，虽然他后来娶了妹妹的一个朋友为妻，但是他所爱的不是自己的妻子。正因如此，哈葛德习惯于在小说中描绘这类困境之爱，其中包括《迦茵小传》，还有《红礁画桨录》。这类小说通过感情危机和情场纠葛为我们展示了西洋男女恋爱中所包含的基督教精神、侠义精神、浪漫精神所构成的近代心态，比起中国传统的"洞房花烛夜，金榜题名时"的才子佳人小说来，蕴含着不少新内容。中国的才子佳人小说是表达市民阶层爱情观念的特殊艺术品种，"洞房""金榜"是这种小说颂扬的最高理想，而大团圆模式，则满足了中国人追求荣华富贵的心态，其中蕴含的并非爱情心理，而是偏重家族本位的伦理责任心理定式。我们一直想当然地认为近代中国人追求个性解放，渴望恋爱自由，要求婚姻自主，而处在新旧伦理交替之际的读者，自然对哈葛德言情小说中排他的感情纠葛充满渴望，因为这也解放了他们的想象力。但事实上，至少是在最初阶段，中国人最早接触的由恋爱自由所代表的西方的个性自由仍然首先是与中国传统的家族本位的伦理责任联系起来的，而且在不知不觉中，个人的幸福被家族利益僭越，正如马克和迦茵的选择。

　　林纾在《红礁画桨录·序》中谈到婀娜利亚不允许她的丈夫爱上一个才女，"顾乃恐失一身之富贵，至以下堂要胁，语语离叛，宜其夫不能甘而有外遇也"。接着，他又指正说："其外遇者，又为才媛，深于情而格于礼，爱而弗乱，情极势逼，至强死自明。以西律无兼娶之条，故至于此。此固不可为训。"②当时一夫多妻的中国人恐怕难以深刻领会这西式小说中婚姻自由的深意，以及一个已婚的好男人在面对一位名媛才女的红颜知己又不能兼娶时的困境。辛亥革命前的小说界，言情多与政治挂钩；辛亥革命后，由于西方婚姻自由的思想已为青年男女所接受，但传统的伦理观念仍然根深蒂固，在这种新旧婚姻制度的交汇点，描写爱情悲剧的言情小说便大行其道。但是在中国，小说中的三角恋爱模式的建立基本上是 20 世纪以后的事，在此之前，一夫多妻以及父母之命的婚姻现实，不需要也不可能建立三角恋爱模式。《儿女英雄传》中张金凤、何玉凤同嫁安公子骥，"一碗水往平处端"，两人以姐妹相称，平安无事；

---

① 　John G. Cawelti, 1976: *Adventure*, *Mystery*, *and Romance*: *Formula Stories as Art and Popular Culture*, Chicago: University of Chicago Press, p. 42.

② 　林纾：《红礁画桨录·序》(1906)，见林琴南：《林琴南书话》，钱谷融主编、吴俊标校，杭州，浙江人民出版社，1999，第 58 页。

《浮生六记》中的陈芸看到"美而韵者"憨园，诚心为丈夫说媒纳妾，全无半点醋意，这些都与现代意义的充满排他性的男女之情迥然不同。

纵然 20 世纪初的中国人还不能完全理解外国小说中这真正属于"个人"的爱情，但至少哈葛德的言情小说为万事都处于新旧交替阶段的中国人提供了一种可能。王佐良在谈到《巴黎茶花女遗事》时说，这部作品"向中国的读书界透露了两样新事物：西洋男女的情感生活（包括西洋式的门第观念）和西洋作家的小说技巧"。①张静庐也在《中国小说史大纲》中说："人情好奇，见异思迁，中国小说大半叙述才子佳人，千篇一律，不足以餍其好奇之欲望；由是西洋小说便有乘时勃兴之机会。自林琴南译法人小仲马所著哀情小说《茶花女遗事》以后，开小说未有之蹊径，打破才子佳人团圆式之结局，中国小说界大受其影响。"②西洋小说的技巧和才子佳人大团圆结局的打破固然重要，但对于那些无意于在阅读中学习文学创作或借鉴外来笔法的普通读者，恐怕这不会是作品风行的唯一原因。

为何当时已具"反封建思想"的哈氏言情小说出现后，中国的写情小说没有进一步发展，却演变为鸳鸯蝴蝶派中的末流？西方的个性解放果然沉沦为金松岑所言的："逞一时笔墨之雄，取无数高领窄袖花冠长裙之新人物，相与歌泣于情天泪海之世界。"因此，"文明国之道德与法律"③真的向末流发展，变成了中国人的"迷信"。

19 世纪末到 20 世纪初的中国，窳败的政治、严峻的现实使得无论是文人还是读者，都无法躲在文学的"象牙塔"里做一个纯幻想的"白日梦"。1897 年德国强占胶州湾，1898 年林纾与好友高凤岐在京城参加礼部会试时就此事上书光绪失败，1899 年义和团运动风起云涌，1900 年八国联军攻占北京，而慈禧、光绪"二圣西行"逃往西安。就在八国联军进京之际，林纾的好友伯茀不甘受辱，一家五口仰药殉难。种种事实令一直深有"匹夫之责"的林纾不可能再只就外国的言情小说发些芳菲之词，于是自《黑奴吁天录》起，林译小说添了不少严肃的序跋，以之作为对读者的指点，唯恐将这些翻译小说当了"闲书"读。所以，哈氏纯粹出于写"情"的小说才会被林纾读出新解。

民国初年"上海发行之小说，今极盛矣，然按其内容，则十八九为言情之作"。④以《巴黎茶花女遗事》和《迦茵小传》为代表的言情小说，上承

①　王佐良：《翻译：思考与试笔》，北京，外语教学与研究出版社，1989，第 21 页。
②　张静庐编：《中国小说史大纲》第七章，上海，泰东图书局，1921。
③　松岑：《论写情小说于新社会之关系》，《新小说》，1905 年第 17 号。
④　姚公鹤：《上海闲话》，吴德铎标点，上海，上海古籍出版社，1989，第 124 页。

晚清描写妓女生活的狭邪小说的流风，下启民初鸳鸯蝴蝶派之先河。虽然《迦茵小传》并不是伟大的作品，哈葛德也不是一流的伟大作家，甚至言情小说也不是哈葛德众多小说创作中的上品，但它参与了中国近现代小说的历史，插足其流变，并在清末民初的中国影响巨大，一直被目为经典。

第五节 哈葛德冒险、神怪小说中的国民性参照

在中国近代读者眼里，哈葛德的小说大致可以分为三类：冒险、神怪和言情。事实上，中国所谓冒险与神怪就是西方分类中的"冒险小说"（Adventure Novels），因为他的冒险小说有很多幻想色彩与超自然的因素，所以中国文学界为他的小说单独分化出一种神怪类别。

一、冒险与神怪小说

西方冒险小说是 18 世纪工业革命时代的产物，也是开拓海外殖民市场的历史记录，哈葛德的冒险小说正是这一时代资产阶级追求个性自由、勇敢追求财富的进取精神的代表，这些小说唤起了中国读者内心的冒险愿望。哈葛德的很多作品如《斐洲烟水愁城录》《雾中人》《钟乳髑髅》等，写白人在非洲的探险故事，"跨千寻之峰，踏万年之雪，冒众矢之丛，犯数百年妖鳄之吻，临百仞之渊，九死一生，一无所悔"（林纾：《雾中人·叙》）林纾认为这类小说"语近《齐谐》，然亦足以新人之耳目"（林纾：《钟乳髑髅·序》）。

哈葛德的这类冒险小说，继承了一种由《鲁滨孙漂流记》①开创的精神与传统。笛福的这部作品，自从马克思的经典论述之后，就一直被视为资本主义开拓殖民市场的象征，但从积极的角度来看，"在这部杰作中，笛福毫不犹豫地选择了资产阶级一切进步因素的基本核心——他们领导人类征服和利用自然的伟大斗争的能力——作为他的主题"。正是鲁滨孙"无穷无尽的生命力、态度的灵活性、对人生的理智探索、为远景目标而奋斗的自我约束能力、进行实验性和选择性工作的能力、从每次经验中学习"②的精神打动了林译的中国读者。

1902 年《新小说》的启示上谈到第七类冒险小说："如《鲁敏逊漂流

---

① 此书也早有中译，笛福译为"达孚"。
② 〔美〕安妮特·T.鲁宾斯坦：《英国文学的伟大传统（上）：从莎士比亚到奥斯丁》，陈安全、高逾、曾丽明等译，陈安全校，上海，上海译文出版社，1998，第 380 页。

记》之流，以激厉国民远游冒险精神为主"①。1905 年，小说林社对于译作的题材加以了厘定："冒险小说(伟大国民，冒险精神，鲁敏孙欤？侅朴顿欤？雁行鼎足)"。②由此可知，20 世纪初《鲁滨孙漂流记》便已经被当作是冒险小说的典范之作了。严格地讲，这类冒险小说是中国所缺，但是作为一种文学的缺类，对于哈葛德和《鲁滨孙漂流记》这类小说形式或类型的介绍所具有的重要影响，却远不及译者对于这一类通俗小说的主题介绍。

如果说，中国的小说传统中缺少冒险小说，那么神怪小说则不然了。明朝人曾编选了一部文言小说选集，名叫《艳异编》，这"艳"和"异"两字基本包含了中国古代小说的两大主流"言情"和"志怪"。1902 年的《新小说》报社启事中写到第十类语怪小说："妖怪学为哲理之一科，好学深思之士，喜研究焉。西人谈空说有之书，汗牛充栋，几等中国。"③中国的神怪小说传统上可追溯到很早以前，"中国本信巫，秦汉以来，神仙之说盛行，汉末又大畅巫风，而鬼道愈炽；会小乘佛教亦入中土，渐见流传。凡此，皆张皇鬼神，称道灵异，故自晋迄隋，特多鬼神志怪之书。"④从六朝的志人志怪，到清代的《聊斋志异》和《阅微草堂笔记》，神怪小说一直流传发展，但小说革命的到来断绝了它们的新生命，以之为海淫海盗之作。哈氏之书"禁蛇役鬼，累累而见"，但西方人"竟无一斥为思想之旧"。近代译者将西方人对神怪小说的乐此不疲视为强国的结果："故西人惟政教是务，赡国利兵，外侮不乘；始以余闲用文章家娱悦其心目。虽哈氏、莎氏，思想之旧，神怪之托，而文明之士，坦然不以为病也。"⑤神怪小说多是哈葛德的著作，如《鬼山狼侠传》《蛮荒志异》《埃及金塔剖尸记》《三千年艳尸记》等。

哈氏冒险小说盛行时期正是英国维多利亚时代晚期，大英帝国的殖民范围日趋扩大，由于殖民者与探险家的介绍，西方人对地球上另外一

①　新小说报社：《中国唯一之文学报〈新小说〉》，《新民丛报》，1902 年第 14 号，见陈平原、夏晓虹编：《二十世纪中国小说理论资料第一卷(1897—1916)》，北京，北京大学出版社，1989，第 45 页。

②　小说林社：《谨告小说林社最近之趣意》，1905，见陈平原、夏晓虹编：《二十世纪中国小说理论资料第一卷(1897—1916)》，北京，北京大学出版社，1989，第 156 页。

③　新小说报社：《中国唯一之文学报〈新小说〉》，《新民丛报》，1902 年第 14 号，见陈平原、夏晓虹编：《二十世纪中国小说理论资料第一卷(1897—1916)》，北京，北京大学出版社，1989，第 46 页。

④　鲁迅：《中国小说史略》，郭豫适导读，上海，上海古籍出版社，2011，第 24 页。

⑤　〔英〕兰姆：《吟边燕语》，林纾、魏易译，北京，商务印书馆，1981，第 1 页。

些种族与习俗抱着越来越强烈的好奇心，以文明人自居的西方人抱着猎奇的心理来展示异族的新鲜与野蛮。这种小说所代表的新浪漫主义，用一种积极的原则，“也就是充满危险、奇遇和斗争的明朗、愉快的生活理想来与自然主义文学中流行的忧郁绝望情绪、象征主义的悲观和空虚相对立”。①

　　1921 年茅盾就指出，哈氏小说大批汉译的一个原因就是读者乐于看“情节离奇”的小说②，此说或也不错，看看哈葛德小说的汉译本书名也可略知一二。在英国，“原始小说由于受流浪汉小说的影响，只要有一个中心人物为线索……结局也带有很大的随意性，甚至没有结局……但比较成熟的小说则更强调内在的联系或围绕突出的主题展开。或许正因如此，到了 19 世纪以小说主人公名字为小说书名的常规开始改变，许多小说转而以某种主题或象征作书名”。③但是作为通俗小说作家，哈葛德的小说仍有不少作品继续采用人名命名，不过大多数作品在译成中文时更换成了情节式短语。特别是以情节离奇著称的小说，汉译者更是专门突出其野蛮、艳异与耸人听闻。例如讲述传奇女王的《克莉奥佩特拉》变成了《埃及金塔剖尸记》；神秘莫测的《她》成了《三千年艳尸记》；包含“自戕其子”情节的《丽丽·那达》(Nada the Lily)成为了《鬼山狼侠传》；《她》的续篇《阿霞》成为“奇情小说”《神女再世奇缘》。

　　有人称哈氏小说中的那些东西与中国传统有某些相通之处，“《埃及金塔剖尸记》一书，半言神鬼，有吴道子绘地狱之妙”④。1917 年，周作人在文章《日本近三十年小说之发达》中指出，当时中国很多翻译，如司各特、狄更斯、哈葛德等作者的著作的“译者本来也不是佩服他的长处所以译它，所以译这本书者便因为它有我的长处，因为他像我的缘故”。⑤

　　然而事实上，虽然同为描写神怪，中国的志怪小说与代表浪漫主义风格的西方神怪小说相比，仍然更具现实内涵。由于佛教的影响，鬼神

---

①　〔苏联〕苏联科学院高尔基世界文学研究所编：《英国文学史(1870—1955)》，秦水、尚怀娥译，北京，人民文学出版社，1983，第 82～83 页。

②　茅盾：《译文学书方法的讨论》，《小说月报》，1921 年第 4 期。

③　申丹、韩加明、王丽亚：《英美小说叙事理论研究》，北京，北京大学出版社，2005，第 70 页。

④　佚生：《小说丛话》，《小说月报》，1911 年第 3 期，见陈平原、夏晓虹编：《二十世纪中国小说理论资料第一卷(1897—1916)》，北京，北京大学出版社，1989，第 365 页。

⑤　周作人：《知堂回想录》，香港，三育图书有限公司，1980，第 374 页。

对于中国人是一个"事实"的存在①，对它们的记录和对世态人心的记录
一样，不需要太多的浪漫想象。中国的鬼怪是和人同形同性的，他们的
行为与现实世界一致，曹丕《列异传》中收录的较早的鬼故事《宗定伯》(干
宝《搜神记》中也有收录，名为《宋定伯》)，里面的鬼不仅不害人，反而更
像一个老实而倒霉的可怜虫；《蒋济亡儿》和《蒋子文》中的鬼都要"走后
门"。更重要的是它与描绘真实人生的作品一样具有现实的训谕意义，无
疑后两则故事令人想起现实世界的等级有序和贪官污吏。本属浪漫主义
的想象，到了中国文人笔下，却被纳入了现实的轨道加以塑造，因此，
有人将中西神怪小说分别称为"镜中世界"和"梦中世界"。②清楚了这一传
统，后人自然就明白，何以近代中国人不能只将言诡异和历险的西方神
怪、冒险小说当作单纯的消遣读物。

二、"贼性"与"盗气"

清末民初，翻译小说异常繁荣，对于从未见过西洋小说之妙的中国
读者来说，翻译家选择译什么便很重要，这几乎决定了中国读者对西洋
小说的理解，这个理解也很大程度上受制于介绍者要如何引导他的读者。
当文学时风盛行"政治小说"之时，以言情和探险、神怪小说著称的哈葛
德如此流行，原因并不简单。

"翻译有助于塑造本土对待异域国度的态度，对特定族裔、种族和国
家或尊重或蔑视，能够孕育出对文化差异的尊重或者基于我族中心主义、
种族歧视或者爱国主义之上的尊重或者仇恨。"③而此时的中国知识分子
要在民众心中建立对域外文学的尊重，这种尊重的途径就是通俗作品的
"政治化的接受"，即加强阅读小说中的政治成分，并把这些政治元素联
系到中国的现实境况，以配合译者或其他人的政治目的。由于译者急于
利用翻译来表达政治思想，当原著的政治内容不足，或不完全适用时，
译者便会在译著中随意加入自己的见解。从这一角度看，中国近代的翻
译小说，功用不仅在于引进一篇域外的文学作品，还在于借助外国小说
对接受文化即中国文化中的某些固有思想以至意识形态进行强化或冲击。

在《鲁滨孙漂流记·序》中，林纾谈到国人所推崇的"中庸"。圣人一

---

① 关于鬼的有无在汉魏时代也曾引起认真的思索和激烈争论。例如：桓谭在《弘明集·新
论·形神》、王充在《幽明录·论衡》中都曾斥责鬼神的存在。但在谶纬迷信盛行的汉
代，他们的言论不喑为空谷足音。

② 应锦囊等：《世界文学格局中的中国小说》，北京，北京大学出版社，1997，第 109 页。

③ 〔美〕劳伦斯·韦努蒂：《翻译与文化身份的塑造》，见许宝强、袁伟选编：《语言与翻译
的政治》，北京，中央编译出版社，2000，第 360 页。

直"以中庸立人之极。"但是"若夫洞洞属属，自恤其命，无所可否，日对妻子娱乐，处人未尝有过，是云中庸，特中人之中，庸人之庸耳"。书中的鲁滨孙"惟不为中人之中，庸人之庸"，"好为浪游"，最终"功既成矣，又所阅所历，极人世不堪之遇，因之益知人情之不可处于不堪之遇中，故每事称情而施，则真得其中与庸矣"（林纾：《鲁滨孙漂流记·序》）。

> 嗟夫！让为美德，让不中礼，即谓之示弱……今吾国人之脑力勇气，岂后于彼？顾不能强者，即以让不中礼，若娄师德之唾面，尚有称者，则知荏弱之夫不可与语国也。悲夫！（林纾：《黑太子南征录·序》）

对"中庸"的庸俗化理解与一向被视为美德的"让"成为林纾意欲通过翻译小说来冲击和颠覆的对象，原因是这些"究于国家尺寸不能益也"（林纾：《埃司兰情侠传·序》，1904）。

林纾在探险小说和神怪小说中，看到的不是它的"情节离奇"，而是在这种作品中所蕴含的国民性反思，关于中国人的奴性、惰性以及对"中庸"的误解。林纾并不是晚清最早关注国民性问题的人，从1889年到1903年，梁启超就写了大量文章：《中国积弱溯源论》《论中国人种之将来》《新民说》《论中国国民之品格》等，他批判国民缺乏民族主义的独立自由意志和公共精神，以致阻碍了中国向现代国家的过渡。但林纾的独特之处在于较早将国民性与文学问题联系了起来，这倒开启了五四新文化运动将文学作为改造国民性的工具之先河。①

林纾意欲借助译作的序跋号召一种中国传统文化中一直排斥的"贼性"和"盗气"。中国并非无此"强盗的文学"，《水浒传》便"鼓吹武德，提振侠风，以为排外之起点。叙之过激，故不悟者，误用为作强盗之雏形，使世人谓为诲盗之书，实《水浒》之不幸耳"。②但林纾以为，此书能流传至今，便"以尚武精神足以振作凡陋"，而"盗侠气概，吾民苟用以御外侮，则于社会又未尝无益"。遗憾的是，中国传统中这一点微弱的强者传统，并没有被国人发扬光大，用以改变中国羸弱、凋敝的现实，反而诬

---

① 刘禾曾细致分析了"国民性"如何从一个相对的概念变成一个本质概念的过程、这一主题从晚清到五四的凸显以及现代文学如何与国家建设缔结了"历史因缘"。参见〔美〕刘禾：《跨语际实践：文学、民族文化与被译介的现代性（中国，1900—1937）》，宋伟杰等译，北京，生活·读书·新知三联书店，2002。

② 定一：《小说丛话》，《新小说》，1905年第15号，见陈平原、夏晓虹编：《二十世纪中国小说理论资料第一卷（1897—1916）》，北京，北京大学出版社，1989，第82页。

之为"海盗"，于是在充斥着个人主义英雄的西方探险神怪小说中，林纾汲取了激活国人尚武精神的活力，因为他发现："大凡野蛮之国，不具奴性，即具贼性……至于贼性，则无论势力不敌，亦比起角，百死无馁，千败无怯，必复其自由而后已。虽贼性至厉，然用以振作积弱之社会，颇足鼓动其死气。故西人说部，舍言情外，探险及尚武两门，有曾偏右奴性之人否？"于是林纾以为，当时之中国，应"人人以国耻争"，应"具贼性"，"若夫安于奴，习于奴，恹恹若无气者，吾其何取于是？"①

　　无论是探险小说还是神怪小说，小说内容的离奇、趣味的庸俗都不能阻碍林纾在小说的序跋中讲出"微言大义"，将之变成批判中国国民奴性、懦弱的武器，成为激励中国人奋起爱国保种的动力。中国文学传统的训谕功能在西方小说这里仍然要继续发挥重要作用，中国的文人很长时间都坚持把"小说"当作"大说"看（当然，普通读者是否如此则是另一个问题），至少这是知识阶层的责任感。蒲松龄写《聊斋志异》还是要借鬼神写世道不公："集腋为裘，妄续《幽冥》之录；浮白载笔，仅成孤愤之书。寄托如此……知我者，其在青林黑塞间乎！"②外国小说本身缺乏这一功能，因此，才更需要译者在序跋中对读者的阅读进行指导和点拨——这可以说是林纾作为文人的一种"担当意识"。

　　哈葛德的《鬼山狼侠传》写了一位苏噜酋长查革的故事，其中夹杂了许多神怪内容和血腥惨状，但在这部小说的序言中，译者大谈"尚武精神"和"盗侠气概"，联系到本土的情形，则令他想到"苏味道、娄师德，中国至下之奴才也，火气全泯，槁然如死人无论矣"。③他所举出的几位历史人物，却都是圆滑世故、奴性十足的大官僚，跻身青云之上，坐享荣华富贵，俨然正人君子，都是一些明哲保身式的家奴。孔光历仕西汉成帝、哀帝、平帝三朝，王莽专权，孔光缄口自默，得以保持禄位④；唐娄师德教其弟"唾面自干"⑤；苏味道遇事模棱持两端，人称"苏模棱"⑥。对于这种圆滑、敷衍、自私卑怯的人生哲学，对于这种以屈服、忍耐为美德的奴颜媚骨，译者表示深恶痛绝，直斥为"中国至下之奴才也"！如果对照地看鲁迅在"五四"时期对于国民性的批判，则可发现这同

①　林纾：《鬼山狼侠传·叙》(1905)，见林琴南：《林琴南书话》，钱谷融主编、吴俊标校，杭州，浙江人民出版社，1999，第32～33页。
②　蒲松龄：《聊斋志异》，上海，上海古籍出版社，2010，第1页。
③　林纾：《鬼山狼侠传·叙》(1905)，见林琴南：《林琴南书话》，钱谷融主编、吴俊标校，杭州，浙江人民出版社，1999，第33页。
④　《汉书·孔光传》。
⑤　(宋)欧阳修等：《新唐书·娄师德传》。
⑥　(宋)欧阳修等：《新唐书·苏味道传》。

一问题在不同时间中的回响。

　　1925年鲁迅曾经谈到"国民性的怯弱，懒惰，而又巧滑"。①又说："古书实在太多，倘不是笨牛，读一点就可以知道，怎样敷衍，偷生，献媚，弄权，自私，然而能够假借大义，窃取美名。"②鲁迅将这种人称为"伶俐人"，"这一流人是永远胜利的"，"在中国，惟他们最适于生存"。③而尤其可悲的是，对强权者的奴性便是对弱小者的淫威。这就是鲁迅在《灯下漫笔》《春末闲谈》等文中所痛加针砭的封建等级制度所造成的国民劣根性。"自己被人吃，但也可以吃别人。"④不去"向强者反抗，而反在弱者身上发泄"。⑤在遭受帝国主义列强宰割的半殖民地的旧中国，更发展出了崇洋媚外的奴性心理。从哈氏的冒险小说中，中国近代翻译家联想到中国，他们极为痛心地指出："其败类之人，则茹柔吐刚，往往侵蚀稚脆，以自鸣其勇，如今日畏外人而欺压良善者是矣。"⑥

　　在反奴性、反中庸的同时，哈氏小说的译者力图改造民族文化心理，开拓一种新的审美境界。他盛赞未开化的埃司兰之民的武概："其中之言论气概，无一甘屈于人，虽喋血伏尸，匪所甚恤。嗟夫！此足救吾种之疲矣！"⑦他倾心于狼侠洛巴革的独立自由精神："洛巴革者，终始独立，不因人以苟生者也""明知不驯于法，足以兆乱，然横刀盘马，气概凛然，读之未有不动色者。"⑧这是对传统的审美规范的大胆挑战，是对几千年来流淌在我们民族血液中的安分守己、逆来顺受、谦卑、忍让、中庸之道……种种古训的扬弃和背叛，表现了一种对于野性和力的呼唤。他崇拜强者，讴歌英雄精神，追求阳刚之气，这一举动打破了中国传统文化所固有的中和之美，背离了温柔敦厚的儒家诗教。

三、作为文化符号的哈葛德

　　事实上，哈葛德的小说对于英国文学来说并无新颖之处，他笔下的英雄几乎总是老式的贵族，不是沙漠冒险，就是助友平难，这些无非是

---

①　鲁迅：《坟》，北京，人民文学出版社，1998，第234页。

②　鲁迅：《华盖集》，北京，人民文学出版社，1973，第101页。

③　鲁迅：《华盖集》，北京，人民文学出版社，1973，第13页。

④　鲁迅：《坟》，北京，人民文学出版社，1998，第209页。

⑤　鲁迅：《坟》，北京，人民文学出版社，1998，第219页。

⑥　林纾：《鬼山狼侠传·叙》(1905)，见林琴南：《林琴南书话》，钱谷融主编、吴俊标校，杭州，浙江人民出版社，1999，第33页。

⑦　林纾：《埃司兰情侠传·序》(1904)，见林琴南：《林琴南书话》，钱谷融主编、吴俊标校，杭州，浙江人民出版社，1999，第130页。

⑧　林纾：《鬼山狼侠传·叙》(1905)，见林琴南：《林琴南书话》，钱谷融主编、吴俊标校，杭州，浙江人民出版社，1999，第32～33页。

对中世纪骑士传奇的模仿，那些刺激感官的神秘、冒险、死去活来的爱等强烈的感情颇能迎合世俗读者的阅读口味。如果一定要在他的小说中寻找深意的话，那么，他的小说沉迷于神异夸张气氛的想象、坚信个人的不可战胜，正与进取不息、勇于冒险、追求个性自由和解放的西方传统精神相一致。这种想象虽然是浪漫的，但更是行动的、投入现实的，甚至某种程度上，哈葛德的冒险小说也带有一种对大英帝国利益的维护。因为在哈葛德的时代，海外探险家是一个时髦而又令人尊敬的职业，他们的精神代表了"日不落"的精神，英王多次为探险家授予爵位，哈葛德的这类冒险和神怪小说无疑也有为大英帝国海外利益扩张摇旗呐喊之意。由此看来，林纾是真正领会了哈葛德的深意："在所有西方探险小说中，林纾发现了一个共同的'食'的动机，这一动机以个人的抢劫行为开始，可以被夸大到最大程度：对其他国家与大陆的征服。"[①]

　　中国近代译者认识到冒险小说所表现的这种"先以侦，后仍以劫"的行为，始自哥伦布，然后是鲁滨孙。"古今中外英雄之士，其造端均行劫者也。大者劫人之天下与国，次亦劫产，至无可劫，西人始创为探险之说。"当然这是当时的文学翻译家所能接触和所能想到的最广泛的东西。从西班牙人、"美洲红人"的遭遇里，译者看到了"我族黄人"的未来。然而，"彼盗之以劫自鸣，吾不能效也；当求备盗之方。备肤箧之盗，则以刃、以枪；备灭种之盗，则以学。学盗之所学，不为盗而但备盗，而盗力穷矣"。[②]他告诫国人，从这些西方小说里，我们应该学到抵御外侮的方法，而不是像他们一样四处去做强盗。林纾以某种混杂着羡慕和嫉妒的心理，号召国人学习这些小说中的英雄主义，以保卫自己的民族国家。于是，哈葛德的帝国主义和白人种族主义一下换了肤色，成了中国近代文人的民族主义武器。

　　林纾在对《鲁滨孙漂流记》和哈葛德的冒险与神怪等通俗小说的解读中，提出了一种迥异于中国千百年传统所提倡的温柔敦厚的新的审美精神——对盗气、贼性、侠气的倡导——"恶"。这是一代中国知识分子在特殊的政治背景下，要求民族自立和国家强盛的内在追求的体现。

　　近代中国在遭遇了西方之后更加认清了自身的问题，通过痛苦的自我反省和判断比较后，"西方"成为我们的价值对象。在这个对象的参照下，中国的积弊痼疾一览无余，而西方也借此逐渐建立其被膜拜的身份。

---

① 　Leo Ou-fan Lee, 1973: *The Romantic Generation of Modern Chinese Writers*, Cambridge: Harvard UP, pp. 53~54.

② 　林纾：《雾中人·叙》(1906)，见林琴南：《林琴南书话》，钱谷融主编、吴俊标校，杭州，浙江人民出版社，1999，第46页。

因此，通俗小说家哈葛德在中国近代译者的笔下便不再单纯是一个消闲作品的生产者，而成为一个文化符号，一种新思想的表征。近代译者试图在通俗小说的虚构故事与中国传统思想间寻求一种关联，这种关联便是从冒险、神怪、传奇等庸俗的纯消遣性情节中，提炼出更高一级的"政治"意味，借此以建立和巩固西方的榜样地位。虽然其解读有时显得过于牵强，甚至是隔靴搔痒，或者买椟还珠，但他的这种有意的对立后来在中国文化的批判者那里不乏所见略同者。在异族文化中刻意张扬其不同只有两个目的：一个是显示异族之蛮，表现本土文化之优越；另一个是将异族树立为本土的典范。林纾的目的当然是后者，他要让国人通过小说看到，西洋人重行动、向"恶"，不是中国的"中中之中，庸中之庸"，因此他们才能强国。

以哈葛德为代表的冒险小说所具有的积极进取的个体主义正是欧洲18世纪以来为开拓殖民市场而大肆宣扬的"冒险精神"的真髓，是那些与灰暗的自然主义相对抗的乐观、行动的神怪小说所内在化的东西。哈葛德塑造的那些浪漫主义的个人英雄，是作者自身渴望脱离英国维多利亚时代沉闷传统的无意识表现，我们竟然将之移植到中国近代的土壤之上，开出了反思国民性的"民族主义"花朵。史华兹曾说西方文明进步的原因是所谓的浮士德与普罗米修斯血统所引导的西方国家不断取得财富与权力的精神[1]，冒险小说正是西方人引以为傲的这种精神的写照。林纾要从西方人用以炫耀自己的种族优势的小说中，汲取反抗帝国主义入侵的力量，这一力量就是要改造国民的惰性、奴性、中庸之气，这些弊端的得出也是借助西洋小说的参照，于是林纾和梁启超等晚清启蒙者都陷入了一个困境：意欲在屈从于西方的话语之后获得攻击帝国主义的力量。

新旧交替时代的近代中国，种种文化现象呈现着扭曲与变形，而正是探寻这种"变形"的其然及其所以然，成为一种颇富乐趣的学术冒险。在这样的冒险中，我们常常会在其他人文学科的成就中获得新的启示。诠释学中"问—答"概念的提出，便使我们的文学研究受益匪浅：

> 某个流传下来的本文成为解释的对象，这已经意味着该本文对解释者提出了一个问题。所以，解释经常包含着与提给我们的问题的本质关联。理解一个本文，就是理解这个问题。但是正如我们所指出的，这是要靠我们取得诠释学视域才能实现……谁想寻求理解，谁就必须反过来追问所说的话背后的东西。他必须从一个问题出发

---

[1]　转引自〔美〕李欧梵：《上海摩登——一种新都市文化在中国 1930—1945》，毛尖译，北京，北京大学出版社，2001。

把所说的话理解为一种回答，即对这个问题的回答……就此而言，命题的意义是相对于它是其回答的问题的，但这也就是说，命题的意义必然超出命题本身所说的东西。①

加达默尔在这里表示诠释学包含着一个问答结构，文本意义的展开是基于文本所提供的意义空间给予解释者可能提出的问题以回答。理解文本就是把它理解为对一系列问题的回答，而且由于理解不同，读者与文本不必统一，因此"命题的意义必然超出命题本身所说的东西"。从这个意义上说，读者常常将作品当作是个人针对其所设定问题的回答，翻译也是一种阅读和理解，而中国近代翻译便可以反映出近代读者渴望在西洋小说中获得什么答案。在哈葛德的言情与冒险小说中，我们看到这类作品在其本国的原语文学中所蕴含的浪漫主义和个性自由等问题被忽略了，代之而起的是它们与中国国民性问题的联系。近代知识分子思考和关注的是如何扭转中国在对西方战争中屡战屡败的事实，寻找中国为何落后的答案。于是哈葛德等通俗小说家的作品竟然成了中国人对文本所提出的"如何强国"问题的回答。

柯南·道尔比哈葛德小三岁，两人发表第一篇重要作品的时间也相差不远②，可以说他们是同时代作家，但是两者在文学上成就最大的都并非他们最得意的门类。柯南·道尔以侦探小说名世，却有志于历史小说的创作；而哈葛德以写作异域的冒险故事著称，自己却最得意关于农业问题的高论。想来原因都不复杂，至少很重要的一条是他们赢得读者青睐的文类都是难登大雅之堂的通俗小说。一个人的本职是悬壶济世的医生、一个人的身份是英帝国的公务人员，柯南·道尔和哈葛德自然都不肯就这么凭借"不严肃"的一类小说名垂青史。无奈造化弄人，这两位大作家还就偏偏没能遂愿，主要的文学名声都是来自这些通俗作品，可见读者力量的巨大。也可见，不仅近代中国文人对小说类型的等级划分耿耿于怀——通俗作品也要加以微言大义的解说，即使是在现代小说起源且大发展的英国又何尝不是如此。

柯南·道尔曾说自己"在幻想的规模上也许比不上哈葛德，但是至少想写出在作品的质量、思想和趣味上超出他的历史小说"③。柯南·道尔

---

① 〔德〕加达默尔：《真理与方法：哲学诠释学的基本特征(上卷)》，洪汉鼎译，上海，上海译文出版社，2004，第480页。

② 1887年柯南·道尔发表第一篇福尔摩斯故事《红字的研究》；1885年哈葛德发表成名作《所罗门王的宝藏》。

③ 转引自〔日〕中村忠行：《清末侦探小说史稿——以翻译为中心(一)》，《清末小说研究》(日文)第2号，1978年10月31日。

并没有正确估计自己的才能，因为福尔摩斯故事证明，他在文学幻想上的能力以及在世界声誉的获得等方面已经远远超出于他的同代人哈葛德了。那个叼着烟斗、头戴鸭舌帽、身披因佛内斯无袖披肩的大侦探，凝聚了维多利亚时代最诱人的特质：冷峻、机警、睿智，他相信技术战胜一切、方法主导世界、理性无坚不摧。在后代人眼里，这些特质早已被这位侦探符号化。这位鹰钩鼻子的侦探为我们构筑了一个完美世界的逻辑链——只消一环，便见全局。相对而言，今天哈葛德作品盛行的年代一去不复返了，但哈葛德开创的"失落的世界"这一冒险小说主题却在《人猿泰山》《夺宝奇兵》等作品中找到了回响。

柯南·道尔与哈葛德曾在中国近代文坛独领风骚，但是后来风光不再。这两位作家的主要翻译者林纾曾被人攻击说所翻译的大多是"二三流作品"，言语中就包含着翻译柯南·道尔与哈葛德作品均是虚耗精力之意。不过，"五四"的新文化人正是在这样的"二三流作品"的滋养中成长起来的。他们对林纾的轻蔑，同样也是对自己这一代人成长读物的否定。

1939 年《人世间》创刊号上刊载了毕树棠的文章《科南道尔与哈葛德》。文章主要是对曾虚白所编的《汉译东西洋文学作品编目》中所说"译本取舍之标准，以原作之价值为准，故如哈葛德，科南道尔，勒白朗等三四流作家之作品一概不录"的不满。因为毕树棠以为目录当然要详备，不要编者确定译作的价值。他为这两位作家鸣不平，不仅写了小传，而且还说：

> 这两个人都是十九世纪末英帝国思想圈子以内的人物，这一流到现在连奇卜龄（Rudgard Kipling）都已落伍，其余更不足道。文章的技巧又只以传奇制胜，多产自豪，艺术自不免落低，在文学上的地位就差了。然而这个正投合中国初兴翻译小说的时趣，便和时髦舶来品似的一时贩进不少，说是偶然，也好像是当然的。①

尽管毕树棠有对曾虚白的纠正，但从价值观上他们是一致的。20 世纪 30 年代，中国文学界的价值标准已经重新划定，"从中国新文学传统的角度来看，清末译者用的是封建语言，译的是流行小说，口号是社会教育而非文学，自然归入淘汰的行列"。②

---

① 毕树棠：《科南道尔与哈葛德》，《人世间》，1939 年 8 月创刊号。
② 孔慧怡：《以通俗小说为教化工具：福尔摩斯在中国（1896—1916）》，《清末小说》（日文）第 19 号，1996 年 12 月。

后人否认这些一度在中国畅销的外国通俗作家的价值，不仅包含以上原因，更重要的是因为新文化人已经完全接受了西方文学界对经典座次的划分及其标准：侦探小说、言情小说、冒险小说已经被排除在"上榜封神"的行列之外。但是克罗齐曾说过："确定一本书是寓言、小说还是美学专著，这与告诉你这本书是黄色封面以及我们可以在左边第三个书架找到它差不多是同一个意思。"①他的意思是说，对一本书做任何的文类预设都无助于我们的阅读，因为阅读本身的感受最重要。

这当然不是说柯南·道尔的福尔摩斯系列比雨果和托尔斯泰的大多数作品还要好，文学自有其不可妥协、不可让渡的标准，要做出一个严肃评价，不应仅包含读者的真实感受，它当然也应该触及人类的灵魂，探讨一些关乎普遍准则的东西。畅销的通俗作品或许没有深邃的主题，但是值得注意的是它凭借什么吸引了一代又一代的读者。

对于小说来说，讲故事的能力最为重要。故事性和思想性如果能兼得，这固然完满，但是如果难得两全呢？偏偏现代人有了一个前情预设：以情节而诱人的通俗作品肯定难登大雅之堂。殊不知，故事性在小说中的重要不仅历史悠久，而且现在也还时髦。或者干脆说，故事，比小说这个文类还要早，所以它必定触及某些普遍人性，可以跨越种族与时代。小说中的说故事传统，到了现代继承者手里，的确有遗失之虞，但是如果你看看当代小说家的普遍乡愁，或许也会获得安慰：博尔赫斯、马尔克斯、卡尔维诺、昆德拉、格林等都尝试在自身的写作实践中召唤它。马尔克斯那种"我老祖母"式的说故事方式，卡尔维诺对意大利民间故事的搜集重写，甚或格林干脆在小说封面标上"娱乐用"，这能否理解成是严肃文学向通俗的渗透和迈进呢？其实，不止小说作者，不少小说评论者也有类似的认识，如卢卡奇、巴赫金、本雅明。本雅明写于1936年的文章《讲故事的人》掷地有声地说，讲故事这门艺术已是日薄西山，它最早的表现就是近代以来小说的兴起。②很遗憾，大多数小说都丧失了这一传统，但是在一些通俗小说里，故事的重要性还是得到了突出和强化。

"福尔摩斯的变幻""伦敦小姐之缠绵""非洲野蛮之古怪"，是不是"只能当醉饱之后，在发胀的身上搔搔痒的"还另当别论，但它们的确很有市场，喜读情节的中国传统读者自然对这类小说情有独钟，一般文人或许也愿意任由文学与社会精英对这些"微言"讲出"大义"。到后来，文学界

---

① 转引自唐诺：《詹姆士·邦德：一个职业是间谍的骑士》，《万象》，2005年第4期。

② 参见〔德〕本雅明：《本雅明文选》，陈永国、马海良编，北京，中国社会科学出版社，1999。

人士逐渐接受了西方的文学标准，柯南·道尔和哈葛德这类通俗作家在中国翻译文坛的身影减少了。单纯追求品位、主题和思想的新文学一度忘记了故事的重要，于是新文学曾备感寂寞。瞿秋白1931年在《鬼门关以外的战争》中对此有过检讨，“新文学的市场，几乎完全只限于新式知识阶级——欧化的知识阶级”。而新式小说“只有新式知识阶级才来读他”①，因为那是精英的新文学，不是普罗的新文学。

① 陈铁健编：《中国近代思想家文库·瞿秋白卷》，北京，中国人民大学出版社，2014，第322页。

第五章　拟古文体：民族语言如何翻译"世界"

第一节　"以文言道俗情"

　　语言、文学和文化的深层结构变化，是欧洲借由文学进行"现代化"过程的一系列结果，也涉及欧洲对非西方的文学和写作推行以它为中心的"世界化"、进行同化、重新命名的问题。我们可以将它作为东方主义进程另行论述，但在世界文学萌芽体系的兴起和形成中，非西方国家都面临了与西方密切相关的"现代性"过程中不可分割的语言现代性的问题。①在笔者所论述的近代中国的世界文学萌芽体系中，作为边缘文学的外国文学翻译使用什么语言，既是一个微妙的文学问题，也是一个重要的"政治"问题：因为它无法采用原有的处于核心地位文学的"雅训"的文言，"重述"这个边缘的文学。我们不妨以近代中国最成功的翻译之一——"林译小说"的语言为例，分析在白话文运动和后来"五四"文化人的世界文学体系形成前，林纾如何折中性地运用一种语言，将世界文学"带入"中国，在一种世界文学中表达民族主义的声音。

　　语言在现代化进程中常与民族主义相连，因为非西方的民族主义通常有一种固守传统、拒绝现代性的逻辑，但是中国和日本在 19 世纪末和 20 世纪初的"民族主义"都表现为对国家整体近代性的追求——即通过追求富强凸显民族存在，这种追求不仅为了应对"坚船利炮"，而且追求的富强便是现代化和西方化。"于是，民族主义立场和世界主义价值就常常混杂在一起，现代性的追求遮掩了传统性的固守，民族主义则经由世界主义来表达。"②代表民族重要身份的语言，如何在这个世界文学萌芽体

---

①　印度裔学者也注意到这一问题的复杂，认为将文学与文化问题单纯放在明显的民族主义中去解决，忽略了东方，特别是印度次大陆民族与非民族社会想象的矛盾复杂性。他以日本的"文言一致"以及中国的五四白话文运动等与现代化不可分割的语言本土化进程为例说明这一点，之后又以梵语为中心，分析了印度的特殊性在于产生了两种，而不是一种通用语。参见〔美〕阿米尔·穆夫提：《东方主义与世界文学机制》，见〔美〕大卫·达姆罗什、刘洪涛、尹星主编：《世界文学理论读本》，北京，北京大学出版社，2013。

②　葛兆光：《宅兹中国：重建有关"中国"的历史论述》，北京，中华书局，2011，第 194页。

系的建构中跨越这一鸿沟呢？

在中国，清末民初正是小说的蜕变时代，从语言到文体新旧杂陈，互相渗透。从小说这一文体本身来说，它描写的本来就是纷纭复杂的人生百相，很难保持语言的绝对纯洁，固守某一种文体的藩篱。梁启超主张和实践的白话小说，所使用的语言也不只是白话，其中除了穿插诗词歌赋外，还"多载法律、章程、演说、论文等"①，也杂入不少文言段落。林纾的翻译小说用的也不是真正"雅洁"的古文，其中有不少俗语、轻儇语、佻巧语、艳词及口语，甚至外来语。②正如钱锺书先生所言，在中国文学史上，并非一切"文言"均算"古文"。"古文"在唐以后，尤其是明、清两代，有特殊的含义，它一方面指"义法"——叙述和描写的技巧；一方面指"语言"。③从后者来看，林译的"古文体"翻译小说事实上早就背离了"古文"的清规戒律，因此，我们不妨借用周作人在《知堂文集·我学国文的经验》中谈到林纾的"拟古的文章"的说法，把林纾的翻译所使用的这种扩大了范围的"古文"笔法，称为"拟古文体"。

林纾的翻译事业始于《巴黎茶花女遗事》，自该书1899年甫一问世，林译小说便风靡了清末民初文坛。"问何以崇拜之者众？则以遣词缀句，胎息史汉，其笔墨古朴顽艳，足占文学界一席而无愧色。"④无疑，林译小说就其"笔墨"来说，甚至可以在中国文学中独占一位，因为他虽然重述了一个处于世界文学萌芽体系边缘的文学故事，但在语言、文笔、趣味上，却更接近"中心文学"——"胎息史汉"对于有着深厚史传文学阅读传统的中国晚清读者群来说，是一个很好的诱导剂。但林译小说所使用的语言问题历来是一个关注焦点，他用的是不是"古文"，一直很难确定。原因自然在于"古文"这一概念本身，论者所言的"古文"是一般文言文的代称，还是专指的自司马迁、班固、唐宋八大家、明代归有光、清代桐城派等一脉沿袭下来，有独特体系的传统古文？无疑，从这两个层次看来，林译小说所使用的语言都不能被严格称为"古文体"。

新文学到底应该使用何种语言——文言还是白话——在晚清理论界早有讨论，也可以说在较为开明的知识分子中达成了某种共识，但在实践上却没有那么简单。

---

①　饮冰室主人：《〈新中国未来记〉绪言》，《新小说》，1902年第1号。

②　张俊才和钱锺书对此都有翔实的例证。见张俊才：《林纾评传》，天津，南开大学出版社，1992，第142～149页；钱锺书：《七缀集（修订本）》，上海，上海古籍出版社，1995，第96～100页。

③　参见钱锺书：《七缀集（修订本）》，上海，上海古籍出版社，1995，第94页。

④　觉我：《余之小说观》，《小说林》，1908年第10期。

古文简洁、文雅,但用来叙俗事俗情,作善于铺陈的长篇小说,的确并非易事。"以俗言道俗情者,正格也;以文言道俗情者,变格也"①,这种观点,在晚清的小说家中还有一定的影响。作为一位古文惯手,林纾在从事翻译活动时面对着新的题材——以往的古文家不屑于涉足的题材,面对着新的内容——异域的五花八门的人物及其生活,他不得不摸索着使用一种与这种新题材、新内容相适应的新的文学语言。使用这种语言使他当然地继承了传统古文的某些优点和风格,但又同时冲破了古文森严的文戒,在语汇、句法上进行了必要的革新。他把白话口语、外来语乃至欧化句法引入译文之中,对于中国近代文学语言由旧向新的过渡产生了相应的影响。其实,林译小说的文体与梁启超那种"时杂以俚语、韵语及外国语法,纵笔所至不检束"的"新文体"②可以共称为由旧向新逐步过渡的近代散文的"姐妹体"。林译文体属于文学范畴,梁氏文体更多地属于政论范畴,但它们之间却有惊人的相似之处:他们都无视传统古文的清规戒律,都时时杂以俚语、外来语及外国句法,都"纵笔所至不检束"。唯一的区别是,梁启超在创造这样一种"新文体"时,已"不喜桐城派古文"了,而林纾却仍旧企图为古文在文坛上保留一席之地。这正说明在世界文学萌芽体系中,处于边缘的外国文学为了向中心移动,要在语言的选择上进行调适。在这一点上,林译小说的文体语言,在中国的世界文学建构、文学语言的演化史上,具有非常重要的革新价值。

一、近代语言的两个脉络

在近代语言从文言趋向于白话、"由雅变俗"的同时,在中国文学体系内部,文学语言却存在着另一般"由俗趋雅"的潮流,这一点首先表现在小说语言的"雅化"上。小说本是"言辞鄙陋,不登大雅之堂"的俗文学,不为正统文人所重视。但为了提高小说地位,借小说抒发情感,文人在创作小说时便在语言上力求典雅。嘉庆年间,陈球用骈文创作《燕山外史》;咸丰年间,魏子安创作《花月痕》,其中穿插了大量功力颇深的诗歌。从小说角度看此作并无突出之处,但它的语言精练典雅,超过以往的小说。时人以为"《花月痕》虽小说,毕竟是才人吐露。其中诗文、词赋、歌曲,无一不备,且皆娴雅,市侩大腹贾未必能解。"③中国的近代

---

① 吴曰法:《小说家言》,《小说月报》第6卷,1915年第6号。
② 梁启超:《清代学术概论》,上海,商务印书馆,1921。
③ 《课余续录》,转引自孔另境编辑:《中国小说史料》,上海,上海古籍出版社,1982,第230页。

翻译在语言上也体现了"由俗趋雅"的倾向。早年外国传教士的译作往往使用较浅白的文言，并不追求语言的典雅，第一部中国人翻译的文学作品《昕夕闲谈》也只是要求明白晓畅，但到后来影响巨大的严复、林纾的翻译却都是以其过硬的文言功底享誉晚清读者群的。

毕树棠曾做过一番假设，说林纾不用古文而用白话做翻译，到后来能有多少成绩，也是个问题，也许和包天笑、周瘦鹃等人同样平凡。他们的区别在于林译"利用那一手（继承方、姚道脉）的古文做工具，而周（桂笙）则完全是一种平易的报章体的文字"。①那么，译文过于平白不受欢迎，是否使用文言便都会讨巧呢？也未必。几乎在同时期，周氏兄弟以文言所作的翻译小说集《域外小说集》销路不佳，其原因是"周氏弟兄译本，完全用着深奥的古文，又系直译"②，"既没有林纾意译'一气到底'的文章，又有些'诘屈聱牙'，其得不到欢迎，是必然的"③。可见过于古奥的文言像过于平白的白话一样不受欢迎。

只要细读几部林译小说就会发现：林译小说的语言不仅有许多不雅洁的"佻巧语""狎媟语""轻儇语"和"艳词"，而且还有其他两种对古文来说同样属于禁忌的语言成分。一种是为数并不少的白话口语。在《春觉斋论文》中林纾曾从袁中郎《记孤山》中引出这样一句话："孤山处士妻梅子鹤，是世间第一种便宜人"，然后指责说："'便宜人'三字亦可入文耶？"④然而钱锺书却举出例证，说《滑稽外史》第二十九章分明有句译文也用了"便宜"二字："为此三十镑亦非巨，乃令彼人占其便宜，至于极地。"显然林纾译书并不完全排斥白话口语。"五四"时期钱玄同致陈独秀的信中这样抨击林纾："又如林纾与人对译西洋小说，专用《聊斋志异》文笔，一面又欲引韩、柳以自重；此其价值，又在桐城派之下，然世固以'大文豪'目之矣。"⑤钱玄同的话多少含有因文学主张和门派不同而导致的不够客观，而且他的指责本身便已将《聊斋志异》的小说文体与韩、柳的古文文体相混淆，在不同的文体标准下是无法进行"文笔"讨论的。

除此之外，晚清译者必然都要面对外国"新名词"，还有无以数计的外国名词的译音。林纾也像许多翻译家一样热心在译文中介绍一些名词的外文读音，以使自己的译品保留一点"洋气"。在对待这些外来新名词

---

①　胡全章编：《杨世骥文存》，北京，中国大百科全书出版社，2015，第22～23页。

②　阿英：《小说四谈》，上海，上海古籍出版社，1981，第241页。

③　阿英：《晚清小说史》，北京，作家出版社，1958，第187页。

④　刘大櫆、吴德旋、林纾：《论文偶记·初月楼古文绪论·春觉斋论文》，北京，人民文学出版社，1998，第101页。

⑤　钱玄同：《寄陈独秀》，《新青年》第3卷，1917年第1号。

时，林纾的方法颇有些游戏的味道，他时而音译、时而音译后再加中文注释，时而干脆直接以西文入小说。不过总的看来，他大体上是对于中国读者已经比较熟悉了的外文读音，不加注释地径直音译而出，如"密斯""密斯脱""密昔司""咖啡""布丁"等；而对于中国读者并不熟悉的外文读音，他音译之后再加汉文注释，这样的例子①在早期的译本中几乎每本都有。如：

> 价十佛郎。（每佛郎，约合华银二钱八分，余仿此）
> 马克曰："凡人缔好，皆有名目，亚猛所以待我者，其名目为谁?"余曰："此所谓德武忙耳(犹华言为朋友尽力也)。"②

有时，林纾还将外文单词或字母不加翻译而直接"掺入"译文中：

> 司蒂尔福曾与余坐而谈心，吾偶言某人大类吾所读之 Perigrine Pickle 书中之一人……(《块肉余生述》第 7 章)
> 君苟为回书，但寄坎忒白雷邮局，封面勿书吾名，但书马丹 ME 可也。(《块肉余生述》第 49 章)

任何翻译面对的难题都有词汇和语法上的转换，对待个别词汇，林纾已经有上述策略以应对，而对于决定译文通达与否的语法，他同样有自己的处理方式。他的译文总的说来明显地中文化了，但他并不能时时处处均加以中文化，因此欧化的句法也偶有出现。钱锺书在《林纾的翻译》中列举了以下三种情况。

第一种情况是将人称词"密斯脱"意译为"先生"，但却死扣原文顺序，把"先生"置于姓氏之前，如《迦茵小传》第 5 章有这样一句译文："侍者叩扉曰：'先生密而华德至。'"

第二种情况是"笨伯式"地忠实于原文中的词意，结果将句子译成了外国式的中文。如《巴黎茶花女遗事》中有这样一句译文："自念有一丝自主之权利，亦断不收伯爵。"③这里"收伯爵"三字的法文原词是"reçu le

---

① 本节部分例证受益于张俊才：《林纾评传》，天津，南开大学出版社，1992。特此致谢。
② 〔法〕小仲马：《巴黎茶花女遗事》，林纾、王寿昌译，北京，商务印书馆，1981，第 6、25 页。
③ 〔法〕小仲马：《巴黎茶花女遗事》，林纾、王寿昌译，北京，商务印书馆，1981，第 43 页。

comte"，译为"收伯爵"字面上好像比"接受伯爵"更忠实，但译文却恰如"这东西太亲爱(dear)，我买不起"之类外国式的中文一样不通达。

第三种情况是整个长句子的各个分句完全遵照原顺序翻译，不重新安排组织，显得松散而不够团结，如《巴黎茶花女遗事》中有这样一句长长的译文："我……思上帝之心，必知我此一副眼泪实由中出，诵经本诸实心，布施由于诚意。且此妇人之死，均余搓其目，著其衣冠，扶之入柩，均我一人之力也。"①在这个长句中，如果用中文的语法来衡量，孤零零的一个"思"字，是无论如何也带动不了后面那一连串词语的。显然，这是比较典型的欧化句式。

20世纪初的林纾，在从事翻译工作时在文字上有四种选择：一是讲究文藻华丽与对仗工整的骈文；二是科举考试用的八股文；三是从曾国藩开始，上承唐宋八大家的"桐城—湘乡派古文"，或称桐城派古文；四是刘鹗、李伯元、吴趼人等人在撰写小说时所用的白话文。虽然林纾的古文主张更倾向于桐城一脉，但他在翻译小说时却选择或曰摸索了一种难以严格界定的语言，我们不妨将之称为"拟古文体"(Pseudo-classic style)：它有文言的风韵，又突破了古文的不少禁忌，用来写人摹事惟妙惟肖，对于传统文言来说，又包含不少新内容。

二、"非雅之难，而俗之难"

"庚子事变"后的数年之内，全国曾出现过一大批白话文报纸，形成过一个"白话文运动"。它的目的是用白话文来启发民智，同当时占主导地位的文学观念是完全一致的。但它所用的白话文已经不是中国章回小说用的"古白话"，也不完全是当时的口语，其中夹杂着大量的来自西方和日本的新名词，夹杂着一些外国语言句型。周作人在回忆当时的情况时将"五四"时期的白话文运动与这一时期的白话文运动相比较，认为晚清的白话文运动是"二元的：不是凡文字都用白话写，只是为一般没有学识的平民和工人才写白话的"。"但如果写正经的文章或著书时，当然还是作古文的。""总之，那时候的白话，是出自政治方面的需求，只是戊戌政变的余波之一，和后来的白话文可说是没有大关系的。"②认识到这一复杂的情况，林纾为何在当时选择较为俗便的"古文"翻译外国小说才会获得真正的理解。用小说作为启蒙的工具这一点，林纾身体力行，只要看看他在译作的序跋中对读者的"政治化"导读便可知晓；而林译小说的

---

① 〔法〕小仲马：《巴黎茶花女遗事》，林纾、王寿昌译，北京，商务印书馆，1981，第83页。

② 周作人：《中国新文学的源流》，南京，江苏文艺出版社，2007，第55页。

阅读主体不是"没有学识的平民和工人",他没有必要也不会用白话文翻译小说,但是为了调和近代一直存在的小说这一文体从边缘向中心的移动,与小说语言的"由俗趋雅"又"由雅趋俗"的矛盾,林纾适当改变了古文的清规戒律,创造性地使用了俗便的拟古文体来翻译外国小说。

虽然林纾的拟古文体翻译小说用的也是经过"俗化"的文言,并不够纯正"雅洁",但它后来还是与白话文对立起来,这种对立到了1917年林纾与新文化人那几篇著名的论战之后显得愈发明显。文言文与白话文的对立被直接等同于保守与进步的对立,于是林纾从民国初年"新文化的哥伦布"①一下沦为文化上封建遗老的代表。他当年用拟古文体翻译小说为自己赢得了盛名,但正是由他的译作所孕育与催生的新的文化价值与语言方式,成为他极力捍卫的中国文学遗产与古典语言规范的颠覆者。在林纾自己无意中开创的新的文化语境下,后继者们忘记了他的嚆矢身份,反将之诬为"谬种""妖孽",这也算是一出历史的悲喜剧。

关于文学使用何种语言的问题看似只是一个文学的内部问题,但事实上它在很多时候、很多国家都是直接与"民族国家"的建立等政治问题联系在一起的。虽然东亚的中国、日本、韩国的现代语言运动都是以民族主义为动力形成"民族语言"的过程,但中国的白话文运动不存在日本、韩国式的本土/帝国语言的对立,而是在贫民/贵族、俗/雅的对立中建立自己的价值取向的。在中国的书面语系统中,已经存在着文言文与白话文的对峙,但这种对峙不能被简单理解为书面语与口语的对峙。中国的现代白话文运动针对的是古典诗词的格律和古代书面语言的雕琢与陈腐,并不是真正的"口语化"。它的主要源泉是古代的白话书面语,再加上部分的口语词汇、句法和西方语言及句法、标点,这一现代语言运动也伴随着一种文化过滤。因此中国现代语言运动是在古/今、雅/俗的对比关系中形成的。因此,文言与白话的对峙,便是古与今的对峙,也是文化价值上贵族与平民的对峙,雅与俗的争斗。虽然白话本身并不意味着现代,但出于文化策略上的原因,"白话"便被描述为"今文""现代""先进的""新的";与之相对,一个模糊的"文言"概念②便被描述为"古文""古代""落后的""旧的"。由此可见,白话文运动并不是一个单纯的文化上的平民运动,它被赋予"现代"的性质也并非是顺理成章、不证自明的。

晚清小说的最初动因是对于"仅识字之人,有不读经,无有不读小说

---

① 寒光:《林琴南》,《人世间》,1935年第30期。

② 意指近现代对"文言"的反对一直没有界定和分清复杂的"文言"概念,如钱锺书先生所指出的那样,并非一切文言都算古文。

者"①这一事实的体认，因此，新小说必须不仅承载新思想，而且要通俗易懂。梁启超在《论小说与群治之关系》中，已经明确提出"在文字中，则文言不如其俗语，庄论不如其寓言"②，但是当小说理论家批判旧小说诲淫诲盗之时，指的是章回小说；慨叹旧小说感人至深、影响深广之时，指的也是章回小说。文言小说"于社会无大势力，而亦无大害"③。但这里的悖论便是：小说既然是"文学之最上乘"，不再是茶余饭后的消遣，就应该把"小说"当作"大说"来作④，小说不再是"小道"，而是"大道"。从文学的边缘向中心移动的小说，为了争得正统的地位，它的文学性应该特别加以强调，这自然不能不考虑小说文体的雅驯工致。从这个意义上说，小说不仅不应该强调白话文，恰恰相反，而是应该推崇更富文学趣味的文言文。这就是为何清末民初的很多文学修养高、态度认真的小说家或翻译家反而采用文言文作小说的原因。然而捷克学者米列娜发现：

> 中国民族语言的形成与中国现代文学的形成是两个平行发展的过程，两者均始于晚清。在这种历史背景中，高级文学与通俗文学之间的关系便获得了全新的性质，它不再限于两种并存的文学形式的相互影响。相反，白话文学却成为一种民族文学，获得了新的地位和尊重。因此，晚清理论家把注意力集中于小说和戏剧是毫不奇怪的，因为这些文学类型展示的特性与白话文学观念最为接近，但它们受到儒家文学观念的排斥。⑤

种种情况证明，对于近现代的白话文运动提倡者来说，白话文是新文学、新小说的不二选择，但纵然观念如此，在实际情况中，文言与白话仍然无法彻底决裂。晚清文坛的干将出于普及的角度考虑提倡白话文，而这个白话文就是米列娜所谓的"中国民族语言"。但是把白话文作为"民族语

① 康有为辑：《日本书目志》，上海，大同译书局，1897，第十四卷。

② 饮冰：《论小说与群治之关系》，《新小说》，1902 年第 1 号，见陈平原、夏晓虹编：《二十世纪中国小说理论资料第一卷（1897—1916）》，北京，北京大学出版社，1989，第 35 页。

③ 管达如：《说小说》，《小说月报》第 3 卷，1912 年第 5 号，见陈平原、夏晓虹编：《二十世纪中国小说理论资料第一卷（1897—1916）》，北京，北京大学出版社，1989，第 373 页。

④ 参见恽铁樵：《编辑余谈》，《小说月报》第 5 卷，1914 年第 1 号，见陈平原、夏晓虹编：《二十世纪中国小说理论资料第一卷（1897—1916）》，北京，北京大学出版社，1989。

⑤ 米列娜编：《从传统到现代——19 至 20 世纪转折时期的中国小说》，伍晓明译，北京，北京大学出版社，1991，第 4 页。

言",它的根基还是文言文。

时任《小说月报》主编的恽铁樵曾说:"小说之正格为白话,此言固颠扑不破,然必如《水浒》、《红楼》之白话,乃可为白话。换言之必能为真正之文言,然后可为白话……夫有取乎白话者,为其感人之普。无古书为之基础,则文法不具;文法不具,不知所谓提挈顿挫,烹炼垫泄,不明语气之扬抑抗坠,轻重疾徐,则其能感人者几何矣!"①从白话文学的发展实际来看,当时白话小说的提倡者们并没有现成的语法规范,他们用白话文来表达思想还不太适应,许多人还不能用白话文将自己的想法表达清楚。在这样的情况下,适当地借鉴、利用现成的高度发达的文言文语法、句法、结构等方面的技巧,无疑是一项明智的选择。因此,单从语言上说,时人就将小说分为三类:"一古文……非有甚深之学力者,不能晓解。""一普通文……其句法字法,虽不能必尽符乎古,而亦不能尽合乎今,故亦非普通人所能知。一通俗文……其语法字法,全与今日之语言相同,直不啻举今日之语言,记载之以一种符号而已,故了解甚为容易。"②这第一种的小说其普及肯定是个问题,最后一种在当时只能说是一种理想,因为对接受旧式教育的文人来说真的完全用白话文写小说并不容易,倒是第二种"不能必尽符乎古,而亦不能尽合乎今"的小说可操作性更强,能被大众广泛接受,正如林译小说。

启蒙者提倡白话文时踌躇满志,仿佛白话文读来通俗易懂,写来也没什么困难,但事实并非如此。当时的许多作家在翻译或创作时往往感到"吾侪执笔为文,非深之难,而浅之难;非雅之难,而俗之难"。③就是力主白话文的先锋梁启超在1902年翻译《十五小豪杰》时,也"原拟依《水浒》、《红楼》等书体裁,纯用俗话,但翻译之时,甚为困难。参用文言,劳半功倍"。④第二年,鲁迅翻译《月界旅行》时,也是"初拟译以俗语",

---

①　铁樵:《〈小说家言〉编辑后记》,《小说月报》第 6 卷,1915 年第 6 号,见陈平原、夏晓虹编:《二十世纪中国小说理论资料第一卷(1897—1916)》,北京,北京大学出版社,1989,第 496~497 页。

②　管达如:《说小说》,《小说月报》第 3 卷,1912 年第 9 号,见陈平原、夏晓虹编:《二十世纪中国小说理论资料第一卷(1897—1916)》,北京,北京大学出版社,1989,第 380页。

③　宇澄:《〈小说海〉发刊词》,《小说海》第 1 卷,1915 年第 1 号,见陈平原、夏晓虹编:《二十世纪中国小说理论资料第一卷(1897—1916)》,北京,北京大学出版社,1989,第 483 页。

④　少年中国之少年:《〈十五小豪杰〉译后语》,《新民丛报》,1902 年第 6 号,见陈平原、夏晓虹编:《二十世纪中国小说理论资料第一卷(1897—1916)》,北京,北京大学出版社,1989,第 47 页。

但考虑到"纯用俗语，复嫌冗繁"，才不得不"参用文言"。①姚鹏图也是一个白话小说的热心提倡者，但也无奈地体会到为俗之难："凡文义稍高之人，授以纯全白话之书，转不如文话之易阅。鄙人近年为人捉刀，作开会演说、启蒙讲义，皆用白话体裁，下笔之难，百倍于文话。其初每倩人执笔，而口授之，久之乃能搦管自书。然总不如文话之简捷易明，往往累牍连篇，笔不及挥，不过抵文话数十字、数句之用。"②这里有作家所受教育和知识结构的原因，也有读者的原因。出于旧学的作者，和"出于旧学界而输入新学说者"③的读者群，显然还是更容易接受林译小说那样"古朴顽艳""胎息史汉"的作品。④

第二节　声望的转移

以"古文"翻译小说，在清末并不罕见。早在 1872 年，蠡勺居士就在《瀛寰琐记》第 3 期刊载了用晓畅浅近的古文翻译的《昕夕闲谈》。之后，戢翼翚译《俄国情史》(1903)、周桂笙译《歇洛克复生侦探案》(1904)，周氏兄弟翻译《域外小说集》(1909)等用的都不是浅俗的白话文，但他们的译本无论是知名度还是受欢迎程度都远不如林译。原因很复杂，但其中之一大概是译者本身的影响力不够。清末的翻译界，林纾、严复、苏曼殊、梁启超等都是名重一时的文章名家，但严复主要翻译西方思想作品、苏曼殊主要翻译诗歌、梁启超在努力实践"近俗之辞"⑤的翻译小说，真正有古文家的声望，又以"古文"翻译小说出名的，的确非林纾莫属。

一、古文家的义法

戊戌变法之后，严复以他音调铿锵的桐城古文翻译了《天演论》，吴汝纶认为："自吾国之译西书，未有能及严子者也。凡吾圣贤之教，上

---

① 周树人：《〈月界旅行〉辨言》，1903，见陈平原、夏晓虹编：《二十世纪中国小说理论资料第一卷(1897—1916)》，北京，北京大学出版社，1989，第 51 页。

② 姚鹏图：《论白话小说》，《广益丛报》，1905 年第 65 号，见陈平原、夏晓虹编：《二十世纪中国小说理论资料第一卷(1897—1916)》，北京，北京大学出版社，1989，第 135 页。

③ 觉我：《余之小说观》，《小说林》，1908 年第 10 期。

④ 包天笑也曾在《钏影楼回忆录》"译小说的开始"一节谈道："那时候的风气，白话小说，不甚为读者所欢迎，还是以文言为贵。"

⑤ 严复：《与梁任公论所译〈原富书〉》，《新民丛报》，1902 年第 7 号。

者，道胜而文至；其次，道稍卑矣，而文犹足以久，独文之不足，斯其道不能以徒存。"足见在吴汝纶和大多数士大夫眼中，"文"之高下与"道"之"胜""卑"相比，是何等的重要。严复翻译的不是文学作品，而首先受到关注的仍是他的文笔，"文如几道，可与言译书矣"。①周作人认为这篇序言"很奇怪"，因为吴汝纶根本不看重《天演论》的思想，"只因严复用周秦诸子的笔法译出，因文近乎'道'，所以思想也就近乎'道'了"，他的结论是："《天演论》是因为译文而才有了价值。"②

　　清末民初，小说的地位刚刚开始提升，无论是创作还是翻译，"文笔"都是很重要的评价标准。而这里"文笔"优劣的参考自然是传统悠久、发展完备的古文。虽然清末以古文家身份作小说(包括创作和翻译)的人不在少数，但事实上对于大多数文人来说，由于中国文学体系内部存在不平等关系：古文之"文"是中心，小说、戏曲是边缘，因此文学观是双重的，作小说和作古文遵循的是两套文学规范。古文流派或文笔的分别在小说中未必起作用，例如魏晋文与唐宋文之分在文言小说家中就并非泾渭分明。钱基博曾说："民国更元，文章多途；特以俪体缛藻，儒林不贵；而魏、晋、唐、宋，骈骋文囿，以争雄长。大抵崇魏晋者，称太炎为大师；而取唐、宋，则推林纾为宗盟云！"③林纾古文是否称得起一代宗师暂且不论，但他的古文在清末民初影响甚大却是事实。林纾不仅自己作古文、编选古文，还要评古文：《韩柳文研究法》(文论，1914)、《林琴南文钞》(古文集，1915)、《〈古文辞类纂〉选本》(共五卷，选评古文集，1918)、《春觉斋论文》(文论，1913)等，为不少人所推崇。畏庐初集一出，"一时购读者六千人"④，高梦旦也说"畏庐之文，每一集出，行销以万计"。⑤但林纾的唐宋古文笔法并不能在翻译的小说中得到彻底实践，真正以魏晋文翻译小说的，比较典型的也只有如周氏兄弟的《域外小说集》等寥寥几种，况且事实证明读者还不买账。⑥至于被钱基博列为魏晋文家的苏曼殊，其创作小说却清隽流利，一点也不古奥奇崛。或许小说要求"近俗"，即使用文言文也不得过于"诘屈聱牙"。

① 吴汝纶：《天演论·序》(1897)。见〔英〕赫胥黎：《天演论》，严复译，上海，译林出版社，2014，第2页。
② 周作人：《中国新文学的源流》，南京，江苏文艺出版社，2007，第48页。
③ 钱基博：《现代中国文学史》，见薛绥之、张俊才编：《林纾研究资料》，福州，福建人民出版社，1983，第175页。
④ 钱基博：《现代中国文学史》，见薛绥之、张俊才编：《林纾研究资料》，福州，福建人民出版社，1983，第175页。
⑤ 高梦旦：《畏庐三集》，上海，商务印书馆，1924。
⑥ 参见阿英：《小说四谈》，上海，上海古籍出版社，1981，第241页。

　　纵然作为古文家的林纾和作为翻译家的林纾在清末同样名重一时，但无论旁人如何看待，林纾本人一直严格遵循中国文学体系内的典律：以古文家为重。在他看来，译书和作古文是两回事，遵循的标准也应有别，在《与国学扶轮社诸君书》中，林纾曾表示："纾虽译小说至六十余种，皆不明（名）为文。或诸君子过爱，采我小序入集，则吾丑益彰，羞愈加甚。不得已再索败簏，得残稿数篇，尚辨行墨，寄呈斧削。果以为可留者，请将已录之拙作削弃，厕此数篇。"①在林纾看来，自己的翻译不能称为"文"，译序也是贻笑大方，只有古文有资格入选文集。虽然这是一段典型的中国文人君子式的自谦，但它也的确真实地表现了林纾个人文学观念中的一个基本的排序：在世界文学萌芽体系中，古文要比翻译重要得多，也严肃、严格得多。然而，"'古文'的清规戒律对译书没有任何裁判效力或约束作用……试想，翻译'写生逼肖'的小说而文笔不许'杂小说'，那不等于讲话而紧紧咬住自己的舌头吗？所以，林纾并没有用'古文'译小说，而且也不可能用'古文'译小说"。正因如此，林纾所作的古文平正雅洁，所译小说的文字却使用了"较通俗、较随便、富于弹性的文言"。②但是，无论他的翻译使用的是否是严格的"古文"，古文家的功底的确为他的翻译小说平添了无穷魅力。

　　自唐代古文运动以降，"文从字顺"就是历代古文家行文的信条。惟其如此，从唐宋八大家到桐城派的古文家都有一个长处："他们甘心做通顺清淡的文章，不妄想做假古董。"③但是，无论是唐宋八大家还是桐城派诸家，都并不仅仅追求文章的"通顺清淡"，而且追求一种朴实真切，"不刻画而足以昭物情"的艺术魅力。和历代古文家一样，林纾对此也极为讲究，他以为："盖述情欲其显，显当不邻于率；流韵欲其远，远又不至于枵。有是情，即有是韵。体会之，知其恳挚发乎心本，绵远处纯以自然，此才名为真情韵。"④作为一位有深厚传统古文素养的翻译家，林纾固然不会完全依照古文的原则翻译外国小说，但他的行文风格与文字的追求的确受到古文的影响也是事实。《巴黎茶花女遗事》中在描写女主

---

① 林纾：《与国学扶轮社诸君书》，见林琴南：《林琴南书话》，钱谷融主编、吴俊标校，杭州，浙江人民出版社，1999。
② 钱锺书：《林纾的翻译》，见《七缀集》（修订本），上海，上海古籍出版社，1994，第95～96页。
③ 胡适：《五十年来中国之文学》，见欧阳哲生编：《胡适文集》卷三，北京，北京大学出版社，1998，第205页。
④ 林纾：《春觉斋论文·情韵》，见王水照编：《历代文话》第7册，上海，复旦大学出版社，2007，第6378页。

人公马克为了摆脱巴黎名妓那种世俗的生活，为了追求真挚的爱情，与情人亚猛隐居到乡间后所发生的变化时写道："马克自是以后，竟弗谈公爵，一举一动，均若防余忆其旧日狂荡之态，力自洗涤以对余者。情好日深，交游尽息，言行渐形庄重，用度归于撙节，时时冠草冠，著素衣，偕余同行水边林下，意态萧闲，人岂知为十余日前身在巴黎花天酒地中，绝代出尘之马克耶!"①从文字角度说来，它质朴、浅近、简洁、流畅。寥寥数语，不仅和盘托出马克衣着神态的变化，而且于不言中透露出马克对红尘生活的厌弃、对真挚爱情的珍惜以及获得这种爱情后的喜悦等复杂的思想感情。像这样的译文的确有着我国传统古文的某种神韵，小仲马的原文显然被林纾有意识地中文化了。

林纾喜欢讲究"古文家义法"，这"义法"既包括谋篇布局、叙述描写的技巧，用金圣叹的话说，就是"章法部法"；也包括"字法句法"，即语言的表达。前者"天下文人之脑力，虽欧亚之隔，亦未有不同者"②，后者则更多是作家本人的文学修养，要依靠自己的摸索。虽然在林纾的文学观中，译小说和作古文不可同日而语，但在他从事翻译时，面对这样崭新的题材和内容，他不得不摸索一套与之相应的新的文学语言。在摸索中他当然继承了传统古文的优点和风格，但也冲破了不少禁忌。

自韩愈倡导"古文运动"以来，古文就越来越有意识地自我强化为"载道"文章了。为了表示"道"的神圣与尊贵，古文家历来讲究语言的纯正与雅洁。韩愈反对"饰其辞而遗其意"即有此意，至桐城派始祖方苞出现，对古文语言的要求就更严格和苛刻了。他说："南宋元明以来，古文义法不讲久矣。吴越间遗老尤放恣，或杂小说，或沿翰林旧体，无一雅洁者。古文中不可入语录中语，魏晋六朝人藻丽俳语，汉赋中板重字法，诗歌中隽语，'南、北史'中佻巧语。"③林纾在这方面也有着同样严格的要求，他认为古文中不能"宷猎艳词"，不能有"鄙俗语""轻儇语""狎媟语"和近代才出现的"东人新名词"。他曾经从明代公安派首领袁宏道的文集中摘引出"徘徊色动""魂消心死""时妆淡服、摩箭簇乌、汗透重纱如雨"等词语，指斥道："文体之狎媟，至于无可复加""'破律坏度'，此四字足以定

①　〔法〕小仲马：《巴黎茶花女遗事》，林纾、王寿昌译，北京，商务印书馆，1981，第49页。

②　林纾：《离恨天·译余剩语》(1913)，见林琴南：《林琴南书话》，钱谷融主编、吴俊标校，杭州，浙江人民出版社，1999。

③　沈廷芳：《隐拙轩文钞》第四卷《方望溪先生传》后附《自记》，见《中国历代文论选》第三册，上海，上海古籍出版社，1980，第401页。

其罪矣。"①但是，那是古文家林纾的一套说辞，在翻译家林纾笔下，他尽可以突破这些古文的禁忌。看《迦茵小传》中写迦茵雨中受土豪洛克侮辱，回家后更换新衣，见到情人亨利的一段译文：

> 甫至门，迦茵足停，适见亭立一巨镜，再以烛奴一照，遂得备细自照其姿容……瞥见己之双波，如剪秋水；睫毛秀润，适当双蛾之下；樱口微绽，如乳婴浓睡弄笑状；皓犀微露，灿白如象牙；两颊微赪，如桃子新熟；一堆金色发，蓬蓬若结云气。此时衣色深灰，愈显其倾国之貌。②

再看《吟边燕语》中《铸情》篇内叙罗密欧初见朱丽叶时的译文：

> 座间，罗密欧忽睹一天人，似人间无此艳冶者，失声以为佳丽。……跳舞既竟，罗密欧私至丽人侧，与执手为礼曰："此柔荑之手，吾尊之如神道之坛坫，自审溷浊之躯，来谒上真，不敢抗礼，请得以口亲之，为吾忏悔地可乎？"③

以上两段译文对于古文来说足称"狎蝶"，对语言务求"雅洁"这一条来说，林纾的翻译是明显的"破律坏度"了。但对于小说，却的确传神生动。凡小说，总要写到人的七情六欲、悲欢离合，总要写到人世间的三教九流、种种行为。文戒如此森严的古文显然是无法直接用来写小说、译小说的。方苞批评"吴越间遗老"的古文有"杂小说"之弊，原本已说明了古文与小说分属不同的文体。固然林纾对原作增添不少，对迦茵的柔美与妩媚也渲染得稍嫌流俗和炫耀，深情的罗密欧此时也颇含一些轻浮，但毕竟林纾的翻译对原作神韵的传达是准确的。虽然不能"等值"，但能够"等效"。因此，作为两种文化间的传递者的林纾是成功和称职的。

　　林纾希望读者明白从"章法部法"上看，外国小说并不输我们一筹。另外作为一位古文家，林纾更看重左、马、班、韩，中国文学传统中的小说家在他心目中的地位仍不如前者般高山仰止。虽然他也觉得"小说一

①　林纾：《春觉斋论文·论文十六忌·忌轻儇》，见林琴南：《林琴南书话》，钱谷融主编、吴俊校点校，杭州，浙江人民出版社，1999。

②　〔英〕哈葛德：《迦茵小传》，林纾、魏易译，北京，商务印书馆，1981，第90页。

③　〔英〕兰姆：《吟边燕语》，林纾、魏易译，北京，商务印书馆，1981，第19页。

道，又似宜有别才也"①，但囿于自己的学养，他只能从一个古文家叙事
行文的角度探究小说的艺术性，还很难真正从小说自身的角度审视小说
的艺术性。林纾用不够"雅洁"的文言文翻译西方小说，而他论文则推崇
左、马、班、韩，因此著译小说不免"浸润唐人小说之风"②。他把外国
作家同中国传统知识分子树为文章楷模的司马迁、韩愈并列，而不是施
耐庵、曹雪芹，因为在世界文学萌芽体系中，处于边缘的外国文学要向
中心文学(诗与文)传统靠近，而不是半边缘的中国传统小说。这是典型
的帕斯卡尔·卡萨诺瓦所谓的"声望的转移"③，其作用如同英国著名作
家瓦尔特·司各特小说法文首译需要雨果的推介，易卜生在伦敦首演的
成功离不开萧伯纳的剧评。

二、"原著固佳，译笔亦妙"

中国古代文人对小说的评说向来注重文笔。但明伦在给《聊斋志异》
作序的时候，忆及少年时在回答父亲对他"童子知识未定，即好鬼狐怪诞
之说"的责难时，就非常巧妙地投合了他父亲的心理："不知其他，惟喜
某篇某处典奥若《尚书》，名贵若《周礼》，精峭若《檀弓》，叙次渊古若《左
传》《国语》《国策》，为文之法，得此益悟耳。"其父闻言，"转怒为笑"。④
这里虽有夸示其父开通明达之意，却非常有代表性地传达出了士大夫阅
读文言小说的真实心态。这样的心态同样表现在清代另一位《聊斋志异》
爱好者何彤文的身上：他赞扬这部记花妖狐魅故事之书的理由也正是其
语言的高贵典雅，"《聊斋》胎息史、汉，浸淫晋魏六朝，下及唐宋，无不
熏其香而摘其艳。其运笔可谓古峭矣，序事可谓简洁矣，铸语可谓典赡
矣"。因而，他对另一些《聊斋志异》爱好者表示了轻蔑与嘲笑："近之读
《聊斋志异》者，无非囫囵吞枣，涉猎数遍，以资谈柄，其于章法、句法、
字法，规模何代之文，出于何书，见于何典，则茫夫未知之也，即读焉
如未读也，有执以相问难者，十不得其一二焉，良以读书未破万卷，故

---

① 林纾：《利俾瑟战血余腥记·叙》，见林琴南：《林琴南书话》，钱谷融主编、吴俊标校，
　　杭州，浙江人民出版社，1999，第14页。

② 章太炎：《与人论文书》，见《学林》第2册，1910。

③ 指的是由于文学资源的不平等，有时也会发生所谓通过某个区域知名作家对中心之外
　　作家作品的译介、推广或评价，使新来者获得声望。参见〔法〕帕斯卡尔·卡萨诺瓦：
　　《作为一个世界的文学》，见〔美〕大卫·达姆罗什、刘洪涛、尹星主编：《世界文学理论
　　读本》，北京，北京大学出版社，2013。

④ 但明伦：《聊斋志异序》，见朱一玄编：《聊斋志异资料汇编》，天津，南开大学出版社，
　　2002，第321页。

无从索解人耳。"（何彤文：《注聊斋志异序》）许多士大夫喜爱《聊斋》的重要原因，就在于这部作品"笔意高古，字句典雅，固非纨绔子所能解，亦非村学究所能读，盖非具一代才不能著《聊斋》，非读破万卷书亦不能注《聊斋》也"，"《聊斋》之引用经史子集，字字有来历也"。（舒其鍈：《注聊斋志异跋》）实际上"金、毛二子批小说，乃论文耳，非论小说也"。①而大部分中国古代小说批评家都论小说如论文，似乎真的好小说"不作文章看，但作故事看，便是呆汉"。（冯镇峦：《读〈聊斋杂说〉》）以文章笔法论小说，固然大大局限了对小说独特表现手法的探讨，可也把握到了中国古代作家移文章才情、技巧于小说的特点。

这种对小说好坏的评价所遵从的崇古和看重文笔的趣味一直沿用到清末民初，同样也常见于对林译小说的评点之中。披发生（即罗普）评价当时翻译小说大多袭用传体，鲜有章回体，而传体中的佳作还属林译："闽县林琴南先生诸译本，匪特凌铄元、明，颉颃唐、宋，且可上追晋、魏，为稗乘开一新纪元。"②陈希彭是林纾的入室弟子，他所撰的《十字军英雄记·序》一文，综述了林纾的古文造诣，尤为激赏他以马、班妙笔翻译泰西逸事："计吾师所译书，近已得三十种，都三百余万言，运笔如风落霓转，而每书咸有裁制。"谈到《十字军英雄记》，陈以为此书："高骋复厉，吐弃凡近，文不期古而自近于古，则吾师之本色也。"③涛园居士在为林译《埃司兰情侠传》所写的序言中也说："余友林畏庐征君，治《史记》《汉书》廿五年，文长于叙悲，巧曲哀梗，人所莫言、言而莫尽者，征君则皆言、皆尽之矣。余读其文，似得力于马第伯《封禅仪记》及班书《赵皇后传》，故奥折简古至此。"④

中国近代小说的读者和评论家对于译作的评价只能局限于谋篇布局及字法句法，在世界文学萌芽体系中，文学好坏的参照当然应该是中心文学，因此，译本好坏的标准不是处于边缘地位的源语文本，而是处于中心地位的中国的"古文"。但是，时人对翻译小说的评点褒贬，大多还是印象式的，或者只是基于对译笔的评价，译文是否贴合原文，基本上还是靠推测，因为懂外文的人少之又少，且即使是懂原文的出版编辑对此也大都很草率。当年商务印书馆编译所出版翻译作品"向来不对校原

①　解弢：《小说话》，上海，中华书局，1919，第 91 页。
②　披发生：《红泪影·序》，见陈平原、夏晓虹编：《二十世纪中国小说理论资料第一卷（1897—1916）》，北京，北京大学出版社，1989，第 355 页。
③　〔英〕司各德：《十字军英雄记》，林纾、魏易译，上海，商务印书馆，1907。
④　〔英〕哈葛德：《埃司兰情侠传》，林纾译，1904 年秋木刻本。

作，只要中文好，就付印"，虽然所里不缺少懂外文的人才，但校勘是一个吃力不讨好又得罪人的差事。①更有意味的是甚至有读者将对译文品评的标准次序倒过来，认为译文的好坏也有赖于原文作者的风格是否与译者文笔格调相匹配，而不是译者的翻译是否符合原本，"林先生所译名家小说，皆能不失原意，尤以欧文氏所著者，最合先生笔墨。《大食故宫余载》一书，译笔固属绝唱……《块肉余生述》一书，原著固佳，译笔亦妙"。②

像时人所称赞的那种带有传统古文流风余韵的译文，在辛亥革命以前林纾那些著名的译品中很容易找到。《块肉余生述》第十章有如下一段译文专记丧母之后继父麦得斯东及其姐姐迦茵对大卫·考伯菲尔的冷遇和大卫抑郁悲愤的心情：

> 后此光阴，但有一言，彼二人竟视我如无物，生死一听之余。余回忆及，尚觉恨填胸臆。家居寂寞，至无聊赖，入无亲而出无友，饱暖饥寒，一不见问，大类丧家之狗。余当奋笔记此时，尚觉有一股惨黑之气，扑我笔端。脱使当时置我于极暴虐无纪之学堂，余亦甘心受其笞责，顾终不能得其部署。彼二憾者，匪特视我如畜，质言之，竟类弃物。此时麦得斯东家渐陵替，即使小康，彼亦断不更令向学。以理论之，不饿不笞，已非虐待，顾余之所受者，似此身若有若无，不系二人之眼孔，彼饿我笞我，尚有已时，而此冷淡光阴，则真绵绵无绝期矣③。

在这段译文中，"家居寂寞……大类丧家之狗"一语，语言质朴，文笔简练，感情深沉，字里行间满蕴古文"文从字顺"之风韵。而大卫后父心肠之冷酷，少年大卫心情之悲苦，在凄楚悲怆的自诉式语言中也自然而然地表现出来，真正是"不刻画而足以昭物情"。林译小说中这种文调的不时出现，使译文颇合时人的阅读口味，之所以被认为"文章很好"，甚至一直被有的人视为"国文"读本④，这不能不是重要的原因之一。

---

① 参见蔡元培等：《1897—1987 商务印书馆九十年——我和商务印书馆》，北京，商务印书馆，1987。

② 侗生：《小说丛话》，《小说月报》，1911 年第 3 期，见陈平原、夏晓虹编：《二十世纪中国小说理论资料第一卷(1897—1916)》，北京，北京大学出版社，1989，第 365 页。

③ 〔英〕迭更司：《块肉余生述》，林纾、魏易译，北京，商务印书馆，1981，第 89 页。

④ 周作人在《知堂文集·我学国文的经验》中说，大量阅读林译小说，同时提高了他的国文水平。商务印书馆 1924 年出版的沈雁冰校点的《撒克逊劫后英雄略》，也是供中学生做课外"国文"读本用的。

讲究辞章本是文言文的规矩，但在近代也成了作小说的标准。时人论小说主张："大抵小说之笔，一宜简，二宜雅，三宜显。不简则拖泥带水令人恶，不雅则鄙俗令人厌，不显则沉晦令人闷。"（张行：《小说闲话》，《古今文艺丛书》）虽然这里的标准主要针对的是创作小说，但如若与林纾的翻译小说相对照，同样会得出林译何以如此深得人心的原因。寅半生赞《鬼山狼侠传》："然笔力之显豁雄伟，则查革之枭雄，摩波之诡谲，洛巴革之果敢，革拉氏之侠烈，莲花娘之情爱，均活现于纸上云。"①邵祖恭也曾谈道：

> 关于译文一事，此中自尚有欧化直译，与中式"林译"的距离，乃对于译法见解的不同，不一定是林译的不合。尝谓林译须赏识于牝牡骊黄之外，此才识得林译。不可泥于原著的一字一句，西洋文法的在前在后，拘拘蹇蹇去责尤以译出一百数十种之多、具有高深文学修养的林纾。当赏其以译为文，有如己出，掇其意境神韵，风味宛在；而译者己身又往往化入著者之文境中，随之俯仰悲欢：若谓梁任公文章有大电力，当谓林琴南译笔有真灵感。别篇不论，试引所译欧文《记惠斯敏司德大寺》为例，那种秋士寥落，萧骚寂寞之感，吾人试加重译，恐难表达。林译小说的词藻妍练，文笔雅洁，尤属有目共睹，开卷即知②。

沈禹钟亦云：

> 林琴南先生为近代文章大师。其文坚实精醇，戞戞独造，士林莫不宗仰！生平所译西洋小说，往往运化古文之笔以出之，有无微不达之妙！声价之重，无待赘述。余酷嗜林氏文，十年以来未尝释手；而于译本小说，亦涉猎殆遍。良以其妙绪环生，挹之不尽，有非偶然者也。余尝谓人之读书，无异尚友，书必精义充实而后能使人爱读；友必才德兼备而后使人乐与。——若林氏文，光气烂然，凡稍具文学眼光之人，无不欣赏而折服之，固不独余一人之嗜痂已也③。

---

① 阿英：《晚清文学丛钞·小说戏曲研究卷》，北京，中华书局，1960，第495页。
② 转引自陈敬之：《林纾》，台湾《畅流》半月刊，1971年8月16日第44卷第1期。
③ 沈禹钟：《〈甲寅〉杂志〈说林〉之反响》，《申报》，1926年1月25日。

读者对林译小说的这种判断倒是印证了西方学者勒菲弗尔（André Lefe-vere）的分析，他在谈到翻译研究应注意的几个重要问题时认为接受语文化的读者要与译者之间建立一种信任，因为译本对不懂原文的读者所起的作用完全由译者决定，如译什么，译成什么样等。[①]这个信任的标准在中国近代早期的翻译中则建立在译作是否贴合本国文学的诗学要求——文笔是否优美，而不是译作是否忠实。

林纾用古文翻译小说，是一项前无古人的创举。1922年，胡适在《五十年来中国之文学》中谈到林译小说在古文的应用角度的成绩："古文不曾做过长篇的小说，林纾居然用古文译了一百多种长篇小说，还使许多学他的人也用古文译了许多长篇小说，古文里很少滑稽的风味，林纾居然用古文译了欧文与迭更司的作品。古文不长于写情，林纾居然用古文译了《茶花女》与《迦茵小传》等书。古文的应用，自司马迁以来，从没有这样大的成绩。"[②]胡适认为林译在长篇小说、滑稽风味和善于写情等方面对古文的应用具有开创意义，这使得林译小说为古文开辟了一个"新的殖民地"。林纾的文笔固然在古文和外国书之间搭起了一道桥梁，但在这一点上，起了同样重要作用、同样使古文获得新的荣光的人还有一个，那就是严复。

戊戌变法之后，译介西学的人虽然很多，但唯有严译一直风行。尽管他所译之书大多是哲学、法学、社会学的著作，却依然赢得大量读者，其中不能说没有译笔的作用。普及西学，翻译当然应该通俗，以利于传播，这本是梁启超等人的设想，但严复却觉得："窃以谓文辞者，裁理想之羽翼，而以达情感之声音也。是故理之精者不能裁以粗犷之词，而情之正者不可达以鄙俗之气。"[③]严复将"粗犷之词"和"鄙俗之气"联系起来，与"理想之羽翼""情感之声音"对立起来，而林纾的不俗之处正在于用扩大了范围的"古文"，叙"俗事俗情"。

其实，小说本来就是一种通俗的文学样式，着意描写的是市井的生活百态。林纾用半文人的语言，抒写了真实、琐碎甚至俗鄙的生活场景。《孝女耐儿传》中写高利贷者圭而迫（今译奎尔普）的邻妇和丈母娘鼓动圭而迫太太反抗丈夫暴君般压制的一段：

① 参见 André Lefevere，1992：*Translation /History /Culture*：*A Source Book*，London，Routledge。

② 欧阳哲生编：《胡适文集》卷三，北京，北京大学出版社，1998，第215页。

③ 严复：《与梁任公论所译〈原富书〉》，《新民丛报》，1902年第7号。

　　胖妇遂向主妇之母曰："密昔司几尼温，胡不出其神通，为女公子吐气？"此密昔司圭而迫者，即密斯几尼温也。"以夫人高年，胡以不知女公子之楚况？问心何以自聊！"几尼温曰："吾女之父，生时苟，露愠色者，吾即……"语至此，手中方执一巨虾，断其身首，若示人以重罚其夫，即作如是观耳。胖妇点首知旨，赞曰："夫人殊与我同趣。我当其境，亦复如是。"几尼温曰："尊夫美善，可以毋滥其刑。夫人佳运，乃适如吾，吾夫亦美善人也。"胖妇曰："但有其才，即温温无试，亦奚不可。"几尼温乃顾其女曰："贝测，余屡诏汝，宜出其勇力，几于长跽乞哀，汝乃不吾听，何也？"密昔司圭而迫闻言微晒，摇其首不答。众人咸愠密昔司之柔懦，乃同声奋呼曰："密昔司年少，不宜以老辈之言置若罔闻。且吾辈以忠良相质，弗听即为慢谏。君即自甘凌虐，亦宜为女伴卫其垣壁，以滋后悔。"语后，于是争举刀叉，攻取面包，牛油、海虾、生菜之属，猛如攻城，且食且言曰："吾气填胸臆，几于不能下咽。"[1]

　　林纾的这一段译文，描绘了一幅家庭主妇们背后交流如何制服男人的谐谑图，显然，狄更斯那种漫画式的夸张和满含揶揄的幽默也被林纾心领神会并出色地再现了出来。

　　胡适在回顾清末以来的文学变迁时，认为古文在"中日之战"后有一个"革新运动"，出现了一批"时务的文章"。[2]严复的译作、林纾的翻译小说、谭嗣同和梁启超的议论文章、章炳麟的论学之作、章士钊一派的政论文章，虽然各具渊源和特点，但都延续了古文的传统。事实上，在清末民初，古文的发展大体可以归纳为三种潮流，严复、梁启超和林纾基本上可以代表古文的这三种不同样式。严复的文章尔雅艰深，"文笔太务渊雅，刻意模仿先秦文体，非多读古书之人，一翻殆难索解"[3]，而梁启超则被指责为"徒为近俗之辞，以取便市井乡僻之不学"。[4]与严复的古奥、梁启超的俗白相比，林纾的这种"拟古文体"可谓"平正简洁"，不新不旧。也许正是这样一种不艰涩也不浅陋的近俗文体，最便于调和古文与白话之间的分歧，因此颇受读者欢迎，使得他的翻译小说在清末民初

---

①　林纾：《孝女耐儿传》，上海，商务印书馆，1907 年 12 月初三日，未有新版，转引自郑振铎：《林琴南先生》，《小说月报》第 15 卷，1924 年第 11 号。
②　欧阳哲生编：《胡适文集》卷三，北京，北京大学出版社，1998，第 216 页。
③　梁启超：《绍介新著·原富》，《新民丛报》，1902 年第 1 号。
④　严复：《与梁任公论所译〈原富书〉》，《新民丛报》，1902 年第 7 号。

独步一时。

第三节　雅俗与新旧的位移①

在中国文学里，雅俗之分，不仅是审美趣味、语言和读者对象的区别，更包括文体和艺术风格。中国古代文人的雅俗概念，大体包括"通俗"(大众化)与"庸俗"两个层面。在文学中，前者指可见的外在形式特征(如章回体、采用白话文)，后者则指作品体现出来的品格、趣味(不论文白、章回小说还是诗文)。但长期以来，由于偏见，形式特征的"俗"和艺术趣味的"俗"被无条件地等同起来。因此，"小说"一直被认为是一种不能登大雅之堂的文学形式。其原因一是缺乏教诲功能，无法载道；二是缺乏审美价值，不够艺术化。其实文体上的"古"未必就是"雅"，旧体的"骈文"和"章回小说"无论多么古，它在趣味上也是"俗"的。而林纾以"雅"的语言翻译"俗"的文体，无疑体现和代表了晚清时期中国小说新旧交替时代的特点。

一、小说在两个方向的运动

中国近代的语言变革，首先是被冠以政治之名提出的。因为近代启蒙者以为，言文一致，方能保种保教，而"由古语之文学，变为俗语之文学"又是文学进化的一大关键，自然"小说者，绝非以古语之文体而能工者也"。②积弱积贫的中国正处于亡国灭种的关键时刻，相信文学能够"治国平天下"的士大夫当然要从"文"上寻找国家衰弱的原因。梁启超将中国的腐败看作是旧小说所造成的结果，其实正是基于这样一种逻辑。白话文有助于平民受教育，文学则必须打破禁忌，自铸新辞，"我手写我口"才能创作出好作品。③但正如周作人所说，中国的白话文运动实际上有两

---

① 本节思考受益于陈平原教授，启发颇多，特别是《二十世纪中国小说史第一卷(1897—1916)》第四章"由俗入雅与回雅向俗"，参见陈平原：《二十世纪中国小说史第一卷(1897—1916)》，严家炎、钱理群主编，北京，北京大学出版社，1989。

② 《小说丛话》中饮冰语，《新小说》，1903 年第 7 号。

③ 文学革命的先驱大都相信"前朝盛衰，与文消息"，但王国维倒是个特例，他并没有像当时的维新志士一样将中国的贫弱归于"民智不开"、归于使用文言文。他从中西语言不同，意识到中西思想方法不同，认为文学并非只有用白话不可。他提出"古雅"的审美新范畴，他没有像胡适等人那样将文言文作品看作是"死文学"，而是将它们与三代的钟鼎文，秦汉之摹印，汉、魏、六朝、唐、宋之碑帖，宋元之书籍等合在一起考察，充分肯定了"典雅"的审美效用。参见王国维：《论新学语之输入》《古雅在美学上之位置》，见《王国维文学美学论著集》，太原，北岳文艺出版社，1987。

个：晚清白话文运动和五四白话文运动。两者最大的区别便是五四的知识分子很大程度上已经淡化和超越了晚清时期提出的"平民"宗旨。①虽然白话文运动的先驱在语言上似乎更努力追求浅白，但这浅白很大意义上也是借助欧化语言建立的，并不是完全等同于百姓的口语。在文学趣味上，五四文学远比晚清文学高雅，普通大众事实上更愿意去读鸳鸯蝴蝶派的作品，而不是新文学的白话文。因此，事实上，中国现代文学语言的"俗化"——白话文运动——从动机上和趣味上仍是"雅"的、精英式的，无论从它的提倡者，还是它最终实现的方式来看，都是如此。

晚清的文学界"实际上存在两种互相关联但本质不同的运动，一是小说从文学结构的边缘向中心移动，一是小说从传统模式向西方小说模式转化。前者主要考虑雅与俗的换位，后者则主要处理新与旧的调谐。但晚清小说家实际上无暇细辨两者的区别，往往把'雅'直接等同于'新'"。②陈平原先生的这一描述是相当切实的，这也正是近代中国的世界文学萌芽体系为中国文学现代性带来的复杂变化和动态结构。正因如此，真正严格地判定清末民初的小说具体是雅还是俗，是新还是旧是永远无法厘清的，也会过于简化问题的复杂性。从小说这一体裁的传统地位来说，林译是"俗"的，但从他所使用的文人口味的语言来说，它又是"雅"的。其实，林译小说的暧昧和局限也正是晚清小说家整体的暧昧和局限——如何建立事实上不完全等同的"雅"和"新"的对等，这是一个悖论。

林纾用古文的审美规范统驭小说文体，将文章技法运用于小说组织，力图建构起既保留新的近代西方小说体式，又保持中国文学原有文字的"古雅风格"的翻译体。在这种文体中，既有中国历史散文的笔法，又有经史文学的正统影响，于是林译小说因其语言的"雅"获得了出于旧学，又浸润新学的读者的欢迎。一直接受传统旧式教育的文人本来就是小说的主要受众，虽然从趣味上说他们应该是拒斥"稗官野史"的，但在实际的读者群中从未缺少他们的身影。在中国近代小说与语言的转化风潮中，以文言文创作和翻译的小说最早获得了认可，文人们首先接受的是小说在中国文学中的地位由边缘向中心的移动，而对语言上由文言文向白话文转变的俗化风潮的接受略为滞后。因为一方面中国有文言小说的传统；另一方面在新小说家眼里，白话小说是与海淫海盗联系在一起的，"自《水浒传》出，而世慕为杀人寻仇之英雄好汉多；自《三国演义》出，而世

① 参见周作人：《中国新文学的源流》，南京，江苏文艺出版社，2007。
② 陈平原：《二十世纪中国小说史第一卷（1897—1916）》，严家炎、钱理群主编，北京，北京大学出版社，1989，第 97 页。

慕为拜盟歃血之兄弟,斩木揭竿之军机多"。①旧式文人的欣赏口味自然
要影响小说,这是中国近代小说早期在语言上出现"雅化"的重要原因,
因此晚清也成为中国小说史上文言小说最为发达的阶段,但也正是由于
系统接受传统文言教育的文人随着1905年科举制的废除而渐趋消亡,文
言小说的昌盛也只能是昙花一现。

林纾的翻译小说出现以前,中国古文的范围从未如此广阔,过去的
旧的文言小说几乎没有长篇巨制,但林纾的效法对象又绝不是中国的小
说家,他对新的西洋小说的介绍,参照体系还是严肃的"文",因为"小
说"毕竟是"俗"的,只有古文才是真正的"雅"。所以"林纾用古文翻译外
国小说,还在题记序跋中阐发原作者的文笔,有与司马迁、班固异曲同
工之妙。这样,他首先把小说的文体提高,从而把小说作为知识分子读
物的级别也提高了"。②他为崭新的外国小说披上"古雅"语言的外衣,因
为他试图促使处于边缘的外国文学"攀附"上中心文学,进而提升地位。
表面上这至少先吸引了一大批读者,告诉人们古文也可以如此叙情、作
长篇小说;外国小说不仅不坏,而且实在和我们的文学经典一样好。当
然,如此建立"新"与"雅"的对等,还只是一时的权宜之计,因为其中所
存在的空洞与隐患已经不是林纾这一代知识分子力所能及的了。

林纾的拟古文体翻译小说是近代中国世界文学萌芽体系折中性和不
稳定性的表现。当接受传统文言教育的文人读者层消失,当文学领域关
于翻译的科学标准建立之后,当中国文学的现代化进程对域外文学了解
的目的已经超越了"广中土之见闻"③这一层次,也就是当近代中国的世
界文学萌芽体系过时,以西方文学为世界文学体系核心的观念成功建立
并同化了"现代的"中国文学之后,林纾以个人意愿对译作进行任意删改
的拟古文体小说便也失去了它唯我独尊的地位。

二、"由俗变雅"和"由雅趋俗"的对流渗透

文学语言的"由俗变雅"与"由雅趋俗"显示了士大夫所处的困境。为
了救国,他们中的一部分开明人士接受了语言"由雅趋俗"的主张,但他
们受的教育和欣赏口味又决定了他们不可能完全接受和认可百姓的俗话。

---

① 邱炜蒉:《小说与民智关系》,1901年刊本《挥麈拾遗》,见陈平原、夏晓虹编:《二十
世纪中国小说理论资料第一卷(1897—1916)》,北京,北京大学出版社,1989,第31
页。

② 施蛰存:《翻译文学的输入——〈翻译文学集·导言〉》,见上海书店出版社编:《中国近
代文学的历史轨迹》,上海,上海书店出版社,1999,第310页。

③ 蠡勺居士:《昕夕闲谈·小叙》,《瀛寰琐记》,1872年第3期。见阿英编:《晚清文学丛
钞·小说戏曲研究卷》,北京,中华书局,1960,第195页。

然而，这种语言的"由俗变雅"与"由雅趋俗"既是矛盾的，又是相辅相成的。"报章体"和"新民体"使得典雅的古文出现了"俗化"的潮流。林纾是桐城古文大家，但他也认识到："古文者，非每字每句，必效古人之声吻为吐发者也……深按之又弥有意味，抑之不尽，而绎之无穷，斯名传作。"①他也提倡"古雅"，但他以为："所谓古雅者，非冷僻之谓，字为人人所能识，为义则殊；字为人人所习用，安置顿异。"②古文尚且如此，何况在他的文学观念中与作古文迥然不同的翻译小说中的"拟古文"语言。

　　林译小说的文体实践总体上使用的是中国拟古的语言，但其文体已经不自觉地显露出向欧化和大众化靠拢的倾向。西方小说的叙事方式、中国俗语话本、白话道情以及"新民体"都多少在林译小说的文体上留下了痕迹。他推动的小说语言"雅化"，虽然压倒了"俗化"，但从"雅"的标准看，他的"雅化"也受到了"俗化"潮流的渗透。他对翻译小说的评价标准既有中国历史散文（古文）的雄浑健雅——所谓司各特的《撒克逊劫后英雄略》"往往于伏线、接笋、变调、过脉处，以为大类吾古文家言"，又加入了民间艺术的生动活泼，"在余守旧人眼中观之，似西文必无是诙诡矣。顾司氏书弄儿汪霸，往往以简语泄天趣，令人捧腹。文心之幻，不亚孟坚"。而小说中的对话被林纾比为："吾闽有苏三其人者，能为盲弹词，于广场中以相者囊琵琶。至词中遇越人则越语，吴人、楚人，则又变为吴、楚语。无论晋豫燕齐，一一皆肖，听者倾靡。此书亦然，述英雄语，肖英雄也；述盗贼语，肖盗贼也；述顽固语，肖顽固也。"③不过，纵然如此，林译小说在主体上仍然是要用严肃高雅的经史典范来规范衡量小说的。在这一总的大标准下，林纾也并不排斥"俗"语、"俗"体的渗透，正因如此，他的拟古文体使中国的古文达到了从未有过的叙事容量，长篇小说也具有了从未有过的古雅气息。

　　从商业角度考虑"小说书亦不销者，于小说体裁多不合也。不失诸直，即失诸略；不失诸高，即失诸粗；笔墨不足副其宗旨，读者不能得小说之乐趣也。即有极力为典雅之文者，要于词章之学，相去尚远，涂泽满纸，只觉可厌，不足动人也。今新小说界中若《黑奴吁天录》……吾

---

①　林纾：《春觉斋论文·论文十忌·忌轻儇》(1913)，见王水照编：《历代文话》第 7 册，上海，复旦大学出版社，2007。

②　林纾：《春觉斋论文·论文十忌·忌剽窃》(1913)，见王水照编：《历代文话》第 7 册，上海，复旦大学出版社，2007。

③　林纾：《撒克逊劫后英雄略·序》(1905)，见林琴南：《林琴南书话》，钱谷融主编、吴俊标校，杭州，浙江人民出版社，1999。

可以百口保其必销"①，像林译的《黑奴吁天录》式的作品销路之所以好，是因为翻译得既不是特别"直"，也不是太简略；趣味上既不是过于曲高和寡，也不是过于粗俗；而语言上并不"极力为典雅之文"，因此尚可动人，使得读者可以得到小说的乐趣。

　　这种"由俗变雅"和"由雅趋俗"的对流渗透，既避免了小说语言和形式的泥古不化，又力图在融合古代文学遗产的基础上尽量适应社会时代的要求。但从其内容看，林译小说并不是严肃的高雅文学，《巴黎茶花女遗事》《迦茵小传》《黑奴吁天录》以及多部哈葛德的言情冒险小说，都是林译小说中影响很大的一部分，但这些不一定是他的译品中趣味最高的，或者质量最好的。虽然欧文的《拊掌录》、狄更斯的《块肉余生述》等无论是原作本身，还是译作的质量都属上乘，但它们的知名度和影响力还是比上述畅销作品或通俗小说略逊一筹。不过这不是林纾个人的问题，新小说家极力推荐的小说，实际上大都是西洋的通俗小说。这些外国的通俗小说都被看作是域外小说的精华，包括林纾和梁启超等人在内的晚清文学家正是立意以这种通俗小说建立起本国的严肃小说（高雅小说）。虽然时人也有区分"专以表现著者之美的意象为宗旨，为美的制作物，而除此以外，别无目的者"的"纯文学的小说"，与"或欲借此以牖启人之道德，或欲借此以输入智识，除美的方面外，又有特殊之目的者"的"杂文学小说"，但由于时人竟言开通民智，"于是杂文学的小说，要求之声大高，社会上亦几视此种小说，为贵于纯文学小说矣"。②当然，新小说家对域外小说的选择，除去堂而皇之的"有益于改良群治"标准外，还有"倘若情节离奇曲折，无关教诲也无碍"这一内部标准。清末民初的文学启蒙者就是在这样一种混沌暧昧的观念下努力翻译着域外的小说，摸索和借鉴着中国新小说建立的良途和模式的。

　　晚清的小说家们希望以域外的通俗小说为样板，将中国的新小说"雅化"，但"求新"与"求雅"很难达成统一。新小说家并没有完成小说作为文学形式从俗到雅的转变，这种转变是"五四"时期作家完成的。虽然在晚清小说受到前所未有的重视，但那依靠的不是文学本身的魅力，而主要是借助于政治运动的威力。事实上，梁启超提出的小说救世说，一直是以改良群治为小说创作的最高目的。表面上新小说家追求的是小说的通俗化，但这种俗只是在文体意义上而言，不是在文学趣味上。他们看中小说文体的"俗"，是为了便于向大众灌输新思想；而在小说趣味上，则

---

① 公奴：《金陵卖书记》，上海，开明书店，1902，见陈平原、夏晓虹编：《二十世纪中国小说理论资料第一卷（1897—1916）》，北京，北京大学出版社，1989，第48页。

② 成之：《小说丛话》，《中华小说界》，1914年第4期。

追求"通俗"而不是"庸俗"——以通俗的手段，达到启蒙的目的。林纾和这些启蒙者一样，要以"雅"的文学趣味，创作和翻译貌似通俗的文学，"除美的方面外，又有特殊之目的"。夏曾佑的话很鲜明地表现了新小说家的真实态度："故中国之小说，亦分二派：一以应学士大夫之用，一以应妇女与粗人之用。体裁各异，而原理则同。"①

晚清小说创作的主要倾向与翻译小说不一样，不是通俗化而是高雅化，最明显的是对小说情节的有意漠视。以林译小说为代表的翻译小说不失情节和趣味，而林纾创作的《金陵秋》《践卓翁小说》等仍难脱旧小说的模式，晚清其他文人创作的新小说对哲理性和教诲性又过于看重，因此丧失了趣味性。直到辛亥革命后，这种倾向才出现反拨。在政治革命高涨的时代，肩负救世重任的小说还能被高度政治化的读者所接受，而革命失败后，一味关乎风化的教诲小说，很快失去了市场。被压抑过久的小说的消闲功能急剧膨胀，读者开始倒向"无关风化"的消闲小说。

不理解中国文学系统内诗文传统的核心地位和小说作为"稗官野史"的边缘地位，就不能理解为何外国小说要借助经史抬高身价，还要谋求直接功利的文艺观，以区别于认为传统小说不入流的观念。中国小说的趣味必须由俗变雅，但不能像梁启超他们那样把小说当作经史来写，靠增加政治议论和启蒙色彩来使小说雅化。相反，"著作之的不依社会嗜好之所在，而以个人艺术之趣味为准""勿复执着社会，使艺术之境萧然独立"。②林纾选择翻译的小说数量众多，无论是原作还是译本的艺术质量也都良莠不齐。虽然相对于如梁启超这样的政坛和文坛双栖人物来说，林纾对原作内容的选择显得不那么"有心计"，也许可算得是"以个人之艺术趣味为准"，但对这个标准，林纾又显得不那么自信，于是出现了在序跋中对言情、神怪等翻译小说的政治化解读，和以本土艺术趣味为参照的阐释（具体分析参见第三章）。这种解读也证明，林纾的拟古文体翻译小说在某种程度上仍然是建立在一种旧的小说观念基础上，它还是受到传统经史观的影响，而且这种思路实在是反映出时人强调小说社会功用的潮流。

然而，无论如何，正如胡适等人对林译的客观评价那样，林译至少用古文作了长篇小说，使板着面孔说惯了话的古文也带上了一丝滑稽和风趣。尤其是林纾推崇狄更斯的小说"俗中有雅，拙而能韵"③的风味，虽然其自著小说《剑腥录》等作品在这一点上并不出色，但以"雅文"状"俗

① 别士：《小说原理》，《绣像小说》，1903 年第 3 期。
② 启明：《小说与社会》，《绍兴县教育会月刊》，1914 年第 5 号。
③ 林纾：《块肉余生述·后编识语》(1908)，见林琴南：《林琴南书话》，钱谷融主编、吴俊标校，杭州，浙江人民出版社，1999。

事"，不繁冗、不恶俗、不沉闷，也算别具一格。

从艺术的发展着眼，林纾的拟古文体翻译小说，主要有两项长处：善写滑稽趣味和以简洁笔法描景抒情。林纾非常欣赏欧文"能以滑稽之语，发为伤心之言"①，斯威夫特"令观者捧腹"②和狄更斯"能写庄容"亦能"描蠢状"③的技巧。他把斯威夫特的《格列佛游记》翻译为《海外轩渠录》是借用宋代吕居仁著的笑话集《轩渠录》，把华盛顿·欧文著的《见闻札记》译为《拊掌录》也是借宋代邢居实著的笑话集《拊掌录》为名。作为"美国文学之父"的欧文，文笔轻盈，涉笔成趣，亦庄亦谐，他的《见闻札记》是英语文学中的经典之作，而林纾的译文更是准确抓住了原文的特色。其中《睡洞》《李迫大梦》等小说诙诡动人，风趣横生，在欧美各国是男女老幼都颇喜欢的名篇。在《睡洞》的翻译中，林纾不仅将乡间的田园景色，富户人家悠然的生活，种种家畜家禽的形状、神态、举止描绘得活灵活现，而且字里行间流溢着的诙谐，使人忍俊不禁。特别是穷教师依卡卜得·克来恩既恋农夫之女又羡农夫之产的那段"幻想曲"④，把一个穷酸小人的庸鄙心态表现得淋漓尽致，而译者(源自作者)的讽刺和揶揄的笔锋又深藏在心理刻画中，读之真令人"拊掌"叫绝！

在品评《伊索寓言》时林纾说"小说克白成家者，无若刘纳言之《谐谑录》……然专尚风趣，适资以侑酒，任为发蒙，则莫逮也，"⑤他考证了中国古文中的"风趣"，在《史记》和《汉书》中还能找到一些，"求之唐以下，不能有也。"⑥翻译的经验促使林纾重新审视和发现传统"古文"的韵味和价值，这不仅可以启发别人的创作，也激励他自己尝试作了不少"风趣"的小说，在《铁笛亭琐记》《畏庐琐记》以及他的创作小说《剑腥录》《践卓翁小说》等长、短篇小说中都有表现，虽然这些创作小说相对于他的翻译来说成就不算很高。

像林纾这样的古文家，以自己的翻译实绩证明，古文作长篇、言俗情

①　林纾：《旅行述异·序》(1906)，见林琴南：《林琴南书话》，钱谷融主编、吴俊标校，杭州，浙江人民出版社，1999。

②　林纾：《海外轩渠录·序》(1906)，见林琴南：《林琴南书话》，钱谷融主编、吴俊标校，杭州，浙江人民出版社，1999。

③　林纾：《滑稽外史·短评》(1907)，见林琴南：《林琴南书话》，钱谷融主编、吴俊标校，杭州，浙江人民出版社，1999。

④　参见〔美〕华盛顿·欧文：《拊掌录》，林纾、魏易译，北京，商务印书馆，1981。

⑤　林纾：《伊索寓言·叙》(1902)，见林琴南：《林琴南书话》，钱谷融主编、吴俊标校，杭州，浙江人民出版社，1999。

⑥　林纾：《春觉斋论文·风趣》(1913)，见王水照编：《历代文话》第7册，上海，复旦大学出版社，2007，第6377页。

的小说也并非不可能。"古文中叙事，惟叙家常平淡之事最难著笔"①，但他的翻译，吸取了传奇小说长于铺叙，以及白话小说的言琐碎的长处，文体显得有弹性，不再固守祖宗家法，用词讲究，句式简短，不若白话小说之浅俗冗长。在这一点上，可以说林纾的拟古文体翻译小说别有一番韵味。

在中国传统文学体系内部，文言小说（如笔记小说）和白话小说（如章回小说）是两种不同的文类，并行不悖，都属于文学体系中的边缘文学。由于西洋小说的译介和域外小说观念的输入，中国小说移动到了近代中国世界文学萌芽体系的半边缘，而文言小说与白话小说的区别，由文类转为文体。在此之前，白话小说主要为长篇，文言小说则基本上谨守短制。虽然近代以前我国已有白话小说，从这个角度看林译小说中出现许多白话词汇并不是什么稀奇的事，但林译小说的译文出自一个古文家之手，他在正统的文言文的总体格局中不仅杂以白话，而且杂以外国语及其语法，这就雄辩地说明了这样一个事实：传统的文言文已经不能满足时代、现实和文学事业发展的需要，传统的"中心文学"的正宗统治地位已经受到了新的冲击，而白话口语、外来语及其语法在文学语言（具体地说是小说语言）中的出现，已透露出"五四"时期文学语言"现代化"的消息。

林纾的拟古文体翻译小说在语言上趋近中心文学——采用了较俗便的古文，创造性地用拟古文翻译了西方文学的长篇作品。由此可见，在世界文学萌芽体系的边缘文学中，最容易进行语言和文学的变革，而为中心文学带来最大活力和创新因子的，也最可能在这一区域内出现。

---

① 林纾：《孝女耐儿传·序》(1907)，见林琴南：《林琴南书话》，钱谷融主编、吴俊标校，杭州，浙江人民出版社，1999。

第六章 中国文学的现代性与世界文学萌芽体系

第一节 从"杂小说"到现代小说分类

中国文学的现代性论题，已被众多学者论及。①虽然"现代性"这一概念本身具有一定的模糊性，但同时它也因此而具有了开放性的优势。对于中国人而言，现代性不仅意味着时间意义上的"古今之变"，而且意味着空间意义上的"中西之争"，它涉及如何对待过去，也涉及如何构筑未来。论者们往往各自观点不同，但有一个共识是：在中国文学的现代性讨论中，应该给予晚清的创作与翻译文学以重新的估价与定位。

本书所论述的近代中国 20 年间的西方文学翻译，正是中国文学主动接触世界文学和文学现代性的开端。"现代性广义地意味着成为现代（being modern），也就是适应现时及其无可置疑的'新颖性'（newness）"②，其中蕴含着自觉的求新求变的意识，和厚今薄古的创造策略。由此看来，晚清的文学革命已经开始了这一过程。"晚清之得称现代，毕竟由于作者读者对'新'及'变'的追求与了解，不再能于单一的、本土的文化传承中解决"③，这必然需要文学引进一个广阔的世界格局，由此，近代中国的世界文学萌芽体系，特别是处于边缘的外国文学翻译无疑成为我们追溯中国文学现代性的源头。本章仍以最具代表性的"林译小说"作为主要论述对象，思考以其为代表的西方翻译文学，如何在还处于文学体系的边缘地位时，将"世界文学"带入中国，将中国文学引入现代进程。

---

① 相关专著层出不穷，就笔者目力所及，仅 21 世纪初，专论中国文学现代性的便已有逄增玉的《现代性与中国现代文学》（长春，东北师范大学出版社，2001）、宋剑华主编的《现代性与中国文学》（济南，山东教育出版社，1999）、张法的《文艺与中国现代性》（武汉，湖北教育出版社，2002）、郑家建的《中国文学现代性的起源语境》（上海，上海三联书店，2002）、耿传明的《"现代性"的文学进程——二十世纪中国文学的动力与趋向考察》（北京，中国文史出版社，2003）、杨联芬的《晚清至五四：中国文学现代性的发生》（北京，北京大学出版社，2003）等著作。

② 〔美〕马泰·卡林内斯库：《现代性的五副面孔》，顾爱彬、李瑞华译，北京，商务印书馆，2002，第 337 页。

③ 王德威：《想象中国的方法：历史·小说·叙事》，天津，百花文艺出版社，2016，第 7 页。

纵然中国古代的目录学相当发达，但对于只是"道听途说者之所造"①的小说来说，它的类型无论是创作的丰富性还是批评的理论性都远比不上诗文。班固的《汉书·艺文志》开列了十几部小说，其中"考周事"的《周考》是以辨析说理为主，《虞初周说》运用了叙述、说明、介绍等方法记载了"医巫厌祝之术"，这说明班固还没有明确的小说文体意识，遑论小说类型意识。到后来明代学者胡应麟把古代小说分为志怪、传奇、杂录、丛谈、辨订、箴规六类②，其中只有志怪和传奇稍具小说意味。清代学者纪昀的《四库全书总目提要》将小说划为杂事、异闻、琐语三类，虽然较之以前更谨慎，但还是不免将旧入传记类的《汉武帝内传》、地理类的《山海经》等作品收入小说，仍然没有从根本上肃清小说的队伍。因此，尽管中国文言和白话小说的创作源远流长，但对小说的分类始终"编次无法，类目从杂"③。直到近代，随着对域外文学的翻译和小说创作的繁荣，中国小说的类型开始丰富，理论研究也开始走向自觉。

一、近代中国小说类型的丰富和健全

19世纪末至20世纪初，中国文学一直在努力进行着从旧文学到新文学、从古代文学到现代文学、从中国向世界、从封闭向开放的飞跃。在这蜕变、阵痛的过程中，以林译小说为代表的翻译文学成为了不可缺少的催化媒介。如果说，新文学的作家受到的是外国文学的启迪的话，那么不如说他们最早受到的更多还是"林译小说"的滋养，郭沫若、胡适、周氏兄弟、茅盾、苏雪林、朱自清等都曾回忆和坦言自己早年阅读林译小说时受到的启迪和震撼④，因此说"中国的旧文学当以林氏为终点；新文学当以林氏为起点"⑤并不过分。

清末民初，大量的外国文学译介，为中国小说树立了新的参照。"西洋小说分类甚精，中国则不然，仅可约举为英雄、儿女、鬼神三大派，然一书中仍相混杂。此中国之所短—。"⑥和域外小说相比，中国小说的类型和划分可以说相当贫乏与粗陋，这让近代小说理论家感受良深，"泰西事事物物，各有本名，分门别类，不苟假借。即以小说而论，各有体

① 班固：《汉书·艺文志》。
② 参见(明)胡应麟：《少室山房笔丛》第二十九卷，《九流绪论下》，广雅书局丛书本。
③ 晁瑮：《宝文堂书目》卷上"史"门(《李唐五代通俗演义》)。
④ 具体言论和回忆的辑录参见《林纾研究资料综述》。
⑤ 寒光：《林琴南》，《人世间》，1935年第30期。
⑥ 侠人：《小说丛话》，《新小说》，1905年第13号，见陈平原、夏晓虹编：《二十世纪中国小说理论资料第一卷(1897—1916)》，北京，北京大学出版社，1989，第80页。

裁，各有别名，不得仅以形容字别之也。譬如'短篇小说'，吾国第于'小说'之上，增'短篇'二字以形容之，而西人则各类皆有专名，如 Romance，Novelette，Story，Tale，Fable 等皆是也"。①

正是外国小说积极参与了中国近代"小说"这一文类构建其现代意义的过程。梁启超等小说界革命倡导者大多只是在理论上提出了构想，但是以柯南·道尔、哈葛德为代表的侦探小说、冒险小说，以及林纾众多的翻译实绩极大冲击了中国旧的"小说"概念，丰富和健全了中国近代小说的类型。过去，"中国小说之范围，大都不出语怪、海淫、海盗之三项"②外，但林纾在短短二十五年（从 1899 年发表第一部翻译小说《巴黎茶花女遗事》至 1924 年去世）的时间里译介了将近二百种（包括未刊印的十八种）作品③，且文类繁多，包括寓言（如《伊索寓言》）、战记（如《滑铁卢战血余腥记》）、戏剧故事（如《吟边燕语》）等，不一而足。其中小说的类型更是使得国人大开眼界，言情小说（如《迦茵小传》）、冒险小说（如《鲁滨孙漂流记》）、历史小说（如《撒克逊劫后英雄略》）、神怪小说（如《三千年艳尸记》）、侦探小说（如《歇洛克奇案开场》）以及"描写俗情""增人阅历""大有功于社会"④的写实主义小说（如《滑稽外史》）等，很多都是中国传统小说所不具备或没有独立出来的类型。1902 年，《新民丛报》上刊登介绍近代中国第一本小说杂志《新小说》的文章，作者在"本报内容"中列举了众多的小说类型：历史小说、政治小说、哲理科学小说、军事小说、冒险小说、侦探小说、写情小说、语怪小说、札记体小说、传奇体小说、世界名人逸事等十余种。⑤1906 年的《〈月月小说〉发刊词》也举出了侠情小说、国民小说、滑稽小说等十一种。⑥尽管此时对小说文体类型的划分存在不同标准——按内容与按风格——的混淆和将传记与小说并列的趋向，但毕竟中国近代小说已经超越了过去中国"杂小说"的身份不明或内容上"不出海淫海盗两端"的阶段，逐渐在摸索中汇入世界文学的洪流。

---

① 紫英：《新庵谐译》，《月月小说》第 1 卷，1907 年第 5 号。

② 定一：《小说丛话》，《新小说》，1905 年第 13 号，见陈平原、夏晓虹编：《二十世纪中国小说理论资料第一卷(1897—1916)》，北京，北京大学出版社，1989，第 80 页。

③ 俞久洪：《林纾翻译作品考索》，见薛绥之、张俊才：《林纾研究资料》，福州，福建人民出版社，1983。

④ 林纾：《滑稽外史·短评》(1907)，见林琴南：《林琴南书话》，钱谷融主编、吴俊标校，杭州，浙江人民出版社，1999。

⑤ 新小说报社：《中国唯一之文学报〈新小说〉》，《新民丛报》，1902 年第 14 号，见陈平原、夏晓虹编：《二十世纪中国小说理论经资料第一卷(1897—1916)》，北京，北京大学出版社，1989，第 42～46 页。

⑥ 参见陆绍明：《〈月月小说〉发刊词》，《月月小说》，1906 年第 3 号。

　　从"杂小说"到现代小说，需要一个转变的过程，在这一过程中任何人都难以跳出历史的局限。近代小说变革伊始，小说家还难免用中国传统的"杂小说"概念理解西方的"小说"，在林译小说丛书中，收入的并不都是纯小说文类，还包括寓言、笔记、戏剧故事等（其中当然也不排除出版商和编辑的作用）。林纾将英国作家钱伯司（W. ＆ R. Chambers）的笔记集①译成说部《诗人解颐语》，把美国作家鲍德温（James Baldwin，1841～1925）的《泰西三十轶事》（*Thirty More Famous Stories Retold*）译成说部《秋灯谭屑》，这倒也符合各民族早期文学中散文与小说难以区分的规律与特点。从题目看，林纾很清楚这两部作品的性质，但他所隐约推崇的较宽泛的"杂小说"观使得他将之译为说部顺理成章。然而在林纾自己创作的作品中，《践卓翁短篇小说》与《铁笛亭琐记》的分类明显显示出林纾对于"小说"和"笔记"的划分还是相当明确的。

　　其实，中国文学自魏、晋、隋、唐的记人、志怪、山水小品之后，宋代的散文已经深广地开拓了叙录的内容，《香谱》论香，《北山酒经》论酒，《云林石谱》论石；而记录岁时风俗的作品继南梁人著《荆楚岁时记》后，宋代也出现了《东京梦华录》《都城纪胜》《梦粱录》等散文笔记，其间蕴含的市井琐事，以及寓情于景的手法的确影响了中国叙事文学的发展，但毕竟这一"内功"仍然要与域外文学这一"外力"相结合才会产生真正的有效动力。对于有着深厚传统文学修养的林纾来说，随着包括由自己所参与建构的中国现代"小说"概念的明确化，以及小说文体类型意识的丰富与自觉，小说与笔记等其他文类的区别也越来越清晰。这显示出林纾的文学观是开放的，这也区别于后一代文人的颠覆式文学观，林纾认为"吾中国百不如人，独文字一门，差足自立"②，因此，域外文学的作用是丰富和壮大中国文学，去除对西方文学的误会，而不是彻底颠覆中国传统的文学。相对于过分看重外国小说社会功用的新小说家，和后来更加年轻气盛的新文化人，林纾某些对西方文学的观点显得更客观、更冷静："余非黜华伸欧，盖欲求寓言之专作，能使童蒙闻而笑乐，渐悟乎人心之变幻，物理之歧出，实未有如伊索氏者也。"③

　　在中国小说中最不缺乏的似乎便是历史题材，古人将小说都当作真实写照，更何况写历史的小说。大仲马小说在近代中国的翻译数量居第

<hr>

① 　原作疑为 *Chambers's Complete Tales for Infants*，寒光、朱羲胄、曾锦漳、韩迪厚皆谓"倩伯司"为 Chamberce。参见马泰来：《林纾翻译作品全目》，《林纾的翻译》。
② 　林纾：《拊掌录·跋尾》（1907），见林琴南：《林琴南书话》，钱谷融主编、吴俊标校，杭州，浙江人民出版社，1999。
③ 　林纾：《伊索寓言·叙》（1902），见林琴南：《林琴南书话》，钱谷融主编、吴俊标校，杭州，浙江人民出版社，1999。

四位，然而林译《撒克逊劫后英雄略》在本国语中便已是一部名品，其中
以浪漫主义的手法书写历史的方式的确令中国近代读者耳目一新，它的
作者司各特(Walter Scott，1771~1832)是19世纪初期英国最杰出的小
说家之一，欧洲历史小说的奠基人。他一生创作了27部长篇小说，以浪
漫主义笔法描绘了广阔的历史画面，艺术地再现了中世纪以来英国的重
大历史事件，《撒克逊劫后英雄略》便是其中的佼佼者。小说描写脑门豆
(诺曼)贵族与被其征服的原盎格鲁—撒克逊民族之间的矛盾，以及脑门
豆征服者内部的"狮心王"李却与兄弟约翰亲王之间争夺王位的斗争。小
说在人物塑造上成就突出，但男女主人公挨梵诃(今译艾凡赫)和鲁温娜
(今译罗文娜)不过是一般的英雄美人，反而是其中的次要人物有血有肉，
典型生动，例如弄儿汪霸(今译小丑汪巴)、犹太人以撒和犹太女子吕佩
珈(今译吕贝加)，尤其是自由民骆宾荷德(今译罗宾汉)更是生动有神、跃
然纸上。而且男女主人公跌宕起伏的爱情故事，绿林好汉骆宾荷德惊心动
魄的故事，比武大会的热烈紧张，骑士游侠的自由生活等使小说产生了强
烈的戏剧效果和浪漫主义的激情。后来的浪漫主义文学主将郭沫若就曾说：
"林译小说中对于我后来文学倾向上有一个决定的影响的，是Scott的
Ivanhoe，他译成《撒克逊劫后英雄略》。这书后来我读过英文，他的误译和
省略处虽很不少，但那种浪漫主义的精神他是具象地提示给我了。"①

　　固然林纾在翻译和介绍这部作品时不断在译文中插叙或在序跋中指
点读者注意其中的"史迁笔法"和与当时的中国人相似的盎格鲁—撒克逊
民族的被奴役境地，但也无奈读者在阅读时还是会被跌宕浪漫的风格所
吸引。因此，司各特凭借这部小说在近代中国声名鹊起，凌昌言在《司各
特逝世百年祭》中评价林译的这部作品时说："由于他的介绍，司各特便
和嚣俄(雨果)、仲马成为三个仅有的中国所熟悉的西洋作家。中国的读
者，对这位'惠佛莱说部'的作者的认识和估价，竟超过莎士比亚而上之。
我们可以看到挨梵诃和吕珮珈的情史而眉飞色舞，而对于更伟大的莎士
比亚的作品，却只能自安于《吟边燕语》的转述。因此我们可以说，司各
特是我们认识西洋文学的第一步。"②

　　林译的《撒克逊劫后英雄略》自1905年10月初版后，先后编入1906
年的"说部丛书"初集、1914年的"林译小说丛书"、1931年的"万有文库"
和1947年的"新中学文库"。尽管后来有过上海启明书局1937年5月谢
煌的同名译本，1939年8月中华书局推出的施蛰存译的《劫后英雄》，
1944年1月重庆五十年代出版社的陈原译的《劫后英雄记》等译本，但在

---

　　① 郭沫若：《少年时代》，北京，人民文学出版社，1979，第114页。
　　② 凌昌言：《司各特逝世百年祭》，《现代》第2卷，1932年第2期。

发行量上都远不及林译本，足以见得林译司各特《撒克逊劫后英雄略》这部翻译小说本身的影响力和号召力。

二、写实文学的魅力

常有人指责林译小说流品不一，多杂二三流的作家或作品，但其中也不乏一流作家的经典之作。《滑稽外史》（今译《尼古拉斯·尼古贝》）、《魔侠传》（今译《堂吉诃德》）、《贼史》（今译《奥利弗·退斯特》或《雾都孤儿》）、《孝女耐儿传》（今译《老古玩店》）、《撒克逊劫后英雄略》（今译《艾凡赫》）等作品不仅在原语文学中已属经典之作，而且林纾的译本本身也是很好的翻译。[①]但是在所有的作家作品中，林纾所大加揄扬、倾心推许的还是以迭更司（即狄更斯）为代表的写实主义的杰作。"英文之高者，曰司各得；法文之高者，曰仲马，吾则皆译之矣。然司氏之文绵褫，仲氏之文疏阔，读后无复余味。独迭更司先生临文如善弈之著子，闲闲一置，殆千旋万绕……"[②]他惊叹狄更斯的小说技巧："左、马、班、韩能写庄容不能描蠢状，迭更司盖于此四子外，别开生面矣。"[③]狄更斯以"传社会"而见长，他笔下的人物，皆阛阓中的芸芸众生：伧父、钱房、市侩、恶棍、踽踽街头的流浪儿、卑微猥琐的小人物……无不惟妙惟肖，出神入化。

林纾翻译狄更斯的小说仅五种，虽然数量不多，但每一部都认真作序，《孝女耐儿传·序》《贼史·序》《块肉余生述·序》《滑稽外史·短评》《冰雪因缘·序》等，都是颇具慧眼的小说理论文章，足以证明他对狄更斯的偏爱和特殊的领悟力。在这些充分展现个人文学鉴赏力和修养的序跋中，林纾体现了一种现代的小说意识的觉醒，他大胆地提倡小说去无情地暴露社会黑暗，直面惨淡的人生；倡言小说的描写对象由英雄豪杰、才子佳人移向社会底层，大力强调描写下等社会；倡言写家常琐细之事，使小说从浓重的英雄传奇色彩转向普通的平凡人生。当然其中仍然有着中国文学传统中的经世动机，但它同时透露了未来世界的信息，昭示着一种新的、具有蓬勃生命活力的文学模式在中国文坛的诞生。

中国固有的文化传统给予小说的深刻影响有二：一是文以载道，代圣贤立言，人物流于程式化；一是视小说为小道，只供游戏消闲。针对

---

① 钱锺书在《林纾的翻译》中举《滑稽外史》的例子说林纾不仅颇能表达狄更斯的风趣，而且"往往捐助自己的'谐谑'，为迭更司的幽默加油加酱"。其余几部也都曾在郑振铎的《林琴南先生》中受到赞赏，认为"都可以算得很好的译本"。

② 林纾：《冰雪因缘·序》（1908），见林琴南：《林琴南书话》，钱谷融主编、吴俊标校，杭州，浙江人民出版社，1999。

③ 林纾：《滑稽外史·短评》（1907），见林琴南：《林琴南书话》，钱谷融主编、吴俊标校，杭州，浙江人民出版社，1999。

以上两种倾向,郑振铎就曾批评说:"娱乐派的文学观,是使文学堕落,使文学失其天真……传道派的文学观,则是使文学干枯失泽,使文学陷于教训的桎梏中。"①然而,狄更斯的写实主义文学植入中国能够迅速生长,很大意义上就是基于中国早有劝善惩恶的文学传统,所谓"迭更司极力抉摘下等社会之积弊,作为小说,俾政府知而改之。"②狄更斯承载着中国新小说家所极力树立的小说的经世功能,用以打破过去的视小说为"小道"的积弊。当然林纾对狄更斯的介绍仍然是将现代小说与儒家有关乐府诗美刺讽喻的文学传统联系了起来,纳入传统的儒家文学观与文学价值范畴中去了,但另一方面"伟大的小说传统,尤其是 19 世纪的小说",特别具有"再利用"的可能性,因为"19 世纪现实主义传统比现代主义更接近大众口味"③,适于阅读的特点以及中国后来复杂的社会文化原因,使得以狄更斯为代表的批判现实主义一经林纾介绍入中国,便一发成为五四及其以后中国文坛的主流。

　林纾的小说观具有鲜明的社会批判的特色,主张"笔舌所及,情罪皆真,爱书既成,声影莫遁"④,所谓"情罪皆真",即指真实地揭露社会罪恶;"声影莫遁",即指绘声绘影、生动立体的人物性格刻画。令林纾感慨万端的是:"魑魅出没之地,不在穷山,而在阛阓!"⑤他热切地为当时的中国文学召唤狄更斯式的写实主义:"所恨无迭更司其人,如有人能举社会中积弊,著为小说,用告当事,或庶几也。呜呼!李伯元已矣!今日健者,惟孟朴及老残二君,果能出其绪余,效吴道子之写地狱变相,社会之受益,宁有穷耶?"⑥唐代画家吴道子所画作品惟妙惟肖,将事物的表象与实质都生动再现出来,后世的小说家能继承其精神余绪的,不过只有李伯元、曾朴、刘鹗几人,但李伯元又已于 1906 年过世,因此林纾才极力呼唤中国文坛应该多些狄更斯式的小说家,举社会积弊为小说,改良中国社会。鲁迅曾在《我怎么做起小说来》中谈道:"说到'为什么'做小说罢,我仍抱着十多年前的'启蒙主义',以为必须是'为人生',而且

①　郑振铎:《新文学观的建设》,《文学旬刊》,1922 年第 37 期。

②　林纾:《贼史·序》(1908),见林琴南:《林琴南书话》,钱谷融主编、吴俊标校,杭州,浙江人民出版社,1999。

③　〔巴西〕约翰·弥尔顿:《大众小说的翻译》,见谢天振主编:《翻译的理论建构与文化透视》,上海,上海外语教育出版社,2000,第 150 页。

④　林纾:《滑稽外史·短评》(1907),见林琴南:《林琴南书话》,钱谷融主编、吴俊标校,杭州,浙江人民出版社,1999。

⑤　林纾:《滑稽外史·短评》(1907),见林琴南:《林琴南书话》,钱谷融主编、吴俊标校,杭州,浙江人民出版社,1999。

⑥　林纾:《贼史·序》(1908),见林琴南:《林琴南书话》,钱谷融主编、吴俊标校,杭州,浙江人民出版社,1999。

要改良这人生","我的取材,多采自病态社会的不幸的人们中,意思是
在揭出病苦,引起疗救的注意"①,两者相对照,我们发现相似的小说功
用观跨越与延续了二十多年,证明五四"为人生"派文学与林纾对狄更斯
的大力推举和译介是一脉相承的。

在中国传统的民族文化心理结构中,审美意识与封建伦理观念浑然
一体,小说艺术典型要求体现明确的是非善恶的伦理规范和道德要求,
平凡的芸芸众生往往不在小说家们的艺术视野之内,小说家着力去刻画
的是那些非凡的、完美的理想人格,大忠、大孝、大节、大烈,具有强
烈的理性色彩和道德感化力量,即所谓"忠臣、孝子、义夫、节妇",或
则刻画理想化、诗化了的才子佳人,即所谓"名士美人"。在中国古代的
小说理论中,虽然也有市民意识的抬头,表现出非英雄化、非伦理化的
倾向,比如张竹坡在《金瓶梅》的评点中提出"市井的文字",反映了中国
小说从英雄传奇到描绘世俗生活的人情小说的重大转折,但是,张竹坡
所谓的"市井的文字"主要还是与"花娇月媚的文字"相对照而言,着重于
雅俗之辨,并不曾将同情关注的目光真正投向下等社会。

当林纾以朴素的比较文学的意识介绍外国小说时,他已经凭借自己
对小说特有的敏锐为中国文学的现代意识献出了一份厚礼,他注意到:

> 施耐庵著《水浒》,从史进入手,点染数十人,咸历落有致。至
> 于后来,则如一丘之貉,不复分疏其人,意索才尽,亦精神不能持
> 久而周遍之故。然犹叙盗侠之事,神奸魁蠹,令人耸慑。若是书特
> 叙家常至琐至屑无奇之事迹,自不善操笔者为之,且恹恹生人睡魔;
> 而迭更司乃能化腐为奇,撮散作整,收五虫万怪,融汇之以精神,
> 真特笔也。史、班叙妇人琐事,已绵细可味矣,顾无长篇可以寻绎。
> 其长篇可以寻绎者,惟一《石头记》。然炫语富贵,叙述故家,纬之
> 以男女之艳情,而易动目。若迭更司此书,种种描摹下等社会,虽
> 可哕可鄙之事,一运以佳妙之笔,皆足供人喷饭,英伦半开化时民
> 间弊俗,亦皎然揭诸眉睫之下。②

中国并非没有写实主义倾向的文学传统,但《水浒传》《史记》《汉书》《红楼
梦》等作品要么气脉不能贯通一致,要么谨守短制,要么不能算是严格的
描摹下等社会。日本人内田道夫在分析了《红楼梦》《金瓶梅》《水浒传》等

---

① 鲁迅:《南腔北调集》,南京,译林出版社,2018,第87~88页。
② 林纾:《块肉余生述·序》(1908),见林琴南:《林琴南书话》,钱谷融主编、吴俊标校,
  杭州,浙江人民出版社,1999。

经典作品之后认为："中国小说是自发地走向写实主义的。只不过是，中国小说长期以来，甘心居于低水平的评价，作为为人生而艺术，从意识上是远离的。从而在写实主义上，优秀作品的产生，精密理论的出现，不能不有待于西欧文学的影响。"①在这一意义上，林纾在译作中所体味出和倡导的"专为下等社会写照"，是一种典型的平民意识，标志着中国现代小说意识的觉醒。中国的写实主义文学借由林译小说开启的西方写实主义文学的引进，开始走入了一个日渐自觉、成熟和理论化时代。

直到"五四"时期，新文学运动的主将陈独秀在《文学革命论》中标举"三大主义"的文学革命旗帜：打倒贵族文学、古典文学、山林文学；建设国民文学、写实文学、社会文学。这可以说是林纾的域外小说理论的发展、深化和纲领化。胡适要求新文学表现"今日的贫民社会，如工厂之男女工人，人力车夫，内地农家，各处大商贩及小店铺，一切痛苦情形"②；周作人标举"平民文学"，主张"我们不必记英雄豪杰的事业，才子佳人的幸福，只应记载世间普通男女的悲欢成败"③；茅盾提倡"为平民的非为一般特殊阶级的人"的新文学④；鲁迅则着力表现"上流社会的堕落和下层社会的不幸"。（鲁迅：《集外集拾遗·英译本〈短篇小说选集〉自序》）这些主张，就其历史渊源而论，显然同林纾的小说理论之间，存在着不可抹杀的血缘关系。

倡言小说"惟叙家常平淡之事""特叙家常至琐至屑无奇之事迹""于不易写生处出写生妙手"⑤，此即林纾在其自撰小说《洪罕篁》一篇跋语中所说的，迭更司（今译狄更斯）先生于布帛粟米中述情，而情中有文，语语自肺腑中流出。在迭更司的这些作品中，并无轰轰烈烈、可歌可泣的英雄业迹，有的只是普通的、平凡的真实人生，这是一种新的艺术追求，是在更深的层次上，对传统的审美价值和人生价值标准的否定。中国古代的旧式小说，往往带有过于浓重的政治功利色彩、伦理道德色彩、英雄传奇色彩，这些淹没了个人的情感，柴米油盐的琐屑人生、喜怒爱嗔的世俗情感，都被视为卑微的、渺小的、不足道的。所以，林纾提出的"布帛粟米中述情"，体现了一种"人"的觉醒——人对自身价值的发现和肯定，要求小说表现普通的平凡的人的真情实感，虽无惊天地、泣鬼神

① 〔日〕内田道夫：《林琴南的文学评论》，见薛绥之、张俊才：《林纾研究资料》，福州，福建人民出版社，1983，第272～273页。

② 胡适：《建设的文学革命论》，《新青年》第4卷第4号，1918年4月15日。

③ 周作人：《平民文学》，《每周评论》第5号，1919年1月，第211页。

④ 茅盾：《新旧文学平议之评议》，《小说月报》第11卷第1号，1930年1月。

⑤ 林纾：《冰雪因缘·序》(1908)，见林琴南：《林琴南书话》，钱谷融主编、吴俊标校，杭州，浙江人民出版社，1999。

的崇高、壮美，但却是有血有肉的本性流露，诗意和美正存在于平凡无奇的惨淡人生之中。此即五四以后"为人生"派所提出的"匹夫匹妇的哭声""潺潺的人生之河的水声"①，"抱着这种'人生艺术观'，所以描写的多是日常生活，平凡的琐细的生活"。②因此，林纾所开拓的这种新的审美规范，可以视为"五四"时期"人的文学"之滥觞。

当然，不可否认的是，林纾对写实主义的标举仍然承继的是史传文学的余绪，并未完全实现文学中写实主义的理论自觉。杨义在阐述我国近代小说理论的变迁与启蒙主义思潮的兴起时认为，晚清一代，在启蒙主义小说理论方面最有影响力的是梁启超，而对近代写实主义小说理论做过初步探索和直观猜测，从而最值得珍视的，是徐念慈和林纾，"在一定的意义上，二者皆可看作'五四'时期新小说观的先驱"。在徐念慈与林纾之间比较，杨义认为"林纾对近代现实主义特征的论述更为深至，更有光泽，影响也更加巨大"，但"林纾虽然对狄更斯小说发表了很好的意见，但这种意见是直观的，并没有上升为系统的意识形态"。近代写实主义小说的一个显著特点，是小说描写对象从帝王将相、英雄美人转移到下层社会的平凡人生，从而带上了平民性。林纾的《孝女耐儿传·序》，已经"敏感地感觉到这一点"，但是，"林纾不是站在资产阶级启蒙主义者的立场，而是站在开明的士大夫文人的立场上，去谈论近代现实主义文艺的。他并不主张从根本上去改革国政大局，只是呼唤作家抉摘社会上的某些积弊，以资政府采风维新。在这一点上，他比梁启超还要落后许多里程"。③杨义对林纾的批评固然切中肯綮，但有一点不容忽视：由于中国特殊的政治化文学背景，一直以来中国的"现实主义的采纳者们从道德的实用角度限定了它的使用"。④这不是林纾一个人的问题，而是从晚清到"五四"时期甚至到中华人民共和国成立后文学的普遍化倾向。所以虽然林纾创作的《洪罕女郎传》写实主义成就不高，但他在文学口味和理论观念上召唤了一种新的文学理想——"传社会"和"为下等社会写照"。

中国传统小说在内容上"不出诲盗诲淫两端"⑤，于是借外国小说之

---

① 郑振铎：《新文学观的建设》，《文学旬刊》，1922年第37期。

② 胡愈之：《近代文学上的写实主义》，《东方杂志》第17卷第1号，1920年1月。

③ 杨义：《中国现代小说史》第一卷，北京，人民文学出版社，1998，第11～13页。

④ 安敏成在他的《现实主义的限制》一书中对中国从晚清到新中国成立后对现实主义的接受和流变进行了细致梳理和深入分析。〔美〕安敏成：《现实主义的限制》，姜涛译，南京，江苏人民出版社，2011，第78页。

⑤ 任公：《译印政治小说序》，《清议报》，1898年第一册，见陈平原、夏晓虹编：《二十世纪中国小说理论资料第一卷（1897—1916）》，北京，北京大学出版社，1989，第21页。

助，必须输入中国所没有的小说作为"补救之方"①。可以说，中国近代文坛中各种类型小说的繁荣较这一时期之前和之后都有过之而无不及。晚清以前的中国小说自不待言，就是新文化运动后的小说界，由于中国特殊的社会状况和纠结复杂的各方面原因，也存在过分压抑通俗消闲小说，一味标举写实主义小说的倾向。在林纾眼里，文学是启蒙的工具，这是一项能使国富民强的"实业"，因为翻译小说可以"振动爱国之志气"②，这自然是秉承同时代大多数知识分子，尤其是梁启超"小说与改良群治"间重要关系的思路，其中暗含的是对工具理性的认同。而中国现代文学的发展一直没有摆脱对于文学教化功能过分强调的桎梏，从晚清开始引入的西方写实主义也越来越被神化为一种能够组织、团结中国民众的激进的艺术，于是写实主义同时也就被纳入了更广泛的意识形态体系。然而，清末民初的小说文体类型极大丰富的面貌一去不复返了，纵然当时政治小说、侦探小说、科学小说、历史小说、言情小说、虚无党小说、语怪小说等良莠并存、流品不一，但正是在这一时期，中国小说呈现了一种近乎疯狂的膨胀与增长，也可以说是一种近乎畸形的繁荣。事实上，晚清小说启蒙者带来的丰富的、多样的中国近代小说类型，正是为中国文学的现代性列举了无数可能，开辟了众多可以选择的空间，不过"五四"新文化人只是选择了"这一种"而已。

梁启超提倡小说是因为"欧洲各国变革之始，其魁儒硕学，仁人志士，往往以其身之所经历，及胸中所怀，政治之议论，一寄之于小说"。③这是从工具理性的态度出发，主张译西书以缩短中国与以西方为代表的"现代"之间的差距。而小说通俗易懂，具有感情的宣泄功能，所以成为启蒙的最佳工具。这种言论虽然有强烈的号召力，但是也不免有夸大小说功用之虞。西方社会的现代性进程有深邃的思想背景，小说的发展只是其中一端。它是在西方社会启蒙运动后的理性思潮中，哲学、宗教、政治与产业经济生活急剧变革后的产物。而梁启超等小说革命的力主者们，无法真正理解和深入探索西方小说变革的背景和意义，也无暇客观自省中国社会的不同因素，只是横向移植西方小说作为解决民族

---

① 定一：《小说丛话》，《新小说》，1905 年第 15 号，见陈平原、夏晓虹编：《二十世纪中国小说理论资料第一卷(1897—1916)》，北京，北京大学出版社，1989，第 83 页。

② 林纾：《爱国二童子传·达旨》(1907)，见林琴南：《林琴南书话》，钱谷融主编、吴俊标校，杭州，浙江人民出版社，1999。

③ 任公：《译印政治小说序》，《清议报》，1899 年第一册。见陈平原、夏晓虹编：《二十世纪中国小说理论资料第一卷(1897—1916)》，北京，北京大学出版社，1989，第 21 页。

危难的灵丹妙药，这自然忽略了历史演进的复杂性。

过度简化小说的发展，只能是治丝益棼。而对于小说社会功用的工具化夸大，自然忽略了小说的美学层面，导致天然带有娱乐消闲功能的小说负担了太过沉重的社会使命，终至于写实主义从清末民初到"五四"及至以后，一直独霸文坛。无论是西方写实主义移入中国的变形，还是出于工具理性的考虑过分夸大写实主义的功用，中国写实主义文学中涌现的问题事实上在梁启超和林纾那里就已经呈现，只是历史令我们遗憾地认识到后继者们没有及时纠偏罢了。

第二节　文学的审美功能

相当长的一段时间里，不懂外文的林纾翻译的小说以其独特的艺术韵味成为中国文学乃至世界翻译文学史上的一个"神话"。但或许正是他对外文的不知，使他不必去面对翻译原本的语言和文体的局限，只需在口述者的译述与他本人深厚的中国传统文学功底间建立直接的对象化的内在审美联系。这或许可以解释何以在众多的晚清翻译中，林纾的翻译最自由通脱，他对域外小说艺术的把握最准确敏锐。虽然林纾经常将外国小说比附为史传文学偶有牵强附会之嫌，但史传文学所代表的雅的品位倒与西洋小说所贯穿的艺术化追求相连通，远比将之比附为在中国代表俗文学的小说来得准确，这也利于他对西方小说进行审美化的体味。

一、由情节而人物

在文学的所有功能中，"美"是它的重要品格，郭延礼曾明确提出在"文学功能认识的转变中"，"'美'的标准"是"中国文学由古典向现代的转型"的重要方面之一。①但从古代文学的"文以载道"到近代的"文学启蒙"，中国文人一直将重点放在文学的"教化"功能上，而忽视了文学的"审美"层次。中国古代也讲"美"，但这个代表美好、称赞的"美"并不同于近代之后输入中国的西方文学理论意义上的"审美"。

清末民初，在中国小说的启蒙时期并非无人注意到文学的"审美"功能，1903 年瑟斋就曾引西洋小说理论来批评中国小说："英国大文豪佐治宾哈威云：'小说之程度愈高，则写内面之事情愈多，写外面之生活愈少，故观其书中两者分量之比例，而书之价值，可得而定矣。'可谓知言。

---

① 郭延礼：《中国文学由古典向现代的转型及其文学史意义》，《文艺研究》，2002 年第 6 期。

持此以料拣中国小说，则惟《红楼梦》得其一二耳，余皆不足语于是也。"①黄人在《〈小说林〉发刊词》中也曾批评片面追求小说教化功能者，提出："小说者，文学之倾于美的方面之一种也。"②然而在时代的主流中，个别人的声音过于微弱，难免很快被淹没。

中国小说长久以来受制于其"俗"的文学定位，大众的阅读旨趣也大都与此相符合。因此，传统中国小说叙事不太追求叙述的创新技巧、语言的个性化、美学功能的丰富等，当然这与小说在中国"杂文学"中的边缘定位有关。然而随着小说地位的提升，读者阅读经验的丰富、口味的提高，中国小说的现代品格——审美功能的重要性自然成了题中应有之义。但是小说的地位在近代文学革命中获得提升的途径与方式是使之承担了"载道"的功能，与此同时，政治功能的过度夸大是以压抑其娱乐和艺术功能为代价的。中国近代的文学革命发生于以经学为中心的传统知识崩溃和以西学为榜样的现代知识发生的时刻，于是中国新文学一开始就替代了传统经学的核心功能，因此，启蒙的功利主义文学观与纯文学(文学独立性)的观念构成了现代文学观念内在的紧张。林纾当然不能逃脱时代的窠臼，同样无法明确建立起一种独立自律的文学观念，他在很多小说前发表的个人的直观见解，也没有上升为中国新小说系统的理论性指导。但不容否认的是，他在革命者只关切小说的社会功用，读者仍然注重故事和情节时，将更多目光投向了小说的审美领域——结构布局、人物塑造、语言风格、细节描写以及对创作主体的观照。

中国的旧式小说多以故事性强而取胜，追求情节的离奇曲折，叙说娓娓动人的悲欢离合，让情节驱遣人物，但林纾在自己译介的西洋小说启发下极其敏锐地捕捉住了新的审美信息——由情节小说到性格小说的蜕变。他在《冰雪因缘·序》中指出：

> 此书情节无多，寥寥百余语，可括东贝家事，而迭更司先生叙至二十五万言，谈诙间出，声泪俱下。言小人则曲尽其毒螫，叙孝女则直揭其天性。至描写东贝之骄，层出不穷，恐吴道子之画地狱变相，不复能过。且状人间阘茸谄佞者，无遁情矣。呜呼！吾于先生之文又何间焉！③

① 瑶斋：《小说丛话》，《新小说》，1903 年第 7 号，见陈平原、夏晓虹编：《二十世纪中国小说理论资料第一卷(1897—1916)》，北京，北京大学出版社，1989，第 83 页。
② 摩西：《〈小说林〉发刊词》，《小说林》，1907 年第 1 期，见陈平原、夏晓虹编：《二十世纪中国小说理论资料第一卷(1897—1916)》，北京，北京大学出版社，1989，234 页。
③ 林纾：《冰雪因缘·序》(1908)，见林琴南：《林琴南书话》，钱谷融主编、吴俊标校，杭州，浙江人民出版社，1999。

译作的序跋常常是译者对作品的受众进行"干预"的极好场所，在这里林纾将读者的目光引向人物性格的开掘，以精雕细刻的笔触刻画作为社会关系总和的人。狄更斯的小说不仅情节跌宕起伏，而且切入社会人生的纵深层面，以性格的魅力建构艺术的殿堂。林纾所做的论述，使传统的以情节为框架的小说模式面临着挑战，并且加强了中国读者对批判现实主义小说的鉴赏力。

林纾翻译的西方小说，尤其是19世纪的批判现实主义小说，人物是极其重要的一部分，即使是现代主义的开创者伍尔芙也注意到："所有的小说都得与人物打交道，都要去表现人物性格——小说的形式之所以发展到如此笨重、累赘而缺乏戏剧性，如此丰富、灵活而充满生命力的地步，正是为了表现人物，而不是为了说教、讴歌或颂扬不列颠帝国。"[1]但在林译时代的中国，小说恰恰是要"说教、讴歌或颂扬"一种国家或民族意志，正是在这一背景下，林纾将目光触及在当时的小说理论领域中还很少有人注意的人物问题才显得尤其难能可贵。

> 迭更司写尼古拉司母之丑状，其为淫耶？秽耶？蠢而多言耶？愚而饰智耶？乃一无所类。但觉彼言一发，即纷纠如乱丝；每有所言，均别出花样，不复不沓，因叹左、马、班、韩能写庄容不能描蠢状，迭更司盖于此四子外，别开生面矣。[2]

中国的旧式小说，为了符合某种审美意识，往往强化人物某一方面的性格特征，正与邪、善与恶、美与丑鲜明对垒，构成人物之间的外在冲突。人物性格单一，倾向清晰、明确。西方近代写实主义文学关于典型化的基本要求，就是按照人物的本来面目来写人，着重揭示人物性格的内在矛盾，肯定与否定的二元对立：智与愚、贤与奸、正义与邪恶……撞击冲突，性格由多层次、多色调构成，表现其复杂、模糊与立体的形态。林纾所谓的"别开生面"，就是他对这种既非正亦非邪的典型塑造原则的一种直观感受，不失为一种艺术启示。

不过令人奇怪的是，中国传统小说中对人物形象及性格的塑造也并非一无是处，早期小说的人物都为行为而设，《三国演义》是公认的第一

---

[1]　〔英〕弗吉尼亚·伍尔芙：《论小说与小说家》，瞿世镜译，上海，上海译文出版社，1986，第187页。

[2]　林纾：《滑稽外史·短评》(1907)，见林琴南：《林琴南书话》，钱谷融主编、吴俊标校，杭州，浙江人民出版社，1999。

部给予人物以性格的古典长篇小说,但它的优点也不过是如毛宗岗所说:
"一人有一人的性格,各个不同,写来煞是好看。"这其实只是英国小说理
论家福斯特所分析的"扁平人物"①。《水浒传》出现了在同一性格类型中
分出不同特征的人物系列:即使只是粗鲁,鲁智深是性急,史进是少年
气盛,李逵是蛮……(金圣叹)。然而在人物性格的多样性方面,真正具
有里程碑意义的中国长篇小说还要算《金瓶梅》,它的人物行动完全依照
性格的轨迹,可以说已经体现了现实主义小说以人物性格为结构技巧的
特色,但这似乎并未引起林纾的注意。原因便在于林纾在分析西方小说
时使用的是一套古文评点体系,并非是毛宗岗、张竹坡、金圣叹所代表
的一套白话章回小说评点之道,这也是为何在林译的序跋中他多将外国
小说的笔法布局与左、马、班、韩相比肩,却很少提及艺术成就已经达
到一定高度的中国小说四大名著。在林纾的心目中,西方小说已经直接
被他引入了文言文殿堂,而文言小说与白话小说自古泾渭分明。固然林
译小说本身作为文言小说并不严谨,但无疑在他的文学坐标系中,他所
译介的外国小说是尽量不与中国传统的小说扯上关系的(至少在序跋中如
此)。他宁愿借古文笔法释其"妙",也不愿将其与小说(无论是文言文还
是白话文)相并列显其"俗"——这恰恰是林纾极力"为尊者讳"的表现。

　　《史记·外戚世家》中的一段描写曾不止一次地被林纾举出:汉文帝
之际,窦皇后弟窦广国幼年家贫被人掠卖,流落为奴,后来听说姐姐被
立为皇后,因此上书自陈。"文帝,召见,问之,具言其故,果是。又复
问他何以为验,对曰:'姊去我西时,与我决于传舍中,丐沐沐我,请食
饭我,乃去。'于是窦后持之而泣,泣涕交横下。"②窦皇后当年以贫家女
被选入宫,年幼的弟弟依恋姐姐,相别于旅舍中,然而门前车马已整队
待发,行色匆匆,姐姐明知一去便当永诀,仓皇之间,乞水来给幼弟洗,
求食来给幼弟吃,最后一尽手足之情,方始登车而去。这段描写得到林
纾的激赏,赞叹寥寥数语,惨状悲怀,尽皆呈露。他认为迭更司(今译狄
更斯)的文笔"强半类此",如《孝女耐儿传》一书,"精神专注在耐儿之死。
读者迹前此耐儿之奇孝,谓死时必有一番死诀悲怆之言,如余所译《茶花
女》之日记。乃迭更司则不写耐儿,专写耐儿之大父凄恋耐儿之状,疑睡

---

① 福斯特在《小说面面观》中将人物分为"扁平"和"圆形"两种,在"扁平"人物的特征中他
　列出诸如"他们最单纯的形式就是按照一个简单的意念或特征而被创造出来",这类人
　物"容易辨认""始终如一"。而"圆形"人物"不能一言以蔽之地去概括""人物并不受标志
　所局限"。参见〔英〕爱·摩·福斯特:《小说面面观》,苏炳文译,广州,花城出版社,
　1984。

② 司马迁:《史记》,长沙,岳麓书社,1988,第430页。

疑死，由昏愦中露出至情，则又于茶花女日记外，别成一种写法"。①由叙事型转为描写型，由粗糙转为细腻，由宏观世界转为微观世界，这显示了艺术技巧的圆熟，透露了现代小说美学意识的觉醒。中国文学中并非没有此类的杰作，只可惜后来大多数的小说创作距此甚远，于是林纾在一种本能的中西文学的相互参照中，摒弃粗枝大叶式的，只叙事件来龙去脉、人物行为动作的手法，强调叙情，强调细腻入微的心理刻画，强调用传神的细节描写揭示人物的内心世界，透露灵魂的最深处。

二、由故事而审美

林纾在《春觉斋论文》中曾提出作古文的"应知八则"：意境、识度、气势、声调、筋脉、风趣、情韵、神味（以下引文不再——标出）。这些关于古文的概念其实是对桐城派理论的发展。林纾对桐城派的义理、考据、辞章还是赞同的，但却对桐城派的为文八项——神、理、气、味、格、律、声、色加以了发挥，因为林纾认为古文不能沉溺于一派之格局，"一沉溺其中，便成薄弱。法当上求诸欧、曾……欧、曾二氏不得韩，亦无能超凡入圣也"。②虽然这些不过是关于古文的原则，但无疑经他整顿的这些原则已经潜移默化地影响了他翻译和创作小说的手法。

在林纾的"应知八则"中，关于"意境"他认为"意者，心之所造；境者，又意之所造也""意境者，文之母也"。这意味着他讲意境的目的是寻求立身之道，这事实上涉及的是创作主体问题，因为"不讲意境，是自塞其途，终身无进道之日"。这固然带有强烈的"文以载道"气息，但正是他对文学创作主体的看法左右着他如何去发掘和介绍域外小说的有用价值。

在"应知八则"的"识度"中他要求文人要有远见卓识、有闳度，他尤其指出前人"但指论事之识，不知论事亦自有识"，他还以《史记》中的《列传》为例，说"一入手便将全般打算，有宜重言者，有宜简言者，有宜繁言者，经所位置，靡不井井。此惟知得传中人之利病，但前后提挈，出之以轻重，而其人生平尽为所摄，无复遁隐之迹。此非有定识高识，乌能烛照而不遗？"这些对古文做法的论述与他在翻译小说的序跋中提出的中西相通的叙事原则是一贯的。因此可以说，林纾的"意境""识度"已经转化为林纾高度内在化的传统意识，它表现了林纾如何看待创作主体，以什么样的主体哲学思想去观照和把握叙述对象。

---

① 林纾：《孝女耐儿传·序》（1907），见林琴南：《林琴南书话》，钱谷融主编、吴俊标校，杭州，浙江人民出版社，1999。
② 林纾：《桐城派古文说》，见林琴南：《林琴南书话》，钱谷融主编、吴俊标校，杭州，浙江人民出版社，1999。

在《孝女耐儿传·序》中他强调"迭更司者，盖以至清之灵府，叙至浊之社会""如张明镜于空际，收纳五虫万怪，物物皆涵涤清光而出"。①《红礁画桨录·译余剩语》中亦指出："天下至刻毒之笔，非至忠恳者不能出。忠恳者综览世变，怆然于心……乃曲绘物状，用作秦台之镜。观者嬉笑，不知作此者揾几许伤心之泪而成耳。"②这都是要求小说作者心灵纯洁、高尚，能够对现实人生做出富于责任感的、恰如其分的美学评价，也应该兼具哲人之冷眼，志士之热肠。这对于以小说为消闲、游戏的不良倾向，的确是有力的针砭。中国的旧式小说中，并非没有描写下等社会者，甚至也有写到沉沦的被侮辱与被损害者，但是由于作者格调不高，没有深刻的人生见解，以游戏的笔调，将悲惨的人生戏谑化、庸俗化，对于那些带着严重的精神奴役创伤的被侮辱与被损害者采取了玩赏态度，最终把畸形的、悲惨的人生化为噱头笑料。这是中国旧式小说的痼疾。因此，林纾强调了作家的"至清之灵府"，还是相当准确地划出了新旧文学泾渭分流的界标。

中国传统的小说大多结构相似，到清代的《儒林外史》还是："全书无主干，仅驱使各种人物，行列而来，事与其来俱起，亦与其去俱讫，虽云长篇，颇同短制。"③这种结构甚至在近代小说如《官场现形记》《文明小史》《负曝闲谈》等作品中仍很普遍。林纾在翻译狄更斯的《大卫·科波菲尔》(林译《块肉余生述》)时注意到了它的特殊结构，整部小说没有大开大阖的情节，主要叙述的是主人公平淡琐碎的生活经历，在这幅围绕大卫而展开的画面中，狄更斯非常注意前后人物的照应。作品临结束时，连开头接生的医生赤力迫先生也未忽略，作家让他与主人公相遇，借他之口交代了麦得斯东姐弟俩的结局，这使得整部作品显得天衣无缝。再如作家为了避免大卫与安尼斯的结合来得过于突兀，前面就多次强调两人的情感以及大卫对她的依恋之情。而我国的小说往往忽略这些细节，以致造成结构的不严谨，《水浒传》中的王进、扈成、栾廷玉等前面出现之后，后面再无下文。林纾将狄更斯小说中的这种结构艺术称为"锁骨观音"：

　　古所谓锁骨观音者，以骨节钩联，皮肤腐化后，揭而举之，则全具锵然，无一屑落者。方之是书，则固赫然其为锁骨也。大抵文章开阖之法，全讲骨力气势，纵笔至于灏瀚，则往往遗落其细事繁

---

①　林纾：《孝女耐儿传·序》(1907)，见林琴南：《林琴南书话》，钱谷融主编、吴俊标校，杭州，浙江人民出版社，1999。
②　林纾：《红礁画桨录·译余剩语》(1906)，见林琴南：《林琴南书话》，钱谷融主编、吴俊标校，杭州，浙江人民出版社，1999。
③　鲁迅：《中国小说史略》，郭豫适导读，上海，上海古籍出版社，2011，第156页。

节，无复检举，遂令观者得罅而攻。此固不为能文者之病，而精神终患弗周。迄更司他著，每到山穷水尽，辄发奇思，如孤峰突起，见者耸目，终不如此书伏脉至细，一语必寓微旨，一事必种远因。手写是间，而全局应有之人，逐处涌现，随地关合，虽偶尔一见，观者几复忘怀，而闲闲着笔间，已近拾即是，读之令人斗然记忆，循编逐节以索，又一一有是人之行踪，得是事之来源。①

林纾所谓的"锁骨观音"结构其实就是指小说情节的环环相扣，主干与枝节相连，又主干突出，"前后关锁，起伏照应，涓滴不漏"。②这种方式是中国传统小说，尤其是长篇小说所缺乏的。因此，林纾在译介域外小说时将此特别提出是有感而发的"对症下药"，这对于后来解决中国长篇小说结构松散的问题做了一定的铺垫。直到1918年，胡适还批评"现在的'新小说'，全是不懂得文学方法的：既不知布局，又不知结构，又不知描写人物，只做成了许多又长又臭的文字；只配于报纸的第二张充篇幅，却不配在新文学上占一个位置"。③

与《大卫·科波菲尔》(《块肉余生述》)的平淡琐碎、人物众多而前后关联的结构有所不同，英国伟大的小说家司各特以善于创作线索繁多、情节跌宕的历史小说著称，他的《艾凡赫》(林译《撒克逊劫后英雄略》)是世界文学史上的名篇，林纾听魏易口译此书的内容便悟出书中的结构布局之妙，认为"不下吾国史迁"，许多地方"往往于伏线、接笋、变调、过脉处"与中国的古文家技法暗契，但是他同时也注意到："古人为书，能积至十二万言之多，则其日月必绵久，事实必繁夥，人物必层出。乃此篇为人不过十五，为日同之，而变幻离合，令读者若历十余年之久。"④这种以不多的人物层叠变幻、构筑长篇的技法无疑也为中国现代小说提供了另一种可能。

小说是语言的艺术，语言风格自然是一个重要的元素。作为古文家的林纾有着极好的修养，他曾自称"区别其文章之流派，如辨家人之足音。其间有高厉者，清虚者，绵婉者，雄伟者，悲梗者，淫冶者"⑤，也

①　林纾：《块肉余生述·前篇序》(1908)，见林琴南：《林琴南书话》，钱谷融主编、吴俊标校，杭州，浙江人民出版社，1999。
②　林纾：《块肉余生述·后编识语》(1908)，见林琴南：《林琴南书话》，钱谷融主编、吴俊标校，杭州，浙江人民出版社，1999。
③　胡适：《建设的文学革命论》，《新青年》第4卷第4号，1918年4月15日。
④　林纾：《撒克逊劫后英雄略·序》(1905)，见林琴南：《林琴南书话》，钱谷融主编、吴俊标校，杭州，浙江人民出版社，1999。
⑤　林纾：《孝女耐儿传·序》(1907)，见林琴南：《林琴南书话》，钱谷融主编、吴俊标校，杭州，浙江人民出版社，1999。

能注意到"司氏(司各特)之文绵褵,仲氏(小仲马)之文疏阔,读后无复余味",不过在林纾的序跋中对原著语言风格的感受往往与布局结构相混合,并不特别分家,这或许与中国古文论文的体系有关,而小说评点的非体系性也多少影响了林纾的感受方式。例如紧接上文林纾就转而分析狄更斯的伏线笔法之妙,联想到"左氏之文,在重复中能不自复;马氏之文,在鸿篇巨制中,往往潜用抽换埋伏之笔而人不觉,迭更司氏亦然"。[①]这事实上已经由语言风格的直观感受滑向小说的结构方式。此外狄更斯小说的诙谐幽默在林译本中保存得完整出色也已是诸多方家公认的事实。

　　纵然林纾在译作的序跋中体现了他对文学独特的领悟力和鉴赏力,比之同代人更多注意了西洋小说中的审美作用,但整体上说来,他对小说独立的美学价值的提出,仍是笼罩于小说的功利主义之中的,真正的文学的独立观念要等到"五四"新文化运动之后才真正建立。但正如前文所指出的那样,"五四"一代文人很大一部分都是早年浸淫于林译小说的,无疑译者对他们后来的文学主张和实践起了至关重要的作用。周作人曾批评晚清的文学功利主义倾向,说:"夫小说为物,务在托意写诚而足以移人情,文章也,亦艺术也。欲言小说,不可不知此义……而《爱国二童子传·序》中则又痛哭流涕,乞读者之致力商工,彼殆以是为实业小说,因寄其意乎?手治文章而心仪功利,矛盾奈何!"[②]周作人所言固然是事实,但也不免忽视了在中国近代文学翻译还未羽翼丰满时,林译小说对中国近代文学启蒙者构筑中国文学现代性有着特殊价值,对中国小说现代品格的建构起了客观作用。

第三节　第一人称及日记体的出现与传统文学叙事功能的新解

　　叙事问题当然也是小说的审美品格之一,但因林译小说对中国小说叙事的重要影响,故应不吝笔墨对此进行专门讨论。

　　中国小说叙事模式的转变,是中国文学现代性进程的题中应有之义。小说的叙事模式具有独立于小说内容的意义,而且与一定的社会文化形态相关,或者说小说的叙事模式更深刻体现了文学迈向现代性的进程。林译小说对中国小说的叙事产生的影响,主要是为中国第一人称小说和日记体小说的出现树立了域外榜样;而且林纾在译作的序跋中,以西方小说为参

---

① 林纾:《冰雪因缘·序》(1908),见林琴南:《林琴南书话》,钱谷融主编、吴俊标校,杭州,浙江人民出版社,1999。

② 周作人:《论文章之意义暨其使命因及中国近时论文之失》,见张枬、王忍之编:《辛亥革命前十年间时论选集》,北京,生活·读书·新知三联书店,1977。

照，重新阐释和发现了传统文学的叙事功能，这有利于域外小说在译介初期在本土的接受。大体说来，中国古代白话小说的叙事大都是用一个全知全能的说书人口吻，而自从西洋小说被译介之后，新小说的叙事才慢慢起了变化，其中，第一人称和日记体小说创作的出现与林纾的译介不无关系。

一、第一人称与日记体

传统文学中作者的全知叙事便于展开广阔的生活场景，自由剖析人物的心理。但是现代社会的出现，使得现代小说的读者对于这种全知叙事感到怀疑和厌倦，于是限制性的人物视角出现了。"人物视角实际上是工业化社会渐渐进入成熟时的社会文化形态的产物，是现代社会形态越来越体制化时，渐渐处于与社会对立状态的个人的不安意识，是社会与个人评价规范合一性消失的结果。"①小说中限制性人物视角的出现标志着作品中个人主体意识的增强，作者不再能在作品中扮演"上帝"的角色，不再能君临和控制作品，而转到叙述人物的主观有限性之内。

林纾的《巴黎茶花女遗事》是率先影响中国小说第一人称叙事的外国作品，这部作品以三个人物的视角为中心：作者小仲马、亚猛、茶花女，其中最后一部分以茶花女的视角叙述便使用的是日记体。从第一人称和日记体两点来说，林纾的这部译作对中国小说影响深远，但值得注意的是，为了避免读者将小仲马的第一人称叙述误认为是译者的叙述，林纾将这一部分的"我"改为"小仲马"，这种改变大概可以代表晚清的新小说家对西洋小说的不够彻底的理解。陈平原分析认为，中国小说学到的最早的第一人称叙事，大多是以旁观者的口吻讲述别人的故事，而不是本人的故事。这种以故事的记录者和观察者出现的第一人称叙事方式并不是西洋小说的特例，中国古代文言小说中也有先例。所以新小说家用读"见闻录"和"游记"的方式理解西洋第一人称小说，实际上是没有领悟其"真髓"②，倒是对《茶花女》中第一人称的变体——书信体小说学得更像。

在小说中插入日记或全以日记体结构小说，在辛亥革命前只有邱炜萲在评述《巴黎茶花女遗事》时注意到，辛亥革命以后才有徐枕亚的《玉梨魂》《雪鸿泪史》、周瘦鹃的《花开花落》、包天笑的《飞来之日记》、吴绮缘的《冷红日记》等仿作，而且这些作品大都已有明确的艺术追求。徐枕亚提醒读者，由《玉梨魂》到《雪鸿泪史》，"一为小说，一为日记，作法截然

---

① 赵毅衡：《叙述形式的文化意义》，《外国文学评论》，1990年第4期。
② 参见陈平原编著：《中国小说叙事模式的转变》，北京，北京大学出版社，2010，第77页的有关论述与分析。

不同"①而"日记体裁小说之风行，自枕亚之《雪鸿泪史》始"，《冷红日记》则是有意步其后尘。②这一时期对西洋小说技巧的模仿虽然较为自觉，但缺乏对这些技巧美学内涵的思考，只是模仿表面特征。

中国古代的书信用处广泛，可以明理、记游、论文抑或抒情，但从不曾以之为小说，甚至连小说中的人物收到书信的内容都鲜见。而中国古代日记更偏于"史"，不是"文"。直接促成中国日记体小说诞生的，还是西洋小说的译介。晚清出使日记、海外游记盛极一时，其中不乏佳作，但都不曾激发作家用日记形式创作小说的灵感，直到1899年林纾翻译出版了《巴黎茶花女遗事》，才使中国作家第一次真正见识到小说中穿插日记的魅力。1901年邱炜萲就指出这部作品"末附茶花女临殁扶病日记数页"的特点③，但此后很长时间中国作家都没有对此予以足够的重视，更不要说仿作。直到1912年徐枕亚创作《玉梨魂》，日记才真正进入中国小说的写作。《玉梨魂》第29章题曰"日记"，摘录筠倩临终日记，虽然写得哀艳感人，但是太像《茶花女》，明显是模仿。过了两年，这位"东方仲马"④干脆把《玉梨魂》改成《雪鸿泪史》，托为"何梦霞日记"。情节增加了十之三四，诗词信札增加了十之五六，但这些都不是关键所在，徐枕亚唯恐读者不明白作者的用心，特意在《例言》中点明《雪鸿泪史》之于《玉梨魂》，是"就其事而易其文""一为小说，一为日记，作法截然不同"，这是中国文学史上第一部用日记体写作的长篇小说。几乎与此同时，周瘦鹃创作短篇小说《花开花落》（《礼拜六》第8期），包天笑创作短篇小说《飞来之日记》（《中华小说界》第2卷第2期），也都采用了日记的形式。

尺牍文学并非中国传统所鲜有，但中国小说直到吴趼人的《二十年目睹之怪现状》和王浚卿的《冷眼观》也还只是转述人物收到书信，不愿直录书信。等到徐枕亚创作《玉梨魂》，小说中才大量出现表达主人公主观情感的信件。除去作家对中国抒情与感伤传统的继承，读者对书信的兴趣激发作家的创作也是不容忽视的重要原因。徐枕亚正是在编写《高等学生尺牍》《普通学生尺牍》，并且在目睹了各种尺牍风行一时的现实刺激下，才着手创作《玉梨魂》的。借助读者喜爱读艳情尺牍的特殊口味，书信体小说才进入中国，这不能不说是一个反讽。《玉梨魂》大受欢迎之后，徐

---

① 徐枕亚：《雪鸿泪史·例言》，见《雪鸿泪史》，呼和浩特，内蒙古人民出版社，2000，第1页。
② 参见姚民哀：《冷红日记·跋》，小说丛报社，1916。
③ 邱炜萲：《茶花女遗事》，1901年刊本《挥麈拾遗》，见陈平原、夏晓虹编：《二十世纪中国小说理论资料第一卷（1897—1916）》，北京，北京大学出版社，1997，第29页。
④ 《玉梨魂》第29章石痴校长寄作者信云："素知君有东方仲马之名，善写难言之情愫，故将其人其事，录以寄君。"

又将它改为日记体的《雪鸿泪史》，"诗词书札，较《玉梨魂》增加十之五六"①，连广告里都以"爱阅艳情尺牍者不可不读"作为招徕语。

在此之后，介绍进来的外国日记体小说越来越多，很难再一一追溯作家艺术借鉴的源头。但是在所有域外的第一人称和日记体小说的介绍中，林纾无疑是领风气之先者，是他的"茶花女"召唤了中国此类小说的创作，为之树立了榜样。

中国传统的小说叙事模式，在 20 世纪初受到了西方小说的严峻挑战，但也并非是西方单方影响的结果。②对外来小说形式的积极移植与传统文学形式的创造性转化，共同促成了中国小说叙事模式的转变：现代中国小说采用连贯叙述、倒装叙述、交错叙述等多种叙事时间；全知叙事、限制叙事（第一人称、第三人称）、纯客观叙事等多种叙事角度；以情节为中心、以性格为中心、以背景为中心等多种叙事结构。在这一过程中，不仅林译小说本身冲击了传统叙事模式，达到了直接参与叙事模式的转变这一文学现代性过程的作用，而且林纾以其在译作中的序跋重新发现了传统文学的叙事功能，使得本来理论化不强的中国文学在面临外来冲击时，得以找到自身的定位。重要的是林纾通过与西方文学的对比，发现了传统文学叙事功能的价值，虽然这种发现不乏误解与比附，但诗人保罗·瓦雷里曾说，不同民族的文学传统互相审视，"这些彼此不可透察的文学之间的交际并不因此缺少成果，它比完美的相互理解更果实累累，创造性的误读发生着，结果将产生无穷的、难以预知的价值"。③

二、传统文学的叙事新解

中国文学有着深厚的史传传统，但后世论者往往将史传文学直接等同于写实性特征，忽略了其中的叙事能力。在林译小说的序跋中，最引人注意的便是林纾常常提及左、马、班、韩为文之道，或者直接将外国小说的某些内容或形式比附《史记》。林纾以外国小说比附史书，引史传解法入西洋小说，都有助于提高小说及西洋小说的地位。再加上历代文

① 徐枕亚：《雪鸿泪史·例言》，见《雪鸿泪史》，呼和浩特，内蒙古人民出版社，2000。

② 美国学者柯文在他的著作《在中国发现历史——中国中心观在美国的兴起》中特别批判了那种单纯将西方的影响视为中国近代变化唯一动力的观点，提出"中国中心观"的概念。其理论虽然仍不够完善，但至少他的分析警醒我们对这一段历史的描述不可过于简化，中国传统的创造性转化以及在西方到来之前中国人的努力不应被分析者忽视。参见〔美〕柯文：《在中国发现历史——中国中心观在美国的兴起》，林同奇译，北京，中华书局，2002。

③ 转引自〔美〕约翰·波宁：《比较文学，不可通约性与文化误读》，见乐黛云、张辉主编：《文化传递与文学形象》，北京，北京大学出版社，1999，第116页。

人少有不熟读经史的，作小说借鉴史传笔法，读小说借用史传眼光，也算顺理成章。但是由此我们也可发现，西洋小说的优点最早被中国作家接受的是布局奇妙，叙事时间运用灵巧，而不是心理描写精细，以性格为结构中心等。

对于林纾来说，他的文学观念是双重的：传统文学与外国小说是完全的两回事，遵循着迥然不同的两套规范，他可以在翻译外国小说时用较为"俗便的文言"，而自作古文时便要"板起面孔说话"。中国传统文学有着深厚的写实传统，他却在翻译的大量言情冒险等浪漫小说中不断提起中国的史传文学，可见，林纾认为能与这一类外国小说相联系的中国史传文学中的因子，是结构故事的能力和叙事技巧，而不是它的写实风格。

汉族文学在古代没有留下篇幅巨大、叙事曲折的史诗，在很长时间内，叙事技巧几乎成了史书的专利。唐人李肇评《枕中记》《毛颖传》："二篇真良史才也。"（李肇：《唐国史补》）宋人评唐人小说："可见史才、诗笔、议论。"（赵彦卫：《云麓漫钞》）明人凌云翰则云："昔陈鸿作《长恨传》并《东城老父传》，时人称其史才，咸推许之。"（凌云翰：《剪灯新话·序》）这里的"史才"都并非指实录或史实，而是叙事能力。由此可见唐宋人心目中史书的叙事功能的发达。实际上自司马迁创立纪传体，进一步发展历史散文写人叙事的艺术手法开始，史书也的确为小说描写提供了可资借鉴的样板，自古文人谈小说之妙，多是比附《史记》：金圣叹赞"《水浒》胜似《史记》"（金圣叹：《读第五才子书法》）；毛宗岗说"《三国》叙事之佳，直与《史记》仿佛"（毛宗岗：《读三国志法》）；张竹坡则直呼"《金瓶梅》是一部《史记》"（张竹坡：《批评第一奇书金瓶梅读法》）；卧闲草堂本评《儒林外史》、冯镇峦评《聊斋志异》，也都大谈吴敬梓、蒲松龄如何取法史、汉。另外，史书在中国古代有崇高的位置，"经史子集"不单是分类顺序，也含有价值评判，不算已经入经的史（如"春秋三传"），也不提"六经皆史"的说法，史书在中国文人心目中的地位也远比只能入子集的文言小说与根本不入流的白话小说高得多，因此，一心要提高小说地位的林纾以"史汉笔法"解读狄更斯、哈葛德的小说就顺理成章得多。但是与此同时，尽管林纾在西洋小说中悟出了不少穿插引导的技巧，但很多西洋小说的技巧在他的介绍下，成了古已有之的出土文物，即使有些是"新品"，其价值也是要借重"古董"来提高。这正是作为边缘的新来的外国文学为提高声望必须借助积淀丰厚的中心文学的特色。

在《块肉余生述》《迦茵小传》《哀吹录·猎者斐里朴》等译作的批注中，

林纾不断地提醒读者注意那些不同于传统小说连贯叙述的"预叙笔法""补述笔法""插叙笔法"，到了 1916 年，林纾出版了论述中国古文为文之道的《春觉斋论文》，其中"用笔八则"专辟一条"插笔"，尽管林纾谈的是《左传》《史记》，可我们不难发现其中有翻译西洋小说所带来的启示。如 1921 年出版的《左传撷华》卷下《齐使晏婴请继室于晋》一则的评语："仆译外国文字，成书百三十三种。审其文法，往往于一事之下，带叙后来终局，或补叙前文遗漏，行所无事，带叙处无臃肿之病，补叙处无牵强之迹。窃谓吾国文章但间有之……"（林纾：《左传撷华》）这种明显的以域外作品为参照，发现传统文学叙事功能的方法，正体现了文本在译介过程中所承载的交流作用。

　　中国文言小说中不乏采用倒装叙述、限制叙事甚至以性格为结构中心者，但文言小说因受语言媒介与文学传统限制，无法发展成有较高水平的表现功能和审美容量的中、长篇小说（《游仙窟》《燕山外史》等个别作品例外），好多甚至很难与笔记散文分辨开来（如《浮生六记》《影梅庵忆语》等）。林纾在西洋小说的译介过程中，引导读者重新发现传统文学的叙事价值，一方面有助于给予西洋小说一个本土的参照；另一方面也表现出了中国近代知识分子在面临外来冲击时，一种条件反射式的自我保护策略。它也许阻碍与延缓了真正的西方叙事技巧的引入，但至少给予了新生事物一个相对温和的生长环境。林纾这种以史迁笔法解说西洋小说技巧的方法，正代表了一种普遍的作家心理。

第四节　小说地位的提升与世界文学格局的建立

　　小说一跃成为中国文学的中心是近代以后的事。中国文学有着根深蒂固的诗文传统，文学经典当然首先是"言志"的诗和"载道"的文，无论哪一种的范本都是中国的古典文集。言必称古，厚古薄今，是中国文学现代以前最显著的特征，这里面蕴含的是传承了几千年的民族文学优越感。但戊戌变法前后，小说因其通俗易普及的特点开始受到启蒙思想家的重视，于是在"小说界革命"的口号下，小说从内容到形式都开始展现出迥然不同于传统文学观念的新的姿态和面貌。这些新变化的动力，很大程度上依赖于域外小说的影响。

一、小说地位的提升

　　1898 年对于中国来说是一个政局多变的年份，同时关于译事的记载也非常之多。1898 年 7 月 3 日，清政府诏立京师大学堂，将官书局及译书局并入大学堂；8 月 16 日，又成立译书局，投开办费二万两白银，"以备博选通才"；8 月 26 日，清政府批准梁启超在上海设立编译学堂；严复影响了中国几代知识分子思维方式的译作《天演论》出版，林纾那部"断尽支那荡子肠"(严复：《甲辰出都呈同里诸公》)的《巴黎茶花女遗事》的翻译也是在这一年①。这些事实足以证明当时的中国人对于了解西方怀着多么迫切的心情。然而，中国早期的启蒙者对西方的介绍了解先是从自然科学和政治、法律开始的，所谓"泰西有用之书，至蕃至备。大约不出格致政事两途"②，而文学艺术则"不逮中华远甚"③，虽然后来从"格致"提升到审美层次，但中国人的西学观念的核心还是一个"用"字。显然文学之用没有那么有急效，因为文学对社会只能产生潜移默化的影响，但正是基于这一思路，梁启超写了《论小说与群治之关系》。当然这一切大多还是偏重于文学之外的功效，是急于用西学解决中国的羸弱现实。近代的翻译直接与文学联系起来，还是林纾的功劳，因为虽然从理论上说，1897 年就有文学革命的提倡者大声疾呼"且闻欧、美、东瀛，其开化之时，往往得小说之助"④，但国人真正被外国文学吸引还是从林纾开始的。

文学革命者站在台上大讲中国小说地位应该提升，原因是"在昔欧洲各国变革之始……胸中所怀，政治之议论，一寄之于小说"⑤，而"小说之道感人深矣、泰西论文学者必以小说首屈一指"⑥。启蒙者处处以外国小说的情况作为中国文学的榜样和参照还只是一厢情愿，读者是否买账

① 关于翻译时间有三种说法。阿英在《关于〈巴黎茶花女遗事〉》中根据林纾《译林序》和《迦茵小传》题词序，认定译于 1898 年夏。杨荫深在《中国文学家列传》中认为此书译于林纾新丧偶后，其时应为 1897 年。钱锺书在《林纾的翻译》的有关注释中，引黄濬《花随人圣盦摭忆》中语，说"事在光绪丙申、丁酉间"(1896、1897)。笔者认为阿英的推断更有说服力，因为《译林序》等的写作时间与《巴黎茶花女遗事》的翻译时隔不远，当不会记错，更具可信性。而《巴黎茶花女遗事》的出版时间则是在 1899 年。
② 高凤谦：《翻译泰西有用书籍议》，见郑振铎编：《晚清文选》，北京，中国人民大学出版社，2011，第 561 页。
③ 郭嵩焘：《伦敦与巴黎日记》，长沙，岳麓书社，1984，第 119 页。
④ 几道、别士：《本馆附印说部缘起》，《国闻报》，1897 年 11 月 18 日，见陈平原、夏晓虹编：《二十世纪中国小说理论资料第一卷(1897—1916)》，北京，北京大学出版社，1989，第 12 页。
⑤ 任公：《译印政治小说序》，《清议报》，1898 年第一册，见陈平原、夏晓虹编：《二十世纪中国小说理论资料第一卷(1897—1916)》，北京，北京大学出版社，1989，第 21 页。
⑥ 新小说报社：《中国唯一之文学报〈新小说〉》，《新民丛报》，1902 年第 14 号，见陈平原、夏晓虹编：《二十世纪中国小说理论资料第一卷(1897—1916)》，北京，北京大学出版社，1989，第 41 页。

则是另一回事，因为他们还无法在真正的文学意味上相信外国的文学足以作为中国文学的榜样，郑振铎指出："大多数的知识阶级，在这个时候，还以为中国的不及人处，不过是腐败的政治组织而已，至于中国文学却是世界上最高的最美丽的。"①

在相当长的一段时间里，对外国小说的偏见是一种普遍存在的现象，而反对外国小说的人士，多是出于想当然的思路，甚至不先对外国小说经过全面考察便敢发言。1905 年，一位署名"侠人"者开篇便说："余不懂西文，未能读西人所著小说，仅据一二译出之本读之。"在这一前提下，侠人竟然理直气壮地下断言，说中国小说有三个好处，一个短处，"故合观之，而西洋之所长，终不足以赎其所短；中国之所短，终不足以病其所长"，因此"吾国小说之价值，真过于西洋万万也"。这一切优越感来源于"吾祖国之文学，在五洲万国中，真可以自豪也"的武断定位，要以翻译来改变他们的看法实属不易，尤其是当时的翻译粗制滥造的太多，侠人以"名著如《鲁敏孙漂流记》、《茶花女遗事》等，亦仅一小册子"为由，说西洋小说"无论如何奇妙，终觉其索然易尽"。②但是到了 1907 年，徐念慈说："及文化日进，而视《长生殿》、《海屋筹》之兴味，不著《茶花女》、《迦因小传》之稔郁而亲切矣。"③西方小说在很短时间内影响了近代中国人的审美趣味，其中很大一部分的功劳要归林纾，是他翻译的小说首先在观念上为中国的读者打开了一片新天地，改变了中国文人历来存在的对西洋文学的不屑一顾。

林纾在自己译介的小说前后大都附有"导读"，虽然他的感叹多是出于表层感受，甚至他的"点拨"对于西方小说的思想和艺术的真髓来说往往不得要领，但无疑是林译小说从观念上为中国小说打开了新视野，促使中国小说积极向异域寻求新的精神和艺术营养，为中国小说的变革提供了最初的观念导向。正如陈平原所注意到的，人们往往关注中国作家对外国文学形式技巧或思想观念的模仿，其实更重要的是"域外文学只是提供一种与具体表现手法无关的新的文学观念，由此诱发出追求革新的文学运动"。④恰恰是通俗小说的翻译和林译小说所带来的文学形式的新规范和对于新文学的召唤，逐步被"五四"一代的知识分子经典化，从而

① 郑振铎：《林琴南先生》，《小说月报》第 15 卷，1924 年第 11 号。
② 侠人：《小说丛谈》，《新小说》，1905 年第 13 号，见陈平原、夏晓虹编：《二十世纪中国小说理论资料第一卷(1897—1916)》，北京，北京大学出版社，1989，第 76 页。
③ 觉我：《小说林之缘起》，《小说林》，1907 年第 1 期，见陈平原、夏晓虹编：《二十世纪中国小说理论资料第一卷(1897—1916)》，北京，北京大学出版社，1989，第 236 页。
④ 陈平原：《小说史：理论与实践》，北京，北京大学出版社，1993，第 78 页。

彻底颠覆了以中国经典作为中心的世界文学萌芽体系。①

　　朱羲胄是林纾晚年的入室弟子，林纾死后他编选了《林畏庐先生学行谱记四种》，书中谈道："邦人向漠于西方风土民性，或且骇疑其俗之多异。自先生传译众籍，于是士大夫始憬然于欧美之有家庭伦理，犹吾也；其社会风土民性，皆与吾相近似，初非绝异也。"②林纾将西洋小说大量引进中国，惊醒了沉酣的文明古国。在中国文学由封闭体系转为开放体系的过程中，"林氏以古文名家的资格，动手来翻译外国小说，并且斩钉截铁的称道外国文学老实不在我们之下：司各德可与太史公并肩；莎士比亚可以颉颃杜甫；至于迭更司的传'社会'，简直不是太史公所可及的；就是向来被尊为小说之圣的《水浒》《红楼》，也不足以比并之。在那黑雾重重的时代，他有着这样豪迈的魄力，惊人的胆量，真可令人佩服！"③彼时中国人文学眼光的开拓，其功绩自然要归于林纾。

二、世界文学格局的建立

　　对外国文学的新认识直接导致的结果便是文学体系结构的改变，正是在传统经典的逐渐崩溃与"五四"新的世界文学体系建立的这一过程中，通俗小说的翻译与林纾的翻译小说起了至关重要的作用，它们用大量的翻译实践，有力地支撑起梁启超等小说界革命倡导者的理论大旗。首先是小说地位的提升，其次是树立了西洋文学比之中国毫不逊色的观念："左氏之文，在重复中能不自复；马氏之文，在鸿篇巨制中，往往潜用抽换埋伏之笔而人不觉，迭更司氏亦然"④，而且"天下文人之脑力，虽欧亚之隔，亦未有不同者"。⑤ 林纾利用自己的翻译和译作前的序跋，去除了当时国人对于西方人所存有的武断甚至是可笑的误会，他告诉国人"西

---

① 刘禾曾经以《中国新文学大系》的操作与出版状况为中心，分析了中国现代知识分子如何"彻底颠覆中国经典作为中国文化和中国文学的意义的合法性源泉"，他们如何制造与确立了中国文学的"新经典"，以及在这一以西方为参照的"新经典"确立过程中，五四知识分子所运用的策略和必然面对的"知识权威危机"。参见〔美〕刘禾：《跨语际实践：文学、民族文化与被译介的现代性(中国，1900—1937)》，宋伟杰等译，北京，生活·读书·新知三联书店，2002。

② 朱羲胄：《林畏庐先生学行谱记四种》，见《贞文先生学行记》第 1 卷，上海，世界书局，1949，第 1 页。

③ 寒光：《林琴南》，《人世间》，1935 年第 30 期。

④ 林纾：《冰雪因缘·序》(1908)，见林琴南：《林琴南书话》，钱谷融主编、吴俊标校，杭州，浙江人民出版社，1999，第 99 页。

⑤ 林纾：《离恨天·译余剩语》(1913)，见林琴南：《林琴南书话》，钱谷融主编、吴俊标校，杭州，浙江人民出版社，1999，第 109 页。

学"不是"不孝之学"，"西人为有父矣，西人不尽不孝矣，西学可以学矣"①，"若必以仇视父母为自由，吾决泰西之俗万万不如是也"。②

按照郭延礼的分界，1907 年是中国近代翻译文学的分界点。在此之前的翻译多是一般作家与作品的介绍，名家名作不多。③但就是在这些有限的名家名作中，大多都是林译的身影：《巴黎茶花女遗事》、《黑奴吁天录》(即斯托夫人的《汤姆叔叔的小屋》)、《鲁滨孙漂流记》、《撒克逊劫后英雄略》(即司各特的《艾凡赫》)、《海外轩渠录》(即斯威夫特的《格列佛游记》)等。即使是 1907 年后，中国近代翻译文学的译本选择已经超越了"广译多类，以速吾国人求新之程度"④的阶段，开始趋向精湛，注意视线转向名家名作的时期，林译小说也毫不逊色，如《拊掌录》(今译《见闻札记》)、《滑稽外史》(今译《尼古拉斯·尼古贝》)、《孝女耐儿传》(今译《老古玩店》)、《块肉余生述》(今译《大卫·科波菲尔》)、《贼史》(今译《奥利弗·退斯特》或《雾都孤儿》)、《冰雪因缘》(今译《董贝父子》)以及《鱼雁抉微》(今译《波斯人信札》)、《魔侠传》(今译《堂吉诃德》)等至今仍是世界文学之林的不朽名作。

"自先生(指林纾，笔者注)介输名著无数，而后邦人始识欧美作家司各德、迭更司、欧文、仲马、哈葛德之名。自先生称司各德、迭更司之文，不下于太史公，然后乃知西方之有文学，由是而曩之鄙视稗官小说为小道者，及此乃亦自破其谬囿，属文之士，渐乃敢以小说家自命，而小说之体裁作风，因之日变，迻译世界文学之风亦日炽，此皆先生导倡不朽之功，国人未之能忘者也。"⑤当然不可否认的是，林译小说确如钱锺书先生所言，在 1913 年左右质量有所下降⑥，但林译小说的功绩应被

---

①　林纾：《英孝子火山报仇录·序》(1905)，见林琴南：《林琴南书话》，钱谷融主编、吴俊标校，杭州，浙江人民出版社，1999，第 27 页。

②　林纾：《美洲童子万里寻亲记·序》(1904)，见林琴南：《林琴南书话》，钱谷融主编、吴俊标校，杭州，浙江人民出版社，1999，第 18 页。

③　郭延礼：《近代西学与中国文学》，南昌，百花洲文艺出版社，1999，第 180 页。

④　邱炜萲：《小说与民智关系》，1901 年刊本《挥麈拾遗》，见陈平原、夏晓虹编：《二十世纪中国小说理论资料第一卷(1897—1916)》，北京，北京大学出版社，1989，第 31 页。

⑤　朱羲胄：《贞文先生学行记》第 1 卷，上海，世界书局，1949，第 1～2 页。

⑥　不过关于质量下降的原因有称是因为赚稿费而粗制滥造(这一说曾在相当长的时间内占据文坛)；有称是因为年龄、态度(如钱锺书说他"老手颓唐""只依仗积累的一点熟练来搪塞敷衍")；比较客观而令人信服的一说认为林纾后期译风的转变受了些章太炎的刺激。章太炎在著名的《与人论文书》中，嘲笑林纾的书"得以小说名者，亦犹'大全'，'讲义'诸书傅于六艺儒家也"。这一攻讦有不少是魏晋与桐城的门派之间，林纾不由得被卷入其中，成了桐城派的"替罪羊"也是一个偶然。不过自此，林纾开始在翻译和自著小说中有意针对章的攻击，在文体上回归古文。见徐德明：《中国现代小说雅俗流变与整合》，北京，社会科学文献出版社，2000，第 77～78 页。

放在一个历史的语境中加以考察。中国晚清对西方小说的翻译完全出于非文学的目的与动机，提倡译介西方小说的人是为了传播和输入在当时看来是代表着先进的西方知识和文化，作为文学作品的小说只是达到这一目的的一个载体。在世界文学萌芽体系中，西方文学首先争取的是得到中国人的信任和敬佩，其次才是随着地位的确立，西方的经典文学规范在极短时间内成为挑战中国自古以来形成的文学经典的新规范。

虽然对林纾地位的估价，时人已有定评，但后来对清末民初翻译的指责，往往是基于新文化运动所建立起来的关于以西方文学为核心的现代的世界文学体系的建制和文学翻译的新标准。人人可以指出林译选本不精，讹误太多，删改明显，殊不知这新的西方文学建制的开创者正是他们指责的先辈。作为近代文学革命者的继承人和反叛者，新文化人自然难免与这段过去纠缠不清。因此，正如刘禾所说，新文化人必然"在一个日益被非中国的价值观所主宰的世界里对中国文学之地位而感到焦虑"，而且他们不得不"直面通过被译介的现代性来塑造自我身份的矛盾状况"。①

晚清的中国文坛，小说首先是作为教育的工具，作为世界文学萌芽体系边缘的西方翻译小说，文学性和艺术性本来不在关注重点中。处于体系结构中心的中国文学改革者关注的重心也并非西方源语文学的既定经典，因此近代中国良莠夹杂的西方小说翻译，以其普及性首先打开了晚清小说界革命的局面，但同时流品不一地被放在一个容器里，供中国的文学改革者一并用以建立新的文学。新文化运动以后，中国现代的世界文学体系核心是西方文学，中国文学退居次要，因此用西方文学的经典"排行榜"和文学标准衡量这一世界文学的萌芽体系的文学现象，自然没有什么可取之处。

19世纪90年代开始的近代文学运动只是重新厘定小说的社会功能和深入推行"新小说"，是借外来文学调整传统价值观与传统规范以适应国家特殊的意识形态需要；而1919年的新文学运动是推翻与取缔传统的文学中心。纵然包括林译小说在内的很多清末民初的译作并不是西方文学建制下承认的经典，但这也并不足以证明译者的文学鉴赏水准或翻译能力不足，因为构建一个全新的西方文学建制还不是他们关心的事。后世论者往往忽视这一点，将译作与其在源语文化中的地位挂钩，不仅是对先驱者的本意的误解，更是对世界文学萌芽体系的特殊性缺乏认识。

---

① 〔美〕刘禾:《跨语际实践:文学、民族文化与被译介的现代性(中国，1900—1937)》，宋伟杰等译，北京，生活·读书·新知三联书店，2002，第363页。

结　语

　　1917 年的《新青年》第 2 卷第 6 号上刊登了陈独秀的《文学革命论》，文章大肆鞭笞"贵族文学""古典文学""山林文学"，说"今日中国之文学，委琐陈腐，远不能与欧洲比肩"，因此他开列了一张中国革命文学可以效法的名单，其中包括雨果、左拉、歌德、霍卜特曼、狄更斯和王尔德。①任鸿隽也曾戏作游戏诗一首送给胡适："牛敦、爱迪生，培根、客尔文；索虏与霍桑，'烟士披里纯'：鞭笞一车鬼，为君生琼英。文字今革命，作歌送胡生。"②无论是陈独秀列出的"欧洲文学"作家名单，还是任鸿隽对胡适的戏谑，其中都已经没有了近代中国西方文学翻译界所追捧的那些通俗作家的身影。新文学的革命者以"先进"的西方文学为参照，大胆接受外国文学影响，自觉加入到世界文学之中，产生了欲与世界文学同步的意识。很明显，从大约 1917 年新文化运动开始，中国新的、现代的世界文学体系已经取代了持续了大约 20 年的世界文学萌芽体系，西方文学从边缘跃居核心。

　　从 1896～1916 年，中国知识分子大多都受社会思潮的影响，无力突破"中体西用"的思维模式，幻想只接受西方新技巧，保留旧思维。他们不知道只学第一人称叙事而忽略对个人内心的关注，抛开现代人思维的跳跃与作家主体意识的强化而学叙述时间的变形，只是变换"布局"的小把戏。晚清作家与"五四"作家的区别不在具体的表现技巧，而在支配这些技巧的价值观念与思维方法——基于作家对世界和自我认识的突破与革新。在新的小说叙事模式的冲击下，对传统的新解读是晚清译作家为传统文学争得最后一点荣光的努力，也是对外来冲击的一种本能应对。安德鲁·芬伯格在论及日本文学中的现代性时说："他们的立场属于文化创伤时期……正是在这期间……西方现代性能够以其特有的方式丝毫无犯地暴露在丧失了信誉的神学或意识形态的偏见面前。它的结构因此是

---

① 参见陈独秀：《文学革命论》，《新青年》第 2 卷第 6 号，1917 年 2 月 1 日，见严家炎编：《二十世纪中国小说理论资料第二卷（1917—1927）》，北京，北京大学出版社，1997，第 22 页。

② 转引自吴文祺：《五四运动与文学革命》，见周策纵等：《五四与中国》，周阳山编，台北，时报文化出版事业有限公司，1985，第 607 页。

现代的,尽管表面的启示常常是传统的。"①这一论断同样也对中国文学具有借鉴意义。在外国通俗小说那里,西洋小说帮助中国作家重新发现了传统文学的表现手法与价值,同时中国作家对传统文学表现手法的阐述与运用也以特殊方式加深了对西洋小说的理解,提高了学习借鉴西洋小说技巧的自觉性,这本身便已经是对文学现代性的追求。

从梁启超倡导政治小说开始,小说已经呈现了在中国文学体系中冲击传统诗文的倾向。自新文化运动以来,所有对于文学的评论和叙述,都无法摆脱一种由外国文学参与的标准,用翻译过来的文学形式为中国文学规范了一个新的典律。在这一意义上,外国文学翻译开启和参与了近代中国的世界文学萌芽体系的建构。从外语能力和语词翻译的科学层面讲,林纾也许不是一个成功的翻译家,但是"从文化的高度和文学史建构的视角来看,林纾又不愧为一位现代性话语在中国的创始者和成功的实践者"。②

尽管萨义德曾警告说:"处于支配地位的文化具有难以改变的结构,对前殖民地民族而言,尤其如此。将其自身或他者置身于此结构的做法是危险的,但同时也具有某种诱惑力。"③但是在世界文学萌芽体系的开端,中国开明的知识分子并没有意识到这一点,他们需要在"五四"之后很多年,才能反思这一"危险"。中国现代文学不仅借助西方影响使得小说跃居文学体系的核心地位,而且在文学语言、批评体系等方面都使用了与中国传统文学不同的批评方法与词汇,这都主动促成了外来文学的核心地位,因为"很明显,那些创造了批评词汇的民族在文学世界体系中处于支配地位"。④甚至在后来中国的世界文学史写作中,本国文学有时也会处于缺席的尴尬地位。虽然在 1927 年郑振铎划时代的《文学大纲》、啸南的《世界文学史大纲》(上海乐华,1937)中有中国文学的成就,但1933 年李菊休、赵景深的《世界文学史纲》(上海亚细亚书局)中却不含中国文学。学者刘洪涛考察了中国世界文学史的写作,发现"对于上个世纪初刚从'一点四方'中土观点桎梏下解放出来的学者,将'中国文学'和'世界文学'联系起来,将'中国文学'看成'世界文学'的一个重要组成部分,这一观念的产生意味着重建中国文学体制,其积极性无论怎么评价都不

① 〔美〕安德鲁·芬伯格:《可选择的现代性》,陆俊等译,北京,中国社会科学出版社,2003,第 256 页。

② 王宁:《现代性、翻译文学与中国现代文学经典重构》,《文艺研究》,2002 年第 6 期。

③ Edward W. Said, 1979: *Orientalism*, New York: Vintage, pp. 24~25.

④ 〔美〕艾米丽·阿普特:《文学的世界体系》,见〔美〕大卫·达姆罗什、刘洪涛、尹星主编:《世界文学理论读本》,北京,北京大学出版社,2013,第 150 页。

过分"。①作者考察了 20 世纪 30 年代已有汉译本的世界文学通史，1936 年日本木村毅、苏联柯根等人写作的世界文学史都有了汉译本，其中都没有他们本民族的文学，虽然可以理解，但 1931 年开明书店出版的美国学者麦希著、胡仲持译的《世界文学史话》中却有在当时世界文学领域评价不甚高的美国文学部分。中国学者"照猫画虎"了日本和苏联学者，作者却没有解释为何中国学者不学习美国人的主体意识。世界文学史的写作中应否加入写作者本民族的文学虽然没有一定之见，但也可以看出，世界文学史的写作关键或许不是"论功行赏"的排座次，而是一种在"世界文学"的"封神榜"上让谁占有一席之地的自觉意识。说到底，还是这个民族如何理解世界和世界文学，如何安置本民族文学的位置：是热情参与，自卑隐形，抑或置身事外泰然旁观？

从 19 世纪末到 20 世纪最初 20 年，对待外国小说的态度大体上沿着如下脉络在发展：从"蔑视"到"可观"到"模仿"再到"融会"。这是四个无法截然分开的过程，同一个作家可能徘徊于两种甚至三种态度之间，但总的来说，发展的趋向是明确的，线索也是清晰的。第一种态度大多体现在早期对西洋小说的不屑一顾和想当然的偏见中；第四种态度只是一种设想的最高阶段和理想境界，很少有人能真正做到；最有代表性的倒是像林纾那样以史迁笔法解说西洋小说技巧的"以中化西"，虽然这在理解西洋小说时难免出现偏差，但在文学研究中也别具意义。

日本历史学者茂木敏夫分析说，19 世纪 70 年代以郭嵩焘为代表的中国知识分子在与西方的接触中"世界"观开始有了变化，从"甲午战争的时候开始，他们已经觉察到世界的状况正从'统垂裳之势'向'列国并立之势'（康有为）变化。然而，在原来的中华世界的范围内，中国还没有意识到中国其实也和周边诸国一样不过是'万国中之一国'"。②这一观念上的变化辐射到文学领域稍有滞后，正是我们所讨论的 1896～1916 年前后。近代以来，建立西方小说的尊严还需要指出其"文心之幻，不亚孟坚"③，而到了新文化运动时期，西方文学与思想已经完全成了新一代知识分子效仿的榜样。前文所提到的以陈独秀、胡适为代表的新文化人，对中国文学进行了现代化改造，在那个现代的世界文学体系的核心，赫然屹立

---

① 刘洪涛：《20 世纪中国文学的世界视野》，台北，秀威资讯科技股份有限公司，2010，第 25 页。

② 〔日〕茂木敏夫：《东亚的中心·边缘构造及世界观的变化》，见贺照田主编：《东亚现代性的曲折与展开》，长春，吉林人民出版社，2002，第 324 页。

③ 林纾：《撒克逊劫后英雄略·序》(1905)，见林琴南：《林琴南书话》，钱谷融主编、吴俊标校，杭州，浙江人民出版社，1999，第 35 页。

的是西方文学的标杆，而不再是中国传统文学。正是在现代体系想当然的逻辑中，才会出现对近代中国西方文学翻译的不满。然而不认清世界文学萌芽体系的特征，就无法与现在通行的以西方文学为核心的现代世界文学体系保持距离，也不能客观看待在世界上很多非西方国家，在最初世界文学萌芽体系建构的特殊历史时刻，作为外来者的西方文学如何从边缘位移到了中心。

附录一　1916年前柯南·道尔作品汉译辑录

▲福尔摩斯故事系列（Holmes books）

一、四部长篇

A Study in Scarlet（1887）

《大复仇》（福尔摩斯侦探第一案　侦探小说）〔英〕　柯南道尔著
黄人润辞　奚若译意　小说林社　1904

《恩仇血》（侦探小说　福尔摩斯侦探案之一）〔英〕柯南道尔著　陈
彦译意　金一润辞　上海·小说林社　1904

《福尔摩斯侦探案第一案》〔英〕柯南道尔著　佚名译　小说林社
1906

《歇洛克奇案开场》（欧美名家小说）〔英〕科南达利著　林纾、魏易
同译　商务印书馆　1908

《歇洛克奇案开场》（侦探小说）〔英〕科南达利著　林纾、魏易译
上海·商务印书馆　1908.7.6/1915.10.13三版　说部丛书

《歇洛克奇案开场》（侦探小说）〔英〕科南达利著　林纾、魏易同译
上海商务印书馆　1914.6　林译小说丛书

《血书（第一案）》〔英〕柯南道尔著　（周）瘦鹃译《福尔摩斯侦探案
全集》第1册　上海·中华书局　1916.5/1916.8再版/1921.9九版/
1936.3二十版

The Sign of Four（1890）

《四名案》（唯一侦探谭）　原文医士华生笔记、英国爱考难陶列辑述、
无锡吴梦鹥、嵇长康同译　文明书局　1903

《案中案》〔英〕柯南达利著　商务印书馆译印　中国商务印书馆
说部丛书

《案中案》（侦探小说）〔英〕屠哀尔士著　商务印书馆编译所译　上
海商务印书馆　1904/1913.5六版　说部丛书

《佛国宝》（第二案）〔英〕柯南道尔著　刘半农译《福尔摩斯侦探案
全集》第2册　上海·中华书局　1916.5/1916.8再版/1921.9九版/
1936.3二十版

The Hound of the Baskervilles（1901～1902）

《怪獒案》　人镜学社译　广智书局　1905

《降妖记》（侦探小说）　屠哀尔士著　陆康华、黄大钧译　中国商务印书馆　1905.2/1905.7 再版/1907.3 三版　说部丛书

《怪獒案》（侦探小说）　人镜学社编译处译　人镜学社　1905.9.20

《降妖记》（侦探小说）　〔英〕亚柯能多尔著　陆康华、黄大钧编译上海商务印书馆　1905/1913.12　说部丛书

《降妖记》　陆康华、黄大钧译述　上海商务印书馆　1914.6　小本小说

《獒祟》（第三十九案）　〔英〕柯南道尔著　陈霆锐译　《福尔摩斯侦探案全集》第 10 册　上海·中华书局　1916.5/1916.8 再版/1921.9 九版/1936.3 二十版

The Valley of Fear（1914～1915）

《恐怖窟》（福尔摩斯最新探案）　〔英〕科南达里著　常觉、（陈）小蝶译　《礼拜六》第 25（1914.11.21）～32（1915.1.9），35（1915.1.30）～36（1915.2.6），41（1915.2.13）～44（1915.4.3），50（1915.5.15）～51（1915.5.22），53（1915.6.5）～56（1915.6.26）期

《罪薮》（第四十四案）　〔英〕柯南道尔著　（程）小青译　《福尔摩斯侦探案全集》第 12 册　上海·中华书局　1916.5/1916.8 再版/1921.9 九版/1936.3 二十版

二、以下各案收录于 *The Adventures of Sherlock Holmes*　**《福尔摩斯冒险史》**（1892 年结集）

A Scandal in Bohemia（1891）

《跋海森王照相片》　〔英〕柯南道尔著　警察学生译　《续包探案》上海·文明书局　1902/1905 再版

《情影》（第三案）　〔英〕柯南道尔著　常觉、小蝶译　《福尔摩斯侦探案全集》第 3 册　上海·中华书局　1916.5/1916.8 再版/1921.9 九版/1936.3 二十版

The Red Headed League（1891）

《红发会》　〔英〕柯南道尔著　黄鼎、张在新合译　《议探案》余学斋1902

《红发案》　〔英〕柯南道尔著　汤心存、戴鸿藻合译　小说进步社1909

《红发会》　〔英〕柯南道尔著　黄鼎佐廷、张在新铁民合译　《泰西说

部丛书之一》兰陵社　1909 再版

　　《红发会奇案》(一名银行盗贼　侦探小说)〔英〕考南道一著　郑健人口述　陶报癖笔译　《扬子江小说报》第 4 期　1909.8.16

　　《红发会》(第四案)〔英〕柯南道尔著　常觉、小蝶译　《福尔摩斯侦探案全集》第 3 册　上海·中华书局　1916.5/1916.8 再版/1921.9 九版/1936.3 二十版

　　A Case of Identity (1891)

　　《继父诳女破案》〔英〕柯南道尔著　张坤德译　《时务报》24～26 册　1897.4.22～1897.5.12

　　《继父诳女破案》〔英〕柯南道尔著　时务报馆译　丁杨杜译　素隐书屋　1899

　　《继父诳女破案》　《包探案(又名新译包探案)》上海·文明书局　1903/1905 再版

　　《怪新郎》(第五案)〔英〕柯南道尔著　常觉、小蝶译　《福尔摩斯侦探案全集》第 3 册　上海·中华书局　1916.5/1916.8 再版/1921.9 九版/1936.3 二十版

　　《赘婿》　胡寄尘　《春声》第 5 期　1916.6.1

　　The Boscombe Valley Mystery (1891)

　　《拔斯夸姆命案》〔英〕柯南道尔著　黄鼎、张在新合译　《议探案》余学斋　1902

　　《拔斯夸姆命案》(泰西说部丛书之一)〔英〕柯南道尔著　黄鼎佐廷、张在新铁民译　黄庆澜涵之参校)《启蒙通俗报》第 12～15 期　1903.4～1903.7 未完

　　《拔斯夸姆命案》　黄鼎佐廷、张在新铁民合译　《泰西说部丛书之一》兰陵社　1909 再版

　　《弑父案》(第六案)〔英〕柯南道尔著　常觉、小蝶译　《福尔摩斯侦探案全集》第 3 册　上海·中华书局　1916.5/1916.8 再版/1921.9 九版/1936.3 二十版

　　The Five Orange Pips (1891)

　　《三 K 字五橘核案》〔英〕柯南道尔著　警察学生译　《续包探案》上海·文明书局　1902/1905 再版

　　《五橘核》(第七案)〔英〕柯南道尔著　常觉、小蝶译　《福尔摩斯侦探案全集》第 3 册　上海·中华书局　1916.5/1916.8 再版/1921.9 九版/1936.3 二十版

The Man With the Twisted Lip(1891)

《伪乞丐案》〔英〕柯南道尔著　警察学生译　《续包探案》　上海·文明书局　1902/1905 再版

《丐者许彭》(第八案)〔英〕柯南道尔著　常觉、小蝶译　《福尔摩斯侦探案全集》第 3 册　上海·中华书局　1916.5/1916.8 再版/1921.9 九版/1936.3 二十版

《海绵》雪生　《小说海》第 2 卷第 11 号　1916.11.1

The Adventure of the Blue Carbuncle(1892)

《鹅腹蓝宝石案》〔英〕柯南道尔著　警察学生译　《续包探案》　上海·文明书局　1902/1905 再版

《鹅腹宝石》〔法〕孔那多咽著　雪生译　《小说月报》第 6 卷第 1 号 1915.1.25

《蓝宝石》(第九案)〔英〕柯南道尔著　常觉、小蝶译　《福尔摩斯侦探案全集》第 4 册　上海·中华书局　1916.5/1916.8 再版/1921.9 九版/1936.3 二十版

The Adventure of the Speckled Band(1892)

《毒蛇案》，收录于《泰西说部丛书之一》（启明社）　1901　后又被《启蒙通俗报》1902 年第 4～5 期连载

《毒蛇案》〔英〕柯南道尔著　黄鼎、张在新合译　《议探案》余学斋 1902

《毒蛇案》(泰西说部丛书之一)〔英〕柯南道尔著　黄鼎佐廷、张在新铁民译　黄庆澜涵之参校)《启蒙通俗报》第 4～5 期　1902.7～1902.8 未完

《毒蛇案》黄鼎佐廷、张在新铁民合译　《泰西说部丛书之一》兰陵社　1909 再版

《采缅》(长篇侦探小说)〔英〕各南特伊尔原著　《七襄》第 2～4 期 1914.11.17～1914.12.7

《彩色带》(第十案)〔英〕柯南道尔著　常觉、小蝶译　《福尔摩斯侦探案全集》第 4 册　上海·中华书局　1916.5/1916.8 再版/1921.9 九版/1936.3 二十版

The Adventure of the Engineer's Thumb(1892)

《修机断指案》〔英〕柯南道尔著　警察学生译　《续包探案》　上海·文明书局　1902/1905 再版

《机师之指》(第十一案)〔英〕柯南道尔著　常觉、小蝶译　《福尔摩

斯侦探案全集》第 4 册　上海·中华书局　1916.5/1916.8 再版/1921.9
九版/1936.3 二十版

The Adventure of the Noble Bachelor（1892）

《贵胄失妻案》〔英〕柯南道尔著　警察学生译　《续包探案》　上
海·文明书局　1902/1905 再版

《怪新娘》（第十二案）〔英〕柯南道尔著　常觉、小蝶译　《福尔摩斯
侦探案全集》第 4 册　上海·中华书局　1916.5/1916.8 再版/1921.9 九
版/1936.3 二十版

The Adventure of the Beryl Coronet（1892）

《宝石冠》，收录于《泰西说部丛书之一》（启明社）　1901，后收录于
《启蒙通俗报》1902 年第 12 期

《宝石冠》〔英〕柯南道尔著　黄鼎、张在新合译　《议探案》余学斋
1902

《宝石冠》（泰西说部丛书之一）〔英〕柯南道尔著　黄鼎佐廷、张在
新铁民译　黄庆澜涵之参校)《启蒙通俗报》第 12 期　1903 未完

《宝石冠》黄鼎佐廷、张在新铁民合译　《泰西说部丛书之一》兰陵
社　1909 再版

《翡翠冠》（第十三案）〔英〕柯南道尔著　常觉、小蝶译　《福尔摩斯
侦探案全集》第 4 册　上海·中华书局　1916.5/1916.8 再版/1921.9 九
版/1936.3 二十版

The Adventure of the Copper Beeches（1892）

《亲父囚女案》〔英〕柯南道尔著　警察学生译　《续包探案》　上
海·文明书局　1902/1905 再版

《金丝发》（第十四案）〔英〕柯南道尔著　常觉、小蝶译　《福尔摩斯
侦探案全集》第 4 册　上海·中华书局　1916.5/1916.8 再版/1921.9 九
版/1936.3 二十版

三、以下各案收录于 *Memoirs of Sherlock Holmes*《福尔摩斯回忆
录》(1894 年结集)

The Adventure of Silver Blaze（1892）

《银光马案》〔英〕柯南道尔著　商务印书馆译印　《绣像小说》第 6
期　1903.8

《银光马案》〔英〕柯南道尔著　中国商务印书馆编译所译述　《补译
华生包探案》中国商务印书馆　1906/1907 二版　说部丛书

《银光马案》〔英〕柯南道尔著　商务印书馆编译所译　《华生包探

案》　上海商务印书馆　1906/1914 再版　说部丛书

《名马》　卓呆成　《小说海》第 1 卷第 10 号　1915.10.1

《失马得马》(第十五案)　〔英〕柯南道尔著　严独鹤(天侔)译　《福尔摩斯侦探案全集》第 5 册　上海·中华书局　1916.5/1916.8 再版/1921.9 九版/1936.3 二十版

The Adventure of the Cardboard Box(*Memoirs of Sherlock Holmes* 初版没有收录此篇)

The Adventure of the Yellow Face (1893)

《媚妇匿女案》　〔英〕柯南道尔著　商务印书馆译印　《绣像小说》第 7 期　1903

《黄面》(滑震笔记之一　短篇)　滑震记《时报》　1904.8

《媚妇匿女案》　〔英〕柯南道尔著　中国商务印书馆编译所译述　《补译华生包探案》　中国商务印书馆　1906/1907 二版　说部丛书

《媚妇匿女案》　〔英〕柯南道尔著　商务印书馆编译所译　《华生包探案》　上海商务印书馆　1906/1914 再版　说部丛书

《窗中人面》(第十六案)　〔英〕柯南道尔著　严独鹤(天侔)译　《福尔摩斯侦探案全集》第 5 册　上海·中华书局　1916.5/1916.8 再版/1921.9 九版/1936.3 二十版

The Adventure of the Stockbroker's Clerk (1893)

《书记被骗案》　〔英〕柯南道尔著　商务印书馆译印　《绣像小说》第 9 期　1903.9.21

《书记被骗案》　〔英〕柯南道尔著　中国商务印书馆编译所译述　《补译华生包探案》　中国商务印书馆　1906/1907 二版　说部丛书

《书记被骗案》　〔英〕柯南道尔著　商务印书馆编译所译　《华生包探案》　上海商务印书馆　1906/1914 再版　说部丛书

《佣书受绐》(第十七案)　〔英〕柯南道尔著　严独鹤(天侔)译　《福尔摩斯侦探案全集》第 5 册　上海·中华书局　1916.5/1916.8 再版/1921.9 九版/1936.3 二十版

The Adventure of the "Gloria Scott" (1893)

《哥利亚司考得船案》　〔英〕柯南道尔著　商务印书馆译印　《绣像小说》第 4～5 期　1903.7.9～1903.7.24

《哥利亚司考得船案》　〔英〕柯南道尔著　中国商务印书馆编译所译述　《补译华生包探案》　中国商务印书馆　1906/1907 二版　说部丛书

《哥利亚司考得船案》　〔英〕柯南道尔著　商务印书馆编译所译　《华

生包探案》　上海商务印书馆　1906/1914 再版　说部丛书

《孤舟浩劫》(第十八案)　〔英〕柯南道尔著　严独鹤(天侔)译　《福尔摩斯侦探案全集》第 6 册　上海·中华书局　1916.5/1916.8 再版/1921.9 九版/1936.3 二十版

The Adventure of the Musgrave Ritual (1893)

《麦斯夸夫典礼案》,收录于《补译华生包探案》(后作《华生包探案》),上海商务印书馆,1906(六案)

《墨斯格力夫典礼案》　〔英〕柯南道尔著　商务印书馆译印　《绣像小说》第 8～9 期　1903.9.6～1903.9.21

《墨斯格力夫典礼案》　〔英〕柯南道尔著　中国商务印书馆编译所译述　《补译华生包探案》　中国商务印书馆　1906/1907 二版　说部丛书

《墨斯格力夫典礼案》　〔英〕柯南道尔著　商务印书馆编译所译　《华生包探案》　上海商务印书馆　1906/1914 再版　说部丛书

《窟中秘宝》(第十九案)　〔英〕柯南道尔著　严独鹤(天侔)译　《福尔摩斯侦探案全集》第 6 册　上海·中华书局　1916.5/1916.8 再版/1921.9 九版/1936.3 二十版

The Adventure of the Reigate Squires (1893)

《绅士克你海姆》　〔英〕柯南道尔著　黄鼎、张在新合译　《议探案》余学斋　1902

《绅士克你海姆》　黄鼎佐廷、张在新铁民合译　《泰西说部丛书之一》兰陵社　1909 再版

《午夜枪声》(第二十案)　〔英〕柯南道尔著　严独鹤(天侔)译　《福尔摩斯侦探案全集》第 6 册　上海·中华书局　1916.5/1916.8 再版/1921.9 九版/1936.3 二十版

The Adventure of the Crooked Man (1893)

《记伛者复仇事》　〔英〕柯南道尔著　张坤德译　《时务报》10～12 册,1896.11.5～1896.11.25

《记伛者复仇事》　〔英〕柯南道尔著　时务报馆译　丁杨杜译　《包探案(又名新译包探案)》素隐书屋　1899

《记伛者复仇事》　〔英〕柯南道尔著　《包探案(又名新译包探案)》上海·文明书局　1903/1905 再版

《偻背眩人》(第二十一案)　〔英〕柯南道尔著　(程)小青译　《福尔摩斯侦探案全集》第 6 册　上海·中华书局　1916.5/1916.8 再版/1921.9 九版/1936.3 二十版

The Adventure of the Resident Patient(1893)

《旅居病夫案》 〔英〕柯南道尔著 商务印书馆译印 《绣像小说》第
10 期 1903.10.5

《旅居病夫案》 〔英〕柯南道尔著 中国商务印书馆编译所译述 《补
译华生包探案》 中国商务印书馆 1906/1907 二版 说部丛书

《旅居病夫案》 〔英〕柯南道尔著 商务印书馆编译所译 《华生包探
案》 上海商务印书馆 1906/1914 再版 说部丛书

《客邸病夫》(第二十二案) 〔英〕柯南道尔著 严独鹤译 《福尔摩斯
侦探案全集》第 7 册 上海·中华书局 1916.5/1916.8 再版/1921.9 九
版/1936.3 二十版

The Adventure of the Greek Interpreter(1893)

《希腊译人》 〔英〕柯南道尔著 黄鼎、张在新合译 《议探案》余学
斋 1902

《希腊译人》 〔英〕柯南道尔著 黄鼎佐廷、张在新铁民合译 《泰西
说部丛书之一》兰陵社 1909 再版

《希腊舌人》(第二十三案) 〔英〕柯南道尔著 (程)小青译 《福尔摩
斯侦探案全集》第 7 册 上海·中华书局 1916.5/1916.8 再版/1921.9
九版/1936.3 二十版

The Adventure of the Naval Treaty(1893)

《英包探勘盗密约案》 〔英〕柯南道尔著 张坤德译 《时务报》6~9
册，1896.9.27~10.27

《英包探勘盗密约案》 〔英〕柯南道尔著 时务报馆译 丁杨杜译
《包探案(又名新译包探案)》素隐书屋 1899

《英包探勘盗密约案》 《包探案(又名新译包探案)》 上海·文明书
局 1903/1905 再版

《海军密约》(第二十四案) 〔英〕柯南道尔著 (程)小青译 《福尔摩
斯侦探案全集》第 7 册 上海·中华书局 1916.5/1916.8 再版/1921.9
九版/1936.3 二十版

The Adventure of the Final Problem(1893)

《呵尔唔斯缉案被戕》 〔英〕柯南道尔著 张坤德译 《时务报》27~
30 册，1897.5.22~1897.6.20

《呵尔唔斯缉案被戕》 〔英〕柯南道尔著 时务报馆译 丁杨杜译
《包探案(又名新译包探案)》素隐书屋 1899

《呵尔唔斯缉案被戕》 《包探案(又名新译包探案)》 上海·文明书

局 1903/1905 再版

《悬崖撒手》(第二十五案) 〔英〕柯南道尔著 严独鹤译 《福尔摩斯侦探案全集》第 7 册 上海·中华书局 1916.5/1916.8 再版/1921.9 九版/1936.3 二十版

四、以下各案收录于 *The Return of Sherlock Holmes* 《归来记》(1905年结集)

The Adventure of the Empty House (1903)

《再生第一案》 〔英〕柯南道尔著 奚若译 《福尔摩斯再生案》第 1 册 小说林社 1904

《阿罗南空屋被刺案》 〔英〕柯南道尔著 周桂笙译《福尔摩斯再生案》第 1 册 小说林社 1904

《绛市重苏》(第二十六案) 〔英〕柯南道尔著 严天侔译 《福尔摩斯侦探案全集》第 8 册 上海·中华书局 1916.5/1916.8 再版/1921.9 九版/1936.3 二十版

The Adventure of the Norwood Builder (1903)

《亚特克焚尸案》 〔英〕柯南道尔著 奚若译 《福尔摩斯再生案》第 2 册 小说林社 1904

《火中秘计》(第二十七案) 〔英〕柯南道尔著 严天侔译 《福尔摩斯侦探案全集》第 8 册 上海·中华书局 1916.5/1916.8 再版/1921.9 九版/1936.3 二十版

The Adventure of the Dancing Men (1903)

《密码被杀案》 〔英〕柯南道尔著 奚若译 《福尔摩斯再生案》第 4 册 小说林社 1906

《壁上奇书》(第二十八案) 〔英〕柯南道尔著 常觉、天虚我生(陈蝶仙)译 《福尔摩斯侦探案全集》第 8 册 上海·中华书局 1916.5/1916.8 再版/1921.9 九版/1936.3 二十版

The Adventure of the Solitary Cyclist (1903～1904)

《却尔登乘自转车案》 〔英〕柯南道尔著 奚若译 《福尔摩斯再生案》第 2 册 小说林社 1904

《碧巷双车》(第二十九案) 〔英〕柯南道尔著 常觉、天虚我生(陈蝶仙)译 《福尔摩斯侦探案全集》第 8 册 上海·中华书局 1916.5/1916.8 再版/1921.9 九版/1936.3 二十版

The Adventure of the Priory School (1904)

《麦克来登之小学校之奇案》 〔英〕柯南道尔著 奚若译 《福尔摩斯

再生案》第 3 册　小说林社　1904

　　《湿原蹄迹》(第三十案)　〔英〕柯南道尔著　常觉、天虚我生(陈蝶仙)译　《福尔摩斯侦探案全集》第 8 册　上海·中华书局　1916.5/1916.8 再版/1921.9 九版/1936.3 二十版

The Adventure of Black Peter (1904)

　　《黑彼得被杀案》〔英〕柯南道尔著　奚若译　《福尔摩斯再生案》第 4 册　小说林社　1906

　　《隔帘鬾影》(第三十一案)　〔英〕柯南道尔著　常觉、天虚我生(陈蝶仙)译　《福尔摩斯侦探案全集》第 8 册　上海·中华书局　1916.5/1916.8 再版/1921.9 九版/1936.3 二十版

The Adventure of Charles Augustus Milverton (1904)

　　《宓尔逢登之被螫案》〔英〕柯南道尔著　奚若译　《福尔摩斯再生案》第 3 册　小说林社　1904

　　《室内枪声》(第三十二案)　〔英〕柯南道尔著　常觉、天虚我生(陈蝶仙)译　《福尔摩斯侦探案全集》第 9 册　上海·中华书局　1916.5/1916.8 再版/1921.9 九版/1936.3 二十版

The Adventure of the Six Napoleons (1904)

　　《窃毁拿破仑遗像案》〔英〕陶高能著　知新子(周桂笙)译述　《歇洛克复生侦探案》《新民丛报》第 3 年第 7 号(第 55 号)　1904.10.23

　　《毁拿破仑像案》〔英〕柯南道尔著　奚若译　《福尔摩斯再生案》第 4 册　小说林社　1906

　　《窃毁拿破仑遗像案》〔英〕陶高能著　知新子(周桂笙)译　《最新侦探案汇刊》新民丛报社　1904

　　《剖腹藏珠》(第三十三案)　〔英〕柯南道尔著　常觉、天虚我生(陈蝶仙)译　《福尔摩斯侦探案全集》第 9 册　上海·中华书局　1916.5/1916.8 再版/1921.9 九版/1936.3 二十版

The Adventure of the Three Students (1904)

　　《陆圣书院窃题案》〔英〕柯南道尔著　奚若译　《福尔摩斯再生案》第 4 册　小说林社　1906

　　《赤心护主》(第三十四案)　〔英〕柯南道尔著　常觉、天虚我生(陈蝶仙)译　《福尔摩斯侦探案全集》第 9 册 上海·中华书局　1916.5/1916.8 再版/1921.9 九版/1936.3 二十版

The Adventure of the Golden Prince-Nez (1904)

　　《虚无党案》〔英〕柯南道尔著　奚若译　《福尔摩斯再生案》第 4 册

小说林社　1906

《雪窖沉冤》(第三十五案)　〔英〕柯南道尔著　常觉、天虚我生(陈蝶仙)译　《福尔摩斯侦探案全集》第 9 册　上海·中华书局　1916.5/1916.8 再版/1921.9 九版/1936.3 二十版

The Adventure of the Missing Three-Quarter (1904)

《荒村轮影》(第三十六案)　〔英〕柯南道尔著　严天伴译　《福尔摩斯侦探案全集》第 9 册　上海·中华书局　1916.5/1916.8 再版/1921.9 九版/1936.3 二十版

The Adventure of the Abbey Grange (1904)

《情天决死》(第三十七案)　〔英〕柯南道尔著　常觉、天虚我生(陈蝶仙)译　《福尔摩斯侦探案全集》第 9 册　上海·中华书局　1916.5/1916.8 再版/1921.9 九版/1936.3 二十版

The Adventure of the Second Stain (1904)

《掌中倩影》(第三十八案)　〔英〕柯南道尔著　常觉、天虚我生(陈蝶仙)译　《福尔摩斯侦探案全集》第 9 册　上海·中华书局　1916.5/1916.8 再版/1921.9 九版/1936.3 二十版

五、以下各案收录于 His Last Bow《最后致意》(1917 年结集)

The Adventure of the Bruce-Partington Plans (1908)

《潜艇图》(福尔摩斯最近探案)　〔英〕柯南达利著　水心、仪·合译《小说丛报》第 4～5 期　1914.9.1～1914.10.20 初版/1915.3.25 再版

《窃图案》(第四十三案)　〔英〕柯南道尔著　陈霆锐译　《福尔摩斯侦探案全集》第 11 册　上海·中华书局　1916.5/1916.8 再版/1921.9 九版/1936.3 二十版

The Adventure of the Devil's Foot (1910)

《鬼脚草》(福尔摩斯奇案)　〔英〕高能陶尔著　(杨)心一译　《小说时报》第 17 期　1912.12.1

《康南虚恐怖案》(福尔摩斯侦探新案)　〔英〕柯南达利著　(倪)·森、仪·合译　《小说丛报》第 1 周增刊　1915.6.28

《魔足》(第四十案)　〔英〕柯南道尔著　(程)小青等译　《福尔摩斯侦探案全集》第 11 册　上海·中华书局　1916.5/1916.8 再版/1921.9 九版/1936.3 二十版

The Adventure of the Red Cirile (1911)

《赤环党》　〔英〕科南达利著　羁魂、瘦菊合译　《繁华杂志》　1915

《红圈党》(福尔摩斯探案)　痴侬、何为合译　《小说丛报》第 8 期

1915.2.8

《红圈会》(第四十一案)〔英〕柯南道尔著　渔火译　《福尔摩斯侦探案全集》第 11 册　上海·中华书局　1916.5/1916.8 再版/1921.9 九版/1936.3 二十版

The Adventure of the Dying Detective(1913)

《托病捕凶》(福尔摩斯最近探案)〔英〕柯南达利著　留氓译　仪·述　《小说丛报》第 2 期　1914.6.10

《病诡》(第四十二案)〔英〕柯南道尔著　(周)瘦鹃译　《福尔摩斯侦探案全集》第 11 册　上海·中华书局　1916.5/1916.8 再版/1921.9 九版/1936.3 二十版

六、全集以外案件

The Story of the Man With the Watches(1898)

《一身六表之疑案》(原名 THE MAN WITH THE WATCHS　侦探小说)〔英〕柯南达理著　半侬(刘半农)译　《小说大观》4 集 1915.12.30

▲查仑哲教授系列故事(Professor Challenger stories),本系列共五篇,汉译两篇,其他三篇发表均在 1926 年之后,故 1916 年前无汉译本。

The Lost World(1912)

《洪荒鸟兽记》(科学小说)　2 卷　上下卷　〔英〕柯南达利著　李薇香译　上海商务印书馆　1915.3.2/10.19 再版　说部丛书

The Poison Belt(1913)

《毒带》〔英〕科南达利原著　常觉、小蝶合译　《春声》3 集 1916.4.3

《毒带》　6 章　〔英〕柯南达利著　袁若庸译　《小说月报》第 7 卷第 11～12 号　1916.11.25～1916.12.25

▲ 历史小说(Historical novels)

Rodney Stone(1896)

《博徒别传》(社会小说)2 卷　〔英〕柯南达利著　陈大灯、陈家麟译 上海商务印书馆　1908.10.8/1915.10.18 再版　说部丛书

Micah Clarke(1889)

《金风铁雨录》(军事小说)　3 卷　上中下卷　〔英〕勋爵柯南达利著 林纾　曾宗巩译　上海商务印书馆　1907.7.23/1915.10.25 三版　说部丛书

《金风铁雨录》(军事小说)　上中下卷　〔英〕柯南达利著　林纾、曾

宗巩译 上海商务印书馆 1914.6 林译小说丛书

***The White Company*(1891)**

《黑太子南征录》(军事小说) 2 卷 上下卷 〔英〕科南达利著 林纡、魏易同译 上海商务印书馆 1909.6.4/1915.10.1 再版 说部丛书

《黑太子南征录》(军事小说) 上下卷 〔英〕科南达利著 林纡、魏易同译 上海商务印书馆 1914.6 林译小说丛书

***The Refugees*(1893)**

《恨绮愁罗记》(历史小说) 2 卷 上下卷 〔英〕科南达利著 林纡、魏易同译 上海商务印书馆 1908.6.2/1915.10.20 四版 说部丛书

《恨绮愁罗记》(历史小说) 上下卷 〔英〕科南达利著 林纡、魏易同译 上海商务印书馆 1914.6 说部丛书

***Uncle Bernac*(1897)**

《髯刺客传》(历史小说) 〔英〕科南达利著 林纡、魏易译 上海商务印书馆 1908.6.1/1915.10.16 再版 说部丛书

《髯刺客传》(历史小说) 〔英〕科南达利著 林纡、魏易译 上海商务印书馆 1914.6 林译小说丛书

▲**杰拉德短篇喜剧系列(Brigadier Gerard Comic Short Stories)**

***The Exploits of Brigadier Gerard*(1896)**

书名	出版社	汉译本
How the Brigadier Won His Medal(*The Medal of Brigadier Gerard*)	*The Strand Magazine* 1894.11	1909(遮那德自伐八事) 〔英〕柯南达利著 陈大灯、陈家麟译《遮那德自伐八事》上册 上海商务印书馆 己酉 1.6 (1909.1.27)/1915.10.10 再版 说部丛书 第 7 章
How the Brigadier Held the King	*The Strand Magazine* 1895.4	同上 第 3 章
How the King Held the Brigadier	*The Strand Magazine* 1895.5	同上 第 4 章
How the Brigadier Slew the Brothers of Ajaccio	*The Strand Magazine* 1895.6	同上 第 2 章
How the Brigadier Came to the Castle of Gloom	*The Strand Magazine* 1895.7	同上 第 1 章

续表

书名	出版社	汉译本
How the Brigadier Took the Field Against The Marshal Millefleurs	*The Strand Magazine* 1895.8	同上 第 5 章
How the Brigadier Was Tempted By the Devil	*The Strand Magazine* 1895.9	同上 第 8 章
How the Brigadier Played for a Kingdom	*The Strand Magazine* 1895.12	同上 第 6 章

The Adventures of Gerard(1903)

书名	出版社	汉译本
How the Brigadier Slew the Fox(*The Crime of the Brigadier*)	*The Cosmopolitan Magazine* 1899.12；*The Strand Magazine* 1900.1	1906 斥候美谈(军事小说)　科南岱尔著　〔日〕高须梅译意　吴梼重演　《绣像小说》第 72 期 〔丙午 3.15(1906.4.8)〕 1910(遮那德自伐后八事)〔英〕科南达利著　陈大灯、陈家麟译《遮那德自伐后八事》上卷　上海商务印书馆　己酉 12.14(1910.1.24)/1915.10.3 再版　说部丛书
How the Brigadier Bore Himself at Waterloo (*The Brigadier at Waterloo*) I. *The Adventure of the Forest Inn* II. *The Prussian Horsemen*	*The Strand Magazine* 1903.1	1910(遮那德自伐后八事)〔英〕科南达利著　陈大灯、陈家麟译《遮那德自伐后八事》上卷　上海商务印书馆　己酉 12.14(1910.1.24)/1915.10.3 再版　说部丛书
How Brigadier Gerard Lost His Ear	*The Strand Magazine* 1902.8	同上，第 1 章
How the Brigadier Saved the Army	*The Strand Magazine* 1902.11	同上，第 4 章
How the Brigadier Rode To Minsk	*The Strand Magazine* 1902.12	同上，第 6 章
How the Brigadier Triumphed in England (*The Brigadier in England*)	*The brigadier In England*/*The Strand Magazine* 1903.3	同上，第 5 章

续表

书名	出版社	汉译本
How the Brigadier Captured Saragossa（*How the Brigadier Joined the Hussars of Conflans*）	*The Strand Magazine* 1903.4	同上，第 2 章
The Last Adventure of the Brigadier（*How Etienne Gerard Said Goodbye to His Master*）	*The Strand Magazine* 1903.5	无汉译

Other Stories

书名	出版社	汉译本
The Marriage of the Brigadier	*The Strand Magazine* 1910.9	1915 兕媒（奇情小说）〔英〕A. C ONAN DOYLE 原著　水心、式稚合译　《小说丛报》第 8 期　1915.2.8
A Foreign Office Romance	*Young Man and Young Woman* 1894.11	1915 烛影当窗（外交小说）〔英〕文豪柯南达里著　半侬（刘半农）译　《中华小说界》第 2 年第 5 期　1915.5

▲其他短篇小说

The Doing of Raffles Haw（1891～1892）

《电影楼台》（社会小说）〔英〕科南达利著　林纾、魏易同译　上海商务印书馆　戊申 8.16(1908.9.11)/1915.10.6 三版　说部丛书

《电影楼台》（社会小说）〔英〕科南达利著　林纾、魏易同译　上海商务印书馆 1913.10 再版　欧美名家小说

《电影楼台》（社会小说）〔英〕科南达利著　林纾、魏易同译　上海商务印书馆 1914.6　林译小说丛书

《电影楼台》（社会小说）〔英〕科南达利著　林纾、魏易同译　上海商务印书馆 1914.7　小本小说

Beyond the City（1891）

《蛇女士传》（社会小说）〔英〕科南达利著　魏易口译　林纾笔述　上海商务印书馆　戊申 9.23(1908.10.17)/1915.8.7 再版　说部丛书

《蛇女士传》（社会小说）〔英〕科南达利著　魏易口译　林纾笔述

上海商务印书馆 1914.6　林译小说丛书

The Prisoner's Defence (1916)

《嫛娜加尼》　〔英〕柯那达利著　小蝶、无为、铁樵(恽树珏)译《小说月报》第 7 卷第 6 号　1916.6.25

A Night Among the Nihilists (1881)

《虚无党密议》〔英〕柯南达利著　孟曙、胡昕同译　《小说月报》第 4 卷第 11 号　1914.2.25

《秘密窟中一夕谈》(虚无党案)　〔英〕柯南达利著　诗屏、谷苹合译《小说丛报》第 3 年第 2 期　1916.9.10

The Case of Lady Sannox (1893)

《樱唇》(短篇名著)　〔英〕柯南达尔著　常觉译　《礼拜六》第 6～8 期 1914.7.11～7.25

Sweethearts (1894)

《缠绵》(原名 SWEETHEARTS　名家短篇言情小说)　〔英〕科南达利著　(周)瘦鹃译　《礼拜六》第 57 期 1915.7.3

The Lord of Chateau Noir (1894)

《黑别墅之主人》(复仇小说)　〔英〕科南达利著　(周)瘦鹃译　《礼拜六》第 47 期 1915.4.24

The story of the Sealed Room (1898)

《锢室陈尸案》(志异小说)　〔英〕科南达里著　常觉、小蝶译　《中华小说界》第 3 卷第 5 期　1916.5.1

The Usher of Lea House School / The Story of the Latin Tutor (1899)

《柳原学校》(原名 THE USHER OF LEA HOUSE SCHOOL　社会小说)　〔英〕柯南达里著　半侬(刘半农)译　《小说大观》7 集　1916.10

The story of the Brown Hand (1899)

《赤鬼手》(神怪小说)　〔英〕柯南达利著　太常仙蝶(陈蝶仙)译　《小说大观》3 集　1915.12.1

The Love Affair of George Vincent Parker (1901)

《多情却是总无情》(一名情欤孽欤　孽情小说)　〔英〕柯南达利著 (周)瘦鹃译　《游戏杂志》第 11 期　1914

The Disappearance of Lady Frances Carfax (1911)

《福尔摩斯侦探案》(侦探小说)　甘作霖译　《小说月报》第 2 卷第 12 期　辛亥年 12.25(1912.2.12)

Danger! Being the Long of Captain John Sirius (1914)

《潜艇制胜记》〔英〕柯南达利著　（甘）作霖译　《小说月报》第 6 卷第 1～2 号　1915.1.25～1915.2.25

▲原作不明，只注明柯南道尔所作的(*Original Unidentified*)

1906 鸳水不因人	深浅印
1906 杨心一译述	秘密党
1906 马汝贤	黄金骨，收录于《黄金骨》，上海小说林社，1906.8(二案)
1906 马汝贤	华尔金刚赞，收录于《黄金骨》，上海小说林社，1906.8(二案)

附录二 1916 年前哈葛德作品汉译辑录

一、*Cleopatra* (1889)

《埃及金塔剖尸记》(神怪小说)3 卷 上中下卷 〔英〕哈葛德著 林纾、曾宗巩译 上海商务印书馆 1905

《埃及金塔剖尸记》(神怪小说)3 卷 上中下卷 〔英〕哈葛德著 林纾、曾宗巩译 上海商务印书馆 1905/1913/1914 再版 说部丛书

《埃及金塔剖尸记》(神怪小说)3 卷 上中下卷 〔英〕哈葛德著 林纾、曾宗巩译 上海商务印书馆 1914 林译小说丛书

二、*Eric Brighteyes* (1891)

《埃司兰情侠传》 〔英〕哈葛德著 林纾、魏易译 广智书局 1904

《埃司兰情侠传》2 册 〔英〕哈葛德著 林纾、魏易译 严复题 广智书局 1904

三、此书无英文名

《爱河潮》(言情小说)上中下册 〔英〕哈葛得著 奚若译 上海·小说林社 1905 年

《爱河潮》(原名侦探毒) 未注译者 香港《小说世界》第 4 期 1906

四、此书无英文名

《大侠锦帔客传》26 章 〔英〕哈葛德著 蟠溪子(杨紫麟)、天笑生(包公毅)同译 《小说时报》2～3 期 1909.11～1910.1

《大侠锦帔客传》26 章 〔英〕哈葛德著 蟠溪子(杨紫麟)、天笑生(包公毅)同译 上海·有正书局 1915

五、*Allan Quatermain* (1886)

《斐洲烟水愁城录》(冒险小说)上下卷 2 册 〔英〕哈葛德著 林纾、曾宗巩合译 商务印书馆 1905/1913.12 三版/1914.4 再版 说部丛书

《斐洲烟水愁城录》(冒险小说)上下卷 2 册 〔英〕哈葛德著 林纾、曾宗巩合译 上海商务印书馆 1914 林译小说丛书

六、*Benita* (1906)

《古鬼遗金记》 〔英〕哈葛得著 林纾笔译 陈家麟口译 《庸言》1 卷 1～11 号 1912.12～1913.5

《古鬼遗金记》 〔英〕哈葛德著 林纾、陈家麟同译 上海·广益书

局　1912

七、*Nada the Lily*（1892）

《鬼山狼侠传》（神怪小说）36 章 2 卷 上下卷　〔英〕哈葛德著　林纾、曾宗巩译　上海商务印书馆　1905.6/1905.10 二版/1907.9 三版　说部丛书

《鬼山狼侠传》（神怪小说）2 卷 上下卷　〔英〕哈葛德著　林纾、曾宗巩译　上海商务印书馆　1905/1913.12 再版/1914.4 再版　说部丛书

《鬼山狼侠传》（神怪小说）〔英〕哈葛德著　林纾、曾宗巩合译　上海商务印书馆　1914.6　林译小说丛书

八、此书无英文名

《海屋筹》2 册　〔英〕哈葛德著　逍遥生译　上海·小说林社　1907

九、*Maiwa's Revenge*（1888）

《豪士述猎》〔英〕哈葛得原著　林纾、陈家麟同译　《小说月报》10 卷 11～12 号　1919.11～1919.12

十、*Colonel Quaritch*，V. C.（1888）

《洪罕女郎传》（言情小说）2 卷 上下册　〔英〕哈葛德著　林纾、魏易译　中国商务印书馆　1906.1/1907.2 三版　说部丛书

《洪罕女郎传》（言情小说）2 卷 上下卷　〔英〕哈葛德著　林纾、魏易译　上海商务印书馆　1906/1914 再版　说部丛书

《洪罕女郎传》（言情小说）上下卷　〔英〕哈葛德著　林纾、魏易合译　上海商务印书馆　1914　林译小说丛书

十一、*Beatrice*（1890）

《红礁画桨录》（言情小说）　上下卷　〔英〕哈葛德著　林纾、魏易合译　商务印书馆　1906/1907 再版　说部丛书

《红礁画桨录》（言情小说）　2 卷　上下卷　〔英〕哈葛德著　林纾、魏易译　上海商务印书馆　1906/1913 三版/1914 再版　说部丛书

《红礁画桨录》（言情小说）　上下卷　〔英〕哈葛德著　林纾、魏易合译　上海商务印书馆　1906/1914　林译小说丛书

十二、*The Blue Curtains*

《红楼翠幕》（哀情小说）　〔英〕哈葛德著　（周）瘦鹃译　《礼拜六》39 期　1915

十三、*The World's Desire*（1890）（与编辑兼历史学家 Andrew Lang 合作所写的荷马史诗《奥德赛》的续集）

《红星佚史》（神怪小说）　〔英〕罗达哈葛德、安度兰俱著　周逴（周作

人口译、鲁迅笔述) 中国商务印书馆 1907/1912 再版 说部丛书

《红星佚史》(神怪小说) 〔英〕罗达哈葛得、安度兰俱著 周逴(周作人口译、鲁迅笔述) 上海商务印书馆 1907/1913 三版/1914 再版 说部丛书

《金梭女神再生缘》 2 卷 上下册 〔英〕哈葛得著 林纾、陈家麟同译 上海商务印书馆 1920/1921 三版 说部丛书 林译小说丛书

十四、此书无英文名

《花月香城记》(言情小说) 〔英〕哈葛德著 惜花主人译 木版 广智书局 1907

十五、此书无英文名

《黄金藏》〔英〕哈葛德著 中国日报译 香港中国日报 1907

十六、*Jess* (1887)

《玑司刺虎记》(言情小说) 上下卷 〔英〕哈葛德著 林纾、陈家麟合译 商务印书馆 1909

《玑司刺虎记》(言情小说) 上下卷 〔英〕哈葛德著 林纾、陈家麟合译 上海商务印书馆 1914 林译小说丛书

《玑司刺虎记》(言情小说) 2 卷 上下卷 〔英〕哈葛德著 林纾、陈家麟译 商务印书馆 1907.6/1915.10 再版 说部丛书

十七、*Joan Haste* (1895)

《迦因小传》〔英〕哈葛德著 蟠溪子(杨紫麟)、天笑生(包公毅)译 《励学译编》1～12 册 1901.4～1902.2

《迦因小传》〔英〕哈葛德著 蟠溪子(杨紫麟)、天笑生(包公毅)译 上海·文明书局 1903

《迦茵小传》(言情小说) 上下卷 〔英〕哈葛德著 林纾、魏易译 商务印书馆 1905

《迦茵小传》(足本 言情小说) 2 卷 上下册 〔英〕哈葛德著 林纾、魏易译 中国商务印书馆 1905/1906 三版 说部丛书

《迦茵小传》(足本 言情小说) 2 卷 上下册 〔英〕哈葛得著 林纾、魏易译 上海商务印书馆 1905/1913 再版/1914 再版 说部丛书

《迦茵小传》(言情小说) 上下卷 〔英〕哈葛德著 林纾、魏易译 上海商务印书馆 1905/1914 林译小说丛书

十八、此书无英文名

《劫花小乘》〔英〕哈葛德著 惜花主人译 上海·广智书局 1907

十九、*Black Heart and White Heart*，*and other Stories*（1900）

《蛮荒志异》（神怪小说）　2 卷　〔英〕哈葛德著　林纾、曾宗巩译　中国商务印书馆　1906.2/1906.8 二版 /1913.12 三版/1914.4 再版　说部丛书

《蛮荒志异》（神怪小说）　2 卷　〔英〕哈葛德著　林纾、曾宗巩译　上海商务印书馆　1906/1914 再版　说部丛书

《蛮荒志异》〔英〕哈葛德著　林纾、曾宗巩同译　上海商务印书馆 1914　林译小说丛书

二十、此书无英文名

《秘密女子》（奇情侦探小说）〔英〕哈葛德著　贡少芹译意　上海·进步书局　1915

二十一、*She*（1887）

《长生术》〔英〕解佳撰　曾广铨译　《时务报》60 ～ 69 册 1898.5.11～1898.8.8

《长生术》〔英〕解佳撰著　曾广铨译　《昌言报》1 册　1898.8.17

《长生术》〔英〕解佳撰著　曾广铨译　素腾书屋　1901

《三千年艳尸记》（神怪小说）　上下卷　〔英〕哈葛德著　林纾、曾宗巩同译　商务印书馆　1910.10.24

《三千年艳尸记》上下册　〔英〕哈葛德著　林纾、曾宗巩同译　上海商务印书馆　1914　小本小说 32～33 册

《三千年艳尸记》　上下卷　〔英〕哈葛德著　林纾、曾宗巩同译　上海商务印书馆　1914　林译小说丛书

《三千年艳尸记》（神怪小说）　2 卷　上下卷　〔英〕哈葛德著　林纾、曾宗巩译　上海商务印书馆　1910.10/1915.8 再版　说部丛书

二十二、*Ayeshe*：*The Return of She*（1905）

《神女再世奇缘》（奇情小说　新译）〔英〕解佳撰著　周树奎（桂笙）译述　《新小说》2 年 10～12 号（22～24 号）　1905～1906

二十三、*Fair Margaret*（1907）

《双雄较剑录》　26 章　〔英〕哈葛德著　林纾、陈家麟同译　《小说月报》1～5 期　1910.8～1910.12

《双雄较剑录》（言情小说）　2 卷　上下卷　〔英〕哈葛德著　林纾笔述　陈家麟口译　上海商务印书馆　1914　小本小说 30～31 册

《双雄较剑录》（言情小说）　2 卷　上下卷　〔英〕哈葛德著　林纾笔述　陈家麟口译　上海商务印书馆　1915.6/1915.9 再版　说部丛书

《双雄较剑录》(言情小说)　上下卷　〔英〕哈葛德著　林纾、陈家麟同译　商务印书馆　1915　林译小说丛书

二十四、*People of the Mist* (1894)

《雾中人》　上中下卷　〔英〕哈葛德著　林纾、曾宗巩同译　商务印书馆　1906

《雾中人》(冒险小说)　3卷　上中下册　〔英〕哈葛德著　林纾、曾宗巩译　中国商务印书馆　1906.11/1913.10再版　说部丛书

《雾中人》　上中下卷　〔英〕哈葛德著　林纾、曾宗巩同译　上海商务印书馆　1914.6　林译小说丛书

二十五、*Dawn* (1884)

《橡湖仙影》(社会小说)　上中下卷　〔英〕哈葛德著　林纾、魏易同译　商务印书馆　1906

《橡湖仙影》(社会小说)　3卷　上中下卷　〔英〕哈葛德著　林纾、魏易译　中国商务印书馆　1906　说部丛书

《橡湖仙影》(社会小说)　3卷　上中下卷　〔英〕哈葛德著　林纾、魏易译　上海商务印书馆　1906/1913再版/1914三版　说部丛书

《橡湖仙影》(社会小说)　上中下卷　〔英〕哈葛德著　林纾、魏易同译　上海商务印书馆　1906/1914　林译小说丛书

二十六、此书无英文名

《血泊鸳鸯》(言情小说)　〔英〕哈葛德著　蔡一谔、陈家麟合译　商务印书馆　1909

《血泊鸳鸯》(言情小说)　〔英〕哈葛德著　蔡一谔、陈家麟译　上海商务印书馆　1909/1915再版　说部丛书

二十七、*Montezuma's Daughter* (1893)

《英孝子火山报仇录》2册　〔英〕赫格尔德著　林纾、魏易同译　商务印书馆　1905

《英孝子火山报仇录》(伦理小说)　上下卷　〔英〕哈葛德著　林纾、魏易同译　商务印书馆　1905

《英孝子火山报仇录》(伦理小说)　2卷　上下卷　〔英〕哈葛德著　林纾、魏易译　上海商务印书馆　1905/1913～1914再版　说部丛书

《英孝子火山报仇录》(伦理小说)　上下卷　〔英〕哈葛德著　林纾、魏易同译　上海商务印书馆　林译小说丛书

二十八、*Mr. Meeson's Will* (1888)

《玉海留痕》　〔英〕赫格尔德著　林纾、魏易合译　商务印书馆

1905.12/1906.6 再版/1907.3 三版　说部丛书

《玉雪留痕》（言情小说）〔英〕哈葛德著　林纾、魏易译　上海商务印书馆　1905/1914 再版　说部丛书

《玉雪留痕》（言情小说）〔英〕哈葛德著　林纾、魏易同译　上海商务印书馆　1914　林译小说丛书

二十九、此书无英文名

《鸳鸯血》（侦探小说）〔英〕哈葛德著　朱引年译　上海·尚古书局 1913

三十、*Queen Sheba's Ring*（1910）

《炸鬼记》〔英〕哈葛德原著　林纾、陈家麟同译　上海商务印书馆 1921

《炸鬼记》3 卷　上中下册　〔英〕哈葛德著　林纾、陈家麟译　上海商务印书馆　1921　说部丛书

三十一、*King Solomom's Mines*（1885）

《钟乳髑髅》（冒险小说）2 卷　〔英〕哈葛德著　曾宗巩口译　林纾笔述　上海商务印书馆　1908/1915 三版　说部丛书

《钟乳髑髅》（冒险小说）2 卷　〔英〕哈葛德著　曾宗巩口译　林纾笔述　上海商务印书馆　1914　林译小说丛书

以上两个辑录参考了孔慧怡博士论文《还以背景，还以公道》；樽本照雄《汉译福尔摩斯论集》（汲古书院，2006）；樽本照雄所编《新编增补清末民初小说目录》（齐鲁书社，2002）等，特此致谢。

参 考 文 献

▲世界文学理论、翻译研究

〔美〕大卫·达姆罗什、刘洪涛、尹星主编：《世界文学理论读本》，北京，北京大学出版社，2013。

〔美〕刘禾：《帝国的话语政治：从近代中西冲突看现代世界秩序的形成》，杨立华等译，北京，生活·读书·新知三联书店，2009。

〔美〕刘禾：《跨语际实践：文学、民族文化与被译介的现代性（中国，1900—1937）》，宋伟杰等译，北京，生活·读书·新知三联书店，2002。

〔德〕郎宓榭、〔德〕阿梅龙、〔德〕顾有信编著：《新词语新概念：西学译介与晚清汉语词汇之变迁》，赵兴胜等译，济南，山东画报出版社，2012。

朱一凡：《翻译与现代汉语的变迁（1905—1936）》，北京，外语教学与研究出版社，2011。

赵稀方：《翻译现代性：晚清到五四的翻译研究》，天津，南开大学出版社，2012。

赵稀方：《翻译与新时期话语实践》，北京，中国社会科学出版社，2003。

陈永国主编：《翻译与后现代性》，北京，中国人民大学出版社，2005。

许宝强、袁伟选编：《语言与翻译的政治》，北京，中央编译出版社，2001。

王宏志编：《翻译与创作：中国近代翻译小说论》，北京，北京大学出版社，2000。

王宏志：《重释"信达雅"：二十世纪中国翻译研究》，上海，东方出版中心，1999。

李今主编：《汉译文学序跋集》（共13卷），上海，上海人民出版社，2017～2022。

▲叙述学与文体学

〔美〕W.C.布斯：《小说修辞学》，华明、胡苏晓、周宪译，北京，北京大学出版社，1989。

〔美〕华莱士·马丁：《当代叙事学》，伍晓明译，北京，北京大学出版社，1990。

〔美〕浦安迪：《中国叙事学》，北京，北京大学出版社，1996。

〔美〕王靖宇：《中国早期叙事文研究》，上海，上海古籍出版社，2003。

陈平原编著：《中国小说叙事模式的转变》，北京，北京大学出版社，2010。

申丹：《叙述学与小说文体学研究》，北京，北京大学出版社，2001。

董小英：《叙述学》，北京，社会科学文献出版社，2001。

陶东风：《文体演变及其文化意味》，昆明，云南人民出版社，1994。

▲近现代文学研究及资料

〔日〕樽本照雄：《林纾冤案事件簿》，李艳丽译，北京，商务印书馆，2018。

林纾：《林纾译文全集》（共47卷），上海，上海书店出版社，2018。

王韬、顾燮光等编：《近代译书目》，北京，北京图书馆出版社，2003。

陈炳堃：《最近三十年中国文学史》，上海，太平洋书店，1930。

陈子展：《中国近代文学之变迁》，上海，中华书局，1936。

袁健、郑荣编著：《晚清小说研究概说》，天津，天津教育出版社，1989。

颜廷亮：《晚清小说理论》，北京，中华书局，1996。

阿英：《晚清小说史》，北京，作家出版社，1958。

阿英编：《晚清文学丛钞·小说戏曲研究卷》，北京，中华书局，1960。

阿英：《小说四谈》，上海，上海古籍出版社，1981。

鲁迅：《中国小说史略》，郭豫适导读，上海，上海古籍出版社，2011。

陈平原、夏晓虹编：《二十世纪中国小说理论资料第一卷（1897—1916）》，北京，北京大学出版社，1989。

陈平原：《二十世纪中国小说史第一卷（1897—1916）》，严家炎、钱理群主编，北京，北京大学出版社，1989。

陈平原：《小说史：理论与实践》，北京，北京大学出版社，1993。

袁进：《近代文学的突围》，上海，上海人民出版社，2001。

王旭川、马国辉：《中国近代小说思想》，上海，华东师范大学出版社，1997。

程华平：《中国小说戏曲理论的近代转型》，上海，华东师范大学出版社，2001。

徐德明：《中国现代小说雅俗流变与整合》，北京，社会科学文献出版社，2000。

刘纳：《嬗变——辛亥革命时期至五四时期的中国文学》，北京，中国社会科学出版社，1998。

米列娜编：《从传统到现代——19 至 20 世纪转折时期的中国小说》，伍晓明译，北京，北京大学出版社，1991。

冯光廉：《中国近百年文学体式流变史》（上、下），北京，人民文学出版社，1999。

章亚昕：《近代文学观念流变》，桂林，漓江出版社，1991。

徐志啸：《近代中外文学关系（19 世纪中叶—20 世纪初叶）》，上海，华东师范大学出版社，2000。

郭延礼：《近代西学与中国文学》，南昌，百花洲文艺出版社，1999。

郭延礼：《中国近代翻译文学概论》，武汉，湖北教育出版社，1998。

熊月之：《西学东渐与晚清社会》，北京，中国人民大学出版社，2011。

〔日〕中野美代子：《从小说看中国人的思考样式》，若竹译，北京，北京十月文艺出版社，1989。

施蛰存主编：《中国近代文学大系·翻译文学集》，上海，上海书店，1991。

吴以义：《海客述奇：中国人眼中的维多利亚科学》，上海，上海科学普及出版社，2004。

张俊才：《林纾评传》，天津，南开大学出版社，1992。

▲思想史等

许纪霖：《家国天下：现代中国的个人、国家与世界认同》，上海，上海人民出版社，2017。

赵汀阳：《天下体系：世界制度哲学导论》，北京，中国人民大学出版社，2011。

赵汀阳：《惠此中国：作为一个神性概念的中国》，北京，中信出版社，2016。

〔德〕朗宓榭、〔德〕费南山主编：《呈现意义：晚清中国新学领域》（上、下），李永胜、李增田译，天津，天津人民出版社，2014。

北京外国语大学中国海外汉学研究中心、中国近现代新闻出版博物馆编：《西学东渐与东亚近代知识的形成和交流》，上海，上海人民出版社，2012。

〔美〕费正清、刘广京编：《剑桥中国晚清史（1800—1911）》，中国社会科学院历史研究所编译室译，北京，中国社会科学出版社，1985。

许纪霖编：《二十世纪中国思想史论》（上、下），上海，东方出版中心，2000。

王德威：《想象中国的方法：历史·小说·叙事》，天津，百花文艺出版社，2016。

林毓生：《中国传统的创造性转化》，北京，生活·读书·新知三联书店，1992。

余英时：《中国思想传统的现代诠释》，南京，江苏人民出版社，1989。

昌切：《清末民初的思想主脉》，北京，东方出版社，1999。

安宇：《冲撞与融合：中国近代文化史论》，上海，学林出版社，2001。

丁伟志、陈崧：《中西体用之间：晚清中西文化观述论》，北京，中国社会科学出版社，1995。

喻大华：《晚清文化保守思潮研究》，北京，人民出版社，2001。

韩进廉：《无奈的追寻：清代文人心理透视》，保定，河北大学出版社，2001。

吴士余：《中国文化与小说思维》，上海，上海三联书店，2000。

▲近代出版传媒

张静庐辑注：《中国近代出版史料》（初编、二编、补编），北京，群联出版社，1953～1954。

阿英：《晚清文艺报刊述略》，上海，古典文学出版社，1958。

蔡元培等：《1897—1987　商务印书馆九十年——我和商务印书馆》，北京，商务印书馆，1987。

杨扬：《商务印书馆：民间出版业的兴衰》，上海，上海教育出版社，2000。

张静庐：《在出版界二十年》，上海，上海书店，1984。

郑逸梅：《书报话旧》，上海，学林出版社，1983。

谢菊曾：《十里洋场的侧影》，广州，花城出版社，1983。

包天笑：《钏影楼回忆录》，上海，上海三联书店，2014。

舒新城编：《近代中国留学史》，上海，中华书局，1929。

来新复等：《中国近代图书事业史》，上海，上海人民出版社，2000。

蒋晓丽：《中国近代大众传媒与中国近代文学》，成都，巴蜀书社，2005。

▲其他

〔丹麦〕勃兰兑斯：《十九世纪文学主流》，北京，人民文学出版社，1997。

〔苏联〕苏联科学院高尔基世界文学研究所编：《英国文学史（1870—1955）》，秦水、尚怀娥译，北京，人民文学出版社，1983。

〔英〕彼得·伯克：《欧洲近代早期的大众文化》，杨豫、王海良等译，上海，上海人民出版社，2005。

朱立元总主编：《二十世纪西方美学经典文本》（共四卷），上海，复旦大学出版社，2000。

周宪、罗务恒、戴耘编：《当代西方艺术文化学》，北京，北京大学出版社，1988。

〔瑞士〕C. G. 荣格：《探索心灵奥秘的现代人》，黄奇铭译，北京，社会科学文献出版社，1987。

〔瑞士〕C. G. 荣格：《人，艺术和文学中的精神》，孔长安、丁刚译，北京，华夏出版社，1989。

任翔：《文学的另一道风景：侦探小说史论》，北京，中国青年出版社，2001。

北京图书馆编：《民国时期总书目》，北京，书目文献出版社，1986～1987。

〔日〕樽本照雄编：《新编增补清末民初小说目录》，贺伟译，济南，齐鲁书社，2002。

〔美〕约翰·迪克森·卡尔：《阿瑟·柯南·道尔爵士》，季昂译，北京，作家出版社，1986。

▲日文材料

〔日〕樽本照雄：《汉译ホームズ（福尔摩斯）论集》（日文），东京，汲古书院，2006。

〔日〕樽本照雄：《清末翻译小说论集》（日文），大津，清末小说研究会，2007。

〔日〕中村忠行：《清末侦探小说史稿》（日文），《清末小说研究》，1978. 10. 31～1980. 12. 1，第2～4号。

▲英文文献

Michael Gibbs Hill，2012：*Lin Shu，Inc. Translation and the Making of Modern Chinese Culture*，Oxford：Oxford University Press.

Mads Rosendahl Thomsen，2008：*Mapping World Literature：International Canonization and Transnational Literatures*，New York：Continuum.

Arthur Conan Doyle，2007：*Memories and Adventures：An Autobiography*，London：Wordsworth Editions Ltd.

Louis James，2006：*The Victorian Novel*，Oxford：Blackwell Publishing.

Heather Worthington，2005：*The Rise of the Detective in Early Nineteenth-Century Popular Fiction*，London：Palgrave Macmillan.

Christopher Prendergast，Benedict Anderson，edt，2004：*Debating World Literature*，Verso Books.

H. Rider Haggard，1926：*The Days of My Life*，London：Longmans，Green and Co.

John G. Cawelti，1976：*Adventure，Mystery，and Romance：Formula Stories as Art and Popular Culture*，Chicago：University of Chicago Press.

Susan Bassnett，1980：*Translation Studies*，London：Taylor & Francis Books Ltd.

David Johnson，Andrew Nathan，Evelyn Rawski eds，1985：*Popular Culture in Late Imperial China*，Berkeley：University of California Press.

Ray B. Browne, 1986: *Heroes and Humanities: Detective Fiction and Culture*, Oxford: Popular Press.

Lydia H. Liu, 1995: *Translingual practice: Literature, National Culture, and Translated Modernity—China, 1900 − 1937*, Stanford: Stanford University Press.

Dan Shen, 1995: *Literary Stylistic and Fictional Translation*, Beijing: Peking University Press.

David Pollard ed. , 1998: *Translation and Creation: Readings of Western Literature in Early Modern China, 1840 − 1918*, Amsterdam & Philadelphia: John Benjamins Publishing Company.

Pamela Thurschwell, 2001: *Literature, Technology and Magical Thinking, 1880 − 1920*, Cambridge: Cambridge UP.

Clive Bloom, 2002: *Bestsellers: Popular Fiction Since 1900*, New York: Palgrave Macmillan.

后　记

　　书稿几乎是我不值一提的一小段学术生涯的小结。2012～2013 年我在哈佛大学访学，其后对"世界文学"、翻译理论的学习和研究持续了相当一段时间，发现某些理论对中国近代文学翻译并不适用，于是大胆思考提出了"世界文学萌芽体系"的概念。由此我变换视角重新观察了我写博士论文、做博士后出站报告时关注的那些领域和内容。材料并不新颖，只是期待新视角和新方法，能够发现和解释新问题。书稿撰写与修改期间我受益于诸多良师益友，恕不一一列举。

　　从项目批准结项到书稿的出版，对于我，似乎有一个世纪那么长。出版社寄来校样，正值 2022 年，当时受新冠肺炎疫情影响，很多古籍和近代文献查阅不便，注释校对就这样拖了下来。再之后，我工作变动，家慈离世，新与旧、始与终、去与来，我似乎开启了另一段生命旅程。在这个过程中，个人研究中增加一本书，本应算丰收的喜悦，但体会的却是世界的深沉。

　　总有一个时刻，我们会感到孟浩然《岁暮归南山》里的境界："白发催年老，青阳逼岁除。永怀愁不寐，松月夜窗虚。"成年人的思绪绵绵不绝，情感虽则饱满，但常常是无从谈起、欲说还休。辗转反侧时，抬眼夜望，是寒窗外，比人更长久的松与月。

郝岚

2024 年 1 月 12 日赴澳洲访学前夕